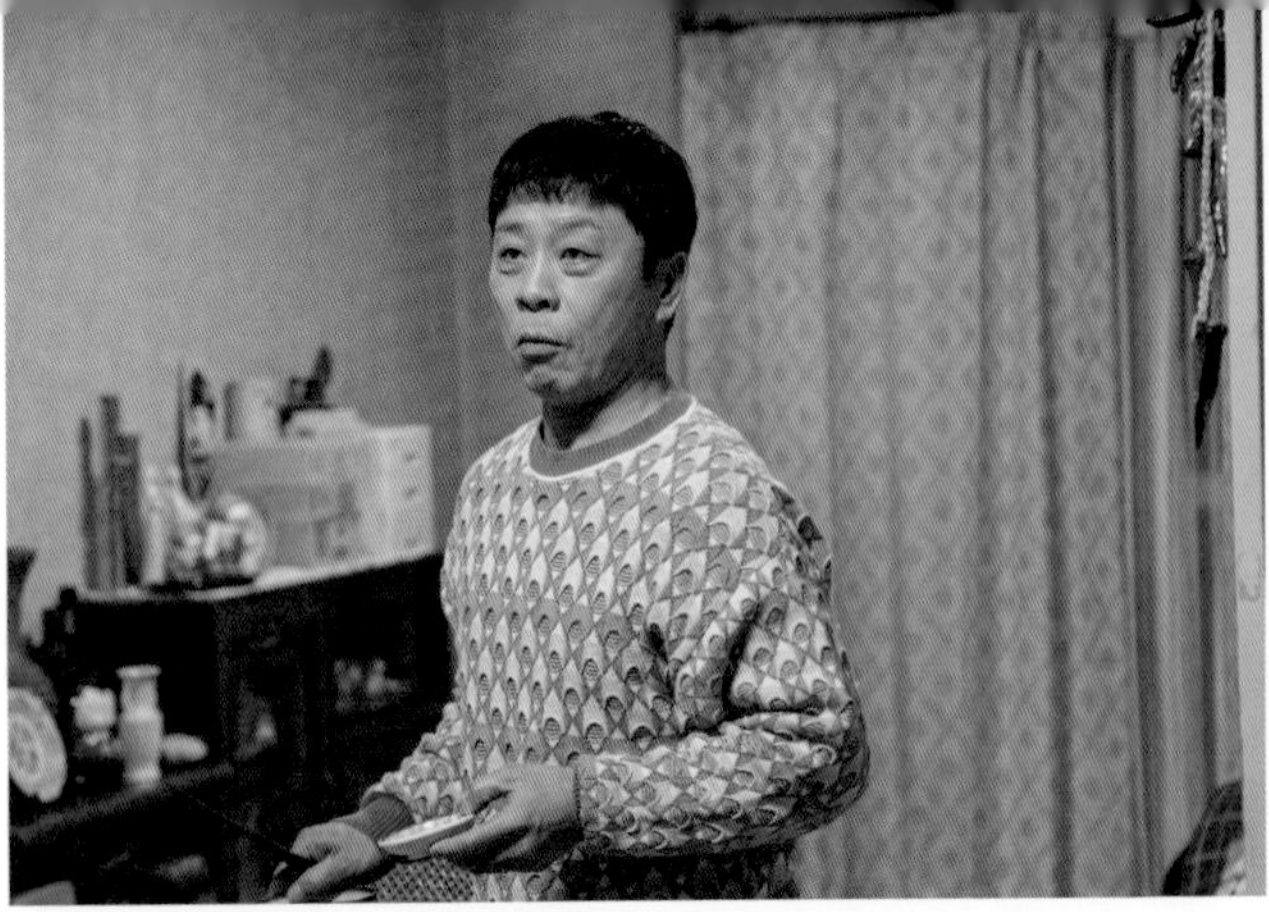

USC
TROJANS

だが、情熱はある

シナリオブック

KADOKAWA

目次

キャスト

若林正恭――髙橋海人（King&Prince）
山里亮太――森本慎太郎（SixTONES）

春日俊彰：若林の相方――戸塚純貴

山崎静代：山里の相方――富田望生

若林徳義：若林の父――光石 研
若林知枝：若林の母――池津祥子
若林麻衣：若林の姉――箭内夢菜
若林鈴代：若林の祖母――白石加代子

山里 勤：山里の父――三宅弘城

山里瞳美：山里の母――ヒコロヒー
山里周平：山里の兄――森本晋太郎（トンツカタン）
橋本智子：若林の好きな人――中田青渚
丸山花鈴：山里の好きな人――渋谷凪咲（NMB48）
語り――水卜麻美（日本テレビアナウンサー）
DJ杉内：クリー・ピーナッツ――加賀 翔（かが屋）
L田雲：クリー・ピーナッツ――賀屋壮也（かが屋）
谷 勝太：先輩芸人――藤井 隆
高山三希：マネージャー――坂井真紀
島 貴子：TV番組プロデューサー――薬師丸ひろ子

第1話

何を求めていますか？

1　東京

テロップ【２０２１年　５月31日】

2　劇場・舞台

舞台上にはセンターマイクが立っている。
客席には客の姿はなく、テレビカメラが並んでいる。
マスクを着けたスタッフたちが忙しく動き回る。
舞台の上からその光景を見ている島貴子(52)。

島　「……」

3　同・廊下

やってくる島。
ドアに「若林正恭様」の貼り紙。
マスクを外す島。
深呼吸をし、そしてマスクを着け中に入っていく。

4　同・若林の控室

島　「失礼しまーす」
座っている若林正恭(43)。
若林、会釈。

島　「打ち合わせって別に打ち合わせすることも特にないんだけど。まあ最後だけどいつも通りです」
若林、会釈。

島　「解散ライブだし、無観客の配信ライブだからいつも通りってわけにはいかないと思うけど」
若林、曖昧に頷く。

島　「まあ大丈夫だよね」
若林、会釈。

島　「正直ちょっと心配はしてたんだけどね」
若林、会釈。

島　「若林くん？　どうした？　緊張してる？」
若林、困った顔で口元を手で押さえて。

若林　「すいません島さん入ってきたからってすぐにマスク着けたらなんか感じ悪いかなって思って。しゃべらず乗り切りたかったんですけど無理でした」

島　「ああ」

若林　「もう時間ですよね」

島　「うん」

若林　「いつでもオッケーです」

島　「うん。じゃ、山ちゃんに声かけてくる」

若林　「はい」

5　同・廊下

ドアには「山里亮太様」の貼り紙。
島、マスクを外し、深呼吸をし、マスクを着け中へ。

6　同・山里の控室

島　「失礼しまーす」
ウロウロ歩いている山里亮太（44）。
山里　「あ、時間ですか?」
島　「うん。そろそろ」
山里　「あ、はい……あのー、島さん」
島　「ん?」
山里　「この楽屋なんですけど」
島　「そうだよ、山ちゃんが楽屋が向こうのほうが広いとかなんとかいつも文句言うから、今日は部屋を区切ったんだよ。ふたりとも一緒」
山里　「ただ彼が奥で僕が手前なんだ、とは思いましたけどね。あとこれ本当に同じ広さですか?　ちょっと向こうのほうが広い気するんですけどちゃんと測りました?」
島　「同じ同じ」
山里　「ほんとかな、ちょっと測っていいですか?　メジャーあります?」
島　「ねえー山ちゃん。紛らわしてるね」
山里　「……どうなっちゃうんでしょうね、今日」
島　「さあー、一体どうなるんだろうね」

7　同・客席、サブコンなど

生配信の準備を続けるスタッフたち。
島の声　「お客さんの顔も見えない、笑い声も聞こえない。笑ってくれてるのかどうかさえわからない。そんな中でただひたすらふたりっきりで2時間喋り続けるだけ」

8　同・廊下

島　「信じらんないよね」
歩いている島。
その後ろから若林、少し後ろから山里。
島　「でも、たくさんの人がふたりの漫才を待ってるのは事実だから」
若林・山里　「……」
N　「お笑いコンビ、オードリー・若林正恭」
若林。
N　「南海キャンディーズ・山里亮太」
山里。
N　「別々のコンビで活動するふたりによるユニット『たりないふたり』」

9　同・外

ポスターが貼ってある。
4本足の鳥と、ひっくり返った亀の絵。
そこに【明日のたりないふたり】の文字。

N「解散ライブ開演直前である」

10　同・舞台裏

若林、山里、島。

島「すごいよ、5万4千枚だって、チケット」
若林「5万4千人ってマジですか？」
島「ほんと。東京ドームで漫才やるようなもんだよびっくりするよね、ほんと」
山里「でもほとんど若ちゃんのファンでしょ？」
島「どっちとかじゃなくて」
山里「でも俺にはわかりますよ、グッズの売り上げとか若ちゃんのほうが絶対……」
島「そういうのは本番でお願いします」
若林、ズボンの裾をめくりテーピングを見せて、かかってこいという動き。
山里「まあ、若ちゃんと最高の最後の時間過ごしてきますよ」
若林「俺も同じ事思ってた」
島「うん」
若林「俺、山ちゃんと底の底を見せ合いたいから」
島「うん」
山里「俺も同じこと思ってたよ」
島「うん」

×　×　×

舞台袖で出番を待っている2人。上手に若林、下手に山里。
島「(若林に) じゃあ、始めるね」
若林、頷いて山里を見る。
若林と山里、目が合う。
暗転する劇場。
舞台に置かれたセンターマイクに光がさしている。
場内に流れるカウント音。
そしてやがてフルボリュームで音楽が鳴り響く。
銀杏BOYZ『BABYBABY』。
照明が舞台を照らす。
その光の中に飛び出していく2人。

N「これは、ふたりの物語」

11　にぎわう街（日替わり）

テロップ【2009年】

12　居酒屋

N　若林（31）と山里（32）。
「この日、ふたりは初めて出会った」
若林と山里、横並びで座っている。
それぞれメニューを見つめている。
若林、チラッと山里を見る。

N　「彼は逃げ出したかった。初対面でふたりきりの時間など耐えきれないため時間が過ぎるのを待っているだけ。注文したいものは10分前に確定済みだ」
メニューを凝視している若林。

N　「本当はこう言ってみたいと思っている」
メニューを凝視している若林。

若林N　「よし！　山里さん俺ビール飲みたいんで、とりあえずビールいっちゃいます。あとこの『ごろごろポテトサラダ』と唐揚げアリですか？　『サクフワ唐揚げ』って名前からうまそうじゃないですか？」
若林、黙ってメニューを見つめている。

N　「しかし頭に浮かんでしまうことは」

若林N　「『とりあえずビール』ってどうなんだ？　ポテトサラダや唐揚げはベタすぎるかもしれない。『こいつ面白くねえな』と思われたくない。ああ何話してもダメな気がする」
若林、黙ってメニューを見つめている。

N　「若林正恭。こんな自意識過剰の人見知りになってしまったのは、あの『呪いの言葉』のせいである」

13　病院・診察室（1983年）

若林、5歳。
その横には若かりし父・徳義（33）と母・知枝（28）。
目の前の医者の話に聞き入っている。

医者　「お子さんは心臓に穴が開いています。心臓に負担をかけてはいけません。ですから、あまり感情を出させないようにしてください」
驚く両親。

徳義　「感情を出すな……？」

医者　「はい」

徳義　「感情を出すな……」

N　「この医者が適当なことを言うインチキドクターだとわかったのは病院がつぶれてから。しかしこの呪いの言葉を信じた両親によって若林の性格は歪められていくことになる」

14　若林家

5歳の若林が泣いている。

徳義　「おい正恭」

若林　「？」

徳義　「泣くな、死ぬぞ」
沈黙する若林。

15 若林家（1986年）

8歳の若林、姉・麻衣（10）とケンカしている。

徳義「おい正恭」
若林「?」
徳義「怒るな、死ぬぞ」
沈黙する若林。

16 若林家（1989年）

11歳の若林、大喜びしている。

若林「やったー！　勝った！」
徳義「おい」
若林「?」
徳義「死ぬぞ」
沈黙する若林。

N「こうして感情を抑えつけられ、子供らしくない少年時代を送ってしまうことにより」

17 居酒屋（2009年）

若林、メニューを見つめて沈黙。

N「自意識過剰と人見知りの男が出来上がってしまった」
そんな若林の横に座る山里。
山里もメニューを凝視している。

N「一方この男。彼は彼でこう思っている」
山里、メニューを見ている。

山里N「そんな悩むことなくない？　ビールで乾杯だけしちゃおっか。ポテトサラダと唐揚げでもおつまみにしてさ。ガツンとくるやつでクッとガッといっちゃおうよ、ねえ」
山里、メニューを見つめている。

N「しかし頭に浮かんでしまうことは」
山里、若林に目をやる。

山里N「俺がもっと売れてたり偉いスタッフだったら気を遣ってしゃべったりするのかな。同期だけど俺のほうが先にテレビ出てんだよ？　早く唐揚げ食べたいけど俺から話し出したら小物と思われそうだ。先に口開いたら絶対負けだ！」
山里、メニューを見る。

N「山里亮太。彼は幼い頃から妬み嫉みにまみれた人間だった」

18 団地（1983年）

母・瞳美（33）と親たちが待っている。
幼稚園バスが到着し、6歳の山里が降りてくる。

瞳美「おかえり……え？」
大量のチョコレートを抱えている山里。

19　山里の小学校（1985年）

太った8歳の山里。

N「しかし数年後」
チョコをたくさんもらっているサッカー部の男子。

山里「……」

N「モテ期は早くも終わり」

×　×　×

N「彼の妬み人生はここから始まる」
サッカーボールにカッターを刺す。

20　洋服屋

N「そんな彼に呪文を唱え続けたのは母だった」
太っている山里少年がセーターを着る。が、サイズが合わず着られない。

瞳美「あらあ。これより大きいのはないですか?」

店員「あいにく……申し訳ありません」
山里、恥ずかしくて顔を隠す。

瞳美「亮太すごいねえ。ここにある一番大きな服よりもあんた大きいんだって!　お店の予想を超えてるんだよ?　すごいねえ」
山里、嬉しそう。

21　山里家・居間（1989年）

N「さらに」
テーブルの上にテスト用紙。3点。
12歳の山里、恥ずかしそう。

山里「ビリだった」

瞳美「3点取れてるじゃない!　っていうかこれ、選択問題もあるのにそれ全部外してるじゃないの。そっちのほうが難しいよ?　この確率すごいねえ」
山里、嬉しそう。

N「あらゆることで『すごいねえ』と褒めてくれる母によって」

22　同・山里の部屋

山里、ノートに一心不乱に書いていく。
【俺はすごい!3点とった。俺はすごい!】
【このテストは3点の俺が正しいんだ!】
【4点以上とった奴らにこの気持ちはわからない】

N「妬み嫉みを燃料に、自分を奮い立たせる男になっていった」

23　居酒屋（2009年）

2人、目が合ってすぐに逸らす。

その時、島が来る。

島「ごめんね、遅れて！　ちょっとロケが押しちゃって」

若林「いえ」

山里「いや」

島「なに？　まだ注文してないの？　えーっと、私ビール飲むけどビールでいい？」

若林「はい」

山里「はい」

島「ポテトサラダとか食べる？」

若林・山里「あ、いいですね」

島「あとはなんだろ、唐揚げとか？」

山里「いいですね」

島「唐揚げあるよね？」

若林・山里「サクフワ唐揚げ」

島「ん？」

若林と山里、目が合う。

若林・山里「……」

島「サラダとかいる？」

若林と山里、首を振る。

島「じゃあ一旦それで」

若林・山里「……」

島「あなたたち、ふたりで気まずくて死にそうって思ってたでしょ」

若林・山里「いやそんなことは」

島「やっぱり似てる。だからふたりを会わせたかったの」

若林「え」

N「この日、若林は思った。『似てるとしたら……』」

山里「いやあ」

N「山里は思った。『似てるとしたら……』」

若林・山里「……」

N「ふたりは思った。だとしたら、きっと仲良くできない」

一瞬目を合わせる若林と山里。

しかし互いに、すぐに目を逸らす。

N「これは、ふたりの物語」

24　今回のストーリーを点描で

N「惨めでも、無様でも、逃げ出したくても、泣きたくても、青春をサバイブし、漫才師として成功を勝ち取っていくふたりの物語。しかし断っておくが『友情物語』ではないし、サクセスストーリーでもない。そして、ほとんどの人において全く参考にはならない」

また目が合ってしまい、会釈する２人。

N「だが、情熱はある」

タイトル『だが、情熱はある』

25　若林の高校・教室

テロップ【1995年】
男子ばかりの教室で、教師がホームルーム中。
紙に落書きしている若林。

教師「おっ。今日の日直?」
若林の前に座る、春日俊彰(17)が立ち上がる。

春日「はい。春日です」

教師「黒板キレイに消してるな」

春日「どうも。クリーナーに時間をかけてみました」
若林、春日の襟足をハサミで切る。
気がついた春日、振り向いて。

春日「(微笑む)」

若林「……」

N「若林正恭、高校2年生。全てが退屈だった」
若林、春日の襟足をハサミでさらに切っていく。

教師「ということで、次の中間テストが内申に大きく影響しますので気を引き締めて…まあでもうちのクラスはそれどころじゃないか」

生徒たち「はい!」
生徒が変な動きをしたり、モノマネや変顔をしたり、オリジナルギャグを披露したり大騒ぎの教室。

若林「……」

N「ここは男子校ではない」

26　同・各所

男子校舎と女子校舎に分かれている。

N「ここは中高一貫の男女共学……だが校舎は完全に男女別々」

×　×　×

女子を遠くから眺めている男子。

N「男子と女子は授業でも部活動でも一切関わることは禁止」

×　×　×

文化祭の準備で女子生徒の中に交じり、気合い入りまくりの男子生徒。

N「しかし唯一、文化祭だけは男女合同で行われる。そしてその実行委員は女子と交流できる権利を持てることになる。それはクラスでたったひとり」

27　同・教室

N「そのひとりは」
真剣に話し合いが行われている。

学級委員「では、文化祭の代表はこのクラスで一番面白い奴ってことで。クラス投票で決めたいと思います」

N「この決定のおかげで」

28　同・教室

【一番おもしろい奴は誰だ!?投票まで30日】の貼

り紙。
　自己アピールで大騒ぎの教室。

N　「この有様である」

教師　「はいはーい。わかったから。それぞれ青春を目一杯楽しんでください。それと、進路希望の紙出してない人は出してください。もう締め切り過ぎてますから」

若林　「……」

春日　「なあ」

若林　「なんだよ」

春日　「なにその鳥」

若林　「え？」
　机の上には進路希望の紙。
　落書きで埋め尽くされている。
　その中に、4本足の鳥の絵がある。

春日　「鳥は足2本だよ」

若林　「あ……はいはいそうでしたね」
　若林、隠すように進路希望の紙を折りたたむ。

N　「一方その頃、彼もまた同じ悩みを抱えていた」

29　山里の高校・教室

　折られた紙を開く。
　白紙の進路希望調査票である。
　それを見つめている山里。

N　「山里亮太。若林より1歳年上の高校3年生。当然だが、高校2年生と3年生にとって進路希望の意味合いは違う」
　山里、紙に書き込む。
　【何者かになる】

山里　「……」

溜川　「なにそれ」
　話しかけてきたのは友人の溜川。
　山里、あわてて進路希望の紙を隠す。

山里　「まあまあ、いいじゃん」

溜川　「何者って有名になるとかそういうこと？」

溜川　「何かになりたいのに何になりたいかは決まってないんだ」

山里　「……まあまあ、いいじゃんって」

溜川　「山ちゃん受験はしないの？」

山里　「するする。心理学部……いや法学部……あ、文学部かな？」

溜川　「決まってないってことね。前は理系志望だったよね？」

山里　「そうだっけ？　まあいいじゃんいいじゃん」

溜川　「いいけど。あ、小沢さ、東大受けるらしいよ」

山里　「へえ」
　小沢、洲崎と話している。

溜川　「すげえよな、陸上で全国も行って東大受けるって」
　洲崎に話しかける小沢。

山里「……へえ」
溜川「イケメンだし」
山里「すごいね。俺、東大生なんてこれから話すことないんだろうなあ」
溜川「あーそうかもね」
　楽しそうに笑う洲崎。
溜川「ザッキーは大学どこ行くんだろうな、洲崎」
山里「……」
　山里、洲崎を見て進路希望の紙をそっと開く。
　「何者かになる」の文字。

30　同・帰り道

　帰っている山里と溜川。
　子供がサッカーで遊んでいる。
山里「俺もサッカーやっとけばよかったなあ」
溜川「なんで？」
山里「モテるじゃん」
溜川「……」
山里「小学校の頃さ、サッカー部でモテてる奴がいてさ。なんかいけすかない奴で。こっそりそいつのボールをカッターで穴開けてやったことあるよ」
溜川「え。犯罪だよそれ」
山里「いやそうじゃなくてさ、落ち込んでるそいつを助けてるところ見せて女の子にモテようとしたの」
溜川「こわ。さらっと何言ってんの？」
山里「モテたいなあ」
溜川「モテないよ」
山里「でも俺さ、昔はモテてたしキスしたこともあるんだからね。なんならキスされたっていうか」
溜川「ほんとに？」
山里「モテたいなあ」
溜川「あのさ」
山里「？」
溜川「山ちゃん時々面白いからお笑い芸人になったら？」
山里「芸人？　なんで？」
溜川「ん、だから時々面白いから」
山里「面白い」
溜川「時々ね」
山里「え、俺面白い？」
溜川「時々」
山里「え〜そっか、ためちゃんに面白いって思われてたか」
溜川「あ、時々ね？　ねえ、時々だよ？」
N「彼は嬉しかった。なぜなら」

31　山里家・居間（１９８９年）

　瞳美、家計簿をつけながら勤に。
瞳美「同じパートでも薬剤師の資格を持ってる子が私の倍近くもらってるんだよ」

勤「そういうもんだよ仕方ねえだろ」
それを見ている12歳の山里。

N「薬局の店員として働く母が、安いパート代で苦労している。だったら自分が薬剤師になって母を喜ばせたい」

32 山里の高校・教室（1993年）

机に向かう山里（高校1年）。

N「夢は薬剤師だった」
山里、進路希望調査票の「理系」選択に丸をつける。
片想い相手、星野が「文系」を選択しているのが見える。

山里「！」

N「だが、好きな人と同じクラスになるために、夢をねじ曲げて進路変更」
「理系」の丸を消し……「文系」に丸をする。

33 同・廊下（1994年）

山里（高校2年）、貼り出されたクラス分け表を見る。

山里「……」

N「しかし残念ながらクラスは別」

34 同・校内

修学旅行に向かう山里。星野は別のグループで。

N「一縷の望みであった修学旅行も、彼女とは別の日程に。さらに彼女のクラスと一緒に行くのは理系クラス」
サッカー部の男子生徒と帰っていく星野。

N「そしてさらに、その理系クラスのサッカー部員に告白された彼女は付き合うことに」
それを見ている山里。

N「夢をねじ曲げたのに何もうまくいかなかった」

35 同・帰り道（1995年）

山里と溜川、歩いている。

N「夢も捨て、失恋し、将来に迷い悩む彼にとって、親友・ためちゃんからの言葉は神の啓示のように思えた」

山里「……」

溜川「……」

山里「え、ちなみにさ、ためちゃんちなみにね。俺のどういうところが面白いと思ったの？」

溜川「え、どこって言われてもなあ」
女子生徒の会話が聞こえてくる。

女子生徒の声「えー別にいいじゃーん」

女子生徒の声「よくないよ～もう～」
山里、声の方向を見ると洲崎が友人と帰っている。
山里「!」
山里、聞き耳をたてる。
友人「私の話はいいんだって、ザッキーこそ小沢とどうなの?」
洲崎「告白するって言ってたじゃん!」
山里「!」
洲崎「え、小沢くん?」
友人「うん、小沢といい感じじゃん」
洲崎「そんなんじゃないよ」
友人「えー小沢絶対ザッキーのこと好きだよ!」
山里「……」
友人「ザッキー可愛いし」
山里「……」
友人「小沢くんイケメンだし、超お似合いなんだけど」
洲崎「まあまあいいじゃん」
友人「え、ザッキーどういう人が好きなんだっけ?」
洲崎「えー、そうだなあ……面白い人」
山里「……」
友人「面白い人かー、クラスにもいっぱいいるよ?」
洲崎「なかなかいないんだよ、面白い人って。難しいんだよ」
洲崎と友人、去っていく。
山里「ためちゃん、そうなんだよ」
溜川「え?」
山里「面白いのって、難しいしなかなかいないんだよ」
N「スイッチが押された」

36　若林の高校・教室（日替わり）

授業が行われている。
前の席の春日の襟足を切る若林。
N「しかし彼には、それはなかなかやってこない」
【一番おもしろい奴は誰だ!?投票まで20日】の貼り紙。

37　同・グラウンド

アメフト部の若林と春日。
激しくぶつかる。

38　若林家・外

帰ってくる若林。
駐車場の車の運転席で寝ている男がいる。
父・徳義（45）。
若林「……」

39 同・居間

帰ってくる若林。
母・知枝(40)がいて。

知枝「あらおかえり」
若林「ねえ、お父さん、なんでいんの?」
知枝「あ、えーっとね」
若林「なんかあったの?」
知枝「うん。会社クビになって」
若林「え、また!? これで何回目だよ」
知枝「7回目よ。どーしようもないわ」

× × ×

車の中の徳義。

知枝の声「で、私が『どうすんのよ』とか言ったら逃げてった」
若林「……」

× × ×

40 同・若林の部屋

入っていく若林。
阪神の帽子とメガホン、近鉄の帽子もある。

若林「……はぁ」

41 同・居間

夕食を食べている若林家族。
父・徳義、母・知枝、祖母・鈴代(75)、姉・麻衣(19)と若林。
質素なおかずが並ぶ。

麻衣「また来たね、こういう日々が。ひもじい生活が」
知枝「何回来てもいいもんじゃないね」
麻衣「だいたい7回も会社クビになるって逆に難しくない?」
知枝「父さんのサボり癖はもう何言っても無理。言い訳が何倍にもなって返ってくるだけだから」
鈴代「徳義?」
徳義「……」
鈴代「おかしいな、私は聞こえてるんだけどね」
徳義「……」
鈴代「ね、徳義言われてるよ? 聞こえてる? 聞こえてるなら言い訳何倍かにして返さないと」

徳義、黙々と食べている。

麻衣「ダンマリですか」
徳義「飯がまずくなんだろ」
麻衣「誰のせいよ」
徳義「……」
麻衣「やろうと思って始めた仕事をこんな簡単に辞められるの逆にすごいよ。負け組にもほどがある」
徳義「勝ち組とか負け組とかくだらねえなあ。生きてるなあって実感をどんだけ感じられるかが大事なんだよ」
知枝「ちゃんと働いて、それ感じてよ」
鈴代「私働こうかな？　パソコン興味あるし」
知枝「いやそんな」
鈴代「流行ってるしね、インドーズ95」
徳義「ウィンドウズな、インドじゃないから」
麻衣「よくそんな偉そうに間違い指摘できるね」
知枝「麻衣、大学はどう？　サークル楽しい？」
麻衣「えー普通」
知枝「普通ならいいね」
麻衣「でもなんかみんな『イメージしてる大学生にならないと』って無理してる感じする」
徳義「そうだろ？　無理する必要ないんだよ」
麻衣「え？」
徳義「無理してやってるとおかしくなるんだって。勝ちばっか求めてちゃダメなんだよ。な、正恭」
若林「……」
知枝「なんの話？」
徳義「こいつが小学生の頃、もう阪神ファンはヤダ負けてばっかはヤダって言って近鉄ファンになるって言い出しただろ」

42　野球中継（１９９０年）

アナウンサーが阪神の負けを伝えている。

43　道

阪神の負けを伝える新聞が風に舞う。
それを見ている12歳の若林。

44　若林家・若林の部屋

12歳の若林、阪神の帽子とメガホンを外して、近鉄の帽子とメガホンを飾る。
そこに徳義が来る。
徳義「おい正恭。お前これとんでもないことしてるんだぞ。お前自分が何してるかわかってるんだな？」
若林「うん。わかってる。もう負けてばっかはイヤなんだ」
徳義「わかった。じゃあ行くか」

45　野茂とかブライアント

徳義Ｎ「近鉄は野茂やブライアントがいてめちゃくちゃ強くてさ」

46　野球場への道

近鉄VS日本ハムの試合を見に行く若林と徳義。
近鉄の応援歌を歌いながら歩いていく。
徳義Ｎ「で、近鉄の試合を見に行ったんだよ。これで負けて悔しい思いなんかしなくて済むって、意気揚々でさ」

47 帰り道

帰っている若林と徳義。

徳義N「そしたら近鉄がさ、相手のピッチャーにノーヒットノーランくらってさ。完敗だよ完敗」

涙が出てくる若林。

徳義「感情を出すなよ」
若林「……」
徳義「正恭、お前は阪神ファンに戻れ」
若林「……」
徳義「俺たちは阪神ファンでいて、勝つっていうのは本当に難しいんだっていうのを学ぶんだよ」
若林「わかった。俺、阪神ファンに戻る」

帰っていく、2人。

48 若林家・居間（1995年）

徳義「だから、俺はまだ学んでる最中なんだよ。勝つってのは難しいってことをさ。で、負けて打ちひしがれて生きてる実感を得る」
一同「……」
徳義「な？　正恭」
若林「負けなくても生きてる実感得られるよ」
徳義「そんなこと言うお前はちゃんと生きてんのかよ」
若林「生きてるよ、勝ちもせず負けもせずだけど」
徳義「……ごちそうさん」

徳義、席を立つ。

知枝「正恭」
若林「ん？」
知枝「進路希望の紙、出したの？」
若林「いやまだ」
知枝「少しでもいい大学入んなさいね。結局は学歴だから」
若林「……」

鈴代がポロポロご飯を落とす。
見ると利き手と逆の左手で箸を持っている。

若林「あれ？」
鈴代「もしかしたら左手で食べられるんじゃないかなと思って」

ポロポロこぼしながら食べる鈴代。

若林「……」

49 団地・外観

N　「一方、その頃山里家」

50 山里家・居間

夕食中。
父・勤、母・瞳美、兄・周平(21)がいる。
テレビではお笑い番組が流れている。

山里「お、面白いね、この人」
周平「とんねるず、勢いすげえよな」
勤「え? あー、くだらねえよな」
勤、そう言いながらも笑う。
にこやかな家族。
山里「……」
テレビから流れる笑い声。
山里「いいよねお笑い芸人。僕も芸人なってみようかな」
勤「芸人?」
瞳美「えー芸人さん? すごいね」
周平「いやいや、恥ずかしいことすんなよ」
山里「いやいや」
瞳美「で、今の夢は芸人さん? 大学に芸人学部とかあるの?」
山里「そんなのないない」
勤「ブレブレだな」
周平「え、お前マジで芸人なろうと思ってんの?」
山里「いやいや」
勤「いや亮太が芸人になるわけないだろ。なあ」
山里「え? いや、まあ」
勤「だって俺、一緒に暮らしててそんなに面白いと思ったことねえもん」
山里「……」
勤「ごちそうさま。よし、俺風呂入ってこようかな」
周平「ごちそうさまです」
テーブルには瞳美と山里。
山里「ねえ」
瞳美「ん?」
山里「俺って、面白くないかな?」
瞳美、テレビと山里を見比べて。
瞳美「んー」
山里「……」
瞳美「面白いかどうかはわかんないけど……」
山里「……」
瞳美「面白いと思われたいって思えるの、すごいね」
山里「……」
瞳美、テレビを見て笑う。
山里、テレビを睨むように見ている。

51　同・山里の部屋

山里、机に向かいノートを開き次々に書いていく。
【モテたい】【洲崎さんはおもしろい人が好き】
【負けない】【負けたくない】【俺はおもしろい】
【ためちゃんが褒めてくれた僕の武器】
【おもしろさで勝つ!】

山里「よし」

山里、立ち上がり……。

深呼吸をして……面白い動きの練習を始める。

N「まずは動きから攻めてみる山里」

52 **若林の高校・教室（日替わり）**

授業中。

春日の襟足を切っている若林。

【あと10日】の貼り紙。

N「一方の彼は春日の襟足を攻め込む」

53 **若林の高校・アメフト部の部室（日替わり）**

昼休み。部室で弁当を食べている若林と春日。

春日はカセットに録音したラジオ番組を聴いている。

「ナイナイのオールナイトニッポン」。

若林は本を読んでいる。ツルゲーネフの『はつ恋』。

若林「言うよね、ツルゲーネフは」

春日「ツルゲーネフ?」

若林「ツルゲーネフ」

春日「ツルゲーネフって?」

若林「春日」

春日「ん?」

若林「青春ってなんだと思う?」

春日「え?　いきなり?　青春?」

若林「うん」

春日「青春は……青い春と書くでしょ。だから……なんでしょう?」

若林「ありあまる力を他にどうにも使いようがないので、ただ風のまにまに吹き散らしてしまうところに、あるのかもしれない」

春日「ほう……で?」

54 **山里の高校・帰り道**

山里と溜川が歩いている。

山里「ためちゃんなんかワード!　ワードちょうだい」

溜川「もういいよ」

山里「トークの練習したいから!　なんでもいいから!」

溜川「えー……じゃあ青春?」

山里「青春ね、青春は青い春と書くでしょ……」

溜川「だから、なんでしょう?」

山里「青春といえばみんなが背伸びして……本来の自分ではなくて自分からはみ出るのが青春で。だからなんていうんだろ。……素敵な時期ですよねえ……」

溜川「トークじゃないじゃん」

山里「通学中もお笑いのこと考えてる俺すごいよね?　ためちゃん次!　次!」

55　スポーツ用品店

若林と春日。
アメフトの道具を物色している。
若林、野球のコーナーが目に入る。
各球団のキャップがある。
阪神と近鉄のキャップを手に取り……。

若林「……」
外れたところに広島カープのキャップがある。

若林「？」
春日「シンシナティ・レッズだね」
若林「え？　これ広島カープじゃないの？」
春日「似てるけど違うよ、メジャーリーグのチーム」
若林「メジャーリーグ……」
横にはメジャーリーグのキャップがたくさん。

56　若林の高校・体育館（日替わり）

若林と春日、アメフトのユニフォームでバスケットボールをしている。
若林、頭にはレッズの帽子。

春日「これ青春？」
若林「これだよ」
春日「これなのかなあ」
若林、春日に体当たりされて倒れる。

山里の歌声「イ〜ジ〜ドゥダンス！　イ〜ジ〜ドゥダンス！」

57　山里の高校・体育倉庫

山里。
『イージードゥダンス』を踊りながら歌っている山里。
それを見ている溜川。

山里「動きのキレもお笑いの大事な要素なんだ」
溜川「へえ。確かに動き面白い芸人さんいるよね」
山里、踊りながら歌っている。

N「全てはお笑いのために。モテるために。そして何者かになるために。山里は努力した」
山里「イ〜ジ〜ドゥダンス！　イ〜ジ〜ドゥダンス！」
※曲『イージードゥダンス』が入ってくる。

58　若林の高校・グラウンド（日替わり）

N「若林は、何かをした」
若林と春日、アメフトのユニフォームでテニスをしている。
若林、頭にはレッズの帽子。

59　山里の高校・教室（日替わり）

国語辞書を熱心に読んでいる山里。
蛍光ペンで線を引いている。
それを見ている溜川。

山里「ワードをいくつ持っておくかでセンスが問われるからね」
【好き】という言葉が目に付く。
山里の動きが速くなる。

60　若林の高校・グラウンド

アメフトの練習。必死に走る若林。

61　山里の高校・教室（日替わり）

廊下を通る教師を見てあだ名をつけていく。おじいちゃん先生に、

山里「隠れマッチョ先生」
溜川、頷く。
おばさん先生に、

山里「昨日の夕食はカボチャづくし先生」
溜川、首を傾げる。

62　若林の高校・教室

授業中。
若林、春日の襟足をハサミで切っている。
若林、頭にはレッズの帽子。

63　山里の高校・教室（日替わり）

ことわざ辞典を熟読している山里。

山里「高きに登るは低きよりす……す？　ためちゃん、すって？」
溜川、寝ている。

64　若林の高校・グラウンド

アメフトのユニフォームで若林と春日、ただただ、ぶつかり合っている。
若林、頭にはレッズの帽子。
※曲『イージードゥダンス』終わって。

65　山里の高校・中庭など（日替わり）

山里と溜川。
溜川、英単語を暗記している。
山里、校舎の壁のシミを見て。

山里「あれは……着させられた服のサイズが合っていない犬」
歩く男子学生を見て。

山里「今日の晩ご飯が何か気になって早歩きになっている男」
溜川「山ちゃん頑張ってるね」
山里「今日のノルマ、ここであと18個考える」
溜川「すげ。5時間目の英語、小テストだよ、大丈夫?」
山里「いいんだ、今はこれなんだ」
溜川「ふうん」
山里、ベンチに座って勉強している男女を見て。
山里「えー、キスしたいけど男が昼ご飯に餃子食べちゃったからなあって気にしてるカップル!」
溜川「おっ、いいねえ」
ベンチの男女が立ち上がるとそれは洲崎と小沢。
山里「!?」
溜川「あ、あれ洲崎と小沢だったんだ。あのふたり最近付き合ったらしいね」
山里「!!」
洲崎と小沢、去っていく。
溜川「小沢すげえよな、勉強もして彼女も作って器用というかなんていうか。まあ美男美女でお似合いって感じだけど」
山里「……ためちゃん」
溜川「ん?」
山里「あのー、あえてさらっと言うけどさ。俺洲崎さんのこと好きだったんだ」
溜川「……あ、そっかやっぱり……。ごめん」
山里「ううん、俺もちゃんと言ってなくて、ごめん」
山里、去っていく。

66　山里家・山里の部屋

机の上にはノート。
【モテたい】【洲崎さんはおもしろい人が好き】
【負けない】【負けたくない】【俺はおもしろい】
【ためちゃんが褒めてくれた僕の武器】
【おもしろさで勝つ!】
の後に、
【動きを磨け!】【先生のあだ名褒められた】
【ワードを増やせ!覚えろ!】【常にお笑いのことを考える】
などと書き足されている。
その中に……【おもしろいと思わせたい】
山里「……」

67　若林の高校・教室（日替わり）

春日の襟足を切っている若林。
「投票まであと1日」の貼り紙。

68　同・アメフト部の部室

若林と春日。

若林「投票日じゃん明日」

春日「そっか明日か…若林は誰に入れるの？」

若林「えー？　あいつ」

春日「誰？」

若林「あいつあいつ」

春日「誰ですか？　どの人？」

若林「誰でもいいだろ、うるさいなあ」

春日「すいません。で、誰？」

若林「しつこいよ」

春日「で、誰？」

若林「怖いよ。え、お前は誰に入れんの？」

春日「俺は若林を面白いと思ってるから…」

若林、手を銃にして突きつける。

春日「！」

若林「絶対入れんなよ」

春日、両手を上げて、

春日、頷く。

それを見て若林も頷き、銃の手を離す。

若林「俺が恥かくだけなんだからな」

69　同・教室（日替わり）

前に立つ生徒A、B。

黒板に勢いのある書き込み。

【今日このクラスの1番おもしろい奴が決まる！】

【女子部と盛り上がれるお笑いキングは誰だ！】

教卓には手作りの投票箱。

生徒A「じゃ、投票お願いします！」

生徒たち、盛り上がる。

70　山里の高校・帰り道

洲崎と小沢が歩いている。

それを尾行している山里と溜川。

溜川「山ちゃんやめなって」

山里「なにが」

溜川「よくないと思うけどなあ」

洲崎と小沢が喫茶店に入っていく。

山里「よし」

溜川「なに？　満足？」

山里「行くよ」

溜川「え？」

山里、喫茶店に向かっていく。

溜川「え、行くの？　俺も？　なんで？」

山里「いける気がする」

溜川、止めながら付いていく。

溜川「え？　告白する気？　ダメだよ、それやっていいの結婚式に乗り込んだ時だけだよ。あれもダメなんだけど」

71　喫茶店・中

　洲崎と小沢、向かい合って座り話している。

小沢「勉強どう？　順調？」
洲崎「うーんまあまあかな。あー今週の模試緊張する」
小沢「俺が教えられる範囲だったら教えるから言ってな」
洲崎「ありがと」
　窓からは山里の姿が見える。
　エスカレーターの動きをする山里。
　だんだん下がって消えて、また上って現れて……。
　洲崎と小沢、気付いてもいない。
　山里、外で筋肉アピール。腕立て伏せを始めるが1回もできずに崩れる動き。
　倒れながらそんな自分につっこんでいる山里。
　洲崎と小沢、気付いてもいない。

72　同・外

山里「……行くか」
溜川「どこに？　え、なに？」

73　同・中

　山里と溜川が入っていく。

山里「あれー偶然だね」
小沢「あれ？」
洲崎「あ」
溜川「どうも」
　山里と溜川、洲崎の近くの席に座る。
店員「こちらお水になります」
　山里、水を飲む。
山里「冷たい冷たい！　つめたー！　びっくりした！」
溜川「いや普通だけど」
店員「お客様……？」
溜川「あ、大丈夫です」
　山里、洲崎の様子を窺うが、全く見ていない。
山里「よし」
溜川「え？」
山里「ためちゃん聞いてよ俺ね、実は幼稚園の頃に尋常じゃなくモテてたんだよ。マジですごくて、バレンタインデーにチョコレートもらいすぎて親がお返しを問屋に買いに行くくらいでさ」
溜川「え？　そうなんだ」
山里「でもさ、小学校上がったくらいから全然モテなくなってさ。いつのまにかクラスのピラミッドを転げ落ちて、高学年にはモテる奴への妬み嫉みの固まり」
溜川「そうなんだ」
山里「でもファーストキスが中２なんだ、早いよね？って ことは中学で盛り返したって思うじゃん？　そんな甘くないの。好きな子には普通に3回振られたし。じゃあキスはなんなのっていうと、これが実は女子がトランプで負けた罰ゲームでキスされてさ。キスっていってもほっぺね、ほっぺ。でも罰ゲームなんて俺そんなこと知らないから舞い上がっちゃって。嬉しくて泣いちゃって。それクラスのみんながこっそり見てて『罰ゲームでした!』ってみんなに笑われて。こんなひどい話ある? 幼稚園の時にモテまくってた少年が中学で罰ゲームに使われてんだよ? 俺は思ったね。ねえ神様、モテ期の配分もうちょっと考えられませんでしたか? ってね。俺が亀だったらひっくり返ったまま起きれないよ」

溜川「たしかに」

　溜川、笑っている。

　山里、ゆっくり洲崎を見る。洲崎、笑っている。

山里「!」

　洲崎、山里を見る。

　山里、洲崎と目が合う。

山里「!!」

小沢「そろそろ行こうか?」

洲崎「そうだね」

　洲崎と小沢、立ち上がる。小沢はレジへ。

　洲崎、笑いながら山里に。

洲崎「ごめんね笑っちゃって。そんなことあったんだね」

山里「え、聞こえちゃった? はずかし!」

洲崎「この水、そんなに冷たいの?」

　洲崎、グラスを両手で包む。

山里「……!」

洲崎「普通じゃん。冷たいけど」

山里「……」

洲崎「じゃあね。山里くんって面白いね」

山里「!」

　洲崎と小沢、店を出ていく。

　小沢が洲崎の手を握り、手をつなぐ。

山里「……」

溜川「かっこよかったよ。恥ずかしい話するの」

山里「……これが一番強い話だから」

溜川「山ちゃんさ」

山里「?」

溜川「山ちゃん、面白いから芸人になったら?」

山里「……時々じゃなくて?」

　溜川、何も言わず肩を抱く。

74　若林の高校・教室

生徒A「じゃ、開票します!」

　生徒たち、盛り上がる。

若林「……」

× × ×

　開票されていく。

前に立つ生徒AとBに票が入っていく。
生徒A「次は……なんだこれ、つ、ツルゲーネフ?」
生徒B「なに?」
生徒A「え?　次は……あ、またツルゲーネフ」
若林「……」
生徒B「なんだよ、ツルゲーネフって誰だよ」
黒板にツルゲーネフ2票。
若林、春日を小突く。

× × ×

1票差で生徒Aが2位、Bが1位で。
生徒A「うわーすげー、やっぱ俺かお前なんだな」
生徒B「いや残り1票だから、俺の負けはもうねえんだよ」
生徒A「でも次が俺だったらどうなんの?」
生徒B「延長戦で同点決勝だろ」
生徒A「じゃ、最後の1票見てみましょう」
生徒Aが紙を開いて止まる。
生徒B「なに」
生徒A「若林」
若林「!」
ザワッとするクラス。
生徒B「おい若林、自分で入れるのダメだっつったろ」
若林「え、俺入れてないよ」
若林を見る春日。
若林・春日「?」

75　山里家・居間

山里、勤と瞳美の前で土下座している。
瞳美「なに?」
山里「お願いがあります」
勤「なんだよ?」
山里「お笑い芸人になりたいんです!」
勤「は?　本気で言ってんの?」
山里「本気です」
勤「面白くないのに?」
山里「くっ」
勤「なんで芸人になりたいんだよ」
山里「……天下を取りたくて」
瞳美「あらすごい」
勤「面白くないのに?」
山里「くっ」
勤「芸人になってどうすんだよ」
山里「天下を取りたいです」
勤「天下なんか取れるわけねえだろ。お前面白くねえんだから」
山里「くっ」

76　若林の高校・教室

生徒B「誰だよこれ入れた奴、冷めることすんなよ」

生徒A「じゃ、やり直しでいい？　若林、やり直しでふたりで決勝でいいよな？」
生徒B「なんでだよ俺の勝ちでいいだろ、いいよな若林」
若林「え、うん」
生徒A「どっちだよ」
生徒B「まあまあ、どっちにしてもこの票は無効で」
生徒A「ってかマジで誰だよ若林とか入れた奴ふざけんなよ」
生徒X「俺だよ」
　生徒Xが手を挙げる。
生徒X「俺は若林のこと面白いと思って入れたんだけど」
若林「……」

77　山里家・居間

勤「夢を持つのは全然いいけどよ、冷静な目線っていうのも大事なんだよ」
山里「……」
瞳美「亮太、いいの？　言いたいことあるなら、今言わないとずっと言えないよ？」
山里「……」
瞳美「なんで芸人さんになりたいの」
山里「……」
勤「なんでも何もないんだって、思いつきで言ってるだけだから」
山里「……人並みに……いや、今よりちょっとだけモテたいだけ！」
勤「なんだよそれ！　あのな……」
瞳美「それで？」
山里「……」

78　若林の高校・教室

生徒B「いやいや、若林が面白い？」
生徒A「はいこれ無効でーす、投票し直してくださーい」
　若林の票が破かれる。
生徒X「待てよ、俺は若林が面白いと思って入れたんだよ」
生徒A「そういうのいいから、ちゃんとやれよ」
　生徒X、立ち上がって教壇に向かっていき。
生徒X「若林はおもしれえんだよ！」
　生徒X、生徒Aを殴る。
若林「え」
春日「おっと」
生徒A「何すんだよ！」
　生徒ABとX、揉みくちゃになる。

79　山里家・居間

山里「何者かになりたいんです！　僕にとっての何者は芸

人なんです！」

80　若林の高校・教室

他の生徒も入り乱れて乱闘のようになる教室。

若林「え？　ちょっと待って」
春日「おやおや」

81　山里家・居間

山里「何者かになったらモテると思うんです！　モテたいんです！　お笑い芸人になったらモテるんです。そしたら何者かになれると思うんです！」

82　若林の高校・教室

乱闘状態の教室。
若林が止めに入るが弾き飛ばされる。

山里の声「何者かになりたいんです！」

83　山里家・居間

山里「お願いします！」
勤「何言ってるかよくわかんないしダメだって」
山里「面白いことなら努力できるんです！　これなら何者かになってモテる自分を好きになれそうなんです！」
勤「何言ってんだよ」

84　若林の高校・教室

揉みくちゃになっている生徒たち。
若林、なんとか割って入っていく。

若林「俺は……俺は……！」

85　山里家・居間

山里「自分のこと面白いと思ってるんです！」

86　若林の高校・教室

若林「俺は全然面白くないから!!」

87　山里家・居間

沈黙……。

瞳美「すごいねえ」
山里「え？」
瞳美「そんなに恥ずかしいこと大きな声で言えて、すごいね」
山里「……」

88 若林の高校・教室

静まりかえっている教室。

春日「じゃあ1位は決定ってことで……ね」

段々と拍手が起こり、

生徒B「……よっしゃー」

89 若林家・若林の部屋

若林、眠れない。

壁には阪神・近鉄・レッズの帽子。

N「自分は面白くないと叫んだ若林」

90 山里家・山里の部屋

N「自分は面白いと叫んだ山里」

山里、机に向かっている。

机の上の白紙の進路希望調査票。

N「ふたりとも長い夜を過ごし」

91 太陽（日替わり）

N「朝が来る」

92 若林の高校・教室

若林、進路希望の紙を見つめている。

4本足の鳥の落書き。

若林「……」

生徒Xが登校してくる。

目が合ってお互い逸らす。

春日が登校してきて前の席に座る。

春日「オス」

若林「おはよ」

若林、春日の襟足を切る。

春日、前を向いたまま。

春日「俺思ったんだけどさ」

若林「なに」

春日「お前すごいね」

若林「なんで？」

春日「お前のこと面白いって人を殴れる奴がいるんだぞ」

若林「それは俺も思ったよ」

4本足の鳥の落書き。

若林「俺は何を見てきたんだろうな」

春日「え？」

若林「勘違いしてもいいのかな」

春日「なんの話ですか？」

93 山里の高校・教室

山里、白紙に落書きをしている。

溜川、やってきて、

溜川「なにそれ」
ひっくり返っている亀のイラスト。

山里「亀？　ひっくり返ってるけど」

溜川「ためちゃんさ、こっから元に戻れる亀っていると思う？」

山里「えー難しいんじゃない？」

溜川「めちゃくちゃ頑張ったらさ、いけると思うんだよね」

山里「そう？」
山里、紙をひっくり返すと進路希望用紙。
「芸人」と書かれている。

94　居酒屋（２００９年）

N「若林と山里。ふたりが出会うのはまだずっと先」
黙ってメニューを見ている若林、山里。

95　劇場・外

N「そしてまたそのずっと先……」
テロップ【２０２１年　５月31日】

N「ふたりのユニット『たりないふたり』の解散ライブは無事終わった」
ポスターが貼ってある。
４本足の鳥とひっくり返った亀の絵が描かれている。
【明日のたりないふたり】の文字。

N「しかし」
そこに救急車が到着する。

96　同・ロビー

島がいる。
やってくる救急隊員。

島「こっちです！」
走っていく島、救急隊員。

97　同・舞台

島と救急隊員が舞台上に走っていく。

島「若林くん！　大丈夫!?」
舞台袖で倒れている若林。
それを見つめている山里。
心配そうなスタッフたち。
苦しそうに息をしている若林。

山里「……」

若林「……」

つづく

第2話

大きな声が出せますか？

1　劇場・外

テロップ【2021年　5月31日】
ポスターが貼ってある。
4本足の鳥とひっくり返った亀の絵が描かれている。【明日のたりないふたり】の文字。

2　同・舞台

舞台袖で倒れている若林。
介抱しているスタッフたち。

山里「若ちゃん、救急車もうすぐ来るから」

3　解散ライブ

舞台上の若林と山里。
それを捉えるカメラ、照明、スタッフたち。
2人を見つめる島。

N「オードリー若林正恭、南海キャンディーズ山里亮太によるコンビの枠を越えたユニット『たりないふたり』の解散ライブが行われた。ライブと言っても無観客で生配信。観客の姿は見えず当然その笑顔も笑い声もない。ただふたりっきりで2時間ぶっ通しの漫才を披露。そして若林は倒れた」

4　劇場・舞台

倒れている若林、少し笑いながら。

若林「頑張りすぎちゃいました」

N「倒れている若林。本当はこう思っている」

若林N「やばい、めちゃくちゃしんどい。気抜いたらあっちの世界に行っちゃう気がする。でもそんなこと言っといて助かったら『こいつめちゃくちゃ大袈裟に言ってたんだよ』っていじられてキツイ……あ……やばいマジでしんどいわ」

山里、心配そうで。

N「一方この男、山里」

山里「あ。無理にしゃべんないほうがいいよ。若ちゃんめちゃくちゃ頑張ってたもんね、鬼気迫るっていうかさ」

N「本当はこう思っている」

山里N「え〜マジ？　若ちゃん倒れちゃってんじゃん。俺も頑張ったのに、普通にしてる俺が頑張ってないみたいなんだよなあ。せめてちょっと座ろうかな」

若林、意識が朦朧としてきて。

山里「え、若ちゃん……まさか死なないよね？」

島と救急隊員が舞台上に走っていく。

島「若林くん！　大丈夫!?」

担架に乗せられ運ばれていく若林。
それを呆然と見守るしかない山里。

N「これは、ふたりの物語」

5　走る救急車

6　救急車の中

意識朦朧の若林。
心配そうな島。

島「若林くん、わかる!?　若林くん！」

若林「目を瞑ったらあっちに行ってしまいそうなので頑張ります」

島「うん」
だが、目を閉じそうになる若林。

島「目閉じちゃってる！」

救急隊員「若林さん、どこかに痛みはありますか？」
若林、みぞおちのあたりに手をやる。

島「え、心臓？　心臓じゃないよね？」

7　第1話より　病院・診察室（1983年）

若林の視点での映像。
若林、5歳。
その横には父・徳義（33）と母・知枝（28）。
目の前の医者の話に聞き入っている。

医者「お子さんは心臓に穴が開いています。心臓に負担をかけてはいけません。ですから、あまり感情を出させないようにしてください」

徳義「感情を出すな……？」

医者「はい」

×　×　×

5歳の若林が泣いている。

徳義「おい正恭。泣くな、死ぬぞ」

×　×　×

8歳の若林、姉・麻衣（10）とケンカしている。

徳義「おい正恭。怒るな、死ぬぞ」

×　×　×

11歳の大喜びしている若林。

徳義「おい。死ぬぞ」

8　救急車の中（2021年）

島「心臓じゃないよね？　心臓が悪いなんて聞いたことないよ？」

若林「……」

島「なに？」

若林「親父」

島「おやじ？」

若林「親父……○△□×○……」

島「なに？」

若林「親父……○△□×○……」

島「なに……!?」
若林「親父……○△□×○……」
島「……ねえ、なに!?」

9 劇場・控室

控室に戻っていく山里。
山里「本当に死なないよね？　死んだら、若ちゃん、伝説になっちゃうじゃん」

10 今回のストーリーを点描で

N「自分に期待し、自分に失望し、何かと戦い、敗れ、それでも一歩を踏み出し、漫才師として成功を勝ち取っていくふたりの物語。しかし断っておくが『友情物語』ではないし、サクセスストーリーでもない。そして、ほとんどの人において全く参考にはならない」
誰もいない舞台。
N「だが、情熱はある」
タイトル『だが、情熱はある』

11 美容室

テロップ【1999年】
大学生の若林。
美容師に髪をセットされている。
アフロヘアーになっていく。
美容師「いい感じですよ〜」
若林「……」

12 第1話リフレイン

生徒Xが原因で殴り合いの大騒ぎになる教室。
N「自分は面白い。自分は面白く人生を生きていける」

×　×　×

進路希望の紙に4本足の鳥の落書き。
若林「勘違いしてもいいのかな」
N「勘違いを続けていけば、きっと何か見つかる」

13 若林家・居間（1997年）

N「だが高校生活も終わる頃……何も見つかっていなかった」
高校生の若林と徳義、知枝。
知枝「もう2月よ。あとちょっとで卒業だよ、どうしたいのよ」
若林「さあ」
徳義「さあじゃねえだろ」
若林「……」

知枝「やりたいことあるの？　ないの？」
徳義「どうせないんだろうけどよ」
若林「……」
知枝「ここ」
大学の夜間学部のパンフレットを若林に渡す。
知枝「今から受験できるのここしかないから。ここ行きなさい。行けばとりあえず、大学行ってるって言えるから」
若林「……」
徳義「お前みたいななんの意思もない奴が大学行かせてもらうだけでもありがたいと思えよ」

14　若林の大学・構内
テロップ【１９９７年】
若林、歩いている。アフロにする前。
楽しそうな大学生たちとすれ違う。
N「こうして夜間学部に進学した。親の言う通りにしたのはしゃくだったが」

15　同・教室
若林、教室に入っていく。
N「『人とは違う』と勘違いをしやすい環境ではあった」
教室には年齢層の高い学生が数名。
スーツ姿のおじさんや、パンチの中年男。
おばさん、数人の若者など。

×　×　×

授業が行われている。
教授「この場合、親が子への愛情の一環としての行為だったと主張している点をどう評価するかが争点となってきます」
パンチの中年男「だからやったことは悪いけどさ、親が子供のためを思ってやったんだから情状酌量？の余地あるだろ」
若林「……」
若林、手を挙げて。
教授「はい、若林くん」
若林「本当に子供のためにやったんですかね？」
パンチの中年男「なにがだよ、親はそう言ってんだろ」
若林「子供は本当にそうしてほしかったんでしょうか？　親だか知りませんが、きちんと罰せられるべきだと……」
パンチの中年男「おい！」
若林「⁉」
パンチの中年男「ガキが生意気言うな」
若林「……」
教授「議論なのでそういう言い方はよしましょう」
パンチの中年男「あ、すいません。ごめんなデカい声出して」
若林「いえ」

N「夜間には、いろんな人がいた」

16 同・学食

券売機の前に立つ若林。
お金を入れるが「うどん」しか光らない。
「カニチャーハン」には赤くバツ。
若林、一応押してみるが反応しない。

若林「……」

N「夜間にはうどんしかなかった」

若林、「うどん」を押す。
うどんを食べる若林。

17 同・教室

英語のオーラルの授業。
教壇には外国人教師。

教師「プレゼンテーション　スタート！」

×　×　×

1人ずつ教壇で発表。

青年「アイラブ　ネットサーフィン」

×　×　×

中年女性「アイラブ　サスペンス　ウォッチング」

×　×　×

パンチの中年男「アイラブ　アルコール」

老婆「I love painting landscapes」

×　×　×

N「いろんな人がいた」

18 同・学食

券売機の前に立つ若林。
お金を入れるが「うどん」しか光らない。
「うどん」を押す。
うどんを食べる若林。

N「『うどん』しかなかった」

19 券売機の光る「うどん」

「うどん」押す。「うどん」押す。「うどん」押す。

N「ずっと、うどんしかなかった」

20 若林の大学・学食

テロップ【1999年】
うどんを食べている若林。

N「若林、自分が勘違いすることを忘れないため」

若林「よし」

21　美容室

アフロヘアーの若林。

N「アフロにした」
美容師「いい感じですよ～」
若林「……」
美容師「いいですね～」

22　公園

若林と春日。ぎこちない顔で話す若林。

若林「夜間ってすげえんだよ。基本おばちゃんやおじさんでさ。しかもみんな、めちゃくちゃ意識高いの。だから熱量がすごくて。でも学食のカニチャーハンが食べたいんだけどいっつも売り切れててさ。でもうどんはうどんで……」
春日「あの、さっきからなんか変なんだけど、顔が」
若林「……」

若林、カバンから本を出して見せる。
【少しでも人生を楽しくする方法】

春日「こんなの読んでるんだ」

若林、本のある箇所を開いて見せる。「幸せだから笑うのではない。笑っているから幸せになるのだ」とある。

春日「笑ってたんだ」
若林「やめるわ」
春日「え、なんかごめん」

春日、本をペラペラとめくり。

春日「これなんかいいんじゃない？　寝る前にその日幸せだったことをひとつでもいいから見つけてノートに書いてみましょう」
若林「それでどうなるんだよ」
春日「人生が少しでも楽しくなるんだろ？」
若林「ほんとかよ」
春日「俺知らないよ、お前が買った本だろ」
若林「……」
春日「っていうかなに？　この本に『髪型を変えたらいい』とか書いてあったの？」

春日、本をペラペラ。

若林「書いてないよ」
春日「書いてあんじゃん」

本に「髪型を思いっきり変えてみる」とある。

若林「偶然だな」

23　若林家・居間

麻衣、食卓にホットプレートの準備をしている。

若林「ただいま」
麻衣「え、なにその髪型」
若林「……」

台所で準備をしていた知枝、ボウルを持ってくる。

知枝「おかえり～今日お好み焼き」

若林の姿を見て。

知枝「いっぱい作ったからいっぱい食べてね」

麻衣「え、お母さんなんでスルー？」

知枝「……あ、信じられないし信じたくなかったから現実から逃げちゃった」

若林「触り心地いいけどね」

麻衣「知らないよ。家族にアフロがいるのすごい違和感」

知枝「中学受験頑張って進学校に入ったのに、夜間の大学に行って頭おっきくなったか。でも編入試験受けて昼に移れるし、なんなら他の大学に行ってもいいしね。なんならその頭でいいとこ受かっちゃったら天才感すごくていいわよね」

麻衣「お母さん、まだ現実から逃げてるって。正恭が今からそんな頑張るわけないじゃん」

知枝「そんなことないわよね？」

スーツ姿の徳義がいて。

徳義「どうでもいいけどよ」

麻衣「びっくりした、いつからいたの」

知枝「おかえりなさい」

徳義「どういうつもりかしんねえけど、お前そんな髪型、親の金でやる髪じゃねえぞ」

若林「一応、バイトした金でやったけどね」

徳義「その髪だけバイトした金でやってようが、親に食わせてもらって学校行かせてもらってたら親の金でやってんのと同じなんだよ」

知枝「はいはい、いいから着替えてきたら？」

徳義「頑張って働いてんのに息子が頭爆発させてきましたーっと」

若林「……」

× × ×

ホットプレートでお好み焼き。

徳義、知枝、麻衣、鈴代、若林。

麻衣「お好み焼きってさ、あれあるじゃん。焼きそばとかキャベツ重ねるやつ」

徳義「広島のな」

麻衣「それ。広島風って言ったらダメって言うじゃない」

知枝「そうよ絶対ダメ。お母さん知ってるの島根出身だから」

麻衣「でも、これを『関西風お好み焼き』って言って関西人が怒るっていうの聞いたことないよね」

知枝「え～でも怒るんじゃないの？　わかんないけど」

鈴代「じゃあ、どっちも『日本風お好み焼き』って言うのはどう？」

徳義「んだよそれ。その2個をどう呼ぶかって話なのによ。個性がそれぞれあるんだから。アイデンティティってやつだな」

若林「よく言うよ」

徳義「あ？　なにがだ？」

知枝「やめて」
若林「っていうか姉ちゃん、広島焼きの話しないでよ」
麻衣「え、なんで？　あ、あー」

24　広島風お好み焼き屋（１９８７年）

お好み焼きを食べに来ている若林家。
知枝「おいしかったね」
麻衣「おいしかった！」
若林、頷く。
知枝「せっかくだから甘いもの食べようかな……ふたりもアイス食べる？」
麻衣「やったー！」
徳義「俺もうちょっと食おうかな……」
知枝「あらそう。すいませーん」
店員、やってきて。
店員「はいはい」
知枝「えっと……バニラアイス２つと、レモンシャーベットと……」
徳義「あと、そば抜き１枚」
知枝「え？」
店員「そば抜きはないですよ」
徳義「焼きそばを抜いてくれればいいです」
店員「そんなメニューはないので」
徳義「抜こうと思えば抜けますよね」
店員「だから、メニューにないんですってば」
徳義「なんだあ？」
知枝「ちょっと」
徳義「メニューにあるないの話してんじゃねえよ、抜いたらいいだけの話だろうがよ！」
店員「うちは広島のお好み焼きなので。それがイヤだったら関西風のお好み焼き屋さんに行ってください」
徳義「いや関西風を食べたいわけじゃなくて、ここの焼きそば抜きを食いてえっつってんだよ」
店員「だからそんな食べ方はないって……」
徳義「変なプライド持つんじゃねえよ！　好きなように食べさせろよ、焼きそば抜いたの出しゃいいだけなんだからよ！」
店員、去っていく。
若林、麻衣、知枝、下を向いている。

×　×　×

キャベツに薄い皮が載ったお好み焼き……を不機嫌そうに作る店員。
徳義「できんじゃねえかよ」
店員「どうぞ、ごゆっくり」
食べる徳義。
若林、麻衣、知枝は無言でアイスを食べている。

25　若林家・居間（１９９９年）

鈴代「それは何風お好み焼きなんだろうね」
麻衣「少なくとも広島風ではなかったね」
徳義「あれが日本風かもな？　な？」
誰も笑っていない。
徳義「うまくなかったんだよな、あれ」
麻衣「はあ？　あんなにギャーギャー言ってたのに？」
徳義「食ってみたかったんだからいいだろ、あのお好み焼きもアイデンティティだったなあ」
若林「家族で食べに行ってる時に言うことじゃないよね」
麻衣「正恭」
徳義「あ？」
若林「ひとりで行ってるなら勝手にしたらいいけど」
知枝「正恭」
若林「恥ずかしいんだよ、こっちが」
麻衣「やめなって」
徳義「お前な、あれも今も俺が稼いだ金で食ってんだよ、俺は文句言っていいけどお前らはそんな権利ねえんだよ」
若林「権利の問題じゃないだろ、イヤだし恥ずかしかったって言ってんだよ」
徳義「あのな、中高私立行って勉強ひとつもしなかったの誰だ？　そのほうが問題だよ。人が働いた金でよ」
若林「すぐ仕事クビになるような仕事しかしてねえくせに偉そうに言ってんじゃねえよ」
徳義「お前のために言ってんだろ！」
若林「子供のせいにすんじゃねえよ！」
徳義「生意気言うな！　そんな頭にしてちゃらけてんじゃねえよ」
若林「これは個性じゃねえのかよ！」
徳義「いい個性と悪い個性があんだよ！」
若林「仕事7回もクビになるのはいい個性なのかよ！」
徳義「もう辞めねえよ！」
知枝「やめてよ」
鈴代「ねえ」
徳義「なんだよ！」
鈴代「マヨネーズ取って」
徳義「……」
若林、マヨネーズを渡して。
若林「はい」
鈴代「ありがと。徳義、うるさいよ」
徳義、立ち上がって出ていく。
若林「……」
若林、無言でお好み焼きを食べる。

26　同・外

車の中の徳義。

27　同・台所

知枝の声「どうせすぐケロッとして戻ってくるわ」

片付けている知枝。手伝っている麻衣。
麻衣「いつ我が家は平和になるんだろうねえ」
知枝「さあ。あーあ、お好み焼き好きなのに当分家で作れない～」

28　同・鈴代の部屋

鈴代が押し入れから古い電化製品などを出して、あれこれ見ている。
若林もいる。
鈴代「わかる？　これ価値がありそう～とか」
若林「そんなのあるかな」
鈴代「お金がまたなくなった時のために何か売れないかなって。次いつクビになるかわかんないでしょ」
若林「まあね」
鈴代、箱からビデオカメラを出して。
若林「え、懐かしい」
鈴代「どう？」
若林「売れるかなー。今はどんどん新しいのが出るから中にはテープもある。
鈴代「売れる？」
若林「誰が買うの普通の家族のテープ」
×　×　×
ビデオデッキのボタンを押す。
運動会の様子がテレビ画面に映る。
若林「俺かな？　姉ちゃん？」
玉入れ。幼稚園児の若林。
鈴代「まさくんだね」
若林「ほんとに？」
画面の若林、玉を掴み客席に投げる。
鈴代「ほら、まさくん」
知枝の声「あら正恭、やだ、そっちじゃないよ！」
若林、客席に玉を投げ続ける。
徳義の声「ダメだな、あいつ」
若林「……！」
鈴代「肩いいわね」
若林、動画を止めて。
若林「ばあちゃん」
鈴代「ん？」
若林「さっきごめんね、ご飯中にケンカして」
鈴代「バトルでしょ？」
若林「え？　バトル？」
鈴代「テレビで見たよ、アメリカかどっかでは殴り合う代わりに口喧嘩で戦うって」
若林「ラップバトル」
鈴代「それかと思ってた」
若林「……うん」
ちょっと笑う若林。

29　同・若林の部屋

若林、なんとなくラップをしている。

若林「同じクラスに同い年が少ない。カニチャーハンも食べられない。それは俺が悪い？　親もウザイ！　あいつらのようにはなりたくない！　モヤモヤが止まらない！」

【少しでも人生が楽しくなる方法】が目に入る。

若林、適当に机からノートを取り出す。

若林「……楽しかったこと……」

「うどんがおいしかった」と書く。

30　救急車の中（2021年）

運ばれている若林。

見守る島。

島「若林くん？　若林くん」

病院と連絡をとっている救急隊員。

救急隊員「先ほどまではうわ言のように話していたんですが今は」

島「若林くん！　若林くんって！」

若林「……親父……」

救急隊員「あ」

島「若林くん！　よかった、なに？」

若林「……親父……」

島「え？」

若林「……」

島「……だからなに!?」

31　大阪・NSC

テロップ【1997年】

NSCのビルの前にいる勤と瞳美。

山里、その建物から出てきて。

山里「もらえた！」

N「さて一方、この男。山里亮太」

山里の手にはNSCの願書のチラシ。

瞳美「よかったね。えー、っと、ここが、エヌ……」

山里、チラシを見せながら。

山里「吉本興業の芸人養成所。吉本総合芸能学院、通称NSC。従来、芸人になるためには弟子入りして修行……という形態だったが、この養成所を出れば芸人になれるというシステムを作り、門戸が広がった」

勤「へえー」

山里「んやで！　おかん」

瞳美「えっと、つまり、ここはなに？」

山里「なんでやねん！　なに聞いててんな！　頼むでほんま！　吉本の学校って言うとるやん！　ここで願書書いたろか！」

勤「なに言ってんだよ」

山里「ワイは大学行きながらここ通ってやな、切磋琢磨して！　立派な芸人目指すんやがな！　願書バーってて

瞳美　書いてそのままポストにストンやで!」
勤　「ちゃんと考えててすごいねえ」
山里　「そうか?」
勤　「すごいんかわからんけど頑張るわ。ほんなら飯食い行こ」
山里　「行こう!　お好み焼きだな」
勤　「めっちゃええやん!　行こ行こ!　お好み焼きで決めやで!」
N　「実家の千葉から大阪に降り立っていた」

32　山里の高校・教室（1995年）

ウォークマンでCDを聴く高校生の山里。ノートを広げ勉強しているよう。
N　「高校3年で芸人を目指すと決めた山里」
溜川がやってきて山里に声をかける。
山里、ヘッドホンを外して。
山里　「ためちゃん」
溜川　「おう山ちゃん、勉強してるねえ。英語のリスニング?」
山里　「これ」
溜川にヘッドホンを渡す。
と、関西弁が聞こえる。
溜川　「!?」
山里　「ちょうどよかった、聞いてもらっていい?　『なんでやねん!』『なんでやねん!』……これどっちがいいと思う?」
溜川　「いやわかんないよ」
山里　「『なんでやねん!』かな?　あと『めっちゃ』の発音が難しくてさ、聞いてもらっていい?」
溜川　「聞くけど俺正解わかんないよ」
山里　「めっちゃうまい!　めっちゃおいしい!　めっちゃ!」
N　「関西弁の習得に勤しむ」

33　山里家・居間（日替わり）

山里の前に勤、瞳美。
山里　「……」
N　「大阪で芸人を目指すために、両親から出された条件が、ちゃんと大学に行くこと」
勤　「大卒の保証はあるわけだし、行きながら考えたらいいだろ」
山里、頷く。が、土下座のような形になり。
勤・瞳美　「?」
山里　「でもすみません。浪人させてください」
勤　「だと思ったよ」
瞳美　「亮太」
山里　「?」
瞳美　「そんな簡単に頭下げられてすごいね」

山里「……」
勤「瞳美さん。怖いよ」

34　喫茶店（日替わり）

ウォークマンで関西弁のCDを聴く山里。
参考書とノートを広げ勉強している。
N「そのため山里は勉強と関西弁の練習に明け暮れ」
山里「おおきに……おおきに？　おおきにやで、おおきにやさかいに」
店内で大学生男女が騒いでいる。
学生男「今日サークルの飲みあるからさ、明日1限の代返してよ」
学生女「いいけどさ～大丈夫？　単位落とさない？」
学生男「まあ最悪辞めたらいいっしょ！」
学生女「え～じゃあ私も辞める～」
山里「……」
山里、別のノートを取り出す。
表紙に下手くそな亀の絵。
開いて、書き込む。
【勉強やる気にさせてくれておおきにやで～】
N「チャラい学生への妬みもエネルギーにし」

35　お好み焼き屋（1997年）

座っている山里と勤と瞳美。
N「そして、ついに関西の大学に合格。大阪に降り立った」
瞳美「お店すごいねえ。大阪！って感じ」
山里「こんなもんやろ！　おかん何にすんの？」
瞳美「私はミックスにしようかな」
山里「めっちゃええやん！　お好み焼き言うたらミックスやんな。オトンは？」
勤「俺はイカ玉かな」
山里「オトンもええチョイスするやんか～」
勤「いいから、亮太は何にすんだよ」
山里「えっとな～」
おばちゃん店員やってきて濃い関西弁で。
店員「はい決まりました～？」
瞳美「あ、私ミックスお願いします」
勤「イカ玉お願いします」
店員「はいはい、ミックスにイカ玉、おおきに。で？　兄ちゃんは？　なんにしましょ」
山里「えっと……」
店員「ん？」
山里「……えー」
店員「決まってへんかった？　なんにすんの？」
山里「わい、豚玉、頼むさかいに……」
店員「え、なんて？」
山里「ぶたたま……お願いします」

店員「はいはい豚玉ね。ええねんけど兄ちゃん、もうちょいはっきりしゃべらなあかんで？　聞こえへんわ」
山里「はい……」
店員「注文〜ミックス、イカ玉、豚玉よろしゅうね〜」
山里「……」
瞳美「大阪！って感じのお店でいいね」
勤「ほんとだな、マジでこんな感じなんだな」
山里「本当だね、大阪って感じするよね。かあさん」
勤「あれ？」
山里「なんだい？　とうさん」
瞳美「亮太。あなた標準語と関西弁ふたつ使えてすごいねえ」
山里「……」

× × ×

焼かれたお好み焼きを食べている。
瞳美「うん、おいしい本場って感じ」
勤「うん、うまいな！　本場サイコー！」
山里も食べて。
山里「うん……本場、って感じ……だね」

36 大学寮・外

古い趣のある学生寮。
その前に山里と勤と瞳美。
瞳美「挨拶していかなくていい？」
山里「平気平気。親と一緒に来たって、バカにされるよ」
瞳美「まあそれもそうね。じゃあ行くね」
山里「うん、ありがとう」
勤「じゃあな」
瞳美「家賃が安い寮に入って、親孝行な息子だね」
勤「頑張れよ」
瞳美「頑張りさかいに。期待しとるやんで」
帰っていく勤と瞳美を見送る山里。
山里「……」

37 同・広間

上級生の前に並ばされている新入生たち。
校歌を歌わされている。
4年生の米原が仕切っている。
米原「はい間違えた！　もう1回最初から！」
山里「校歌知ってるわけないじゃん……」
米原「そこ！　なんか言うたか!?」
山里「いえ」
米原「いくぞー？　せーの！」
校歌を歌う新入生たち。
N「そこは男子寮。初日から校歌を歌わされている。さらに」
米原「じゃあ次はひとりずつ将来の夢を発表していけ！」
山里「……」

米原「端から！」
　順に夢を発表していき……山里の番。
山里「僕は、えーっと、社長になりたいです」
米原「おい今の奴！　名前は？」
山里「山里です」
米原「山里。ほんまに社長になりたいって思ってるか？」
山里「思ってます」
米原「ほんまなんやったらもっと声出せ！　思いが足りてへん！　違う夢があるんやったらそれ言え！　恥ずかしがんな！　ここで言われへんような夢が叶うか！」
山里「……」
米原「もっかい言え！」
山里「僕は！……芸人になりたいです！」
米原「社長っていうのは嘘か！」
山里「嘘です！」
米原「ほんまになりたいのは!?」
山里「芸人です！」
米原「よっしゃ！」
　米原、山里に駆け寄り抱きしめる。
山里「！」
米原「俺もみんなも！　お前らの夢を全力で応援する！」
山里「……はい」

38　同・山里の部屋

　山里と米原。
米原「ここ、俺とお前の部屋」
山里「よろしくお願いします！」
米原「イヤやろ先輩と同部屋なんて」
山里「あ、いえ。米原さんでよかったです」
米原「応援するから頑張りな。芸人、シビアな世界やろけど」
　山里、ポケットにＮＳＣのチラシ。
山里「……」
　こっそり引き出しに入れる。

39　若林の大学・学食（１９９９年）

　うどんを食べている若林。
×　　×　　×
　ノートに「うどんがおいしかった」と書く若林。

40　若林家・若林の部屋（日替わり）

　若林と春日。
若林「今日は、何も考えないで1時間過ごすのをやってみる」
春日「ノート書いてんの？　楽しくなるやつ」
若林「何も考えるな。考えないのを1時間やってみよう」
春日「えっと、それはなんのため？」

若林「何も考えたくないからだよ」
春日「わかった」
　やがて……。
春日「何も考えないぞって考えちゃうよ」
若林「何も考えないぞって考えるからだろ」
春日「わかった」
　やがて……。
春日「何も考えてない？」
若林「いや」
春日「そっか。何考えてた？」
若林「将来何しようかな、って」
春日「あ、だいぶしっかり考えてたね」
若林「しょうがないだろ」
春日「まあね」
若林「お前将来考えないのかよ」
春日「お笑いのプロデューサーとか、構成作家とか？　そういうお笑いを作る仕事したいなと思ってる」
若林「お前そんなこと考えてんだ」
春日「ブルース・リーがね、言ってたんだよ」
若林「なんて」
春日「目立とうとするのは栄光を勘違いした愚か者の考えること」
若林「……」
春日「それもあって、いいかなって」
若林「なんだよ、勘違いしてなにが悪いんだよ」
春日「え、なに？」
若林「勘違いしてやるよ！　考えてやるよ！　なにが『考えるな感じろ』だよ」
春日「いやさっき『1時間考えるな』って言ってたの誰だよ」

41　若林の大学・教室（日替わり）

N　「若林は、大いに勘違いしてみることにした」
　若林、パンチの中年男に……。
若林「あの、僕と一緒にやりませんか？」
パンチの中年男「何を？　アフロ？」
若林「いや……芸人」
パンチの中年男「芸人？……なんでだよ。やんねえよ」
若林「……ですよね」

42　同・学食

　うどんを食べる若林。
　ノートを開き、何か書き込んでいく。
N　「一緒に勘違いしてくれる相方を探し始めた」
　×　　×　　×
　若林、電話をしている。
若林「あ、久しぶり。あのさ～お笑いに興味ない？　実は俺……あ、ない。そうだよね、またね～」

電話を切り……。
ノートには、数名の名前がリストになっている。
断られた名前の横にバツをつける。

若林「……」
「うどんがおいしかった」と書く。

43 大学寮・広間

N「こちらは大阪。山里の大学生活は
宴会で盛り上がっている。

N「盛り上がっていた」

44 山里の大学・キャンパス（日替わり）

山里、ボールとバッシュを持ち仲間と歩く。

N「サークルにも入り」

45 居酒屋

寮の仲間たちと合コン。

N「時々合コンもして」

山里「ひどくないですか？　幼稚園生の時にめちゃくちゃ
モテたのに、ファーストキス罰ゲームですよ？」
女性陣、ウケている。

米原「で、高校でもフラれて」

山里「面白い人が好きって言ってたのにつまんなそうな奴
と付き合ってましたよ！」
1人の女性・望月、楽しそうに山里を見ている。

46 走る車内（日替わり）

N「浮かれて」
米原が運転する車。助手席に山里。
2人で歌っている。

山里「淋しい夜はごめんだ〜淋しい夜はつまんな〜い」
※曲『いいわけ』入ってくる。

47 大学寮・山里の部屋

N「だから、見ぬふりをした」
山里、引き出しを開ける。
NSCの願書がある。

山里「……」
山里、引き出しを閉める。

48 若林の大学・学食

N「若林はうどんを食べ」
若林、券売機で「うどん」を押す。
うどんを食べている。

49　若林家・若林の部屋

N「相方を探す」
　電話をしている若林。
若林「あ、マジ？　全然、……あ、やらない？　そっか、はいはーい」
　電話を切り……ノートにバツをつけて……。
　ノートに「うどんがおいしかった」

50　喫茶店（日替わり）

N「山里は浮かれて」
　山里と望月、お茶をしている。
望月「山里くんめっちゃ面白い〜」
　楽しそうな山里。

51　大学寮・山里の部屋

N「浮かれて」
　山里、米原と酒を飲んで盛り上がっている。
米原「山里、ハサミある？」
山里「はいはい」
　山里、引き出しを開ける。
　ハサミとすでに数枚溜まったＮＳＣの願書。
山里「……」
米原「ない？」
山里「あります！」
　ハサミだけ取り出し引き出しを閉める。
N「見ぬふりをする」

52　若林の大学・学食

N「若林はうどんを食べ」
　券売機で「うどん」を押す。
　うどんを食べる若林。

53　若林家・若林の部屋

N「相方を探す」
　電話をしている若林。
若林「いやいけると思うんだよ。1回、1回、あ……」
　切られた電話……ノートにバツをつけて……。
　ノートに「うどんがおいしかった」

54　喫茶店（日替わり）

N「山里は浮かれて」
　山里と望月。
望月「ほんまにー？」
山里「本当だって！　俺びっくりしたんだから！」

望月「はあ、楽しいなあ」
山里「あ、あのさ、これ……」
望月「え、なに？」
山里、プレゼントを渡す。
望月が開けるとネックレス。
望月「え、かわいい！　いいの？」
山里「うん全然」

55　大学寮・山里の部屋

N「見ぬふりをする」
山里、引き出しを開けるとさらに願書が溜まっている。１枚取り出すが……。
山里「……」
また引き出しに入れて閉じる。

56　若林の大学・学食

N「若林はうどんを食べ」
うどんを食べる若林。

57　若林家・若林の部屋

N「相方を探す」
電話をしている若林。
若林「そうだよねえ、いや全然！」
電話を切り……ノートにバツをつけて……。
※曲『いいわけ』終わって。
若林「結局そういうことか……」
一番最後に「春日」の名前。
N「春日は自分が声をかければ１００％オッケーしてくれるので最終手段としていた」
若林、電話をかける。
春日「はい」
若林「あ、春日？　若林だけど」
春日「はいはい」
若林「あのさ、俺とコンビ組んでお笑いやってみようか」
春日「は？　やらないよ」
若林「え？」
春日「え？」
若林「え、断んの？」
春日「え？　うん」
若林「そうなんだ……。わかった、ごめんありがとう」
若林、電話を切る。
ノートに「うどんが」と書いて……。
もう一度電話をかける。
春日「はい」
若林「あ、春日？　若林だけど」
春日「え？　はい」
若林「あのさ、お前お笑いに興味あるだろ」

春日「え?」
若林「俺とコンビ組んでお笑いやってみない?」
春日「さっき断ったよね?」
若林「そうだっけ?」
春日「え、俺タイムスリップしてる?」
若林「とりあえず付いていきてくれたらいいから。ちっちゃなお笑いライブのオーディション」
春日「え〜イヤだって。俺が興味あるのはお笑いの裏方だから」
若林「勉強だと思って」
春日「イヤ」
若林「いいじゃん付いてくるだけだから」
春日「イヤ」
若林「なんかご飯おごるから!」
春日「ほんとですか」
若林「じゃあ申し込んどくから、日にち決まったら連絡する」
春日「え、何おごってくれる?　なんでもいい?」
若林「じゃ、また」
春日「カニなんて食べ」
若林、電話を切る。机に向かい「うどんが」の後「いつもよりおいしかった気がする」と続ける。

58　公園

山里と望月。
山里「あのー、本当に今さらっていうか……ごめん、望月さんとはちゃんとしたいから言うんだけど」
望月「うん」
山里「付き合ってください」
望月「ごめんなさい」
山里「あ、え?」
望月「山里くんいい人やし、好きになりたかった。やから、好きになろうって頑張ったんやけど」
山里「頑張ってたんだ、知らなかった」
望月「めっちゃ頑張ったんやけど」
山里「めっちゃ頑張ってたんだ」
望月「でも、前好きだった人が忘れられんくて」
山里「そっか」
望月「山里くんじゃなくて私の責任」
山里「ううん。だったら……しょうがないよね」
望月「ごめん」
山里「ううん」
山里、物を受け取るような手。
望月「?」
山里「あ、いや」
手を引っ込める山里。
望月「ごめんね」
山里「……」
望月「じゃ」

山里「あ、うん」

望月、去っていく。

山里「えーーそっかーー」

59 大学寮・山里の部屋

山里と米原。

米原「そうか、フラれたか」

山里「完璧に。バッサリです」

米原「そうか」

山里「はい」

米原「山里」

山里「?」

米原「うどん食いに行かへん?」

60 走る車

米原が運転し、助手席に山里。
2人で歌っている。

山里・米原「ロンリー誰も孤独なのかいロンリー僕はひとりかい～ロンリー君も孤独なのかいロンリー君はひとりかい～」

× × ×

山里・米原「いつまでも～続くのか～吐き捨てて寝転んだ～俺もまた輝くだろう～今宵の月のように～」

山里「輝きたい!」

米原「そうだよな」

× × ×

山里・米原「いつか最高の自分に～生まれ変われる日が来るよ～もっと真っ直ぐな気持ちに出会えると信じてる～」

山里「最高の自分に生まれ変わりたいしまっすぐな気持ちに出会いたい!」

米原「なんでも言え言え」

× × ×

山里「ゼアウィールビーラブゼアー、ゼアウィールビーラブゼアいつかは誰かのために生きていたい～」

米原「声出てるな」

山里「いやぁ楽しいなあ。米原さんありがとうございます!」

米原、ウインカーを出し路肩に停まる。

山里「?」

米原「山里、ちょっといい?」

山里「なんですか?」

米原「お前、芸人ならんくてええの?」

山里「あー……まあでも、いつでもなれるんですよ」

米原「いつでもなれるんやったらやれよ」

山里「でも今は学生生活が充実してますし……」

米原「けどお前ほんまはこんなんやりに来たんちゃうやろ。芸人なりたいって大阪来たんやろ」

山里「でも実際楽しいですすし」
米原「それでいいんやな？」
山里「……」
米原「帰ろか」
山里「僕は……」
米原「……」
山里「芸人になろうと思って大阪に来ました」
米原「そうやな」
山里「でも怖くて」
米原「うん」
山里「怖いんです」
米原「じゃあやらへんのか？」
山里「やりたいです」
米原「ほんまに思ってんのか？」
山里「思ってます」
米原「何になりたいって？」
山里「芸人になりたいです」
米原「声小さない？」
山里「芸人になりたいです！」
米原「ほんまに思ってんのか？」
山里「芸人になりたいです！」
米原「フラれた子を見返したいか？」
山里「芸人になって見返したいです！」
米原「寮に入った初日、夢叫ばされたのどう思った」
山里「なんだよこのノリって思いました！」
米原「フラれた後輩連れてドライブに連れてく先輩どう思う」
山里「ベタすぎてびっくりします！」
米原「なんでそう思うねん！」
山里「芸人になる人間だからです！」
米原「ほんならなろうとせなあかんやろ！」
山里「芸人になろうとします！」

米原、山里に願書を渡し。

山里「！」

米原、ペンも渡して。
米原、車を出発させる。

山里「……」

61　大学寮・山里の部屋（日替わり）

ガタガタの文字で書かれた願書。
山里、願書に顔写真を貼る。
髪はおかっぱ、赤いメガネ姿になっていて。

山里「……」

62　お笑い事務所・前（日替わり）

若林と春日。

春日「本当に付いていきただけだからね」
若林「まあまあ」

春日「ご飯おごってくれるんだよね？」
若林「まあまあ」
2人、入っていく。

63　NSC・前

【NSC受験生はあちら→】などの立て看板。
立っている山里、吸い込まれていく人たち。
山里「……」
山里、入っていく。

64　お笑い事務所・オーディション会場

面接員の向かいに座る若林・春日。
面接員「ふたりとも大学生なんだね」
若林「はい」
面接員「お笑いライブの経験は？」
若林「初めてです」

65　NSC・教室

10人ほどの受験生と面接官。
受験生の中に山里がいる。
端の生徒が自己紹介をしている。
受験生A「よろしくお願いします！」
面接官「はい。じゃ、自己アピールある人いたらどうぞ」
山里「……！」
受験生、ザワつく。
面接官「なんでもええよ、ネタやギャグがあったらやってもいいし。まあでも、ここ受けに来るくらいだから何もないわけないやんね」
数人が手を挙げる。
山里は挙げられない。
面接官「じゃあ、君」
受験生B「はい！　僕たちコンビなんで漫才やってもいいですか！」
面接官「はい、どうぞ」
漫才が始まる。

66　お笑い事務所・オーディション会場

面接員「じゃあ自己アピール、何かあれば」
若林「え？」
面接員「こんな特技ありますーとか、こんな体験しましたとかアピール、何かあれば」
若林「……」
面接員「あれば、どうぞ」
若林、立ち上がり。
春日「え、なに」
春日もつられて立ち上がる。

67　NSC・教室

受験生B「ありがとうございました!」
面接官「はいどうも。他にある人いる?」
山里「……」
面接官「じゃあ以上です、合否のほうは……」
　山里、手を挙げる。
面接官「あ、やる?」
　山里、立ち上がり……校歌を歌う。
面接官「?」

68　お笑い事務所・オーディション会場

若林「すみませんちょっと聞いていただきたいんですけど、うちの家族の話で。親父がとんでもない奴なんですよ」

69　NSC・教室

　立っている山里、校歌を一節歌い終わり。
面接官「?」
山里「……僕最近失恋しまして、そのお話してもいいですか」

70　お笑い事務所・オーディション会場

　立っている若林。
若林「子供の時、広島お好み焼きを家族で食べに行ったんですけど、親父が『そば抜いてくれ』って言い出して。店員さんに『そんなのできないよ』って言われても『変なプライド持つんじゃねえよ!』『そっちはやりゃいいんだよ!』って暴言吐き始めて。店内シーンってなっちゃってんですよ。店員さんが折れて作ってくれたんですけど、キャベツにクレープみたいな薄い皮載ってるだけ。しかも『うまくなかった』とか言ってて。マジでどうかしてると思うんです」

71　NSC・教室

山里「合コンで知り合った女の子なんですけど、かわいい子で。正直すっごいいい感じだったんですよ。ご飯行ったり、お茶したり、用がなくても電話したりして。僕もアクセサリーあげたりしてね。これってもう付き合ってるよなって思ってたんですけど、一応形式的に告白したらあっさりフラれて。『好きだった人が忘れられない』……は?　『頑張ったけど好きになれなかった』いやいやいや」

72　お笑い事務所・オーディション会場

若林「でね、最近僕が幼稚園の時の、運動会の映像が出てきたんですよ。ビデオで撮ってるやつ。それ見たら……僕もおかしいんですけど、玉入れの玉を見てる人のほうに投げてんですよ。俺こんなことしてたんだって思ってたらビデオ撮ってる親父の声が入ってて『あいつダメだな』って。え、そんなこと言う？『あいつダメだな』って」

73 NSC・教室

山里「そんなこと言います？ ひどくないですか？『好きになろうとした』なんて。これってね、超小規模の結婚詐欺じゃないですか？ だって僕おごったご飯のお金もアクセサリーも返ってきてないですよ？信じら……あ、今わかりました」

74 お笑い事務所・オーディション会場

若林「わかりますよね？ それ言っていいの進学校の教師くらいですよね？ いやそれもダメか？ 少なくとも親が言うことじゃなくないですか？ いや親だろうが誰だろうが人見下しちゃダメでしょ！ どうなってんだよ！」

春日「……」

面接員「……今のを言いたかったの？」

若林「え、はい」

75 NSC・教室

山里「今気が付きました。フラれた時に僕無意識に手をこうしてたんですよ。あれ金返せよって本能で思ってたのか。っていうか俺も最低じゃねえか！」

面接官「終わり？」

山里「はい。あ、」

校歌の後半を少し歌う。

面接官「それわからんけど。え、なんで今の話そうと思ったの」

76 お笑い事務所・オーディション会場

若林「なんでだろ。わかんないですけど」

77 NSC・教室

山里「今、一番熱を込められるのは」

78 お笑い事務所・オーディション会場

若林「これかなって」

79　NSC・教室

面接官「……合否は追って連絡します。ありがとうございました」
山里「……」

80　お笑い事務所・オーディション会場

面接員「はい。ありがとうございました」
若林「……」

81　広島風お好み焼き屋

若林と春日。

春日「お疲れ様でした」
若林「落ちたな」
春日「自覚あってよかったよ。俺何しに来たんだよ」
若林「いいんだよ。注文しようぜ、何食う?」
春日「そば抜きってちょっと気になってるんだけど、ゴネたらやってくれるかな?」
若林「お前絶対やめろよ」

82　お好み焼き屋

山里と米原。

米原「お疲れお疲れ」
山里「ありがとうございます」
米原「なんか調べたら90%受かるんやろ?」
山里「まあでも落ちましたね」
米原「え?　なんで?」
山里「意味わかんないことしちゃったので」
米原「何したん?」
山里「自己アピールの時間あったので関大の校歌2回歌って、好きな子にフラれた話を気持ち悪いくらいの熱量で言っちゃいました」
米原「ほんまに意味わからんな」
山里「でもいいんです、一歩踏み出せたので。米原さんのおかげです」
米原「まあ、食え食え。何頼む?」
山里「えっと豚玉と〜」

83　広島風お好み焼き屋

広島風お好み焼きを食べている。

春日「これ絶対焼きそばいるでしょ」
若林「そうなんだよ。マジ、イヤだったわ」

春日、食べている。

若林「春日あのさ」
春日「?」
若林「もしね。もしオーディション合格したらさ」

春日「落ちるだろ」
若林「もし！　受かったら！　あと1回だけ付き合ってくんない？」
春日「えー！　話違うだろ」
若林「ライブ出てみたいんだよ〜」

84　お好み焼き屋

関西風お好み焼きを食べている。
米原「おばちゃーん、ご飯ちょうだい」
店員「あいよー」
山里「あ、ふたつお願いしますー！」
店員「それやったら一気に言いな！」
山里「ごめんなさーい！」

85　若林家・若林の部屋

机に向かう若林。

「うどんがおいしかった」だらけのノート。

「お好み焼きがおいしかった」と書く。

86　大学寮・山里の部屋

山里、ノートに書く。

「落ちた！　でも俺はがんばった！」

「お好み焼きがおいしかった」と書く。

87　同・ロビー（日替わり）

スーツの山里、郵便受けを見るが何もない。
山里「……」
先輩「山里、始まるぞ」
山里「あ、はい」

×　×　×

送別会。一同スーツ。前にいる米原ら4年生。
N「春。米原たち4年生卒業の時」
順番に挨拶をしていく4年生。
米原「楽しい毎日でした。本当にありがとう」
一同拍手。
米原「そして、今日俺の夢がひとつ叶いました！」
ざわつく一同。米原が内ポケットからハガキを出す。
山里「？」
米原「俺の弟分である山里亮太！　これは養成所の合格通知です！」
山里「！」
米原「俺の夢でもあった、山里が芸人になるという夢の一歩目が見事叶いました！」
山里、みんなに押されて前へ。
米原「やったな山里！」

山里「ありがとうございます……ありがとうございます」

N「見事100分の90の壁を突破した山里と」

88　若林家・居間

電話に出ている若林。

N「若林」

若林「え?　合格?　え?　はい……ありがとうございます……」

N「ふたりが出会うのはまだずっと先のこと」

89　ライブ会場・ステージ（日替わり）

司会者の声「続いては、ナイスミドル!」

若林と春日、舞台に出ていく。

90　同・外

若林と春日、歩いている。

春日は顎にマスクを着けて、キョロキョロ。

春日「楽しかったわ」

若林「な。楽しかったけどさ」

春日「?」

若林「なんでオーディション受かったんだろ?」

春日、マスクを口に着ける。

若林「それ、どうしたの?」

春日「さっきのライブのウケ方すごかっただろ、俺ら」

若林「うんまあ」

春日「わかってないな、俺らはもう普通に街を歩ける人間じゃなくなっちゃったんだよ」

若林「お前が勘違いすんなよ」

春日「次どんなネタする?」

若林「……うるさいよ」

91　救急車の中

テロップ【2021年　5月31日】

若林、意識が朦朧としている。

若林「親父……○△□×○……」

島「親父が何?」

92　夢

5歳の若林が泣いている。

徳義「おい正恭。泣くな、死ぬぞ」

×　×　×

8歳の若林、姉・麻衣（10）とケンカしている。

徳義「おい正恭。怒るな、死ぬぞ」

×　×　×

11歳の大喜びしている若林。

徳義「おい。死ぬぞ」

93 救急車の中

若林「親父……うるさいよ……」

島「……」

運ばれていく若林。

つづく

第3話

ひとの心が見えますか?

1　走る救急車

2　同・中

運ばれている若林。

若林「……親父……うるさいよ」

島「……」

3　解散ライブ

舞台上の若林と山里。

N「オードリー若林正恭、南海キャンディーズ山里亮太によるコンビの枠を越えたユニット『たりないふたり』の解散ライブが行われた。ライブと言っても無観客で生配信。観客の姿は見えず当然その笑顔も笑い声もない。ただふたりっきりで2時間ぶっ通しの漫才を披露。そして若林は倒れた」

4　病院・ICU前

島、座っている。

少し離れてマネージャーが電話している。

マネージャー「収録はキャンセルの方向でお願いしていて、1件は春日だけでも、とのことなので相談しようかと……はい」

島「……」

マネージャー「はい……はい、あ、それは……」

マネージャー、島を気にして離れていく。

島「……」

足音が聞こえる。

島、その音のほうに目をやると知枝と麻衣。

麻衣「え、お母さんこっち？」

知枝「わかんないわよ、あ〜もう。正恭に連絡してみる」

島「！」

麻衣「今連絡取れないでしょ」

島「あの……」

知枝「え？　はい？」

島「若林くんのご家族の……？」

麻衣「え、はい」

島「初めまして、プロデューサーの島です」

知枝「あ、ああ。お世話になっております。正恭の母です」

麻衣「あ、姉の麻衣です。お世話になってます」

島「こちらこそ」

知枝「すみません、なんか事務所の方から大袈裟な連絡来ましたけど、たいしたことないですよね？」

島「……」

麻衣「え、なんかやばい感じですか？」

知枝「え？　えーっと……え？」

島「あの……」

知枝「え？　はい？」

島　「お父様は来られないんですか？」

知枝　「え？　あ……」

麻衣　「なんでですか？」

島　「若林くんが朦朧としながら『親父……親父……』って」

知枝　「亡くなりました、少し前に」

島　「え……。あ。……ええ？」

5　同・ICU

若林、意識がない。

6　劇場・外

劇場を出る山里。

スマホに連絡、開くと瞳美から。

「あんなにしゃべれてすごいね」

「お母さん感動しちゃった」とある。

山里、緊張の糸が切れたように崩れ落ちる。

N　「これは、ふたりの物語」

7　今回のストーリーを点描で

N　「自分を奮い立たせ、誰かと出会い、別れ、また出会い、別れ、自分の弱さを知り……それでも一歩を踏み出し、漫才師として成功を勝ち取っていくふたりの物語。しかし断っておくが『友情物語』ではないし、サクセスストーリーでもない。そして、ほとんどの人において全く参考にはならない」

劇場の前、しゃがみ込んでいる山里。

4本足の鳥とひっくり返った亀の絵。

N　「だが、情熱はある」

タイトル『だが、情熱はある』

8　大学寮・山里の部屋

テロップ【1999年・春】

山里、出かける準備をしている。

後輩の梨田（18）もいる。

梨田　「え、NSCってどんな授業するんですか？」

山里　「さあ」

梨田　「今日から授業始まるんですか？」

山里　「今日は入学式だね」

梨田　「すげー！　芸人さんと同部屋なんて、俺地元の奴らに自慢しちゃいましたよ！」

山里　「もう～まだ芸人じゃないから。芸人みたいなもんだけど」

山里、まんざらでもない。

9　NSC・大教室

数百人の新入生。その中に山里もいる。
ステージでは校長が挨拶している。

校長「今年も600人以上の多くの入学生が集まりました。皆さんのおかげで潤っております、ありがとうございます」

少しウケたりザワザワ。

校長「プロになりたいなら本気でいることです。バイトしてても遊んでいても、なんなら寝ている時でも、常にお笑いのことを考えてください」

一同「はい！」

校長「まあ今いい返事をしてても夏には半分辞めて、卒業する頃にはその半分辞めて、売れるのは3組いたらいいほうですけど」

一同「……」

校長「1年間頑張ってください。よろしく」

司会者「ありがとうございました、では続いて……」

N「お笑い芸能事務所『吉本興業』が芸人を養成するための学校、吉本総合芸能学院、通称NSC。お笑い芸人を目指す若者たちが1年間切磋琢磨していく」

10 同・各所

N「ここではさまざまなカリキュラムが組まれている。
構成作家や先輩芸人による授業」
聞いている山里。

N「発声トレーニング」
トレーニングの山里。

N「ダンス」
ダンスの山里。

N「そしてメインの授業とも言えるのが『ネタ見せ』。様々な芸人を見出してきた講師陣にネタを見てもらい、アピールし、アドバイスを受け、ネタに磨きをかける」

ネタ見せしている同期たち。それを見ている山里。

N「その出来栄えでランク分けされ、常に競争にさらされる」

AからEの番付のような用紙が貼られている。
まだ誰の名前もない。

N「そうして1年後の卒業公演出演を目指す。卒業公演で良い結果を残すことが売れっ子芸人への登竜門のひとつである」

11 大学寮・山里の部屋

机に向かう山里。

N「山里、漫才やコントの台本を書き溜めてはいるものの……」

12 NSC・教室（日替わり）

山里、1人の男性に声をかける。

山里「あのーごめんちょっといい?　俺とさ、コンビ組むとかさ……」

生徒A「あ～俺関西弁の漫才したいから東京弁ちょっと」

山里「あっ……そっかごめんね」

生徒A「ごめんな、勇気出して誘ってくれておおきにやで」

山里「……」

×　×　×

山里、1人の男性に声をかける。

山里「あのさ、俺とお試しでいいからコンビ組んでみない?」

生徒B「えーじゃあ～『こんな焼き肉屋はイヤだ。どんなの?』」

山里「……えー……ホルモンが……おいしくない」

生徒B「ごめん。やっぱ関東人おもんないな」

山里「……」

13　大学寮・山里の部屋

机に向かっている山里。ノートに書き込んでいる。

【関東人ごとバカにしたあいつらは許さない】

【負けない!　負けるわけがない!】

さらにノートに書いていく。

【見た目のかわいらしさは大事】

【誘い方を考える】

山里、ノートを閉じてネタ帳を開く。

大学の授業のノートを数冊、ネタ帳と重ねる。

山里「……」

14　NSC・教室（日替わり）

山里、1人の青年・宮崎（20）に話しかける。

山里「あのさ、俺とコンビ組まない?」

宮崎「え、俺?　なんで?」

山里、宮崎の顔をじっと見る。

宮崎「?」

山里「……うん。君となら面白いことできる気がして」

宮崎「えー嬉しい」

山里「ちなみに、俺がやりたいお笑いはこれ」

大学の授業のノートを紛れ込ませたノートの束を宮崎の目の前に出す。

宮崎「え……え?　これネタ帳?」

山里「そうだよ」

宮崎、一番上のノートを開く。

宮崎「すご。俺ネタ考えるの苦手やから嬉しい」

山里「あ。そうだ俺千葉出身だけどいい?」

宮崎「おもろかったらそんなん関係ないやろ。やってみよ」

山里「よかった、じゃあ連絡先……」

山里と宮崎、連絡先を交換。

N「同期の宮崎くんとコンビ『侍パンチ』結成」

15　若林家・居間（日替わり）

徳義、朝食を食べている。
若林、出ていこうとして。

知枝「正恭、朝ご飯食べていきなさいよ」
若林「ごめん遅れそうだからもう行くわ」
知枝「あらそうなの、何か食べなきゃダメよ」
若林「うん仕事だからその前には何か食べる」
徳義「なにが仕事だ、偉そうに」
若林「なに」
知枝「ちょっと」
徳義「お笑いだか芸人だか知らねえけどそんなの仕事なんて言えるもんじゃないんだよ」
若林「仕事は仕事だから」
徳義「テレビとか出てねえじゃねえかよ」
若林「あのね、テレビとかやってなくてもいっぱい芸人っているの。みんなライブとかやってお客さん見に来るんだよ」
知枝「え、私が知らないだけで正恭って人気あるの？」
徳義「そんなわけねえだろ」
若林「うるさいな、ちゃんとお客さんいるよ！　なんで子供が頑張ってんのにやる気削ぐようなこと言うんだよ」
徳義「はいはい、じゃ俺は仕事行ってくるわ」

徳義、出ていく。

若林「……」
知枝「まあまあ。遅れそうなんでしょ、いってらっしゃい」
若林「うん」
知枝「好きなことできるのは学生のうちだけなんだから」
若林「……！」

16　クレープ屋・バイト控室

若林と春日。

若林「……」
店員「じゃお願いします」

17　第2話　リフレイン

お笑いライブの舞台に立つ若林と春日。

N「お笑いをやる楽しさに目覚めたふたりは、芸能事務所の面接を受け所属。コンビ名はナイスミドル」

18　クレープ屋・店内

若林と春日、出てくる。
出囃子はなく、小さな台にスタンドマイクだけ。

若林・春日「どうも～よろしくお願いします」

若林「ねえ、ほんとに……」
漫才を始める。
客は女性２人だけ。
橋本智子（21）と寺川愛（21）。

N「若林の仕事は月２回。無料で見られる、クレープ屋の端に作られたステージに出演するだけ」

若林・春日「どうもありがとうございました〜」
２人の客、パラパラと拍手。

19　牛丼屋

牛丼を食べる若林と春日。

N「その後は、ありあまる時間を、お決まりのコースで巡るのが日課。まずは牛丼屋で腹ごしらえ」

20　市民プール

若林と春日、泳いでいる。

N「プールで泳ぎ」

21　公園

N「公園でキャッチボール」
キャッチボールをする若林と春日。

春日「今日のネタ、いい感じだったね」

若林「客ふたりでいい感じもなにもねえだろ」
春日「コントもやってみたいですね」
若林「あー、コントな」
春日「いつか50人くらいの前でネタやりたいな」
若林「50人って、こころざし低すぎんだろ」
春日「だって、卒業まであと１年ちょっとですよ」
若林「ん？　どういうこと？」
春日「え？　だって就活あるし芸人やってる場合じゃないでしょ」
若林「え？」
春日、投げる。
若林、ボールを後ろに逸らす。
若林、ボールを取りにいき……立ち止まる。
春日「？」
若林、動かない。
春日「なに」
春日、若林のほうに近づくと……。
公園のベンチで徳義が座って電話をしている。
春日「あれ？」
徳義、手元には資料。
徳義「え？　前20％って言ってましたっけ？　そうでした？　えーっとすいませんどうでしたっけ？　で、契約のほうは……あ、はい。またお願いします、はーい」
徳義、電話を切り……資料を地面に叩きつける。
若林「！」

徳義、ネクタイを外してゴミ箱に捨てる。
さらにジャケットを脱いで捨てて立ち去る。

春日「いやいや……ねえ」

若林「……」

徳義、戻ってきてジャケットとネクタイを拾い……。

若林に気がつく。

徳義「!」

若林「……」

徳義、去っていく。

春日「親父さん……なんていうか相変わらずパワフルだな」

若林「……」

22　NSC・教室（日替わり）

ネタ見せが行われている。
コンビのネタが終わり……。

講師「おもろないわ正直。いいところが見つからん。とにかくまずはネタフリをきちんと、ボケをしっかり。あとは……」

厳しい講師の指導に部屋中緊張感に包まれる。

山里「……」

講師「じゃ次。ヘッドリミット」

ヘッドリミット「はい」

漫才コンビのヘッドリミット藤尾（18）と西山（18）がネタ見せを始める。
講師にも他の生徒たちにも大ウケしている。

山里「……」

ヘッドリミットのネタ見せが終わって……。

講師「いやちょっと……すごいな。練習量もやけどネタがすごい」

山里「……」

23　交番前の広場

警察官が見ている。
山里と宮崎、ネタ合わせを終えた様子で。

山里・宮崎「ありがとうございましたー」

宮崎「たのしい〜。お笑いやれてるの最高なんやけど」

山里「……」

宮崎「俺らも早くネタ見せしたいね」

山里「……」

宮崎「ヘッドリミットすげえよな、先生たちみんな大絶賛してるし。今年はこいつらだってなってるみたい」

山里「……宮崎くんさ、今合わせてて思ったんだけど」

宮崎「なに?」

山里「ら行がちょっと弱いよね?」

宮崎「え、初めて言われた」

山里「普段は気になんないけどね。芸人としてはハッキリ言えたほうがキレがよくなると思うんだ。巻き舌できる?」

宮崎「まきじた?」
山里「たらららら、って」
宮崎「あー」
宮崎、巻き舌やってみて。
山里「うんうん」

24 バラエティショップ

若林、扮装グッズを物色している。
ちょんまげヅラを手に取り……。
若林「……」

× × ×

扮装用の着物やドーラン、おもちゃの刀などと一緒にレジへ。
店員「いらっしゃいませ」
レジに通す店員。
財布を出す若林。
店員「4点で8200円になります」
若林「え」
店員「?」
財布の中には千円札1枚と小銭がちょっと。
若林「……あ、他にも見たいやつあって……すみません」
店員「あ、はあ」

若林、商品を手に取り足早に去っていく。

25 交番前の広場

宮崎、巻き舌をしている。
山里「いいよいいよ、もっと力強くいこう」
必死で巻き舌を続ける宮崎。

26 若林家・若林の部屋

机に向かう若林。バイト情報誌を見ている。
若林「……」
ネタ帳を広げる。
【春日:やりたいことがあるんだけどさ】と書く。
若林「……」
【エアロビ　ボディビルダー】と書いて消す。
【就職】と書いて……消せない。

× × ×

フラッシュ。
春日「芸人やってる場合じゃないでしょ」

× × ×

若林、ネタ帳に書く。
【若林:お笑いやるのって難しいんだな】
若林「……」
それを消す。

27 大学寮・山里の部屋

山里、机に向かいネタを絞り出す……。

山里「……」

28 NSC・教室（日替わり）

テロップ【夏】

山里、ネタ見せ用のホワイトボードに向かい『侍パンチ』と書く。ざわっとする教室。

N「コンビを組み自信のあるネタもできた山里。初のネタ見せ」

× × ×

漫才をしている様子の山里と宮崎。

真顔で見ている生徒と講師。全然ウケていない。

宮崎「あ、結局お前何がしたいねん」

山里「俺？　俺は親が金持ちのフリーター」

宮崎「もうええわ！」

山里・宮崎「どうもありがとうございました」

講師「……はいはいなるほど……ネタはどっちが考えてんの？」

山里「あ、僕です」

講師「ふーん。根本的に作り方を変えたほうがいいっていうか……」

山里「……」

講師「どっちつかずで何がしたいかわからんのよ」

N「玉砕」

× × ×

ヘッドリミットがネタ見せをしている。

講師にも他の生徒たちにも大ウケしている。

山里「……」

29 同・廊下〜外

山里と宮崎、帰っていく。

山里「……」

宮崎「……これから頑張ろうよ、俺も本気で頑張るから」

山里「これ前言ってたやつ」

ビデオテープ10本を渡す。

山里「俺が選んだ見るべきお笑い番組集」

宮崎「あ」

山里「時間ある時に見といてね」

宮崎「うん」

ビルから出ると、多くの女性たちがいる。

山里「なんだろ」

ヘッドリミットが出てくる。

女性たちが声を上げる。

山里「！」

宮崎「すっげ。あいつらもうファンいんの？」

30　第1話　リフレイン

「モテたいんです！」と叫ぶ山里。

31　NSC・前

ヘッドリミット、サインを書いたりファン対応。

宮崎「すごいな」
山里「……ねえ宮崎くん、これからバイトだっけ？」
宮崎「そやけど」
山里「それ休んでさ、このビデオ10本明日までに見れる？」
宮崎「いや無理よ今日休むのは」
山里「本気でやるんだよね？　俺も明日までにネタ書くから」
宮崎「……わかった」
山里「判断遅いよ。明日ビデオの感想聞くからね」
宮崎「……」
山里「あと宮崎くんってヘッドリミットと仲いいの？」
宮崎「まあ、普通にしゃべるけど」
山里「仲良くしてもいいけど、仲良くするならあいつらが不利になるような情報ちゃんとゲットしてきてね」
宮崎「え」

山里、去っていく。

宮崎「……」

32　大学寮・山里の部屋

机に向かう山里。
ノートに書き込んでいる。
【ヘッドリミットには負けない】
【在学中に追い抜いてやる】
【最悪引き分けまでは持っていく】

山里「……」

山里、白紙を取り出し何か書き込んでいく。

33　公園（日替わり）

若林と春日、キャッチボールをしている。
若林投げて……春日、捕る。

春日「え？　今カーブかかってなかった？」
若林「だろ。よく捕れたなお前」
春日「いやそんな劇的には曲がってないですから」
若林「お？　じゃあ見てろよ？」

若林、投げる。春日、捕りこぼす。

春日「すげ、さっきより曲がった」
若林「だろ？　伊達にお前と毎日キャッチボールしてねえよ」
春日「なんですかその自慢」

34　市民プール

若林、プールサイドに腰掛けている。
水面から春日が顔を出す。

若林「すげえ！　潜水50メートルいったぞ！」

春日「……」

若林「春日？　意識ある？」
春日、オッケーサイン。

若林「よしオッケーオッケー。大幅に自己記録更新したじゃん」

春日「……伊達にお前と毎日プール来てねえよ」

若林「なんだよその自慢」

35　交番前の広場

警察官が見ている。
山里と宮崎。

山里「よし、じゃあもう1回やってみて」

宮崎「どうもーよろしくお願いします」
宮崎、一礼。

山里「なんか変なんだよなあ、それだとお客さんが『見たい！』っていう気持ちになんないんだよ」

宮崎「え、山ちゃんやってみて」

山里「どうもーよろしくお願いします」
山里、一礼。

宮崎「違い全然わかんないんやけど」

山里「え、え、なんでわかんないんやけど？　本気で言ってる？」

宮崎「……ごめん」

山里「もう2時間もやってんじゃん。早くネタ合わせしたいよ」

宮崎「うん」

山里「じゃあこのへんにして。次『なんでやねん』ね」

宮崎「……なんでやねん！　……なんでやねん！」

山里「違う違う、それじゃウケない」

宮崎「なんでやねん！」

山里「違うってば、はい続けて」

36　NSC・教室（日替わり）

ランク分けの貼り紙。
ヘッドリミットAクラス。侍パンチDクラス。

山里「……」

37　劇場前・夜

壁に【ヘッドリミット大好き！】という落書き。

山里「……」
何か書かれた紙を取り出し壁に貼っていく。
それは以前部屋で書いていたもの。
【ヘッドリミットは最低のふたり】
【私も私の友達も嫌な目に遭いました！】
山里、壁の落書きをマジックで書き加えて去る。

【ヘッドリミット最低！】になっている。

38　酒屋・バックヤード

若林、履歴書を手にビールケースの上に座っている。

若林「……」

そこに忙しく来る店長。

店長「よろしくお願いしまーす、待たせちゃってゴメンなさい、早速だけどバイトいつから来れま……」

店長、ビールケースに座る若林の姿に気が付く。

店長「……」

若林、座ったままで。

若林「あ、えっといつからでも……」

店長「……あ、じゃあ履歴書見せてください。あとそれ商品なんで、その上に座るのは絶対ダメね」

若林「あ、すいません」

× × ×

店長「じゃ、不採用の場合はお電話しますので」

若林「採用されてる場合は？」

店長「え？　……あ、えーっと、お電話して採用か不採用かお伝えします」

若林「よろしくお願いします」

若林、出ていく。

店長、履歴書にバツをつける。

39　交番前の広場（日替わり）

警察官が見ている。

山里と宮崎。

宮崎「……ごめん」

山里「いや謝ってほしいわけじゃなくて、理由を聞いてるの」

宮崎「……えっと……」

山里「昨日ネタ合わせをしたかったけど宮崎くんは彼女と遊びに行きたいって言いました。俺は、じゃあデート中に面白エピソード10個拾ってきてって言いました。で？」

宮崎「デート中にそんなに面白いこと起きなくて……」

山里「勝手に面白いこと起きるわけないでしょ、面白いこと起きる場所に行くんだよ？」

宮崎「……ごめん」

山里「俺は本気で頑張りたいだけ。本気で頑張れないの？」

宮崎「頑張りたいと思ってる」

山里「そ。じゃあこの前の続きからね」

宮崎「うん」

山里「やって」

宮崎「……なんでやねん！　なんでやねん！」

山里「彼女と会ってヘタになってるよ〜」

宮崎「なんでやねん！」

山里「ダメダメ、そんな彼女なら別れたほうがいいよ〜」

宮崎「……なんでやねん！！！」
山里「今のいいよ、感情乗ったよ」
宮崎「……なんでやねん！　なんでやねん！」
山里「はい巻き舌！」
宮崎、巻き舌。

40　NSC・教室（日替わり）

ランク分けの貼り紙。
ヘッドリミットAクラス。侍パンチCクラス。

山里「……」

41　クレープ屋・店内

若林と春日、小さなステージで漫才。
客は橋本と寺川、2人だけ。
若林を見る橋本。

42　牛丼屋

牛丼を食べている若林と春日。
春日「今日は、まあまあでしたね」
若林「客ふたりでまあまあとかないんだって。料理の味見も少なすぎたら味わかんねえだろ」
春日、ほんの少しだけ牛丼を味見して。
春日「たしかに」
若林「でもネタは作っていこうな、明日の昼公園でいい？」
春日「あ、私明日ダメです」
若林「なんで、大学だっけ？」
春日「説明会」
若林「お前それ就職活動の説明会のこと言ってる？」
春日「はい」
若林「このあとプール行こうぜ」
春日「え？　いいけど？」
若林、無言で牛丼をかきこむ。

43　NSC・教室

ネタ見せが行われている。
順番を待っている山里と宮崎。
山里「序盤はゆっくりでいいから中盤からテンション上げて」
宮崎「うん」
山里「今日勝負だよ」
講師「はいじゃあ次のコンビ～」
山里「よろしくお願いします！」
宮崎「お願いしま～す」
講師「はい、よーい……はい！」
山里と宮崎、漫才を始める。
教室に貼られたランク分けの貼り紙。

ヘッドリミットＡクラス。侍パンチＢクラス。

44　市民プール

春日がプールの端の水面から顔を出す。
春日、オッケーサイン。

春日「いったね50メートル」
若林「50……」
若林、プールの中へ。
若林「俺が勝ったら」
春日「ん?」
若林「大学卒業してからも芸人な」
春日「え?」
若林、深呼吸。

45　交番前の広場

警察官が見ている。
山里と宮崎。

山里「いいよ、先に言い訳聞くよ」
宮崎「……できてなかった?」
山里「え、自覚なかった?　全然ダメだったよ。今日頑張ったらＡクラス行けたかもなのにさ」
宮崎「ごめん」
山里「はいはい、オッケオッケ。じゃあなんでやねんやっていこ」
宮崎「なんでやねん」
山里「声小さっ。切り替えて」
宮崎「なんでやねん。なんでやねん」
山里「全然ダメ」
宮崎「……もうええわ」
山里「いやなに勝手に変えてんの」
宮崎「もうええわって」
山里「なんでやねん」
宮崎「もう……」
山里「なに?」
宮崎「もう、許して」
山里「はあ!?　許す?　できてないから俺が言いたくもないこと言ってんのに許すってなに?」
宮崎「もうやめたい」
山里「……え?」

46　市民プール

若林、スタンバイ。見ている春日。

春日「他の勝負でもいいですよ?」
若林「いい。これくらいひっくり返したらお前も覚悟決めんだろ」
春日「ああ。たしかに」
若林「俺が勝ったら、就活やめて芸人な」

春日「いいですよ。負けたら芸人辞めて就活ね」
若林、深呼吸。
春日「いくよ？」
若林「……」
春日「3……2……1……ゴー」
若林、潜水スタート。

47 交番前の広場

宮崎「解散してほしい。お笑いがこんなに楽しくないとは思わなかった」
山里「いや、本気でやるのに、楽しいとか……」
宮崎「ごめん」
山里「宮崎くんも頑張ってるからBクラスまで来れて周りの見る目も変わってきたじゃん、今解散はもったいないって」
宮崎「無理」
山里「いや、なんていうかな。あえて、あえてキツく言ったとこあるんだよ。今日は休んでいいから明日から頑張ろ？」
宮崎「もう、できない」
山里「え」

48 市民プール

潜水している若林と、見ている春日。
若林、25メートルをターン。
春日「……頑張るな」

49 交番前の広場

宮崎、去っていく。
山里「いや待ってって」
宮崎、立ち止まらない。
山里「待って、待ってよ」

50 市民プール

潜水している若林と、見ている春日。
若林、50メートルのターンまで近づいていく。
春日「え？　マジ？」

51 交番前の広場

遠くに去っていく宮崎。
山里「……うそでしょ」

52 市民プール

潜水している若林と、見ている春日。

　　若林、50メートルを……ターン。
春日「！」
　　若林、その瞬間に顔を上げ、ＯＫサイン。
春日「マジ？」
若林「今、俺、折り返し、したから」
春日「51メートル……」
若林「……っしゃあ……」

53　交番前の広場

　　１人の山里。
N「山里、初めて組んだコンビ解散」

54　市民プール

　　若林、フラフラ。春日、助けるためプールの中へ。
N「若林、改めて春日と正式にコンビを組む」

55　大学寮・山里の部屋

　　ただならぬ様子の山里に近づくこともできない梨田。

梨田「……」

　　山里、ノートに書いていく。

　　【俺は何を見ていたんだろう】【失敗していい】【勘違いはしてはいけない】【頑張りたい】【このままでは努力も意味がなくなってしまう】

　　山里、ノートに書き続ける。

56　市民プール

　　プールサイドに横たわる若林。

57　病院・病室（２０２１年）

　　ベッドに寝ている若林、意識はない。
知枝の声「実は根性あるくせに、それよりも『ひねくれ』が前に出ちゃってて周りからはそういう印象になるんですよね」

58　同・病室の前

　　島と知枝、麻衣が並んで座っている。
島「わかります」
知枝「考えすぎちゃう子なんですよね」
麻衣「それが今日みたいなことになっちゃうんだよね。頑張りすぎちゃってさ」
島「私が無理させちゃったのかな」
麻衣「いやいや、勝手に頑張ってるんですよ」
島「……でも、さすがご家族、って感じですね」

知枝「何がですか？」
島「若林くんのこと、ちゃんとわかってらっしゃる」
麻衣「ああー」
知枝「そんなにちゃんと話したことはないんですよ。きっと、私とは話が合わないって思ってるんじゃないかな」
島「そんなことあります？」
知枝「そんなことあるんですよ」
島「……」

59 同・病室

ベッドに寝ている若林、意識はない。

60 大学寮・山里の部屋（1999年）

テロップ【秋】
山里、テレビを見て祈っている。
梨田もいる。

山里「……」
テレビに映るヘッドリミット。
N「同期のホープ・ヘッドリミットの快進撃は続き……NSC在学中にお笑い新人賞の決勝に進出、プロの先輩芸人と同列で戦っていた」
山里「お願いします……頑張ってきたんです……神様お願いします」
司会者「それでは最優秀賞を発表します。今年の最優秀賞は……」
山里「……」
司会者「ヘッドリミットです！」
山里「くそっ！　頑張ったのに……！」

× × ×

落書きを書き換える山里。

怪文書を劇場横に置く山里。

携帯電話で話している山里。

山里「いや俺も信じられなかったよ？　ヘッドリミットがまさかそんな悪い奴らだったなんてさ。信じてた分ショックでさ〜」

× × ×

山里「勝つ！　勝つぞ、絶対勝つ！　俺はまだまだだ！」
梨田「山里さん……かっこいいです」

61 NSC・教室（日替わり）

ネタ見せが行われている。

生徒の中にいる山里。

ダメ出しをする講師。

講師「わかりやすくしたほうがいいってもんじゃないで。客はアホちゃうでな」

生徒「ありがとうございます！」

講師「そしたら今日は以上かな、また来週」
生徒「はい！」
講師「あ、そうや。えーっと……侍パンチの……」
山里「え？」
　山里、立ち上がる。
講師「そうそう。この後ちょっとええか？　お前相方探しとるんやろ？」
山里「はあ？」

62　喫茶店

　山里と……和男（20）がいる。
山里「なんかお見合いみたいだね」
和男「いやごめんな、俺も先生にいいですいいですって言ったんやけど、お前ら合うと思うから、って。俺は侍パンチ見てたから、山里くんと組めたら嬉しいんやけど、山里くんは俺のことなんか知らんやんね」
山里「あーうん、ごめんね」
和男「ランク違うのに、マジで先生無茶言ってるわ」
　山里、和男の全身を見て。
山里「……オシャレだね」
和男「そう？　あ、前アパレルやってて」
山里「ふーん……俺の衣装も選んだりできる？」
和男「うん、俺でよければ」
山里「俺でよければ、お願いします」
和男「え、マジ!?」
山里「あの俺がイヤなヤツになったりしたらちゃんと言ってね」
和男「ん？　うん。……じゃあ自己紹介に」
山里「？」
　和男、立ち上がってコサックダンスをしながらズボンのチャックを上げ下げして……。
和男「コチャックダンス！　アーハー！」
　周りからは変な目で見られている。
　山里、和男が眩しく見える。
N「山里、２組目のコンビ『足軽エンペラー』結成」

63　交番前の広場（日替わり）

　警察官が見ている。
　山里と和男、ネタ合わせをしている。
山里「あとやってみたいのがね、朝の情報番組の司会ね」
和男「そんなん芸人でできる？」
山里「できるよ！　ズームイン！」
　山里、鼻に勢いよく指を入れる。
和男「……いや動き！　おかしいやろ！」
山里「あ、和男くん今のもうちょっと早く言える？」
和男「わかった」
山里「俺もセリフ入れたいし。もっかい合わせよ」
N「新しい相方と必死に努力する山里」

64 公園

若林と春日、キャッチボールをしている。
若林、投げる。春日、捕りこぼす。

春日「え、変な曲がり方したよ?」
若林「シンカー」
春日「すげ～」
N「春日と野球の腕が上がる若林」

65 NSC・教室前～中（日替わり）

誰もいない廊下で山里と和男だけがネタ合わせ。

N「努力する山里」
山里「皆さんもぜひお試しを」
和男「もうええわ!」
山里・和男「どうもありがとうございました」
山里「最後もっと速くていいよ」
和男「オッケー。あ、そや」
山里「?」
和男「これ山ちゃんの衣装にいいんちゃうかなと思って」

和男、赤いスカーフを渡す。

山里「へえ、いいかも!」
和男「うん、よかったら着けてよ」

社員、やってきてドアを開けて。

社員「え、早いね」
山里「一番にネタ見せしたいので!」
社員「すごいやん、頑張るね」
山里・和男「はい!」

山里、教室のホワイトボードにコンビ名を書く。

N「努力する山里。誰よりも早く来て」

× × ×

山里と和男、ネタ見せしている。

N「一番にネタ見せをして」
山里「皆さんもぜひお試しを」
和男「もうええわ!」
山里・和男「どうもありがとうございました」
講師「いいんやけど、フリがちょっとわかりづらいかな。今のやったら話し始めるのは逆ちゃうかなと思うし」
山里「はい……はい」

山里、メモしている。

× × ×

N「その場でネタを直し」

他の生徒のネタ見せが行われている。
その最中に山里と和男、小声でネタ合わせ。

× × ×

講師「はい今日は以上で」
生徒「ありがとうございました!」

教室から出ていく講師。

山里「先生すみません!　直したので見てもらっていいで

すか」
山里「また？　お前らいっつもやな」
講師「すいませんお願いします」
山里、赤いスカーフ巻いていて。
講師「それええな、お前の嫌味なキャラに合ってるし」
山里「ありがとうございます」
講師「どれ、ネタ見せてみ」
N「直したネタを授業終わりに見てもらっていた」

66 若林家・若林の部屋

N「一方、若林は」
若林、机に向かっている。
ゲームをしている春日。
若林「できた」
春日「あ、新ネタできました？」
若林「ちょっと見てくんない？」
春日「はい」
春日が見るとバイトの履歴書。
春日「え？」
若林「今回はうまく書けたと思うんだけど」
春日「え、バイトの面接用ですか？」
若林「そうそう。気になるとこある？」
春日「そんなに気遣わなくても受かりますよ」
若林「いいから、気になるとこ言ってくれよ」
春日「えー……じゃあ趣味を他にも何個か書きます？」
若林「うんうん」
N「春日に履歴書を見てもらっていた」

67 NSC・ロビー（日替わり）

テロップ【冬】
掲示板の前に人だかり。
N「山里が1年間通ったNSCも卒業間近」
その中に山里もいる。
N「卒業公演に出演できる生徒が発表される。入学時は600人いた生徒もこの頃には100人ほどでコンビにすると50組。その全員が卒業公演に出られるわけではない」
和男「まあ俺ら組んでまだ1ヶ月やからね」
山里「……ね、入ってたらラッキーくらいのね……」
N「1分・3分・5分とネタ時間でランク分けされ、もちろんネタ時間が長いほど優秀とされる」
講師が紙を持ってやってきて。
講師「はいはいどいてどいて～」
掲示板に貼られた紙。
山里、1分ネタの欄から順に見ていく……。
「5分ネタ」のところに足軽エンペラーの文字。
山里「！」
和男「え、やった！　山ちゃんやったやん！　すごい！」

山里「よかった……！」
　山里、【ＭＣ：ヘッドリミット】の文字を発見。
山里「!?」
和男「え？　ＭＣって基本５年くらい上の先輩やんな？
　去年は……」
山里「和男くん」
和男「？」
山里「なにしてんの。ネタ合わせ行くよ」
　山里、人だかりを抜けて出ていく。
和男「え、うん。待ってって」
　和男、追いかける。

68　劇場・舞台袖（日替わり）

　卒業公演が行われているステージ。
N「そうして迎えた山里のNSC卒業公演
　ＭＣのヘッドリミットが笑いを取っている。
和男「すごいな。プロみたい」
山里「……」
藤尾「続いては５分ネタブロックですね、まずは足軽エンペラーです、どうぞ！」
　舞台が暗転して出囃子が鳴る。
山里「行くよ」
和男「うん」
　舞台が明転する。
　山里と和男、出ていく。

69　同・外

　勤と瞳美が待っている。
　山里、やってきて。
勤「お」
山里「ごめんごめん、遅くなっちゃった」
瞳美「亮太〜お疲れ様、よかったよ〜」
勤「な、面白かったな」
山里「え、本当面白かった？」
勤「よかったよな。だってお前出番最後のほうだったし、漫才の時間も長かったじゃねえかよ」
山里「まあなんていうか、優秀な順だから」
瞳美「すごいすごい。でも司会の人たちすごかったねー。さすが先輩芸人さんはすごいね」
山里「……父さんはどうだった？」
勤「面白かったよ。見直したよ」
山里「え〜そお？」
勤「あと、忘れないうちにこれ」
　と、会社のパンフレットを渡す。
山里「？」
勤「ここ、会社の雰囲気もいいし。おすすめ」
山里「……」
勤「取引先の社長にお前のこと話したらえらい興味持た

れてさ。浪人してまでわざわざ大阪の大学に入学して、お笑いの学校行って芸人やってて、面白いなあって」

山里「ああ……ありがとうね」

瞳美「確かに、そのバイタリティすごいね」

山里「……」

70　公園

電話を受けている若林。

若林「はい……わかりました、ありがとうございます」

電話を切り、バイト情報誌を開く。

×印をつける。

若林「……」

若林、バイト情報誌を地面に叩きつける。

71　美容室

若林、アフロヘアーを元の髪にしていく。

若林「……」

72　若林家・居間（日替わり）

居間に若林、徳義、知枝。

離れて見ている鈴代、麻衣。

若林「もういい？」

徳義「まだ何も話してねえだろ」

知枝「もう大学卒業よ？」

徳義「芸人で食ってけるわけないんだからよ」

若林「仕事もらえてるよ」

徳義「どんなだよ」

若林「ライブだよ、営業みたいな」

知枝「えっと……え？　ライブってそれは何？」

麻衣「お笑いのライブだよ。生で芸人さんの漫才とか見れるやつ」

知枝「そんなの出てるの？　あんたが？」

麻衣「見たいんだけど〜。今度行っていい？」

若林「いいよ来なくて」

鈴代「私も行ってみようかしら」

若林「だからいいって」

徳義「どうせつまんねえって」

知枝「それでちゃんと暮らしていけるの？」

若林「……」

知枝「ねえ」

徳義「はっきりしろよ、いくら貰えんだよそれで」

若林「今は月に２回くらいで……５千円……ふたりで」

知枝「あら」

徳義「ったく、だから言ってんだろそんなの仕事なんて言うな」

若林「仕事はこれから増えるかもわかんないだろ」

徳義「お前な、曖昧なこと言ってる年齢じゃねえんだよ。遊んでんのに仕事なんて言って社会から逃げんな。ちゃんと働け」
若林「いいんだよ俺社会人になりたくないんだから」
知枝「え？　え？」
徳義「いつまで甘いこと言ってんだよこいつ」
若林「逃げてねえし甘くねえよ！　なんなら親父の仕事よりしんどいことやろうとしてんだよ！」
徳義「なんだとお前」
知枝「正恭」
若林「簡単にクビになるような仕事に就きたくねえんだって」
知枝「正恭、言いすぎだから」
徳義「お前、親に食わせてもらってるくせによくそんな偉そうな口たたけんな」
若林「ああ、もういい！」
若林、立ち上がり、
若林「困ったらそれ言えばいいと思ってんじゃん！　出てってやるよ！　だったら文句言えねえだろ！」
知枝「落ち着いて」
徳義「おお出てけ出てけ。中学から私立行かせてやってんのに芸人なるなんて息子この家にいてほしくねえよ」
若林「……」
若林、自分の部屋へ。
知枝「ちょっと」
徳義「ああ？　なんだよ！」
知枝「……」

73　同・若林の部屋

若林「……」
鈴代「ねえ」
若林「止めないでよ」
鈴代「家賃が安いとこよりも敷金礼金が安いとこが初期費用安くていいわよ」
若林「……」

74　交番前の広場

警察官が見ている。

座っている山里と和男。

山里「NSCも卒業したし、改めてなんだけどさ」

和男「うん」

山里「和男くんには24時間お笑いのこと考えてほしい。あと僕のできないこと……例えば先輩と飲みに行ったり、社員さんと関係を作ったりしてほしい。そして常にオシャレでかっこよくいて。これは女性ファン獲得のためにね。あとあと、ネタ合わせしたいって俺が言ったら予定があっても来てほしいし、俺が書いたネタには前向きなコメントだけして」
和男「……うん」

75　不動産屋

職員に接客されている若林と春日。
若林「敷金・礼金の安いとこをお願いします」
職員「大学4年生だと、就職は決まってます?」
若林「……なんでですか?」
職員「いや家賃とかあるので、一応」
若林「一旦……就職はしないですね」
職員「んー、じゃあ保証人はいます?」
若林「あ、こいつです」
春日「そうなの?」
職員「ああ。……(春日に)大丈夫ですか?」
春日「まあ私でよければ」
職員「お客様のお仕事は?」
春日「大学生です。卒業したらお笑い芸人です」
職員「……失礼ですがおふたりは……?」
若林「あ、はい、僕ら一緒にコンビでお笑いやってて、だからこいつが逃げるとかないので絶対大丈夫です」
職員「ダメですよ」
若林「え?」
春日「あ、学生だからですか?　もう卒業しますよ」
職員「いや、だってあなたたちコンビなんでしょ?」
若林「はい」
職員「コンビって運命共同体みたいなもんなんだから、お客さんが家賃払えないってなったら相方さんもお金ないでしょ」
若林「……ほんとですね」
職員「ご実家が東京なら普通は保証人ご家族ですが」
若林「……」
春日「親と来たら?」
若林「……あ、そうだ春日お前部屋借りたいって言ってたじゃん」
春日「え?」
若林「俺いいからそれ見せてもらおうぜ。いいですか?」
職員「別にいいですけど……希望は?」
春日「えー?　えっと……都内で3万円以下で……」
若林「やっす」

76　若林家・玄関

若林、そーっとドアを開け入っていく。
家に上がると鈴代がいる。
若林「!」
鈴代「出ていくんじゃなかったっけ?」
若林「そのつもりだったんだけど。部屋借りれなくてさ」
鈴代「本気で家出ていきたいなら野宿でもできるでしょ」
若林「いや、そうだけど」

鈴代「偉そうに言ってたのに。徳義にそっくりね」
若林「……」
鈴代「親子。そっくり」
　　鈴代、自分の部屋へ。
若林「……」

77　劇場・楽屋（日替わり）

N「足軽エンペラーは吉本の劇場でライブに出演する日々」
　　ネタ合わせをしている山里と和男。
山里「あとやってみたいのがね、朝の情報番組の司会ね」
和男「そんなん芸人でできる？」
山里「できるよ！　ズームイン！」
　　山里、鼻に勢いよく指を入れる。
和男「いや動き！　おかしいやろ！」
　　山里、ネタ合わせやめて……。
山里「早いってば、かぶってんじゃん」
和男「わかった」
山里「すぐ受け入れてんじゃないよ噛み付いてこいよ」
和男「前に遅いって言われたから」
山里「限度があんだろ！　かぶってんじゃん」
和男「……」
スタッフの声「足軽エンペラー次だよー」
山里「はい」
　　出ていく山里、女性とぶつかる。
山里「いって」
女性「あ、ごめんなさい」
山里「いえ……」
スタッフの声「西中サーキットー？　いますかー？」
女性「はーい」
　　去っていく女性。
山里「……」
N「彼女は山崎静代。後に山里の相方となる」

78　クレープ屋・バイト控室

　　若林と春日。
若林「……」
　　×　×　×
　　徳義に芸人は仕事じゃないと言われたこと。
　　バイトがうまくいかないこと。
　　部屋が借りられなかったこと。
　　鈴代に親子そっくりと言われたこと。
　　×　×　×
店員「じゃお願いします」
若林「あ、はい」

79　同・店内

若林と春日が出てくる。

若林「どうもー、よろしくお願いします」

今日も客は橋本と寺川の２人。

春日「俺最近ね、ちょっとやってみたいことがあるんですけど」

若林「……」

春日「あれ？」

若林「……」

春日「……俺、ちょっとやってみたいことがあるんですけど」

若林「……」

春日「……」

若林「すみませんおふたりにお聞きしたいんですけど」

春日「は？」

橋本「え？」

寺川「はあ」

若林「僕っておかしいですか？」

春日「おかしいだろ」

若林「俺は知りたいんだよ俺が変なのか俺の周りが変なのか」

春日「俺最近ね、ちょっとやってみたいことが……」

若林「ふたりはなんでいつも来てくれるんですか？　ふたりも変ですよね？　でも僕のほうが変ですか？」

春日「怖い怖い」

寺川「他の人たちも出るし、たまに来てるんだよね」

橋本「ね」

春日「答えてくれるんですね……」

若林「あ、友達なんですね。ふたりしゃべってるの見たことないですよ。なのに友達って変ですよね」

春日「怖いって」

寺川「だって、ライブ見てるんだから話さないよね」

橋本「ね」

若林「ああそうですね……」

春日「……」

橋本「でもいいよね別に。なんか話します？」

と、笑う橋本。

80　大学寮・山里の部屋（日替わり）

山里、部屋から出る準備をしている。

勤と瞳美、梨田も手伝っている。

梨田「山里さん寂しいです！　もっと一緒にいたかったです！」

瞳美「あらいい後輩さん。ありがとうね」

勤「はい、どんどん運んで〜」

勤と梨田、荷物を持ち出ていく。

瞳美「じゃ私これ持ってくから残りは亮太持ってきて。下で待ってるから」

山里「うん」

瞳美、出ていく。

山里、ガランとした部屋に1人。

山里「……」

最後に残った段ボール箱の中にノートがある。

ひっくり返った亀の絵があって、目が合う。

山里「……」

山里、ベッドにひっくり返る。

山里「……もう学生でもなく……芸人……」

81 公園

若林と春日。

春日「春ですね。結局就活もしなかったし。いよいよって感じですね」

若林「……」

春日「……」

若林「え、待って？」

春日「なに」

若林「え、俺本当に芸人？」

春日「そうでしょ？」

若林「月に2回しか仕事ないのに？」

春日「まあ、これからでしょ」

若林「ほんとに芸人？　お前も？」

春日「そうですよ。いやお前が誘ったんでしょ」

若林、思わず寝そべる。

カバンの中のノート。

その表紙に貼られた4本足の鳥の絵と目が合う。

若林「……なあ」

春日「なに」

若林「社会って……怖いんだな」

82 病院・病室

ベッドに寝ている若林、意識はない。

つづく

第4話

大人の世界を見ましたか？

1　病院・ICU

若林、意識が戻り目を開ける。

2　同・検査室

若林、検査を受けている。

島の声「明け方に意識は戻って、念のために脳とか心臓の検査してもらったみたいで」

3　テレビ局・山里の楽屋

本番終わりの山里、島が来ている。
山里のマネージャーもいて、全員マスク姿。

島「だけど異常なくてね。先生が言うには過呼吸のひどいやつだろうって」
山里「はあ、よかったです」
島「ひとまず安心」
山里「うん、よかった……よかった」

山里を見る島。

島「山ちゃん、全然いいんだけどさ」
山里「?」
島「変な意味はないんだけど、なんか……変」
山里「は？　え？　なんでですか？　若ちゃんが助かってよかった、それだけじゃないですか」
マネージャー「いや島さん、これ言っていいかわかんないんですけど」
山里「マネージャー!」
島「なに？　なんですか？」
マネージャー「実は山里が……」
山里「ちょっと、ねえー違うじゃん」
島「?」

4　病院・ICU

ベッドに座る若林。

看護師「じゃあ若林さん、一般病棟に引っ越しますね」
若林「引っ越し」
看護師「そしたらもう退院できるので安心してください」
若林「……」
N「無事、意識を取り戻した若林。山里とはこれから半年間会うことがなかった」

5　山里のアパート・外観（夜）

テロップ【2000年】

6　同・山里の部屋

山里、勤、テレビのセッティングをしている。

配線をつないで……テレビがつく。

山里「ついた!」

勤「よしっ!　と」

山里「ありがとう」

瞳美、荷物を運んできて。

瞳美「これで荷物全部ね」

山里「うん、ありがとう」

勤「お前一人暮らし大丈夫か?　生活できるよな?」

山里「あ、お金?」

勤「それもな」

山里「うん、まあバイトもするし、もらってる仕送りでなんとか」

瞳美「あ、亮太?」

山里「?」

瞳美「大学出て芸人さんやるんだから仕送りはもう終わりよ?」

山里「え……」

勤「そんなことこいつもわかってるよ。芸人だからふざけただけだよな?」

山里「……」

荷解きを始める山里、勤、瞳美。

テレビで『ガチンコ!』が始まる。

勤「あ、ガチンコ!」

山里「父さんこういうの見るんだ?」

瞳美「よく見てるわよねこれ」

勤「ツッパリみてえな奴ばっかだけど、なんか見ちゃうよな」

テレビ画面。衝突する若者とコーチ。

N「ガチンコ。荒くれた若者たちが厳しい指導者とぶつかり、その道のプロを目指していく人気番組」

山里「ガチンコ……オーディション募集来てたな」

瞳美「え、すごいね、オーディションだって」

山里「なんかね、若手漫才師が戦う企画やるみたい」

勤「ボクシングで?」

山里「なんでよ。漫才の面白さで」

瞳美「へえ、受かるといいね、オーディション。テレビに出れるってことでしょ?　すごいね」

山里「いや……こんな東京のゴールデン番組受かる気しないから断ろうかと」

瞳美「亮太」

山里「?」

瞳美「そんなやる前からあきらめて、すごいね」

勤「努力して挑め、って母さん言ってるぞ」

山里「……そうだね」

段ボール箱から1冊のノート。

そこに書かれたひっくり返った亀の絵。

山里「……」

N「山里、大学を卒業して一人暮らしスタート」

7　むつみ荘・前（日替わり）

N「一方、若林、ではなく春日、一人暮らしスタート」
若林と春日、アパートを眺めながら。
若林「むつみ荘？」
春日「はい」
若林「すげえ！　すげえすげえ！　お前一人暮らしじゃん！　いいなあ！　家賃いくら？」
春日「3万9千円」
若林「23区で3万9千円いいなあ」
春日「不動産屋さんと回りまくりました」
若林「いいなあ〜」
春日の部屋へ。

8　同・春日の部屋

6畳に小さなキッチン。
まだ荷物はほとんどない。
若林、部屋をいちいち点検しながら。
若林「え〜いいなあ〜台所もあるし」
春日「お風呂はないですけど」
若林「でも水出るし」
春日「トイレはあります」
若林「トイレあんのかよいいじゃ〜ん」
春日「まあトイレぐらいはないと」
若林「むつみ荘いいなあ」
春日「なんでお前がそんなテンション上がってんだよ」
若林「だってさ一人暮らしなんてなんでもできんじゃん。ちょっとゆっくりしてっていい？」
春日「俺これからバイトなんだけどさ」
若林「いいよ行ってきて。俺まだいていいよな？」
春日「いや、一緒に行くよ」
若林「え？」

9　ものまねパブ・店内

モノマネ芸人のステージで盛り上がっている。
ボーイとして働いている春日。
N「春日がバイトしているのは、モノマネショーが名物の人気ショーパブ」

10　同・事務室

若林と支配人、社員のドラコ(25)。
ドラコ「想像してたのと違ったわ。春日の相方っていうからもっとバカっぽいヤツかと思ってたわ、ね」
支配人「確かにな」
若林「はあ」
春日、入ってきて。
春日「すいません今ちょっと落ち着きました」
支配人「お疲れお疲れ」
ドラコ「さっき話はだいたい終わって」

春日「ありがとうございます。あ、ここの支配人とお世話になってる社員のドラコさん」
若林「さっき話したって」
春日「あ、そっか。若林です」
若林「自己紹介もしたって」
春日「ドラコさんがね、お前コンビでお笑いやってるなら、ここの前説やれるように支配人に掛け合ってやるよ、って」
若林「お前が来る前に話したって」
春日「ギャラはなくていいんで」
若林「あ、それは聞いてない」
支配人「オタクの事務所にはお世話になってるからな。なんだっけ、ナイス……」
春日「ナイスミドルです」
支配人「じゃ、来週からよろしく」
ドラコ「よろしくお願いします!」
春日「ありがとうございます!」
若林「ありがとうございます」

11　交番前の広場（日替わり）

警察官が見ている。
山里と和男、話している。
山里、ノートに勢力図を書いていく。
山里「いい?　NSC出て1年経つけど」

ヘッドリミットがトップ。
かなり差があって足軽エンペラー。
山里「ヘッドリミットとの差は開くばかり」
和男「うんうん」
山里「あ、これは人気ね。実力で言えばこれくらい」
山里、ヘッドリミットの近くに自分たちを書く。
和男「おお、強気だね」
山里「事実だから」
和男「他のコンビは?」
山里「他はこのへん」
足軽エンペラーよりだいぶ下にぐるぐる。
和男「やめときなよ」
山里「このガチンコで結果残せば追いつけるはずなんだよ」
山里、『ガチンコ!』オーディションの応募用紙を見つめ。
N「山里がオーディションに挑むのは、人気番組ガチンコの新企画『漫才道』。無名の漫才師たちが面白さで戦い、優勝を目指すもの」
和男「でもあれってヤンキーがワーワー言ってる番組やから……俺ら受かるかな?」

12　交番前の広場（時間経過）

警察官が見ている。
山里、和男が言い合いをしている。

和男「お笑いなんてラクして金稼ぐもんやろ」
山里「あ、なんだお前、それ俺に言ってんのかコラ」
和男「お前俺よりおもんないねんから黙っとけや」
山里「ネタ考えてんの俺だろうがよクソが！」
睨み合う2人。
山里「……いいね。この感じでいこう。まずは漫才の中味よりキャラクター。番組的においしい奴らって思わせるのが大事だから。スタッフさんに対してもナメた態度でね」
和男「うんうん。なに偉そうに見てんねん、お前らお笑いわかんのか！」
山里「なに見てんだよ見てんじゃねえよ！」
N「ヤンキーの練習をする足軽エンペラー」

13 クレープ屋

N「前説の練習をするナイスミドル」
若林と春日、ミニステージに登場。
若林・春日「どうもーよろしくお願いします」
客は橋本と寺川のみ。
若林「えー今日は拍手の練習からしていきましょうか」
春日「拍手ー！」
橋本と寺川、しょうがなく拍手。
若林「もっと！　もっとですよ！」
春日「よいしょー！」
若林と春日、盛り上げている。

14 交番前の広場

山里「うるせえよ！　表出ろコラァ！」

15 クレープ屋

若林「いいですね〜拍手〜〜！」
N「これはふたりの物語」

16 今回のストーリーを点描で

N「社会に出て、自分の弱さを知り、折れて、倒れる。それでもまた立ち上がるふたりの本当の物語。しかし断っておくが『友情物語』ではないし、サクセスストーリーでもない。そして、ほとんどの人において全く参考にはならない」
クレープ屋の貧相なステージのナイスミドル。
若林「拍手〜〜〜！」
N「だが、情熱はある」
タイトル『だが、情熱はある』

17 若林家・居間

徳義、知枝、麻衣、鈴代、夕食中。
帰ってくる若林。

若林「ただいま」
知枝・麻衣・鈴代「おかえり」
徳義「おかえり」
知枝「カレーあるから、あっためて。冷蔵庫にサラダもあるし」
若林「うん」

若林、ガスの火をつける。

麻衣「今日、ライブだったんでしょ？　お客さん増えた？」
若林「いや、まあこれからだよ」
麻衣「早くテレビとかおっきな劇場とか出れるといいね」
若林「あ、でも……そんな大きくはないけどちゃんとした舞台でできる仕事入って」
知枝「すごいじゃない」
若林「っても前説だけどね」
知枝「前説って？」
麻衣「あー。芸人さんが登場する前に、お客さんを盛り上げる係？　だよね？」
若林「まあそんなもの」
徳義「じゃあお前はまだ芸人じゃないってことか」
若林「芸人やってるよ」
徳義「芸人の前に出てくる係だろ、芸人じゃねえだろ」
若林「……」
麻衣「どこでやんの？　行ってみようかな」
若林「いいよ来ないでよ」
知枝「なんで？　どこ？」
若林「……モノマネパブ」
麻衣「え？」
徳義「はあ、息子が知らねえ間にモノマネ芸人になってましたっとさ」
麻衣「え、ほんとにモノマネやってんの？」
若林「……そうじゃなくて」
徳義「モノマネやってみろよモノマネ」
知枝「ちょっと」
若林「……」
徳義「それで食っていこうとしてんだろ。親の前でもできねえでどうすんだよ」
若林「……」

若林、ガスの火を消して自分の部屋へ行こうとする。

徳義「すぐ逃げる。子供の頃はまだ根性あったのにな」
知枝「そうだった？」
徳義「いや元々は根性なかったんだよ」

18　公園（1989年）

小学生の若林と、若かりし徳義が相撲。

徳義の声「相撲大会あるっていうから稽古つけてやってん

のに弱い弱い。結局1回も勝てずに負けちまってよ。だけどな」

19　若林家・玄関

小学生の若林、怪我をして帰宅。
徳義が玄関にいて、

徳義「どうしたんだお前大丈夫か?」
若林「ケンカして、負けちゃった」
徳義「……おい」
若林「?」
徳義「負けて帰ってくるな、もう1回行って勝ってこい」
若林「……」
徳義「早く! 行け行け」
若林、出ていく。

× × ×

若林、泥だらけで帰ってきて……。

徳義「お、帰ってきたってことは?」
若林「勝ったよ」
徳義「おお、やるじゃねえか。どうやって勝ったんだよ」
若林「えっと……もう1回ケンカしてって言って、負けそうだったけど頑張って、勝った」
徳義「よしよし、そういうことだぞ」
若林「……」

20　同・居間

麻衣「マジ昭和。最悪の教育方針だよそれ」
徳義「勝ち負けを言ってんじゃないんだよ。あくまでも勝ちを目指して頑張った奴だけが、負けてもいいってことなんだよ。負けに価値がつくんだよ」
若林「勝つまで帰ってくるなって言われたけど」
知枝「正直私はさ、頑張んなくていいから正恭がさっさと芸人あきらめて、ちゃんと早く就職してほしい」
麻衣「(正恭に)だって」
若林「……」
鈴代「ねえ」
一同「?」
鈴代「見て」
鈴代、目を見開き歯をむいて怒っているような顔。
徳義「なに?」
鈴代「威嚇してる猫の真似」
一同「……」

21　山里家・居間

山里、勤、瞳美、周平。

N「その頃。山里、『ガチンコ!』オーディションのため久しぶりの帰郷」
周平「いや俺わかんないって。俺そういうわかりやすい奴

　　じゃなくて、頭使うほうだったから」
山里「いいから、兄ちゃんなりのやつ参考にしたいんだよ」
周平「えー……。君たち僕にそんな態度取るんだ。面白いね。なんにせよ、明日そんな口きけなくなるけどね？」
勤「さすが元インテリヤンキー」
山里「うーん」
周平「(英語で) 明日この世の空気吸えないか、俺らの傘下に下るかどっちがいい？」
山里「意味わかんないよ」
周平「だから参考にならないって言ってんだろ」
勤「母ちゃん、教えてやんなよ」
瞳美「えーブランクあるからなあ」
　　口調が変わり……。
瞳美「なめてたらあかんぞこらあ！　そのツラ二度と見せんなあ？」
勤「さすが元スケバン」
山里「すげえ」
瞳美「大事なのは巻き舌ね」

22　**『ガチンコ！』オーディション会場・廊下**（**日替わり**）

　　順番を待っている山里と和男。
　　足を広げて態度悪い感じで座っている2人。
山里「どるるらああ」
和男「こるるるらあああ」
山里「いいね、巻き舌」
和男「あとガム嚙みながらとかいいかなと思ってガム持ってきた」
山里「いいね」
スタッフ「次の方どうぞ」
　　山里と和男、立ち上がる。

23　**同・会議室**

　　入っていく山里、ダルそうに……。
　　和男も続いて入っていく。
　　中には数人のスタッフがいる。
　　ドアの付近で立ち止まってしまう2人。
スタッフ「中までどうぞ」
和男「あ……はい」
山里「え？」
和男「失礼します」
山里「(小声で) いや和男くんちょっと」
スタッフ「じゃ、座ってください」
和男「はい。よろしくお願いします」
　　山里、キャラを立て直して。
山里「……はあ？　言われなくても座るし」
和男「……！」
　　和男、足を広げて座り、ないガムを嚙む。

和男「漫才っていうのはしゃべってるだけで金が稼げてぇ」
山里「……」
和男「相方なんて売れるための小道具ですしぃ」
スタッフ「何も聞いてませんけど」
和男「え……？　あ、ああ……」
山里「は？　知らねえし。こいつが言いたくなっただけだから」
山里もないガムを噛んで巻き舌で。
山里「そうだよな、相棒。言ってやれよ」
和男「おお！　なに見てんだよ！」
山里「……」

24　同・廊下

山里と和男。
和男「山ちゃん本当ごめん！」
山里「和男くんの真面目さが出ちゃったね」
和男「ごめんいっぱい練習したのに！」
山里「いいよいいよ、地道に頑張ろ」
N「足軽エンペラーが撃沈した、その頃」

25　ものまねパブ・店内

まばらな客席。
若林と春日が舞台上に登場。
N「ナイスミドル、初めての前説」
若林「どうもーよろしくお願いします。僕たちナイスミドルというコンビでして」
春日「モノマネショーが始まる前に盛り上げさせていただこうかなと思っています」
若林「よいしょー！」
春日、拍手をして促すが……。
客席、拍手も何もなくあまり聞いていない。
若林「ちょっと聞いてくださいよ、うちの親父なんですけどね」
春日「どうしたんですか」
若林「どうしようもなく古い人間で、いつも家族に迷惑かけてね。もちろん僕にも」
客A「おい」
若林「え？」
客A「なにタラタラしゃべってんだよモノマネやれよ」
春日「いや前説なんですよ」
客B「知らねえよこっちはモノマネ見に来てんだよモノマネ」
春日「えーっと……」
若林「あ、じゃあ僕やります」
客A「お、やれやれ！」
若林「えっと、威嚇する猫なんですけど……」
客A「なんだよそれ！」

春日「で、親父さんがどうしたの?」
若林「いや」
客A「だからいいって!」
客B「引っ込めよ!」
春日「まあまあ、ねえ」
若林「……」
N「ナイスミドル撃沈」

26　同・舞台袖〜楽屋

出番を終えて戻ってきた若林と春日。
ドラコがいて。

ドラコ「しびれるだろ」
春日「え?」
ドラコ「こんなしびれる場所ねえぞ、頑張れよ」
若林「しびれる必要あります?」
春日「おい」
若林「……」

楽屋へ入っていく。

若林「失礼します」

芸人たちがメイクをしながら待機中。
一人ひとりに挨拶していく。

若林「ナイスミドルと言います。ありがとうございました」
春日「勉強させていただきます」
芸人A「はーい」
若林「ナイスミドルと言います。ありがとうございました」
春日「勉強させていただきます」
芸人B「おつかれ」
若林「ナイスミドルと言います。ありがとうございました」
春日「勉強させていただきます」
芸人C「(無視)」
若林「ナイスミドルと言います。ありがとうございました」
春日「勉強させていただきます」
芸人D「ん」
若林「ナイスミドルと言います。ありがとうございました」
春日「勉強させていただきます」
芸人E「(無視)」

若林と春日、一礼して出ていく。
ドラコがいて。

若林「……しびれますね」
ドラコ「だろ」

27　交番前の広場(日替わり)

警察官が見ている。
山里と和男、座って作戦を練っている。

山里「失敗は成功のもとって言うからさ。バッとテレビ出るよりも、ちょっと時間かかっても正統派でじっくりやっていこう」
和男「ありがとう」

山里「いやそのほうが結果的にいいと思うんだ。逆に早く売れてるヘッドリミットや、ガチンコ受かってる奴らをかわいそうっていう目で見ていこう。変に注目されて将来苦労するよ～って」

和男「そうやんね、わかった」

山里の携帯電話に着信。

山里「ん？　なんだろ」

山里、電話に出る。

山里「はい……はい、えーそうですか、ありがとうございます。はいお疲れ様です……和男くん」

和男「なに？」

山里「ガチンコ受かったって」

和男「ええー!?」

山里「和男くん」

和男「ん？」

山里「オーディション落ちた奴らは全員クズだ」

和男「ええー？」

山里「ここは頑張りどころだ、やりきろう。もちろんネタも強くする。ヘッドリミットを追い抜くために絶対優勝しよう」

和男「うん」

×　×　×

漫才の練習をしている2人。

N「何者かになる。そう誓ったあの日から始まった、お笑い芸人への道。チャンスを掴み取るために漫才に励む」

×　×　×

ヤンキーの演技をシミュレーション。

N「そしてヤンキーに磨きをかける」

和男「早く始めただけやろ！　お前らにお笑いわかんのか？」

山里「和男くんやめな」

和男「だりぃーいつまでやんねんこれ、もう帰るわ」

山里「和男くん！　スタッフさんが頑張ってるんだ！　許さないよ！」

×　×　×

漫才の練習をしている2人。

N「漫才に励む」

×　×　×

N「ヤンキーに磨きをかける」

山里「和男くんどこ行くんだよ」

和男「練習もうええて、ネタなんてぶっつけでええやろ」

山里「お客さんがいるんだ、失礼なこと言うんじゃない」

和男「関係ないって」

山里「僕たちは壁に向かってネタをしてるんじゃない！」

睨み合う2人。

山里「……いいね」

和男「なあ山ちゃん」

山里「ん？」

和男「オーディションの時は山ちゃんもヤンキーやってた

山里　　よね?」
山里「ああ……対比っていうかギャップ?　ほら、ふたりともワーワー言ってても意味わかんないじゃん」
和男「……そっか」
山里「……」
N「全国ネットの人気番組に出演が決まり、自分はいい人で映りたいという姑息な考えの山里」

28　テレビ画面『ガチンコ!』(日替わり)

N「そしてついに」
お笑い界の重鎮・ポール人参の前に10組の芸人。
その中に足軽エンペラー。
番組N「塾長のもとに集められた芸人たち……お笑い界の重鎮・ポール人参の審査をくぐりぬけ、見事優勝するのは一体どのコンビなのか!?」

29　山里家・居間

『ガチンコ!』を見ている勤、瞳美、周平。
N「山里の姿が全国のテレビに映る」
テレビに山里が映る。
瞳美「すごいすごい!　出た出た!」
勤「すげー!　こいつこんな顔だっけ?」
周平「緊張してんな、大丈夫かよ」

30　テレビ画面『ガチンコ!』

和男「態度とかよりネタ見てもらったらわかるんで」
山里「やめなよ和男くん」
ポール人参「じゃあネタやってもらおか」

31　若林家・居間

テレビを見ている若林。
画面の中で漫才をしている足軽エンペラー。
若林「……」
N「若林、この時初めて山里の存在を知る」
若林「……」
足軽エンペラーのネタが終わり……。
と、鈴代が後ろにいる。威嚇をする顔。
若林「!　いつからいたの」
鈴代「ずっといたわよ」
若林「そうなんだ」
鈴代「すごい見入ってたね」
若林「……別に、そんなことないよ」
鈴代「うそ。すごい見てた」
若林「……ばあちゃんあのさ。親父がケンカ勝つまで帰ってくるな、って言ってくるやつあったじゃん」
鈴代「うんうん」
若林「俺あの時、適当に時間つぶして適当に泥つけて帰ってきたんだよね」
若林「うん」
鈴代「嘘ついたんだ」
テレビ画面に足軽エンペラー。
若林「すごい見てた。面白くてさ。絶対先輩なんだけど」
鈴代「へえ。まさくんが頑張ったらいつか仕事したりするのかね」
若林「あー、いいね」
鈴代「楽しみ。夢がある仕事だね」
若林「……」
若林、テレビを見ると山里の姿。
威嚇の顔をしてしまう。

32　公園

テロップ【2021年】
電灯の横で立って待つ山里。
撮影が行われている。
見守っている島。
島「……」
N「『たりないふたり』解散ライブで若林が倒れてから半年後。撮影が行われた」
山里のところに若林がやってきて。
若林「いや半年会わないもんだね」
山里「会わなかったね」
若林「半年1回も会わなかったんじゃない？」
山里「会いそうになったら会わないようにしてたよ」
若林「わかる。俺もそうだった」
山里「いやあでも若ちゃん、無事でよかったよ」
若林「そうだよ俺ライブで倒れたじゃない」
山里「倒れたよ」
若林「あの数ヶ月後に、あの時やってくれたメイクさんに会って」
山里「同じメイクさんに」
若林「山ちゃんが、ライブ終わりに『若林くんは俺みたいに1人で2時間のライブやってないからなあ』って言いながらメイク落としてたって聞いて許せなくて！」
山里「あの時、若ちゃんのカリスマ性がすごかったんだからそれくらい言わせてくれよ」
若林「あと島さんに聞いたぞ？　俺が倒れてる時にお前『やばいなあ、若ちゃんこれ伝説になっちゃうなあ』って」
山里「すぐ伝わるじゃんみんな口軽いじゃん」
若林「俺の体調心配しろよ！」
山里「あれはズルくない？　満身創痍でぶっ倒れるのは伝説になっちゃうって。でも俺はその横にいるサブキャラ。その気持ちわかるか？」
若林「知らねえよ俺が死んでもお前俺の葬式くんなよ？棺桶ぶち破ってぶん殴ってやるよ、ファイトクラブだよ！」
山里「やめろよ！」

33 『ガチンコ！』撮影現場（日替わり）

出場者5組、その中に足軽エンペラー。
その前にポール人参。
【2つのワードを入れて漫才を作れ！】とのお題。
和男「意味がわからんこんなの。俺がやりたい漫才やない！」
ポール人参「やりたくないなら無理にやらんでもいいんやで」
山里「やめなってば」
山里「和男くん、やめな」
和男「うっさいねんお前は黙っとれや！」
山里「黙らないよ、和男くん言っていいことと悪いことがある」
ポール人参「コンビでケンカすな。そんでやんのかやらんのかどっちやねん」
山里、和男の背中をポンとして合図。
和男「こんなことやってどうなんねん、俺ら損するだけやんけ」
山里「それは逃げてるだけだろ、頑張ろうよ」

×　×　×

舞台上で漫才をしている足軽エンペラー。
【サングラス】【パソコン】のボード。
山里「ねえ、ほんとに……。あれ？　今誰かサングラスって言いませんでした？」
和男「言ってへんやろ！　ズルすなよ！」

×　×　×

舞台上に並ぶ出場者5組。その中に足軽エンペラー。
前にポール人参。
ポール人参「えー、では次に進むコンビを発表します。まず足軽エンペラー」
和男、こっそり喜ぶ。
山里「ありがとうございます！」
ポール人参「合格やけどちょっとあれはズルやな。主旨を無視すな。ウケたらええってもんちゃうから」
山里「……」
山里、和男の背中をポンとして合図。
和男「なんでやねんウケたやろ」
山里「やめな和男くん。すいません！」
N「山里、少し違った努力を重ねガチンコ！の漫才道で勝ち残っていく」

34 ものまねパブ・楽屋

N「一方、この男は」
楽屋の端で太宰治『女生徒』を読んでいる。
芸人の声「おい」
若林「？」
若林が顔を上げると奇抜な衣装の芸人。
奇抜な芸人「楽屋で本読んでる奴、ぜってえ売れねえよ。

やめろ」

若林「……すいません」

　若林、立ち上がる。

奇抜な芸人「おい！」

若林「⁉」

奇抜な芸人「それ出演者分のカレーだろ！　前説が食ってんじゃねえよ！」

　春日、大盛りのカレーをよそっている。

春日「すいません」

　と言いつつもカレーを食べる春日。

若林「……」

35　同・舞台

　まばらな客席。

　若林と春日が舞台上にいる。

若林「僕たち普段漫才をしていまして、ネタを見ていただこうかなと」

春日「私ね、やってみたいことがあって」

若林「なんだよ教えてよ」

春日「エアロビなんだけど」

客C「モノマネじゃねえのかよ、モノマネやれよ！」

　方々からおしぼりを投げられる。

春日「あ、ボーイさんあちらにおしぼりを。あちらにも」

若林「……」

36　同・舞台袖

　モノマネショーを見る若林。

　奇抜な衣装の芸人がウケている。

若林「ウケるってことは……あの人が正しいのか」

　若林、戻って楽屋を覗く。

　春日、楽しそうにモノマネ芸人たちと談笑している。

若林「……」

37　『ガチンコ！』撮影現場（日替わり）

　並んでいる出場者たち。その中に足軽エンペラー。前にポール人参。

　決勝に進むコンビが発表されていく。

ポール人参「そして足軽エンペラー。決勝に進むのは以上です」

　喜ぶ山里、和男。

　山里、和男に合図を出す。

和男「お前らおもんなかったわ！　おもんないから落ちんねん！」

山里「やめな和男くん。みんな頑張ったんだよ。僕らもたまたま勝てたようなもんだよ」

N「山里はネタ作りと自己プロデュースを努力し続け、漫才道決勝進出。そして」

38 劇場（日替わり）

『ガチンコ！』決勝戦が行われている。
舞台上に並ぶ足軽エンペラー含め5組の漫才師。

ポール人参「優勝は……足軽エンペラー」

39 山里家・居間

『ガチンコ！』を見ている勤、瞳美、周平。

周平「すごいすごい！　亮太すごいよ！」
瞳美「すごいねえ、びっくりした」
周平「職場であいつが弟って言ったらみんな知ってるし」
勤「これで就職……するのかな？」
瞳美「そうなの？　すごいねえ元芸人の社会人」
盛り上がる山里家。
泣いている山里が映っている。

40 テレビ画面『ガチンコ！』

抱き合って喜んでいる山里と和男。

N「努力を続け、見事優勝した山里。しかし」

41 定食屋

テレビで『ガチンコ！』が流れている。
定食を食べている丸山花鈴（22）。
テレビをなんとなく見ている。

花鈴「……」
おばちゃん店員やってきて。

店員「なあ花鈴ちゃん、チャンネル変えてええよね？」
花鈴「え、はい見てなかったので全然。あ、お茶もらって
いいですか？」
店員「はいはーい」

N「山里が思っていたより、世間の注目度は低かった」

42 コンビニ（日替わり）

N「こちらは、世間の注目など一切ない若林」
バイトの面接を受けている若林。

店長「芸人さん……」
若林「はい」
店長「勝手に休んだり辞めたりするでしょ、そういう仕事
の人」
若林「え、いや」
店長「ごめんね、あなたがってわけじゃないけど」
冷たくあしらわれる。

若林「……」

N「世間の注目がないというより」

43 不動産屋（日替わり）

N「世間から無視される日々」
若林、安アパートのチラシを見ている。
ニコニコ顔で金持ち風の男にお茶を出し接客している職員。
若林「……あの、この部屋……」
職員「ですね、でこちらはセキュリティも最新式でして、これでお家賃28万円というのはかなりいい物件……」
若林「……あの、敷金礼金が安くて……」
職員「ちょっと後ですいません」
若林「……」
職員「こちら敷金礼金入れますと初期費用165万円ですが……」
若林、出ていく。

44 書店（日替わり）

若林、バイト情報誌を立ち読みしている。
就職情報誌が目に入る。
若林「……」
就職情報誌を手に取りかけて……。
女性の声「あ」
若林が見ると、橋本がいる。
若林「？」
橋本「あ」
橋本、クレープを食べるマイム。
若林「あ」
お笑いライブのクレープ屋の客席にいる橋本。

×　×　×

若林「ああ」
橋本「ナイスミドルの人だ」
若林「あ、いえ、あ、はい、どうも」
橋本「……就職するんですか？」
若林「え？　あ、いや、バイト」
橋本「へえ、そっかバイトしなきゃですよね」
若林「はい」
橋本「また見に行きます」
若林「え？」
橋本「ライブ。次いつですか？」
若林「あー、次はちょっと先で。別のとこでだったらすぐありますけど、でもそれは」
橋本「え、いつですか？」
若林「……え？　……えっと」

45 大阪の劇場・外（日替わり）

お笑いライブのポスター。
出演者に足軽エンペラー、ヘッドリミットもいる。
出待ちしている大勢のファンたち。

N　「山里『ガチンコ!』を最高の形で終えたものの……」
　山里と和男が出てくる。
　女性ファンの間をゆっくり歩く。
　ちょっとザワついたものの……山里何事もなく通過。

山里　「……」
　ヘッドリミットが出てくる。
　大勢のファンが2人を囲む。
　その場を取り仕切るヘッドリミットのマネージャー。

マネージャー　「ちょっとごめんなさい、ちょっと皆さん離れてください!　はいごめんなさい!」

山里　「……」

N　「人気は上がらなかった」

46　事務所（日替わり）

山里　「仕事、もっともっとしたいんです。せっかくテレビ出て優勝できたんで、今頑張りたいんです」

事務所の人　「そんなん言っても仕事来てないからなあ。自分らはもっと色々オーディションとか受けて頑張り」

山里　「それはそうなんですけど、仕事とってきてもらうとか……」

事務所の人　「なに生意気なこと言うてんの?　そんな1年目2年目の芸人にマネージャー付くわけないやろ」

山里　「……でも同期のヘッドリミットは……」

事務所の人　「ああ、あれと同期か。あいつらは別。天才っていうのはああいう奴らのこと言うねん」

山里　「……」

47　山里のアパート・山里の部屋

　山里、ノートに書き殴っている。
【俺は天才ではない?】【そんなわけない】
【天才に違いない】【違うなら天才になればいい】
【天才天才天才天才】【勝つのは天才の俺】

山里　「……」
　さらに書いていく。
【天才は独り言を言いながら歩く】
【天才は変わったことを普通のようにやる】

山里　「……」
「俺はそうする。俺は天才だから」と書く。

48　交番前の広場（日替わり）

　猫に餌をやっているおばさん。
　山里、そこに入っていき餌を食べる。

おばさん　「キャー!」
　おばさんや猫が逃げるが山里食べ続け……。
　和男がやってきて抱き抱えながら、

和男「ちょ、ちょっと山ちゃんなにしてんの」
山里「え？　うわ『おいしそうだな』って思ってたら……
　無意識だったわ」
和男「もう〜変なこと言ってんなあ」
山里「和男くん」
和男「わかってるよ誰にも言わへんよこんなこと」
山里「なに言ってんだよ！　みんなに言いふらすんだよ！」
和男「⁉」

49　むつみ荘・春日の部屋

若林、バイト情報誌を見ている。
春日、ゲームをしている。
若林、バイト情報誌を閉じて……。

若林「なあ春日」
春日「はい？」
若林「お前あそこでずっとバイトしてんだからさ、どんなことしたらウケそうとかわかんないの？」
春日「え、モノマネです」
若林「いや俺らモノマネできねえじゃん」
春日「あ、でもね？」
若林「？」
春日「モノマネって、そんなに似てなくても言っちゃえばいいらしいです。どうも、ルパン三世です、とか」
若林「……え、そうなの？」

50　交番前の広場（日替わり）

警察官が見ている。
山里と和男、並んでいる。
山里、お笑いライブのチラシを手に。

山里「今度のバトルライブ大事だからね。ヘッドリミットも出るし、絶対負けられないから。しっかり合わせていこう」
和男「うん」
山里「どうもー、よろしくお願いします」

×　×　×

山里と和男、並んでいる。

山里「さっきも言ったけどさ、今のとこもうちょっと早くできる？　俺が面白がりたいとこわかってる？」
和男「ごめん、わかった」

×　×　×

山里が座って、和男が立っている。

和男「なんでやねん！」
山里「うんうん」
和男「なんでやねん！」
山里「ちょっと違うな」
和男「なんでやねん！」
山里「違うってば」

×　×　×

山里、寝そべってその前に和男。

和男「なんでやねん！　なんでやねん！」
山里「はいはい。もう成長ないから今日はいいや」
和男「……」
山里「家でも練習してきてね」
　　警察官が見ている。

51　ものまねパブ・店内

　　アメフトのユニフォームに身を包んだ若林と春日。
若林「僕たち普段漫才をしてまして」
春日「漫才やってますね」
客D「え、モノマネは？　モノマネじゃないの？」
客E「モノマネ見せてよ」
若林「今日はアメリカンフットボールのモノマネを見ていただこうかな、と思いまして」
客F「……それモノマネか？」
春日「モノマネ！　アメリカンフットボール」
　　春日、若林にタックル。吹っ飛ぶ若林。
若林「いてえよお前……」
　　×　×　×
徳義「負けて帰ってくるな」
　　×　×　×
若林「負けてねえよ、うるせえな」
　　若林、春日にタックルする。吹っ飛ぶ春日。
　　橋本が客として来ている。
橋本「……」
　　春日、若林にタックル。吹っ飛ぶ若林。

52　交番前の広場（日替わり）

　　警察官が見ている。
　　山里、和男にネタを見せている。
山里「読んだ？」
和男「あ、うん」
山里「いやいや。感想とかないの？」
和男「あ、面白かった。さすが山ちゃんやな」
山里「俺が絶対褒めてって言ってるからそう言ってるだけでしょ」
和男「そんなことないって」
山里「じゃごめんネタ合わせの前に『なんでやねん』やって」
和男「今？」
山里「今」
和男「……なんでやねん！　なんでやねん！　なんでやねん！」
山里「1個1個丁寧にね」

53　ものまねパブ・店内

　　アメフトのユニフォームの若林と春日。

春日「モノマネ！　アメリカンフットボール」
春日、若林にタックル。吹っ飛ぶ若林。
若林、すぐ起きて、
若林「負けてねえよ！」
春日にタックルする。吹っ飛ぶ春日。

54　交番前の広場（日替わり）

山里、考え事をしながら歩いていて…何か閃く。
山里「……」
わざとつまずき、転んで植え込みに突っ込む。
山里「いてっ！」
和男「ちょっと！　大丈夫!?」
山里「大丈夫。……あ、和男くん」
和男「？」
山里「すごいよ、今のでいいネタ思いついた」
和男「え!?　天才やん！」
山里「えー、やっぱそうなのかなあ？」
見ている警察官。

55　ものまねパブ・店内

アメフトのユニフォームの若林と春日。
タックルし合って。
若林「負けてねえよ！　まだ負けてねえだろ！」
春日「お前ここでふっとんでくれないとダメだろ！」
若林「負けてねえから！」
徳義、知枝、麻衣がこっそり見ている。
徳義・知枝・麻衣「……」
徳義「……なんだよ、根性ついたんじゃねえか」
知枝「え、そう思う？」
徳義「誰も笑ってねえのにあんなことできるか普通。恥ずかしい」
麻衣「意地悪だなあ」
タックルして耐える若林。

56　交番前の広場（日替わり）

山里が待っている。
和男がやってきて。
山里「……」
和男「ごめん山ちゃん遅れちゃった」
山里「ねえ20分待ったよ？　20分あったらどんだけ練習できると思ってんの、俺の時間を奪うなよ。なんで遅れたんだよ」
和男「それがさ」
山里「和男くんはなんで本気でやってくんないの？　本気でやってるとしたらそれはそれで問題があるよ」
和男「ごめん」
山里「俺たち結成したのが他の同期より遅いかもしれない

けど、とっくにヘッドリミットが結果残したくらいの時期には来てるよね？」
和男「うん、わかってる。だから……」
山里「全国ネットのテレビにも出て優勝もしてるのにこんなに大阪で何も残せてないって異常だと思うんだよ、そう思わない？」
和男「やから俺も……」
山里「俺は頑張ってるから原因があるとしたら和男くんなんじゃないかな？　どう思う？　俺はめちゃくちゃ考えた結果そういう結論に行き着いたんだけどどう思う？　ねえどう思う？」
和男「……」
山里「で、なんで遅れたの？　え、マジでなんで遅れたの？　俺なら考えられないなあ。ネタ書いてもらって遅刻する？　どういう神経してんの？　俺が売れるための道具ってことを……」
　　どん！　っと山里を突き飛ばす和男。
山里「いっ……!?　なに！」
和男「……ぶち殺すぞコラ！」
山里「え」
和男「知らねえよ！　ああ、もういいわ。マジでいい加減にしろよお前！　ぶち殺す！　マジでぶち殺す！」
山里「……ちょっと待ってよネタ合わせなんだから」
和男「ネタ合わせやからなんやねん！」
山里「ネタ合わせなんだから……そんなに怒るなよぉ」
和男「ああ!?　なんどこるらぁ！」
山里「いやいや変なとこでガチンコの練習の成果出てるから」
　　和男、広場に駐輪してある自転車を持ち上げる。
山里「え？」
　　和男、自転車を山里めがけて投げる。
山里「うわっ!?」
　　間一髪避ける山里。
山里「わかった、わかったから落ち着いて」

57　ものまねパブ・店内

　　アメフトのユニフォームの若林と春日。
　　若林、春日にタックル。吹っ飛ぶ春日。

58　交番前の広場

　　和男、別の自転車を持ち上げる。
山里「和男くん、ダメダメ」
　　山里、交番を見る。
　　しかし警察官は首を振って目を逸らす。
山里「え？」
　　和男、自転車を山里に放り投げる。
山里「ちょっと！」
　　ギリ逃げる山里。

山里「ダメダメ。え、おまわりさーん?」
　山里、交番を見るが誰もいない。
山里「なんでやねん!」

59　ものまねパブ・店内

　アメフトのユニフォームの若林と春日。
　春日立ち上がって、若林にタックルする。
　吹っ飛ぶ若林。

60　交番前の広場

　和男、また自転車を投げる。
山里「和男くん、暴力はよくないよ」
和男「これ暴力ちゃうやろ!　器物損壊かもしらんけど」
山里「たしかに!　うまいこと言う!」
和男「ああ!?　調子ええこと言って…もう限界や!　解散や解散!」
　和男、去っていく。
山里「…うそだろ?　なんで?」
　残された山里に警察官が寄ってきて。
警察官「どうされました~?」
山里「いや遅…遅いです…」
警察官「正直、ずっと見てましたけどね」
山里「え」
警察官「あの子頑張ってるのに君の態度ひどすぎ。いずれこうなると思ってたよ」
山里「…見てくれてはいたんですね」
警察官「見てたよ。テレビでもね。相方の子が変わってからいい感じだと思ってたのに。ったく」
山里「いい感じ、でしたよね」

61　ものまねパブ・店内

　肩で息をしながら……。
若林「どうもありがとうございました」
　客席、誰も笑っていない。

62　同・楽屋~廊下

　若林と春日。
若林「おつかれさまです。ありがとうございました」
春日「ありがとうございました」
　楽屋の芸人たち、「はーい」「うーす」などなんとなく返事。
　若林と春日、楽屋を出る。
　すると廊下を歩いてくる谷勝太(43)。
春日「あ、タニショー」
若林「(小声で)呼び捨てすんなよ、谷勝太さんだよ」
春日「お疲れ様です、少し前から前説やらせていただいてます、ナイスミドルの春日です」
若林「若林です。よろしくお願いします」
谷「谷勝太です、よろしくお願いします」
胸に手を当てて頭を下げる谷。
若林「……」
谷、若林をじっと見て。
谷「君、あれだね。みんな死んじゃえって顔してるね」
若林「?」
春日「!?」
若林「…え」
ドラコ、やって来て。
春日「ドラコ「あ、君たち初めてだよねタニショーさん」
ドラコ「はい」
ドラコ「タニショーさん、彼らタニショーさんの後輩です、事務所の」
谷「あ、そうなの?」
若林「はい」
谷「頑張って」
谷、楽屋へ。
若林「……」

63　山里のアパート・山里の部屋

山里、机に向かいノートを広げて書き込んでいる。

【自分は頑張っていたと思う】

【本気でやりたかった】

【和男君は頑張っていなかった?】

【そんなことはない】

【宮崎君も頑張っていた】

【じゃあなんで俺はずっと怒っていたんだろう】

山里「……」

山里、ノートを遡る。

【俺は天才】の文字をぐちゃぐちゃとする。

【人を責めていると】

【自分を見つめなくて済むから】

【自分を責めたくなくて俺は人を責めていた】

【天才じゃないことを受け入れないと】

山里「……」

山里に和男からメールが届く。

和男「……」

「今まで足引っ張ってごめん」

「バトルライブはちゃんと出るから」

山里「……」

山里、メールを打つ。

「和男くんが悪いんじゃなくて和男くんを責めているると俺が自分の弱さに目を向けずに済むから、だから」

と打つが……消す。

山里、「ありがとう」とだけ返す。

64　大阪の劇場・外観（日替わり）

N「足軽エンペラー、最後のライブ」
山里の声「だからそうじゃないって！」
和男の声「もうええわ！」
山里・和男の声「どうもありがとうございました」

65　同・前室

座っている山里と和男。

山里「……」
和男「終わったな」
山里「そうだね」
和男「ごめんな、最後までヘッドリミットに勝たれへんかった」
山里「……」
和男「よし。お疲れ様でした」
山里「今日ライブ、出てくれてありがとう」
和男「いや」
山里「あのさ」
和男「ん？」
山里「和男くんは、お笑い続けないの？」
和男「もういいかな。もうええわ、って感じ」
山里「俺のせい？」
和男「そうに決まってるやん」
山里「！」
和男「って言ったらどうする？」
山里「……ごめんとしか」
和男「うそうそ。なんにしても俺は向いてへんかった。でも、山ちゃんは向いてると思う。俺あんな本気になられへんもん」
山里「……あのさ。これは嘘じゃないんだけど。今日の和男くん、すごいよかったよ。だからさ」
和男「頑張ってな」

和男、去っていく。
山里、スカーフをとって。

×　×　×

和男「これ山ちゃんの衣装にいいんちゃうかなと思って」

和男、赤いスカーフを渡す。

×　×　×

山里「……」
N「山里、ふたつ目のコンビ・足軽エンペラー解散」

66　同・前室（日替わり）

貼られた香盤表を見ている芸人たち。
その中に【イタリア人】の文字。
「誰だ？」「こんな奴いた？」とザワザワ。
舞台上には西中サーキット。

静代「蝶で言ったらあんたは小腸や。頑張って大腸になるんやで」

吉野「蝶ってその腸ちゃうから」

芸人A「西中サーキットおもしれえよな」

芸人C「な」

スタッフの声「イタリア人次だよー?」

山里「あ、はい」

芸人たちがその声の方向を向く。

そこには胸元ざっくりシャツに黒パンツの山里。

芸人たち「!」

山里「……」

出囃子が鳴り、山里が出ていく。

67　事務所・東京オフィス

高山三希(46)がカップラーメンを食べている。

所属芸人の映像資料を見ている。

社員「高山さんいつから大阪行くんでしたっけ」

高山「来週。行きたくないわー」

社員「なんでですか?　いいじゃないですか大阪」

高山「東京で頑張ってきたのにさ」

社員「で、何見てるんですか?」

高山「これから担当しなきゃいけない大阪の若手。めっちゃいるんだよ、バカみたいに……」

高山、目が止まる。

高山「なに、この死んだような顔でネタしてる奴」

イタリア人の山里。

68　テレビ局

テロップ【2011年】

島、録画した番組をパソコンで見ている。

画面を止めるとそこに山里の姿。

島「……んー」

デスクのテレビには若林の姿がある。

島「……うーん」

スタッフ「どうしたんですか?」

島「山里と若林……なーんか目の奥が死んでるよね」

スタッフ「え?　そうですか?」

島「うん。なんていうか、真っ黒」

スタッフ「へー。一気にブレイクしたはいいけど、じゃないほうのふたりだから色々抱えてるんですかね?」

島「うーん。なんか、ふたりとも何かがたりてない……」

つづく

第5話

帰るところはありますか?

1 テレビ局・会議室前

テロップ【2003年】
【エンタの神様　オーディション】の貼り紙。
若林の声「いらっしゃいませ〜」
春日の声「肉まんひとつもらえますか?」

2 同・会議室

スタッフの前で、アメフト姿の若林と春日。
若林「800円のお返しになります」
春日「(春日入店) ウィ〜ン」
若林、春日にタックル。春日、吹っ飛ぶ。
若林「フルフェイスのお客さまの入店お断りしています」
春日「お前もフルフェイスだろ!」
若林「どうもありがとうございました」
ディレクター「……はいはーい、ありがとうございます」
春日「よろしくお願いします!」
ディレクター、資料を見ながら。
ディレクター「ふーん、同級生のコンビなんだ。ふたりともアメフト部で。なるほどね」
若林「……」
ディレクター「他に特技とかあるの?」
春日「あ、毎日プールに行っていたので私潜水が得意です」
若林「僕はキャッチボールばかりしてて変化球を何種類か」
ディレクター「へえー」
若林「あの。今のネタはどうでしたか?」
ディレクター「……うーん」
若林「……」
ディレクター「お前なんか質問ある?」
若手スタッフ「えーっと……ネタはどっちが考えてるんですか?」
春日「あ、こっちです」
若林「……」

3 むつみ荘・春日の部屋(日替わり)

若林、ネタを書いている。
N「若林正恭25歳。彼は煮つまっていた」
春日は鏡を見て眉毛を整えている。
若林「なあ」
春日「ん?」
若林「俺らオーディション今まで何回受けたっけ」
春日「え、50は受けましたよね」
若林「で、受かったのが」
春日「ゼロ」
若林「……」
春日、眉毛を整えている。
若林「え、芸人ってさ、何で売れんの?」
春日「オーディションで受からないとテレビ出られないで

しょ。あとは、賞レースで結果残すとか」
若林「俺らってさ、どっちもダメだけど何で売れんの？」
春日「あとは関係者がライブを見にきて、こいつらおもしれえなってなったら拾ってくれて」
若林「俺らライブでウケてないけど？　何で売れんの？」
春日、眉毛を整えている。
若林「なあ、どうやったらテレビ出れんだろうな」
春日「……」
若林、春日の鏡を自分に向けて。
春日「ちょっと」
若林「……」

×　×　×

谷「みんな死んじゃえって顔してるね」
若林「なあ俺さ。みんな死んじゃえって顔してる？」
春日「さあ？」
若林「っていうかお前さ、自分もネタ作ろうとか思わないの？」
春日「あ、私そういうのできないので」
若林、春日を睨む。
春日「……あ、お前死ねよって顔はしてます」
若林「……」
N「煮つまる若林」

4　劇場・舞台

N「その頃、山里、26歳」
イタリア人の山里、舞台に登場。
山里「どうもーチャオチャオ、ボンジョルノ～」
客席、真顔だったり見ていなかったり。
山里「え～、私！　実はコンビを組みまして！」
客席から少し注目される。
カバンから日本人形を出して。
山里「どうも～よろしくお願いします～。でも相方と言いましても僕が一方的に恋してる状態でして。みなさん、僕の恋を応援してください～」
日本人形の指にキスをする山里。
客席、誰も見なくなる。
山里「……」
N「煮つまるどころではなかった」

5　同・事務所

高山、デスクで挨拶をしている。
高山「大阪で若手のマネジメントを担当することになりました。高山と言います。よろしくお願いします」
社員「高山ちゃんお笑い大好きやから大阪来れて嬉しいでしょ、よかったね」
高山「まあ」
社員「ヘッドリミットがズドーン行ってるけど、劇場で頑張ってるメンバーもおもろいから」

高山、モニターを見る。
モニターには山里。日本人形の指を舐めている。

高山「あ」
社員「……まあまあ、ね。でもこの子もね……」
高山「はい？」

6　同・前室

舞台から降りてきた山里。
照明スタッフ、やってきて。

照明スタッフ「おい！」
山里「え？　照明さん……？」
照明スタッフ「お前、次あのネタやったら照明消すからな！　気持ち悪いねん！」
それだけ言って走って戻っていく。
山里「……」
舞台からは出囃子と声が聞こえる。
吉野の声「どうもー西中サーキットです」
静代の声「よろしくお願いします～」
大きな拍手が聞こえる。
山里「……」

×　×　×

舞台に立つ西中サーキット。
それを見ている山里。
静代「私の顔見てよ、テンション上がってるやろ」
吉野「どこがやねん」
客席が大きな笑い声に包まれる。
山里「……」

7　同・裏口

山里が出てくると、高山がいる。
高山「お疲れ様」
山里「お疲れ様……です」
高山「あ、大阪若手班に異動してきた高山です」
山里「あ！　イタリア人です。山里です。よろしくお願いします」
高山「変な自己紹介」
山里「……」
高山「聞いたんだけど、ガチンコで優勝したコンビの人なんですね」
山里「あ、はい足軽エンペラーっていう」
高山「そうそう。で、今はイタリア人」
山里「はい、頑張ります」
去っていく山里。
高山「……」

8　若林家・外

若林、帰ってくる。

　家の前の車の中に徳義が。
若林「……」

9　同・台所

　知枝が料理をしている。
知枝「あ、おかえり」
若林「親父、なに？」
知枝「ああ。車にいたでしょ」
若林「うん」
知枝「また仕事辞めたんだって」
若林「……マジ？」
知枝「そうよ。いい加減にしてよって言ってたらいつの間にかいなかった」
若林「逃げたんだ。どうしようもないね」
知枝「誰が言ってんのよ」
若林「？」
知枝「あんたもさ社会から逃げてないでちゃんと考えなさいよ？」
若林「……」
　若林、黙って自分の部屋へ。

10　広場

　山里、イタリア人衣装でネタの練習をしている。
　自転車で通りがかる警察官。
　山里、バッグから日本人形を出す。
警察官「？？」
　山里、日本人形の指を舐めようとすると……。
　警察官と目が合い。
山里「……どうも」
警察官「危ないよ、職務質問しなきゃいけないかと思った」
山里「あの後コンビ解散しまして」
警察官「うん、まあそうやろうね」
山里「で、今ピン芸人やってます」
警察官「そうなんや」
山里「マジでキツイですね。全然ウケないし、でも出番あるから出なきゃいけないし」
警察官「なんて名前でやってんの？」
山里「あ、イタリア人です」
警察官「イタリア人？　え、イタリア人？」
山里「あんまり大きな声で……」
警察官「まあ頑張りや。イタリア人！」
山里「ちょっと！」
　警察官、去っていく。
山里「……」
女性の声「あの、すいませーん」
　見るとベンチに座る丸山。
　ニューヨークチーズケーキを手にし、ほおばっている。

丸山「イタリア人さん」
山里「いや」
丸山「おいしいイタリアのデザート何かありますか？」
山里「え？」
丸山「ティラミスやパンナコッタもイタリアのデザートじゃないですか。他に何かあります？」
山里「……すいません僕イタリアに全然詳しくなくて」
丸山「え？　イタリア人なのに？」
山里「イタリア人って名乗る日本人のイタリア人なんで……」
丸山「そんなことわかりますよ。芸人さんか何かですよね」
山里「芸人って名乗っていいのかな」
丸山「はあ」
山里「……イタリアがどうかしたんですか？」
丸山「私、仕事でお菓子の商品開発してるんです」
山里「はあ」
丸山「企画出さないといけなくて。誰も知らないデザートなら、ライバルいないから勝ち目あるかなあと思ったんですけど……すいません急に話しかけて」
山里「あ、いえ」
丸山、チーズケーキを食べ終わり。
丸山「じゃ、頑張ってくださいね。失礼します」
山里「ありがとうございます」
去っていく丸山。
山里「……」

11　若林家・居間

若林と麻衣、「黒ひげ危機一発」をしている。
鈴代はテレビを見ている。
知枝は台所で料理をしている。
若林「母ちゃんってさ、すごい世間体気にする人じゃん」
麻衣「うんうん」
若林「俺ら中学受験させたりさ、ちゃんと大学行けとか働けとか言うし」
麻衣「そうだね」
若林「なんであの親父と結婚してるんだろうね」

12　同・外

車の中にいる徳義。
コンビニで買ったショートケーキを食べている。
麻衣の声「それは私もずっと思ってるよ」
若林の声「だよね」
麻衣の声「マジ謎」
若林の声「ばあちゃんわかる？」

13　同・居間

鈴代「なんでだろうね？　わかんない」
若林「そっか」

鈴代「本人たちもわかってないんじゃない？　なんで一緒にいるか」
若林「え、そんなことある？」
鈴代「そんなもんよ意外とね」
麻衣「ふうん」
麻衣が剣を刺すと黒ひげが飛ぶ。
麻衣「わ！　負けた」
若林「知ってる？　これ元々は飛ばしたほうが勝ちなんだよ」
麻衣「うそ、聞いたことないよ」
若林「ほんとだって箱にも書いてあるから」
若林、箱を見ている。
鈴代「まさくんってさ」
若林「え？」
鈴代「こういうテレビは出ないの？」
テレビではヘッドリミットがネタをやっている。
麻衣「わー聞いたー」
鈴代「出られないのか」
麻衣「うわー」
若林「いや……俺こういうのはあんまり。なんかほら、今はライブや前説で力つけたいから焦ってもなあって」
鈴代「んーと、思春期？」
若林「……なに……違うよ。あ」
鈴代「ん？」
若林「ほらこれ……ん？」
麻衣、箱に書いてあるルールを見て。
麻衣「なにこのルール。『先に飛び出させた人が勝ち又は負けです。プレー前にルールを決めましょう』だって。なにこれ」
鈴代「でも、あれね。自分で勝ちか負けか決めていいって、なんかいいわね」
若林「そう？」
鈴代「うん。誰でもいつか勝てそうな気がする」
若林「……」

14　同・外

車の中にいる徳義。
ショートケーキを食べきって。
徳義「あっま」

15　同・若林の部屋

若林、ノートを広げる。
【すぐテレビに出るには……】と書いていく。
机の上のノートの山の中に４本足の鳥の絵が見える。

16　山里のアパート・山里の部屋

ノートの山の中に、ひっくり返った亀の絵が見える。
山里、過去のノートをパラパラ。
【モテたい】とある。

山里「……」

×　×　×

丸山「イタリア人さん」
丸山「頑張ってくださいね」

×　×　×

山里「……」

×　×　×

丸山「ライバルいないから勝ち目あるかなと思って」

×　×　×

山里「……」
ノートに書く。【ライバルいない】【勝ち目ある】

山里「……」
ノートに書いていく。
【コンビを組みたい】【男女コンビ？】
【相方にするなら……】【おもしろそうな女芸人】

山里「……」
考え込み……何か思いつき、ノートに書き込む。

N「これはふたりの物語」

17　今回のストーリーを点描で

N「夢を追う方法に正解はない。自分で考え、自分のやり方で笑いの世界に挑んでゆくふたりの本当の物語。しかし断っておくが『友情物語』ではないし、サクセスストーリーでもない。そして、ほとんどの人において全く参考にはならない」
山里のノートに【しずちゃん】と書いてある。

N「だが、情熱はある」
タイトル『だが、情熱はある』

18　稽古場

多くの芸人がネタ練習をしている。

N「ライバルの少ない男女コンビを組むため動き始めた山里」
物陰から何かを観察している山里。
視線の先にはしずちゃん。女芸人と話している。

女芸人「しずちゃん解散してんなあ」
静代「うん、せやねん」

N「相方候補に選んだのは、山崎静代。しずちゃん。西中サーキットというコンビを組み実力が認められ東京でもレギュラー番組を持っていたが相方が芸能界を引退したため解散。山里とは同期だが吉本の養成所・NSCには通っていないため親交はない」

女芸人「でもまあこれから頑張ったらいいやんね」
静代「うん、頑張りたい」

N「その独特の存在感とセンスは群を抜いていた。この子と組んだら絶対に面白くなる……山里はそう確信した」
山里、話しかけよう……と向かっていく。
静代「あ、もう来週から」
女芸人「新しいコンビはいつから動くの？」
通り過ぎる山里。
静代「そうそう浮宮くん」
女芸人「あの人やんね、相方」
浮宮、やってきて。
浮宮「しずちゃん？」
山里が見るとイケメンの浮宮。
静代「ん？」
浮宮「ネタ合わせ、この前のカフェでいい？」
静代「どこやっけ」
浮宮「ほら、チーズケーキ屋と回転寿司の間の」
静代「あ、わかったぁ」
山里、隅でイタリア人のネタの練習を始める。
N「しかし、その思いは一瞬で崩れる」

19　広場

イタリア人のネタ練習をする山里。
山里「……」
すぐにため息をついてしまう。
近くに座っている丸山。手にはマリトッツォ。
丸山「そんなにため息つきます？」
山里「……」
丸山「何かありました？」
山里「いや、別に」
丸山「ふーん」
山里「……なんていうかね、作戦失敗で」
丸山「作戦？」
山里「ここに1個おまんじゅうがあるとして」
丸山「あ、ケーキでもいいですか？」
山里「じゃあケーキがあるとして。このケーキ食べたらパワーアップできる！と思ってたのに先に取られちゃってた、みたいな」
丸山「ふんふん」
山里「横取りするわけにいかないしね」
丸山「ふーん。絶対ダメなんですか？」
山里「ダメでしょ普通に考えたら」
丸山、マリトッツォをほおばる。
山里「それなんですか？」
丸山「あ、これ。調べたんですよイタリアのデザート。そしたらこんなのあって。マリトッツォって言うんです」
山里「そんなの流行んないでしょ」
丸山「あ。決めつけはよくないです」
山里「決めつけ」
丸山「あ、よかったら」

山里「どうも」
丸山、山里にマリトッツォの入った箱を渡す。
去っていく丸山。
警察官が自転車でやってきて。
警察官「なあなあ」
山里「え、はい」
警察官「簡単に好きになったらあかんよ」
山里「え？」
警察官、去っていく。
山里「……」

20　山里のアパート・山里の部屋

山里、ノートを開いている。
山里「……」
しずちゃんに声をかける浮宮。

×　×　×

山里「……」
【あのイケメン俺よりおもしろいのか？】と書く。
山里、マリトッツォを食べる。
山里「うまいじゃないかよ」
N「しずちゃんが欲しい。その糸口を見つけたい山里」

21　クレープ屋

若林と春日、小さなステージの上。
客はクレープを食べている橋本と寺川。
N「一方、なんとか売れたい、売れてテレビに出たい、その糸口を見つけたい若林」
若林「僕たちもですが、今日のお客さんもパッとしませんね」
春日「やめなさいよ」
N「お客さんをいじる漫才を試してみる」
若林「どこで買ったんだって服着てますね、似合ってるけどね」
春日「やめなさいよ」
若林「バカみたいにクレープばっか食べちゃって。まあ顔色いいし健康そうですけどね」
春日「やめなさいよ」
若林、おとなしい口調になり。
若林「あのー……」
寺川「え」
春日「ちょっとちょっと」
若林「すみませんずっと来てくれるおふたりに聞きたいんですけど……こういうネタどう思います？」
寺川「別にいいと思うけど、そんな気遣いながらいじられても笑えないっていうか」
橋本「うん、いじるならいじってもらっていいのに」
春日「そんなのうちの若林さんができるわけないでしょ」
橋本「知らないですよ」

若林「……ふたりはなんでいつも見に来てくれるんですか？」
寺川「え、なんでだろ。なんで？」
橋本「なんでだろうね、わかんない」
若林「……」

22 ライブハウス（日替わり）

N「次に若林が試したことは」
　　出囃子の中に若林と春日、登場。
　　若林は細いヒゲを付けている。
春日「どうもーよろしくお願いします」
若林「お願いします。いやあそれにしても景気がよくないですね」
春日「そうですねえ」
若林「それもこれも政治家のせいなんですよふざけてますよね」
春日「君、言い過ぎだよ！」
若林「全員役職バラバラにしたほうがうまくいくんじゃない？」
春日「君、言い過ぎだよ！」
N「世間を斬る時事漫才」
若林「バラバラになっても誰も気付かなかったりして」
春日「君、言い過ぎだよ！」
若林「それにしても……」
　　客席、真顔だったり見ていなかったり。
若林「……」

23 同・楽屋

　　下げ囃子の中……若林と春日戻ってくる。
若林「……」
　　若林、付けヒゲを外す。
　　谷、舞台衣装でやってきて。
谷「ごめんごめん！　収録が押しちゃいました！」
スタッフ「タニショーさん！　よかったです！」
谷「ごめんなさーい！　開演しちゃってるね」
若林「……」
スタッフ「ちょうど出前来てましたよ」
　　スタッフ、谷にトマトパスタを持ってくる。
谷「ありがとー！　……まだ時間あるかな」
春日「えっと、タニショーさん次の次って言ってました」
谷「オッケ、食べちゃお」
春日「なんですかそれ」
谷「大好きなの、海の幸のトマトソースパスタ」
　　谷、パスタを食べ始める。
若林「……」
　　若林、谷を見ている。
谷「なに？」
若林「あ、いや」

谷　「あなたさ、今幸せ？」
若林「え」
谷、微笑んでパスタを食べ続ける。

24　若林家・若林の部屋

若林、バッグから付け髭を取り出し口に丸く付ける。
若林「……」
若林、「黒ひげ危機一発」に剣を刺してみる。
黒ひげは飛ばない。
若林「……」

25　テレビ局・スタッフルーム

テロップ【２００９年】
5人ほどのスタッフが打ち合わせをしている。
島がいて、退屈そうに「黒ひげ危機一発」を持っている。
演出「じゃ、次の問題VTR」
スタッフA「はい。『黒ひげ危機一発は元々黒ひげを飛ばしたら勝ちでした。飛ばしたら負けというルールが一般的になったキッカケはなんでしょう』」
スタッフB「答えは？」
スタッフA「テレビ番組『クイズドレミファドン』で飛ばしたら負けというルールで使われた」
演出「それ結構有名な話じゃない？」
スタッフA「そうですか？」
演出「うーん……情報性が少ないと思うね。マルバツ問題だったらアレンジでいけるかもしれないけど」
スタッフA「あー」
島「……」
演出「あ、島さんこのおもちゃは使っていいんですよね？」
島「あ、うん許諾オッケーだって。あ、あのさ」
演出「？」
島「この構成、芸人の無駄遣いっていうか。ちゃんと尺取って絡み作ってあげるとかさ」
演出「まあでも基本芸人さんたちワイプの中なんで」
島「……そう」
島、剣を刺す。飛び出さない黒ひげ。
島「……」

26　同・カフェテリア

島と高山。
島「私がプロデューサーデビューしたのが97年でしょ……その頃はもう『俺が天下を取る！』って感じじゃなくて、何人かの芸人がチームで番組を持つ時代に移っていった頃」

高山「はいはい、めちゃめちゃそうでしたね。2000年頃？　ですかね、ネタ番組が増えて、M—1とか賞レースも始まってお笑いブームがあったじゃないですか。エンタの神様もありましたし」

島「そう。でもそんなブームもすぐ終わっちゃって今は情報バラエティが主流……芸人はそのアクセントのような存在。なんかやりたいことがちょっとだけ違うんですよね」

高山「……で？」

島「え？」

高山「で、お笑いの歴史について語り合う会じゃないですよね？」

島「うん、あのね」

27　カフェ

テロップ【2003年】

山里が顔を隠して飲み物を飲んでいる。

耳を傾け……その先にはしずちゃんと浮宮。

浮宮「いや俺これからは男女コンビがいいと思っててん。しずちゃんと組めて本当よかったわ」

静代「おもろいネタ書けるように頑張る」

浮宮「うん。俺も協力する」

静代「ナンパする漫才とかよさそうやなと。浮宮くんが声かけてきて……なんて断ろう……」

浮宮「『時間あるけどダメです』とか？」

静代「うーん。私が無言でビンタするとかは？」

浮宮「あ、ええやん」

山里「……」

山里、ノートに書く。

【絶対俺と組んだほうがおもしろくなる】

山里、声色を変えて電話をするフリ。

山里「なに、どうしたの泣いてんじゃん。え？　別れてすぐに声かけてきた男と付き合ってすぐ別れた？　ひどい目に遭ったんだ。別れてすぐに声をかけてくる男は信用できないね。え？　でも逆に？　彼氏いる時に猛アタックしてくれた人とは幸せだった？　あ、そういうもんなんだあ」

山里、しずちゃんを見るが聞いていない。

N「相方がいても猛アタックをすると決めた山里。まず外堀から攻めるため」

28　稽古場（日替わり）

女芸人と話すしずちゃん。山里が近くに座る。

女芸人「あ、そんなに漫画好きなんやね」

静代「うん」

N「しずちゃんが好きなものを知ろうとする」

女芸人「何持ってる？」

静代「えー、鳥山明先生の漫画は全部持ってるし……」

女芸人「えーすごいなあ、他は？　オススメ教えてよ」
静代「えーっと、ジョジョわかる？　ジョジョは私４部が好きで……」
話し続けているしずちゃんと女芸人。
山里、メールしてるふりして会話をメモしている。
そんな山里をチラッと見る、しずちゃん。
静代「……？」

29　劇場・客席（日替わり）

顔を隠して席につく山里。
×　×　×
しずちゃんと浮宮がネタをしている。
静代「よく俺の正体がわかったな……」
浮宮「黒幕登場や」
静代「サングラスをバッと外したらその正体が……鈴木雅之」
浮宮「あの人はサングラス付けてたほうが誰かわかんねん！」
ウケている会場。
ノートにメモを取っていく山里。
N「しずちゃんの好きなお笑いを知る」
しずちゃん、舞台上から山里を見つける。
静代「……」

30　同・外

帰っていくしずちゃん。
外で待っていた山里、後をつける。
しずちゃん自転車に乗っていく。
山里、慌てて走って追いかける。
N「しずちゃんのことを知る」

31　商店街・八百屋

しずちゃん、店主と話し野菜を買い出ていく。
すると息を切らした山里が入ってきて。
山里「すいません！　今、あの子と何話してたんですか」
店主「え、いや別に……よく来てくれるねって」
山里「よく来るんですか？」
店主「え、うん。うちのアスパラが好きみたいで」
山里「ありがとうございます……」
山里、出ていき、しずちゃんを再び追いかける。
しずちゃん、ふと振り返ると遠くに山里が。
静代「！」
スピードを上げるしずちゃん。
山里「……」
N「とにかく、しずちゃんのことを知る」

32　ライブハウス（日替わり）

N「一方、売れるために模索する若林」
　出囃子が下がり……明転。
　髪を逆立てた春日が板付き。
春日「若林遅いなあ、連絡もないし大丈夫かな」
　金髪の若林、お腹を押さえながらゆっくり登場。
春日「若林おせえよ……あれ、大丈夫か?」
若林「家出ようとしたらこうやって歩くのにハマっちゃって」
春日「やめなさいよ!」
若林「この動きにハマってるから連絡もできなかったわ」
春日「やめなさいよ!」
　静かな客席。その中に橋本。
橋本「……」
N「見た目を変えてみるが」
　　×　×　×
　楽屋でアンケートを見る若林。
　【金髪にしても無駄】【金髪がボケなんかい】
若林「……」
　春日、平然と帰っていく。
若林「……」

33　若林家・若林の部屋

　若林、黒ひげに剣を刺す。飛ばない。

34　ものまねパブ・客席（日替わり）

　若林と春日、アメフトの格好でぶつかり合う。
N「自分たちにしかできないことも試してみるが」
　引いている客席。
春日「ではこの後はモノマネステージです!」
　音楽の中、ハケていく2人。

35　同・舞台袖

　ハケてくる若林と春日。
　ドラコがいて。
ドラコ「なあ、ちょっといい?」
若林「?」
ドラコ「今のさ、いつもお客さん引いてるからやめてくんない?」
春日「ああ」
ドラコ「あとせっかく前説やってんのにお前らの顔も見えないし」
若林「たしかに……」
ドラコ「たのむよ」
春日「そっすね、やめましょう」
　春日、帰っていく。
若林「……」
　舞台上では谷がモノマネ芸で盛り上げている。

谷「どうもー！　まややでーす！」
歌って踊り、決め台詞。
谷「今、幸せ？」

36　若林家・若林の部屋

若林、黒ひげに剣を刺す。飛ばない。

37　ライブハウス（日替わり）

黒髪の若林と緑モヒカンパンク春日登場。
若林・春日「どうもーよろしくお願いします」
N「また見た目を変えてみるが」
若林「いやあそれにしてもお金がほしいですね」
春日「やめなさいよ！」
若林「お金落ちてないかなっていつも下向いてますよ」
春日「やめなさいよ！」
客席に橋本。
橋本「……」
×　×　×
楽屋でアンケートを見る若林。
【シンプルに怖い】【あの見た目でツッコミ？】
若林「……」

38　若林家・若林の部屋

若林、黒ひげに剣を刺す。飛ばない。
何本か剣が刺さった黒ひげ。
若林「……」

39　劇場・楽屋（日替わり）

山里、女芸人と話している。
山里「いや違うんだよそうじゃなくてさ、電話帳のデータが消えて困ってるんだって」
女芸人「だったら本人に聞けばいいやん、私に言われても」
山里「元々しずちゃんの連絡先知ってたんだよ？　それが消えちゃっただけなんだから誰に聞いても一緒じゃん」
女芸人「えーでも」
スタッフの声「イタリア人！　出番！」
山里「はい！　あ、ほらほらやばいよ！　早く教えてくれないと俺出番トチっちゃうよ！」
女芸人「ええ？　もう〜」
番号を教えてもらう山里。
山里「ありがと！」
そのまま舞台へ。
女芸人「しずちゃんには後から言うからね！」

40　同・舞台袖

見ている高山。
山里が日本人形と踊っている。
山里、ウケないので日本人形の指を舐める。
照明が落とされる。
山里「！……ちょっと！　照明さん！」
山里を睨んでいる照明スタッフ。
×　×　×
高山「……」
社員「相変わらずつまらんな」
高山「つまらないです、けど」
社員「けど？」
高山「面白いです」
暗い照明の中、ネタをしている山里。
×　×　×

41　同・楽屋

しずちゃん楽屋入り。
静代「おはようございます」
女芸人、寄ってきて、
女芸人「しずちゃんごめんイタリア人にアドレス教えちゃったんやけど大丈夫？」
静代「え？」
女芸人「ほら、あの」
女芸人、視線をやると出番を終えた山里。
静代「あ。え？」
山里、視線に気付きニコッとする。
しずちゃん、目をそらす。
女芸人「電話帳が消えちゃったらしくて」
静代「私あの人よく知らんけど」
女芸人「うそ……ごめん」
静代「……」

42　山里のアパート・山里の部屋

ノートにネタを書いていく山里。
【司会：山里　モデル：しずちゃん】
【山：それではトップモデルのＳＨＩＺＵＹＯの登場！】
【し：（モデル歩きで登場）】
山里「……」
書いては消し、また書いて。ネタを書き上げていく。
×　×　×
チェック用紙を確認していく。
【好きな漫画を予習】
床にしずちゃんが好きな漫画が読まれた跡。
【好きなコントを予習】
テレビの周りに録画したお笑い番組のＤＶＤ。
【しずちゃんのおもしろさが際立つ台本】

机の上のノート。

山里「よし」

【連絡先をゲットする】

携帯電話を開きメールを打つ。

「元足軽エンペラー、現イタリア人の山里です。急にすみません。今度食事に行ってくれませんか。場所は」

山里「……」

チーズケーキやマリトッツォを食べる丸山。

× × ×

× × ×

山里「……」

「ケーキバイキングに行きましょう」と打つ。

43 むつみ荘・春日の部屋

若林、春日、谷が飲んでいる。

飲み干された缶や食べかけのおつまみ。

春日「いやあ楽しいですね、いい夜だ。名前をつけたい」

若林「なに言ってんだよ」

谷「あ、もうこんな時間なんだ」

若林「すいません大丈夫ですか？」

谷「平気なんだけど、朝早くてさ。泊まっていい？」

若林「いいですよ」

春日「私の部屋ですから。明日何があるんですか？」

谷「明日ね、エンタの神様の収録行かせてもらうの」

春日「え！　タニショーさんエンタ出るんですか」

谷「ありがたいよね」

若林「……タニショーさんは、黒ひげ飛んでますよね」

谷「え？　青ヒゲ飛び出てる？」

谷、口周りを気にする。

若林「あ、いや。っていうかタニショーさんなんで俺らと飲もうって言ってくれたんだろ、って春日と話してて」

春日、寝ている。

若林「寝てる」

谷「ここ何ヶ月かでこんな見た目変わってる後輩いたら誘わないわけにはいかないでしょ」

若林「……ありがとうございます」

谷「みんな死んじゃえって顔してた子が死にそうな顔してんだもん」

若林「……実は悩んでまして」

谷「実は、じゃないんだってば丸わかりだから」

若林「なんかもう、人を笑わそうとしてるのか、みんなと違うことをやってるって言われたいだけなのか。本来面白いことすればいいはずなのに、変わったことすれば目立つんじゃないか、とか。でも全然ウケなくて。どうしたら売れるんですかね」

谷「ねえ、今幸せ？」

若林「そんなわけないじゃないですか」

谷「どうなったら幸せ？」
若林「え？」
谷「どうなったら幸せになれると思う？」
若林「……面白いって言われて、金稼げて、人気出て。今と逆の生活……かな」
谷「そうなったら幸せだと思う？」
若林「ライブでもオーディションでもスベりまくってると、周りの全員から無視されてる感じがして」
谷「うん」
若林「……みんな死んじゃえって顔してますよね」
　若林、考え込む。
谷「なに考えてるの」
若林「いや、すいません」
谷「まあね、悩むのはわかるけど誰か見てくれてるもんよ？」
若林「誰も見てないですよ、僕らのことなんて」
　若林、谷を見ると泣いている。
若林「え、すいません何か変なこと言いました？」
谷「……見てくれてないのか……私のことなんて……」
若林「え？」
谷「彼氏に振られて……振られてって言うか急によ。家帰ったら荷物がなくて……電話したら別れよう、って。別れようじゃないじゃん、もう別れてんじゃん。帰りたくないよあんな部屋に」
　谷、泣きながら酒を飲む。
若林「……タニショーさんなら、いい人見つかりますよ」
谷「ねえ！　適当言わないで！　あんたにね！　１００人の男に振られた男の気持ちわかる⁉　わかんないでしょ！」
若林「……すいません」
谷「ごめん。辛くて」
若林「……じゃ今タニショーさんは幸せじゃないですね」
谷「幸せよ！　全部捨てて新しい男探すの。ゼロから始めるの。やり直すの！　それは幸せなことよ！」
若林「……」
　春日、谷、寝ている。

×　×　×

44　レストラン（日替わり）

　ケーキバイキングのあるお店。
　山里、テーブルにつき、入口をじっと見ている。
　ドアが開き、しずちゃんが入ってくる。
山里「！」
　山里、会釈。
静代「……」
　会釈だけして、テーブルに着く前にトレイを持ち……。
　ケーキを物色していく。
山里「……」

N「山里、勝負の時がやってきた」

45 むつみ荘・表

N「若林、何かのためにやってきた」
やってくる若林。

若林「……」

46 レストラン

山里の向かいに座っているしずちゃん。
ケーキをバクバク食べている。

山里「……今日天気いいね」
しずちゃん、手を止めずに頷く。

山里「……新しいコンビ、調子いい？」
しずちゃん、手を止めずに頷く。

山里「……おいしい？」
しずちゃん、手を止めずに頷く。

山里「……」

47 むつみ荘・春日の部屋

若林、ドアを開けると、パンツ一丁の春日。
テレビでは西武ライオンズの野球中継。
キャップをかぶってメガホンを鳴らしながら応援している春日。

若林「……」
若林、そっとドアを閉じる。
若林、立ち去ろうとすると携帯電話にメールが。
開くと春日から「なんで帰るんですか？」

若林「……」
若林、ゆっくりドアを開ける。
春日、変わらず応援している。

若林「……」
西武の攻撃が終わったようで……。

春日「かー、惜しい！　次！　次！」

若林「……」

春日「ちょっとー、来るなら来るって言ってくださいよ恥ずかしいでしょ」

若林「恥ずかしそうじゃなかっただろ」

春日「恥ずかしいですよ。でも止められないから、恥ずかしいって思いながら応援してました」

若林「っていうか、今日ネタ合わせって言ってたし」

春日「あ、そうでしたっけ」
若林、テレビを消す。

春日「あ」

若林「話があんだけど」

48 レストラン

しずちゃん、食べ続けている。

山里「俺ね、鈴木雅之さんって、なんか面白いと思うんだ」

しずちゃんの手が止まる。

山里「かっこいいよ、かっこいいんだけどそれがなんかくすぐられるっていうか、なんなんだろうあれって」

静代「……私も思う」

山里「えー！　ほんとに？　俺、大喜利で困ったら鈴木雅之さんの名前使っちゃうんだよね」

静代「うん、わかる」

山里「え！　気合うのかな？」

静代「……」

しずちゃん、また食べ始める。

山里「……俺ジョジョだと4部が一番好きなんだ」

しずちゃんの手が止まる。

山里「スタンドが出てきた3部、熱いファンは1部2部って言うしオシャレな5部も好きなんだけど俺は４部なんだよね」

静代「……私も」

山里「え、ほんとに!?　その中でも俺ハイウェイスターが好きでさ、あの回、作画がアートっぽくてかっけえんだよなあ」

静代「え、わかる」

山里「あ、ほんとに？　珍しいね、やっぱり気合うんだね」

静代「……」

しずちゃん、また食べ始める。

山里「……」

49　むつみ荘・春日の部屋

春日「どうしました？」

若林「うん。ちょっと真面目な話」

春日「はい」

若林「みんな就職してさ。いい暮らししてんじゃん。でも俺らは全然売れなくて、前説ですらろくにできなくて小さいライブでもウケなくてオーディションも受かったことない」

春日「はい」

若林「髪型変えたりキャラ付けしたり、いろんなネタしたけど全然ダメ。自分が向かってる方向が合ってるかわかんないし、そもそも自分がどこに向かってるのかもわかってない」

春日「えっと……」

若林「こんなこと自分で思いたくないから逃げてたけど」

春日「はい」

若林「お前にもこんなこと言いたくないけど」

春日「いいですよ」

若林「とにかく……恥ずかしい。惨めだと思う。辛い。辛いし、しんどいし、惨めだし苦しい。恥ずかしい。すごくイヤだ」

春日「はい」

若林「もう辞めたほうがいいのかなって。俺はそう思ってる」
春日「……」

50 レストラン

食べているしずちゃん。

山里「……こんなに気が合うならもっと早く話しとけばよかったね、せっかく同期なのに」
静代「でも東京行く前に話せてよかった」
山里「……東京？」
静代「うん、コンビで東京進出しようと思ってて」
山里「東京……行くんだ」
静代「うん」
山里「……」

51 むつみ荘・春日の部屋

若林「春日は？　お前こんな状況なのにネタも何も考えないけど。どう思ってる？」
春日「……」

52 レストラン

山里「あのーえっとー、うん、そうそう」
静代「？」

山里「知ってると思うけど、俺ガチンコっていう番組出ててさ」
静代「うん」
山里「それで東京のスタッフさんとも仲良くしてるんだけど、東京のテレビってもう若手を出すのやめていくらしいよ？　なんか大御所の人がそういうふうにしろって言ったみたいでさ」
静代「ほんま？」
山里「もちろん！　これからは大阪だってそのスタッフさん言ってた。大阪の方でしかオーディションやらないって」
静代「ほんならもう少し大阪でやっていったほうがいいんや？」
山里「そ、そう！　そうなんだよ。危なかったね〜」
静代「うん」
山里「……」
N「山里、大嘘でごまかし……」
山里「で、今日来てもらったのは……」
静代「！」

しずちゃん、ケーキを食べ始める。

山里「……」

53 むつみ荘・春日の部屋

春日「……」

若林「……」

54　レストラン

食べているしずちゃん。
山里「そんなにたくさん食べて大丈夫？」
うなずくしずちゃん。
山里「……で、今日来てもらったのは……」
静代「！」
しずちゃん、ケーキをどんどん食べる。
山里、ノートを出す。
表紙には【山里・しずちゃんネタ台本】とある。
しずちゃん、手が止まり。
静代「？」
山里「俺と君のネタを書いてきた」
静代「え」
山里「この台本に未来を感じたら……俺とコンビ組んでくれませんか？」
静代「……」
しずちゃん、ケーキに手を伸ばすがやめる。
静代「絶対告白されると思って」
山里「え？」
静代「それは嫌やから、告白する隙与えへんように食べてた」
山里「……ずっと見てた。いっぱい見て、いっぱい見たけど、君となら面白いことができるって思った。コンビ組んでるってわかってるけど言うだけ言ってみようって誘ってみた。ルール違反だけど。ごめん」
静代「うん」
山里「＠＠の公園」
静代「うん」
山里「いつもあそこでネタの練習してるから。その台本が面白かったら……明日1時に来てほしい」
静代「……わかったあ」
山里「よろしくお願いします」

55　むつみ荘・春日の部屋

春日「あの」
若林「……」
春日「私、どう考えても幸せなんですけど」
若林「今が？　どう考えても？」
春日「はい」
若林「ずっと考えて、それ？」
春日「はい。これからも頑張りたいんですけど」
若林「……」
春日「不幸じゃないと努力ってできないですかね？」
若林「……」
春日「辞めるにしても続けるにしても任せます」
若林「お前って、何がしたいの？」

春日「うーん……」
若林「あ、いいや」
若林、帰ろうとする。
春日「若林さんは、何がしたいんですか？」
若林「何がしたいって、そりゃあ」
春日「はい」
若林「……うるさいな」
若林、帰っていく。
春日、何事もなかったようにテレビをつける。
春日「よしよし！　いけいけ！」

56　若林家・外

帰ってくる若林。
知枝の声「なに考えてんの！　いい加減にしてよ！」
若林「!?」
徳義が出てきて、車に乗り込む。
若林「……」
徳義「……」
徳義、若林を見て「乗れよ」と合図。
若林、乗り込む。
若林「この前仕事辞めてさらに何かしたの」
徳義「ああ、ちょっと。難しいな人生って」
若林「っていうかさ」
徳義「あ？」
若林「親父はさ、自分から難しいほう選んでない？」
徳義「誰が言ってんだよ」
若林「いや」
徳義「簡単に生きてもつまんねえんだよな人生って。だからって何がしたいかって聞かれたら答えられねえんだけどよ」
若林「……」
徳義「戦ってたいんだよ俺は。言っちまえば、勝ちでも負けでもどっちでもいいんだよ」
若林「成人した子供ふたりいる大人が言うことじゃないよ」
徳義「うるせえよ」
若林「……」
徳義「お前さ、あれ覚えてるか？」
若林「なに」
徳義「子供の頃、心臓に穴開いてたろ」
若林「うん」
徳義「あそこのヤブ医者から悪化するから感情出すなって言われてさ」
若林「覚えてるよ。親父が信じてずっとそれ俺に言うから。どう考えてもインチキだろそれ」
徳義「あれってよ。大人になってから言ってやったほうがよかったのかもな」
若林「どういう意味？」
徳義「怒ったり悲しんだり。逆に嬉しいとか喜ぶとかもさ、そういうの全部ないほうがラクに生きられるんじゃねえか、って思う時ねえか？」
若林「……」
徳義「俺はあるよ」
若林「うん」
徳義「ってことで俺、北海道行くから」
若林「え？」
徳義「都会が俺の居場所じゃない気がしてさ、稼いでくるわ」
若林「え、え？　ひとりで？」
徳義「母ちゃんな、一緒に来てくれよって言ったら怒られたわ」
若林「そりゃそうだよ」
徳義「来てくれるらしいけど」
若林「ええー？」
徳義「で、麻衣も一人暮らしするって」
若林「え、姉ちゃん家出るの」
徳義「自立だな。お前は無理だろうけど」
若林「え、俺ばあちゃんとふたりで住むの」
徳義「俺が帰ってくるまでには、芸人、売れるか辞めるかしとけよ」
若林「……」

57　広場（日替わり）

待っている山里。

時間は1時3分前。
近くに丸山が座ってマカロンを食べている。
丸山「誰か待ってるんですか？」
山里「はい。決めつけはよくないって、あなたに教えてもらったんで」
丸山「？……そうなんですね」
1時。
山里「……」

×　×　×

時間は1時半。
山里「……」
丸山「……」

×　×　×

時間は2時。
丸山「来ませんねえ」
山里「……」
丸山「これ食べません？　うちの商品なんですけど」
丸山、箱を差し出すとケーキ。
山里、ケーキを取り一口食べる。
丸山「あ」
山里、振り返ると……しずちゃんが歩いてくる。
山里「！」
静代「ごめん、遅くなった」
山里「ううん」
静代「コンビ、解散してきてん」

山里「え」
静代「それで遅くなった、ごめん」
山里「ありがとう……！」
深く頭を下げる、山里。
丸山「え？　何が起きてますか？」
山里「……ケーキでパワーアップできました」
丸山「はあ」
山里、手元のケーキ。
静代「だれ？」
山里「あ、お菓子作る会社で働いてる……うわ、名前知らないや」
丸山「花鈴です。丸山花鈴です、よろしくお願いします」
静代「静代です。山崎静代です、よろしくお願いします」
山里「フォーマット合わせなくていいから」
静代「そっかあ」
山里「しずちゃん」
静代「ん？」
山里「これから、よろしくお願いします」
静代「あ、お願いします」
山里、丸山にも。
山里「あの。山里と言います。よろしくお願いします」
丸山「よろしくお願いします？」
山里「……」

58　本屋

若林、バイト情報誌をペラペラと見ている。
橋本がいて。
若林「あ」
橋本「あ、どうも」
店の奥に行く橋本。若林のところに戻ってきて。
橋本「あの」
若林「あ、はい」
橋本「私わかったんです。なんで若林さんのライブ行くか」
若林「え」
橋本「面白いからです」
若林「……」
橋本「面白いです。面白くない時も」
若林「ありがとうございます」

59　若林家・居間

若林と鈴代がいる。
若林、手元に黒ひげ危機一発。
もう1本刺すが、飛ばない。
鈴代「飛ばしたいの？」
若林「飛ばないんだよね、びっくりするくらい」
鈴代「飛ばなくても、飛ぶ可能性は上がってるってことだよね」
若林「そうだね」
鈴代「いつ飛ぶかな」

若林「……これ！　っていう漫才ができた時か……」
鈴代「……」
若林「……テレビ出れた時かな」
鈴代「テレビ、いっぱい出れたらいいね」
若林「うん。そしたら幸せだもんな」
鈴代「そうなったらいいね」

60　事務所・会議室

テロップ【２００９年】
山里と高山。
山里、スケジュールを見ながら。
山里「ねえ高山さん、これってなんですか？」
高山「え？　あー、しずちゃんドラマ入りそうで」
山里「また!?　あの子ばっかじゃん、何もしてないのに」
高山「そんなこと言わない」
山里「ここ『私用』で押さえてるけどこれは何？」
高山「あ、旅行行くんだって。ほら女優の……」
山里「あの実力でよくのんびり遊んでられるね」
高山「いいじゃないの」
山里「そんな暇あるなら女芸人さんいっぱい見て勉強してって言っといて」
高山「それは」
山里「いいです、俺がメールしときます」
高山「……」
山里、メールを打つ。

61　テレビ局・楽屋

テロップ【２００９年】
スタッフと打ち合わせをしている若林と春日。
スタッフ「……という感じで、今風の若者が50人スタジオにいますので討論をしていただきたいです」
春日「はいはい」
スタッフ「ヒップホップ集団がいますので、その子たちに『だせえよ』『変な服装すんな』と噛みついていただければ」
若林「あー、でも僕ラップとか好きなんですよ」
スタッフ「そこは、ね、うまいことやっていただいて」
若林「え、でも」
スタッフ「M―1準優勝して今頑張んなきゃって感じですもんね、いい感じにお願いします」
春日「お願いします」
スタッフ出ていく。
若林「……」
春日「……大丈夫ですか？」
若林「楽しくないんだな、テレビって」
春日「……そうですか」
若林「……」

62　同・会議室

テロップ【2009年】

高山「で、今日はどうしたんですか？　お笑いの歴史について語り合う会じゃないですよね？」

島「うん、あのね」

島、企画書を出す。

島「山里くんと作りたいものがあって」

高山「ありがとうございます」

高山が企画書を手に取ると……タイトル【たりないふたり】。

パラパラと企画書をめくり……。

高山「あー」

島「はい」

出演者のページ。

山里と、若林の顔がある。

つづく

第6話

胸をはっていますか？

1　音楽スタジオ

テロップ【2015年】
クリー・ピーナッツのDJ杉内とL田雲がいる。
杉内はPCで音楽トラックを作っている。
田雲はノートを広げて。

田雲「たりない……俺には何かたりない……君にも何かたりない……」
杉内、ヘッドホンを外して。
杉内「なあ勝手に曲作るのってよくないのかな?」
PCのトラック画面には「たりないふたり」。
杉内「たりないふたりって、タイトルまんまパクリだし」
田雲「わからんけど俺ら止められへんくらいのバイブス感じて衝動があるんやからやらなしゃあないやろ!」
制作活動に戻るふたり。
N「売れないヒップホップユニット、クリー・ピーナッツ。勝手にリスペクトして勝手に曲を作りブレイクしていくことになるのだが、それはまたのちのお話」

2　テレビ局・会議室

N「少し時は戻り」
テロップ【2009年】
島と高山がいる。
島、企画書を出す。
島「山里くんと作りたいものがあって」
高山「ありがとうございます」
高山が企画書を手に取ると……。
タイトル【たりないふたり】。
パラパラと企画書をめくり……。
高山「あー」
島「はい」
出演者のページ。山里と若林の顔がある。
高山「一応お聞きしますけど、なんでこのふたりなんですか?」
島「……こういう安直な言葉使いたくないんですけど……」
高山「?」
島「天才だからです」

3　山里のアパート・山里の部屋

テロップ【2003年】

散らかっている。

机にはノートが広がり筆記用具もある。

山里、ウロウロしながら。

山里「大丈夫大丈夫。俺は天才俺は天才。絶対大丈夫。あんな面白い子と組めたんだから絶対うまくいく……よし!」

山里、机に向かいノートに書き込む。

N「しずちゃんという相方を見つけ、男女コンビ南海キャンディーズを結成した山里」

×　×　×

静代「コンビ、解散してきてん」
山里「これから、よろしくお願いします」

×　×　×

N「だが」

山里の手が止まる。
ノートには【2人：よろしくお願いします】
【山里：】としか書かれていない。

山里「……」

また立ち上がって。

山里「大丈夫大丈夫、俺は天才だから面白いネタが書ける」

4　テレビ局・会議室前

「エンタの神様オーディション」の貼り紙。

N「一方、彼は」

5　同・会議室

漫才をしている若林と春日。

若林「5、4、3、2、1、どかーん。爆破、離婚でございます」
春日「いいかげんにしろ」
若林・春日「どうもありがとうございます」
ディレクター「はいありがとうございました。ナイスミドルさん。うちのオーディション何回か受けてます？」
若林「まあ、はい」
春日「何度も」
ディレクター「なるほどです……じゃ、特技とかも聞いてますよね？」
若林「そうですね」
ディレクター「では、ありがとうございました」
若林「……」
N「手応えのないオーディションを受け続ける」

6　公園

若林と春日、キャッチボールをしている。

若林「俺らオーディション何回目？」
春日「89ですね」
若林「ちゃんと覚えてんじゃないよ。あーやばいな」
春日「まあまあ、焦ることないでしょ」
若林「……」

×　×　×

若林「もう辞めたほうがいいのかなって。俺はそう思ってる」
春日「私、どう考えても幸せなんですけど」
春日「辞めるにしても続けるにしても任せます」

若林「焦らないよなあお前は」

×　×　×

春日「焦ってフォーム崩したら元も子もありませんから」
若林「お前にフォームなんかねえだろ」
　若林が投げると春日は捕りづらそうにキャッチ。
春日「変な感じしました」
若林「チェンジアップ。俺くらいになると同じフォームでゆっくり投げれんだよ」
春日「なんの自慢ですか」
若林「俺にはフォームがあるってこと！」
　若林、速球を投げる。

7　広場

　しずちゃん、台本を読んでいる。
　丸山もそれを覗き込んで。
丸山「へえーこんな感じなんですね」
山里「見て、わかる？　漫才って基本的に、変なことを言う『ボケ』とそれを訂正する『ツッコミ』のやり取りなんだよね」
丸山「……知ってます」
山里「で、で、こっから。俺もしずちゃんもボケじゃない？だからしずちゃんにツッコミやってもらおうかと思ったけど、待てよ？　ふたりともボケたらいいじゃんって気付いてさ」
丸山「はいはい」
N「ネタを書く以上自分もボケたい山里。しずちゃんがボケて、自分もボケる台本を仕上げた」
　しずちゃん、顔を上げて。
山里「あ、読んだ？」
　しずちゃん頷く。
　そこに警察官が通りかかる。
山里「あ、どうも……」
警察官「……」
山里「……大丈夫、大丈夫ですから。しずちゃん合わせよう」
静代「わかったあ」
　山里としずちゃんちょっと離れていく。
　残った警察官と丸山。
丸山「どうしたんですか？」
警察官「いやいや、何も別に」
　去っていく警察官。
丸山「？」
　ネタ合わせの山里としずちゃん。
山里「あ、合わせる前になんだけど」
静代「？」
山里「俺からじゃなくて、しずちゃんからコンビ組もうって誘ってくれたことにしてくんない？」
静代「え」
山里「しずちゃんの前のコンビ、先輩に可愛がられてたから俺いじめられちゃうじゃん？」
静代「……」
山里「あ、だから、そうしたほうがコンビにとっていい環境で臨めるじゃない」
静代「うん。ええよ」
山里「うん。じゃ合わせてみようか」
静代「うん」
山里「どうもー、よろしくお願いします」
静代「……」
山里「しずちゃん？」
静代「よろしくお願いします……」
N「さっそく山里の悪い癖が出る」
　離れたところで見ている丸山。

8　大阪の劇場・事務所（日替わり）

　やってきた山里としずちゃん。
N「そして迎えた南海キャンディーズ初舞台の日」
　劇場社員・朽木《くちき》と数人がパソコン作業。
山里「失礼します。南海キャンディーズというコンビです、今日から心機一転よろしくお願いします」
静代「お願いしまーす」
朽木「お願いします……あ、あんたら組んだんや？」
山里「あ、はいお願いします」
朽木「変な組み合わせ。私らも手続きとかあるんやからコンビコロコロ変えんといてほしいんやけど」
山里「すいません……レギュラーメンバーなれるよう心機一転頑張ります」
朽木「若手何百人いると思てんねん。無理やろ」
山里「……」
　朽木、パソコンを見ながら。
朽木「そんな連絡来てたかな……？　え、コンビ名なんやったっけ？」
山里「……南海キャンディーズです」
朽木「え、何回もコンビ変えてるから『なんかい』？」
山里「いや南に海で……」
N「劇場では定期的に舞台に立てるレギュラーメンバーが存在する。それ以外の芸人の出番は月1回。レギュラーになるには劇場社員の評価、レギュラー入れ替えのためのバトルライブでの勝利が必要となる」
朽木「あー、あったあった。覚えづらいコンビ名やなあ」
山里「すいません。あの……僕山里亮太と言いまして、こっちが山崎静代で」
朽木「知ってるけど」
山里「……あのお名前」
朽木「あ、朽木です」
山里「朽木さん。よろしくお願いします」
静代「よろしくお願いします」
　出ていく山里としずちゃん。
山里「ザコキャラに嫌味言われてウケちゃうのが主人公だ

よね」

静代「……」

N「怒りをガソリンにして」

9　同・舞台袖～ステージ

スタンバイしている山里としずちゃん。

前のコンビが終わって出囃子が鳴る。

N「南海キャンディーズ。舞台へ」

山里としずちゃん、アイコンタクトをして……舞台へ。

山里「どうもー南海キャンディーズです」

静代「よろしくお願いします」

まばらな客席。まばらな拍手。

×　×　×

山里「ランウェイにスーパーモデル静代が登場だ！」

しずちゃん、居酒屋の暖簾をくぐるような動き。

山里「まずは、やってる?と入店できるか確認！」

N「しずちゃんがボケて、さらに山里もボケる」

しずちゃん、前から来た人と譲り合うような動き。

静代「あ、どうぞ……あ、え……」

山里「前から来た人と譲り合ってなかなか進めない！」

しずちゃんそこから笑顔でダンスを始める。

山里「ダンスタイム！　静代の才能が爆発しています！」

ウケていない客席。

×　×　×

舞台から降りてくる山里としずちゃん。

静代「……いまいちやったね」

山里「まあでも……挫折があるのも主人公ならでは……」

朽木がいて。

朽木「え？　今ネタやってたん？　なんも笑い声聞こえへんから休憩中かと思ってた」

山里「……」

朽木、他の芸人に寄っていく。

朽木「あ、お疲れ。昨日のテレビ見たよ？」

山里「……しずちゃんさ、動きもっと大きくできないかな？」

静代「え、どうやって？」

山里「いやそれは自分で考えなよ」

静代「……」

山里「あと声、もう少し張って出したほうがいいよ、せっかくのボケが効かないから」

N「山里、さらに悪い癖が出る」

静代「わかった」

10　若林家・居間

若林、ノートを広げてネタ作り。

鈴代がお茶を持ってくる。

鈴代「精が出るね」

若林「ありがと。あ、ごめんねばあちゃん、ここ使っちゃって」
鈴代「いいよいいよ」
若林「ネタ作り、気分変えたくて」
鈴代「うんうん」
若林「……なんかさ、売れない若手芸人は深夜のファミレスでコーヒーおかわりしてネタ作る～って聞いてたんだけどね。あの人たちお金余裕あったんだなあって今思ってるよ」
鈴代「お金。そうよねえ」
　鈴代、立ち上がり居間から出ていき。
若林「え、ばあちゃんいいよ、やめてよ？」
　鈴代、お茶をもう一杯持ってきて。
鈴代「お客様、お茶になります」
若林「……ありがとうございます」

11　山里のアパート・山里の部屋

　机に向かう山里。

　ノートに【社員の朽木は許さない】【絶対に認めさせてやる】と書いていく。

山里「……」

　紙に【俺は天才！】と書いて壁に貼る山里。

12　若林家・居間（日替わり）

　翌朝。若林、そのまま眠ってしまっていた。

　机にはお茶が数杯と食べかけのせんべい。

　若林の携帯電話が鳴る。

　鈴代がやってきて……若林が起きないので出る。

鈴代「はい……あ、はい代理の者ですが。え？　はい？　決まった？　えんたのかみさま？　えんたのか？」

N「これはふたりの物語」

13　今回のストーリーを点描で

N「どん底のふたりが、もがきながらも逆襲を狙い、自分を見つめ、いつしか本当の光を掴み、漫才師として成功を勝ち取っていくふたりの本当の物語。しかし断っておくが『友情物語』ではないし、サクセスストーリーでもない。そして、ほとんどの人にとって全く参考にはならない」
　鈴代、まだ電話で話している。
N「だが、情熱はある」
　タイトル『だが、情熱はある』

14　若林家・居間

　体操している鈴代。
N「初めてオーディションに合格しテレビ収録が決定。しかも人気番組『エンタの神様』」

着替えた若林、来て。

若林「ねえばあちゃん、電話本当にそう言ってたんだよね？」

鈴代「言ってたわよ。掛け直せば？」

若林「聞いて『なんですかそれ』って言われたらどうすんの」

鈴代「そういうものなの？」

若林「そういうものなの。じゃあいってきます」

若林、出ていこうとして。

若林「あ、これ」

２００円を置いて。

若林「お茶おいしかったです」

若林、出ていく。

鈴代「浮かれてるね」

15　むつみ荘・春日の部屋

春日、西武キャップであぐら、目を閉じている。

若林、入ってきて。

若林「おつかれ」

春日「うっす」

若林「何してたの」

春日「歴代ライオンズのベストナイン考えてた」

若林「ああ、そっか」

２人で座って……少し沈黙。

春日「今日、その服で寒くないですか？」

若林「ちょうどいいくらい」

春日「へえ。スーパー行っとこうかなあ」

若林「何買うんだよ」

春日「なんでもいいでしょ」

若林「……あのさ。なんか連絡なかった？」

春日「あ、エンタですよね最高ですね」

若林「は？　いやお前なんで俺が来てすぐそれ言わねえんだよ」

春日「え、若林さんも言わなかったでしょ」

若林「俺の顔を見て察しろよ、お前から話せよ」

春日「これ私が悪いですか？」

若林「ったくよお。お前誰かに言った？」

春日「いえ？」

若林「なんでだよ言えよ親とかさ」

春日「言いました？」

若林「うちはいいんだよ流れてから言うよ」

春日「何言ってるんですか」

若林「そんなことより俺が来た瞬間『やりましたね！　エンタですよ！』だろ！　頑張りがいがねえな本当に」

春日「私も頑張りますから」

若林「……収録頑張ろうぜ」

若林、出ていく。

春日、また瞑想のような感じに。

16 クレープ屋

N「誰かに言いたい若林だが報告するほど仲がいい人は少ない」
　若林と橋本、クレープを食べている。
若林「すいません急に呼んで」
橋本「いえ、これおいしいですね」
若林「でしょ。この新作がうまくてさ、早く教えたくて。クレープがうまいことを伝えたくて連絡したの」
橋本「はい、教えてくれてありがとうございます」
若林「……あ、そういえばオーディション受かって。俺らエンタの神様?に出れるんだよねぇ」
橋本「え、すごいじゃないですか」
若林「そういえば。今思い出したけどそうだそうだ」
橋本「すごい。絶対見ますね」
若林「まあはい、タイミング合えば」
N「若林のひねくれが方々に発揮された」

17 テレビ局・廊下〜スタジオ入口（日替わり）

　若林と春日がスタッフに連れられ歩いている。
N「そして迎えた若林勝負の日」
スタッフ「予定通りオンタイムで進んでますんで」
若林「あの、こういうのっていつ頃オンエアされるんですっけ」
スタッフ「だいたい2週間くらいじゃないっすか?」
若林「あ、ね、だいたいそうですよね」
　そこに谷が通りかかる。
若林「あれ?」
谷「あ、あれ?　ナイスミドルだ」
　谷、一緒にスタジオに向かい歩きながら話す。
若林「タニショーさんもエンタですか?」
谷「あ、ううん別の収録。エンタ?　受かったんだ?」
若林「おかげさまで」
谷「いや私なんもしてねえっつうの!　緊張してる?」
若林「全部初めてなんでさすがに緊張してますけど」
谷「けど?」
若林「意外とこいつのほうが」
　春日、ガチガチ。
春日「いやあ死にそうですよ」
谷「死んだら死んだ時でしょ。レッツ極楽!」
春日「確かにです」
若林「会話変だよ」
　島がやってきて。
島「あ、タニショーさんここにいたんですか」
谷「やだごめんなさい」
島「いえ、収録前に打ち合わせいいですか?」
谷「もちろんです!　打ち合わせ大好き!」
島「今日のまやや、スペシャルなセット組んでますからね」

谷「わお！」
島「はい」
谷「あ、島さん、彼ら事務所の後輩ナイスミドル」
島「あ、どうも島です」
谷「こちらプロデューサーの島さん」
谷「ナイスミドルです」
若林「じゃ、頑張ってね。あ、頑張ってって言ったらダメか」
谷「いえ、ここは頑張ります」
若林「やってやりますよ」
春日「うん、楽しみにしてる」
谷　スタジオの中に入っていく若林と春日。
　なんとなく2人を見ている島。
谷「さ、打ち合わせしましょ！」
島「はい」
　歩いていく島と谷。
　スタジオの扉に貼られた収録スケジュール。
　そこに「ナイスミドル」の文字。

18　劇場・楽屋

　騒がしい楽屋。
N「一方、こちらも勝負の日……」
　トーナメント表が貼られている。
N「新しく劇場レギュラーメンバー10名を決めるための大規模なバトルライブが行われる」
　南海キャンディーズの名前がある。
　しずちゃんがトーナメント表を見ている。
静代「なあ、レギュラーなれると思う？」
山里「当然だよ」
　山里が目をやるとコンビ・ナッチャマンネタ合わせ。
山里「1回戦の相手。俺たちよりもコンビ歴短いらしいよ。2回戦からが本当の勝負だね」
静代「……そっかあ」

19　同・ステージ

　司会者と南海キャンディーズ、コンビ1組がいて客席に審査員席。審査員5人、中に高山も。

司会者「では1回戦第2試合。先攻ナッチャマン後攻南海キャンディーズ、面白かったほうの札を挙げてください！」

　「先攻」が5枚あがる。

山里「！」

司会者「ということでナッチャマン2回戦進出！」

　効果音とともに喜ぶコンビ。

司会者「負けちゃいましたけど、どう？」

　マイクを向けられた山里。

山里「えーっと、そうですね。なんていうか……負けました！」
司会者「……はい、えーありがとうございました〜」
山里「……」
静代「……」
高山「……」

20 テレビ局・スタジオ

セット裏にスタンバイする若林と春日。
若林、隙間からステージを覗くと……。
眩い照明の中にテレビカメラが見える。
若林「！」
男性司会者の声「では続いてまいりましょう！」
女性司会者の声「初登場！　ナイスミドルです！」

21 テレビカメラの映像

若林と春日登場。
春日「どうもーよろしくお願いします」
若林「よろしくお願いします。ショートコント！　披露宴！」

22 若林家・若林の部屋

N「ともに勝負の1日を終え」
若林、机に向かっているが携帯をいじっている。
橋本に「すぐ放送されるらしいよ」と送る。

23 山里のアパート・山里の部屋

机に向かいノートに書き込む山里。
【俺がおもしろくなればいいだけ！】【俺がおもしろければ大丈夫】と書く。
壁に貼られた紙が増えている。
【最高のボケを生み出す！】【天才には天才のやり方がある！】
N「悔しさをバネにする山里」

24 むつみ荘・春日の部屋（日替わり）

若林、谷が飲んでいる。
N「一旦休憩モードの若林」
谷「かんぱーい！　エンタお疲れ様〜」
若林「ありがとうございます」
春日「なんで私抜きで始めるんですか」
若林「そりゃそうだろ」
春日、茹でたパスタとレトルトソースを持ってきて。
春日「お待たせしました」
谷「ありがとー！」
谷、パスタソースをかける。

谷「これおいしいのよ～トマトソース。味が濃くて。……誰のキャラがトマトソースより濃口よ！」
若林「言ってないでしょ」

25 ものまねパブ（日替わり）

若林と春日、前説をしている。
若林「まもなくモノマネステージ始まりますので」
観客はあまり聞いていない。
春日「あ、そろそろ言っていいですよね？」
若林「何を」
春日「私たちエンタの神様の収録に行ってきまして」
沸く観客たち。
若林「おい」
春日「あ、今日土曜か。オンエア今日かもしれません！」
若林「すいません。ではモノマネステージスタートです！」
若林と春日ハケる。

26 同・楽屋

戻ってくる若林と春日。
春日「お疲れ様でした」
若林「お前ダメだよああいうの言うの」
春日「すいません。でも盛り上がりましたよ」
若林「そうかもしんないけど。……あれ？」
出演者ボードから「谷勝太」の名前が外されている。
若林「え？」
やってきたドラコに。
若林「ドラコさん今日タニショーさんって……」
ドラコ「ああ。入院」
春日「入院？」
若林「え？　この前元気そうでしたよ？」
ドラコ「あのー、ちょっと体調崩しちゃったんだって」
若林「そうなんですか……」
若林、谷に「大丈夫ですか？」とメールを打つ。
春日「若林さん今日オンエア一緒に見ます？」
若林「んー？」
若林の携帯が鳴る。谷ではなく橋本から。
「今日エンタですね」とある。
若林「そうだなコンビの大きな一歩だし、見るか」

27 むつみ荘・春日の部屋

若林、ネタを書きながら時計をチラチラ。
時間は9時58分。
春日は飴の入った水ペットボトルを振っている。
若林「なあ春日。一応録画すれば？」
春日「録画予約してますよ、先週からしてます」
若林「あ、そう」
春日「あー！」

テレビで『エンタの神様』が始まる。

春日「来た来た、来ましたね！　来ますか？」

春日、ペットボトルを早く振る。

若林「まあまあトップはないだろ」

テレビの声「まずはこのコンビ〜×××××」

春日「あ〜」

若林「そんなわけないよ」

春日、コップを取りにいき。

若林「あ、俺それいらないからね」

× × ×

テレビの前の若林と春日。

テレビでネタが終わり……。

春日「来ましたよ」

若林「ナイスミドル来い！　ナイスミドル来い！」

テレビの声「続いてはこのコンビ〜×××××」

春日「あ〜」

若林「まあまあ、ね」

× × ×

テレビの前の若林と春日。

N「オンエアが決定すればテレビ局から事務所に連絡がいき、それが本人に届くもの」

テレビでネタが終わり……。

若林「来い来い！　次だ来い来い！」

N「ふたりはそれを知らず今か今かと待っていた」

テレビの声「続いてはこの方〜×××××」

春日「あ〜」

若林「……」

× × ×

テレビの前の若林と春日。

テレビでネタが終わり……。

N「事前に連絡がないためこの日にネタが流れるわけがないがふたりはずっと待っていた」

時計は10時53分。

春日「歌になっちゃいました」

若林「な」

若林の携帯にメールが。

橋本から「今日じゃなかったですね」

若林「……」

「ありがとう。ごめんね」と返す。

すぐにメールが届く。開くと谷から。

「元気に決まってんでしょ！　あなたは？　今幸せ？」

若林「……」

「ギリギリです」と返信する若林。

若林「……」

28　山里のアパート・山里の部屋

N「その頃」

机に向かい、ネタを書く山里。

N　「努力を続ける山里」
　壁に貼られた紙が増えていて。
【変わったコンビを組んだから変わったことを】
【しずちゃんがおもしろいから俺はさらに上を】
【ボケてボケてボケまくるんだ！】

29　公園

　しずちゃんに台本を見せている山里。
山里「しずちゃんのボケ強くして、俺のボケも強くしてみた」
静代「うん」
山里「これでちょっと合わせてみようか」

×　×　×

　山里としずちゃん、ネタ合わせをしている。
山里「スーパーモデル静代の登場だ！」
　しずちゃん、出かけて出てこない。これが静代の、残りが
静代「出てきそうで出てこない！　これが静代の、残りが少ないマヨネーズウォーキング！」
山里「そして出てきたぞ？」
　しずちゃん、不規則なステップで出てきて、
山里「不快！　不快だ！　これが静代の不協和音ステップ！」
静代「みんな見てる〜？」
山里「ランウェイからしゃべりかけた！　この子絶対売れる！」
山里・静代「どうもありがとうございました」
山里「……しずちゃんの動き大きくしたらウケると思うんだよ」
静代「うーん」
山里「……？」
静代「なあ、ちょっといい？」
山里「なに？」
静代「そんな変なネタを狙ってやらんくてもいいんちゃうかなと思ってんねんけど」
山里「……例えば？」
静代「……」
山里「何よ、言いなよ」
静代「私がボケて、山ちゃんは……」
山里「いやいやちょっと待ってよ俺にツッコミやれって言うの？　俺がネタ書いてんのによくそんな厚かましいこと言えるね」
静代「言ってないやん」
山里「じゃあなんて言おうとしたの」
静代「……」
山里「やっぱそうじゃん。しずちゃんもボケたいだろうけど俺もボケやりたいよ、面白いって思われたいじゃん」
静代「……」
山里「なんで黙るんだよ。何も言わないなら……」
　警察官と丸山の姿が見える。
　丸山はロールケーキを食べている。

山里「……」
　警察官が山里をじっと見る。
丸山「(警察官に)どうしたんですか?」
警察官「(山里をじっと見ている)」
　丸山が山里をじっと見る。
山里「!」
　山里、しずちゃんを見て。
山里「ごめん、言いすぎた」
静代「……」
山里「もう1回合わせてみていい?」
　しずちゃん頷く。
　ネタ合わせを始める。
N「過去の失敗の経験を活かせるようになった山里」

30　若林家・居間

　テレビを見ている若林と鈴代。
　『エンタの神様』が流れている。
N「若林はオンエアを待ち侘びる日々」
鈴代「今日も出なかったね」
若林「別に出なくていいし」
鈴代「徳義や知枝さんには出るかもって言ったの?」
若林「ううん、放送されてから言えって言われそうだし。なんか俺が楽しみにしてるみたいだし」
鈴代「早く流れたらいいね」
　橋本からメールが届く。「来週ですかね」
若林「……」
　返そうとするとメールが届く。
若林「え?」
鈴代「?」

31　テレビ局・廊下〜会議室(日替わり)

　「エンタの神様出演者オーディション」の貼り紙。
　待っている若林と春日。
スタッフ「ナイスミドルさん? どうぞー」
若林「あ、はい」
　若林と春日、入っていく。
スタッフ「ナイスミドルさん、ネタ何本やりますか?」
若林「えっと、漫才とショートコントを1本ずついいですか」
スタッフ「はい、ではどうぞー」
若林「あの」
スタッフ「はい?」
若林「……え、俺らタイムスリップしてる?」
春日「デジャブですね」
若林「僕たちこの前収録してオンエアがまだなんですけど……」
スタッフ「ああ。多めに撮ってストックからラインナップ考えるんですよ。そのうち流れるんじゃないですか?」

若林「あ、そうなんですね」
スタッフ「はい。じゃお願いします」
春日「どうもーナイスミドルです、よろしくお願いします」
若林「お願いします」

× × ×

帰っている若林と春日。
携帯をいじる若林。

春日「どうしました？」
若林「いやタニショーさんにさ、オンエアないのにオーディションってありえます？　って聞いてんだけど返事ないんだよ」

32 定食屋

山里と丸山、定食を食べている。

丸山「おいしい〜」
山里「うんおいしい」
丸山「ここおいしいんですよね、安いしオススメです」
山里「もっといい所でもよかったのに。お礼なんだから」
丸山「なんのお礼でしたっけ」
山里「コンビ結成のきっかけと、コンビの危機救助……かな」
丸山「はあ……どうですか？　パワーアップできてます？」
山里「できてると思うんだけど」
丸山「けど？」
山里「面白いはずなのに面白くならないっていうか……」
丸山「山里さんは、なんでしずさんがよかったんですか？」
山里「え？　そりゃ……」
店員「いらっしゃーい」
丸山「あ」

しずちゃんが入ってくる。

山里「あれ」

しずちゃん、2人に気付くが会釈して別の席に。

山里「……」
静代「すいませーん」

店員を呼ぶが気付かれない。

山里「声小さいなあ。声小さいんだよしずちゃん」

しずちゃん、歩く店員の服を引っ張る。

店員「え、はい？」
静代「注文いいですか？」
山里「どんな呼び方？　お母さん呼ぶ子供じゃないんだから」
静代「えっとー……」
山里「決まってないの？　服引っ張って決まってないのは怖いよ」
静代「サワラの西京焼き……あ、やっぱスタミナ炒め定食」
山里「真逆！　あっさりからの超ガッツリ！　どんな方向転換？」
店員「はいはい。お茶冷たいのとぬくいのどっちがいい？」

静代「えーっと……」
山里「シンキングタイムすごいなあ。そんな悩むこと？」
丸山、笑っている。
山里「え、まだ考えてたのかよ。店員さんよく待ってくれたな」
静代「すいません決まったら言います」
丸山「あ、ごめんなさい」
山里「え？」
丸山、笑っている。
山里「……」
丸山「おもしろ」
山里「……花鈴ちゃん」
丸山「？」
山里「俺が天才じゃなくても、好きでいてくれる？」
丸山「……なんで好き前提なんですか」
山里「ぐ……」
丸山「好きですけど」
山里「！」
丸山「あ、人間としてですよ？　人間として」
山里「あ、そうだよもちろん」
山里、しずちゃんを見る。

33　山里のアパート・山里の部屋

机に向かう山里。ノートを広げ……。

山里「……」
【しず：（急に山里を突き飛ばす）】
【山里：】
ペンを持ったり置いたりしてなかなか書けない。
×　×　×
丸山「なんでしずさんがよかったんですか？」
山里「……」
壁に貼られた【俺は天才！】の文字。
N「売れたい。面白いと思われたい。そのために」
山里「……」
貼られた紙を破り捨てていく。
N「しずちゃんをボケとして活かし自分がツッコミの台本を」
山里、苦しそうに書く。
【山里：何すんだよ！】
N「書く」

34　稽古場

若林と春日、ネタ合わせをしている。
若林がボケて春日がツッコミ。
若林「絶対俺悪くないと思うんだよね」
春日「君、やめなさいよ！」
若林「じゃ、最初から説明していい？」

春日「やめなさい！　いい加減にしなさいよ！」
若林・春日「どうもありがとうございました」
春日「いい具合じゃないですか？」
若林「そうかな？」
部屋の隅で本を読んでいる鈴木足秋（25）。
若林「……なあ、あいつってさ」
春日「？」

×　×　×

生徒X「俺は若林が面白いと思って入れたんだよ」
殴りかかる生徒X。
春日「お前のこと面白いって人を殴れる奴がいるんですよ」

×　×　×

春日「あれ？」
春日、鈴木のほうへ行こうとする。
若林「ちょっと」
春日、鈴木に近づき。
春日「すいません」
鈴木「え？」
春日「私たちって会うの初めてですか？」
鈴木「一方的には知ってますけど、ナイスミドルだよね？」
春日「はい」
鈴木「わくわくテントの鈴木足秋って言います」
春日「似てるだけですね。じゃあお疲れ様でした」
春日、稽古場から出ていく。
若林、鈴木と目が合う。
若林「……」
鈴木「俺が言うことじゃないんだけどさ」
若林「？」
鈴木「ナイスミドルって、なんであっちがツッコミなの？」
若林「なんでって……？」
鈴木「いや、ちょっと気になって」
若林「なんで……俺がネタ考えてるから……ボケだから？」
鈴木「ふーん」
鈴木、本を読み始める。
若林「……」
N「この鈴木足秋……通称スズタリ。後に若林と春日の盟友として2人を支えることになる」

35　テレビ局・会議室

テロップ【2009年】
島と高山がいる。
企画書の若林と山里の写真。
島「テレビ見てる人は山ちゃんのこと気持ち悪い芸人〜って思うじゃないですか。私も最初ちょっとそう思ってましたし。ナメてたっていうか」
高山「はいはい」
島「でもよく見たらね、山ちゃんをバカにすれば誰でも面白くなってるんですよね、山ちゃんのツッコミで。自分を低く見せて人を活かす。すごいですよね」

高山「すごいと思います」
島「でも、すごいけど、足りてない」
高山「人としてね」
　島、企画書の2人を見て。
島「そう、ふたりは人として色々足りてない気がするんです」
高山「はい」
島「でもその足りない部分を輝かすことができる天才、だと思うんです。それって最高じゃないですか？　ダメな部分が輝くんですもん」
高山「はい……でもこの企画……上に納得させるの難しそう〜」
島「陰気臭いって言われるの目に見えてます」

36　若林家・居間

　テロップ【2003年】
　若林、テレビを見ている。『エンタの神様』。
N「もちろん6年前も陰気な若林」
若林「……」
　メールが届く。
　橋本から「見逃しちゃいました？」
若林「……」

37　公園

　若林と橋本がベンチに座っている。
若林「タニショーさんがさ、なかなか復帰しないんだよね」
橋本「ああ」
若林「エンタの収録行ったのが最後だから……え、2ヶ月じゃん」
橋本「そんなに」
若林「あ、今エンタの収録行ったアピールしたかったわけじゃないからね」
橋本「大丈夫です。お見舞いは？」
若林「え？　……うわお見舞いっていう発想なかったわ。そうだわ会いにいけんじゃん」
橋本「……」
若林「違うよ、高校の時とかお見舞い行ったことあるよ。アメフトやってたし。だけどアメフト部で一緒に行くから俺から行ったことないだけで」
橋本「何も言ってないですよ」
若林「そっか」
橋本「若林さんテレビで見られるの楽しみです」
若林「さっきも言ったけど収録したんだよ？　ほんとに。嘘じゃないよ？　何質問されても答えられるから。カメラは6台くらいあったし、ステージはね意外とそんな高くないの」
　橋本、少し笑う。
橋本「疑ってないですから」
若林「いつ放送されるかわかんないからさ、1個ネタ終わるたびに『ナイスミドル出ろ！　ナイスミドル出ろ！』って」

橋本「あー」

若林「次ナイスミドルだろ！　テツトモ！　テツトモかい！」

橋本、笑う。

若林「いや待て次だ。その次だ。ってやってたらはなわさん歌って終わり」

橋本、笑う。

橋本「私もそんな感じです」

若林「ですよね」

橋本「もしエンタの放送がなくても、若林さんは面白いから売れると思います。話すのとか」

若林「ライブいっぱい来てるあなたがそれ言うと、ネタ全然ダメってことじゃない」

橋本「そういうわけじゃなくて……」

橋本、寒い。

若林「……なんかファミレスとか行こうか」

橋本「いえ、ここで、ここがいいです」

若林「そう」

橋本「はい」

若林「……」

38　大阪の劇場・前室～舞台

山里としずちゃん、ネタ合わせをしている。

N「南海キャンディーズ、どん底から這い上がるために。関西の賞レースに挑戦」

スタッフ「南海キャンディーズ、次やで！」

山里「あ、はい」

2人舞台袖にスタンバイしながら。

N「山里がツッコミの漫才で挑む」

山里「実はさ、このネタ書くの最初すっごいイヤだったの。血の涙流しながら書くような感覚」

静代「うん」

山里「でもね途中から気付いたんだよ、あれ書きやすいぞ？って」

静代「うん」

山里「ネタ合わせても……楽しかった」

静代「私も」

山里「ここで勝ち進めたら何か変わるかもね」

静代「うん」

山里「あのさ、しずちゃん」

静代「？」

山里「このネタ……大丈夫だよね？」

しずちゃん、ゆっくり頷く。

静代「もしあかんかったら……」

前のコンビが終わり出囃子が鳴る。

静代「行こか」

山里「あ、うん」

舞台に出ていく2人。

山里「どーもー、南海キャンディーズです！」

漫才が始まる。

×　×　×

静代「私な、美容師やってみたいねん」

山里「美容師さんって難しいよ？」

静代「じゃあお客さんやって？　私、産卵中のウミガメやるから」

山里「なんで!?」

しずちゃん、亀の感じでうめく。ウケる。

山里「何してんのよ。俺こんな状況生まれて初めてだよ。ちょっとしずちゃん……」

静代「あかん！　産卵中のウミガメはデリケートやねんで！」

山里、突き飛ばされる。

山里「何すんだよ！」

ウケている客席。

×　×　×

山里・静代「どうもありがとうございました」

舞台から降りてくる山里としずちゃん。

山里、ハイタッチをしようと手を上げる。

しずちゃん、その手を掴む。

山里「普通ハイタッチだろ」

静代「これウケへんかったら、もうあかんかと思ってた」

山里「……俺もだよ」

2人が手を下ろすと握手のようで、慌てて離す。

高山が見ている。

高山「いいねえ」

39　笑顔の南海キャンディーズの写真

賞状を手にしている。

N「南海キャンディーズは最優秀賞は逃したものの準優勝となる優秀新人賞を受賞」

40　むつみ荘・春日の部屋

N「一方、ナイスミドル」

若林、ネタを考えている。

春日の声「ちょっと行ってきます」

若林「どこ行くの」

春日の声「コインシャワーです。この部屋シャワーないので」

若林「ああ、オッケオッケ……」

春日に目をやると、シャンプーした頭で玄関にいる。

若林「お前何してんの」

春日「コインシャワー5分で100円なんで。時間内に全身を洗うには、ここからシャンプー始めないと時間が足りないんですよ」

出ていく春日。

若林「……」

41　病院・谷の病室

若林が来ている。

若林「あの、これお見舞いです」

谷「え、いいのに。ごめんね」

谷、受け取り中を見て。

谷「あんたお見舞い来るの初めてでしょ」

若林「え、な、なんでですか？　谷さん好きですよね」

谷、袋からパスタトマトソースを出す。

谷「好きだけど病院って食べていいもの決まってるのよ、こんな味濃いもの食べれるわけないでしょ！　薄味で我慢してたのに！　目の前に来たら食べたくなっちゃうわよ！」

若林「……すいません」

谷「ふんっ！」

若林「タニショーさん、体調どうなんですか？」

谷「あー私持病があって。大したことないんだけど周りが騒いじゃって。私は元気！　気持ちは入院初日から退院してる！」

若林「そうなんですか」

谷「あんたは？　今幸せ？」

若林「真面目なこと言っていいですか」

谷「私が真面目じゃないことあった？」

若林「春日っていつも幸せそうなんですよ。こんなに金ないし売れてないし世間から無視されてんのに。でも俺はこのままじゃイヤで、でもどこ向かったらいいか全くわかんなくて」

谷「……」

若林「怖くて。すいません」

谷「私もね、行き先わかんない時あったな。さっきトイレ行ったんだけどさ。本当にこっちトイレで合ってる？　って思いながら歩いてたの……」

若林、頷くが。

若林「……何言ってるんですか」

谷「そしたらちゃんとトイレあって。行き先間違ってなかったたって」

若林「真剣に言ってるんですからふざけないでください」

谷「あ、意味ないこと言ってるのバレた？」

若林「騙されかけましたよ。言い方で雰囲気出さないでください」

谷「病院にこんなの持ってくる奴が何偉そうに言ってんだよ！」

若林「それはすいません！」

谷「ま、四の五の言っても幸せになったもん勝ちよ」

42　大阪の劇場・事務所

山里としずちゃん、スケジュールを見ている。
スケジュールはスカスカ。
N「賞レースで結果を残した南海キャンディーズだが」
静代「仕事増えへんね」
山里「うーん」
朽木がやってきてスケジュールを覗き……。
山里「え？」
朽木「なんで仕事入ると思ってんの？」
朽木「劇場のレギュラーメンバーじゃない子らはテレビやラジオのオファーが来ても断るんやで」
静代「え」
山里「え？　ちょっと待ってくださいよ」
朽木「そういうもんやから」
山里「なんで？」
朽木「なんでてなんで？　別にレギュラーになればよくない？」
山里・静代「……」
朽木、去っていき。
静代「今日ネタ合わせ、やめとく？」
山里「……やる。ここでサボると腐っちゃいそうだから」
静代「うん」

43　山里のアパート・山里の部屋

帰ってくる山里。
勤、瞳美、周平がいる。
山里「え？」
瞳美「ああ、おかえり」
山里「ただいまなんだけどさ、え？」
勤、機敏に部屋掃除をしている。
瞳美「そろそろ散らかってるとこだから片付けにいこうって」
勤「俺がな。ったく亮太は仕方ねえ奴だよなあ」
周平「俺まで来てみた」
山里「……ありがと〜」
賑やかに片付けていく山里家。

×　×　×

キレイになった部屋。
山里「……すご」
皆お弁当など食べながら。
勤「で、どうなんだ新しいコンビは」
山里「コンビはいい感じ、コンビはいい感じなんだけどさ……」
周平「なんだよ」
山里「すっごくどうしようもないムカつく壁がある感じ」
周平「濁すなあ」
勤「面白くなかったお前が努力でここまで来れてんだからなんとかなんだろ」
周平、弁当のおかずを山里に。
周平「亮太、これやるよ」

山里「ありがと」
勤「じゃ俺も」
山里「ありがと……え、嫌いなの押し付けてない？」
周平　勤「……」
瞳美「亮太。そのムカつく壁、見てるだけじゃないよね？」
山里「うん？」
瞳美「その壁突き破っちゃうんでしょ？　すごいね」
山里「うん……」

44　若林家・居間

鈴代、お菓子を食べながらテレビを見ているよう。
若林、帰ってきて。

若林「ただいま」
鈴代「おかえり」
若林「……あれ？」
テレビがない。
若林「あれ？……え？　テレビは？」
鈴代「しまっちゃった。押入れ」
若林「は？　いやいや何してんの」
鈴代「テレビ見てる時、まさくん楽しくなさそうだもん」
若林「……」
鈴代「だったら壁見てたほうがいいでしょ」
若林「……」
若林、座って鈴代と一緒にお菓子を食べ、壁を見る。
鈴代は笑っている。

45　路上（日替わり）

しずちゃんと山里がいる。
山里「考えたんだけどさ。自分たちからお客さん掴まえにいけばいいんじゃないかなって」
静代「え？」
山里「ここで。ストリートで。ミュージシャンも大道芸も、ステージに立てなかったらここでやってる」
静代「いいけど……私マイクあっても声小さいって言われる」
山里「あ。……でもさ、それも克服できるかも」
静代「……」
しずちゃん、頷く。

×　×　×

人が行き交う中、緊張のふたり。
N「南海キャンディーズ、ストリートライブ挑戦」
山里「どうもー！　僕たち南海キャンディーズと言います！　漫才をやっています！　聞いていただけないでしょうか！」
静代「おねがいしまーす」
誰も足を止めない。
山里「……しずちゃん、最近人気の女優さんたちどう思う？」

静代「みんな惜しいなあ」
山里「若手芸人が何言ってるのよ、ごめんなさいね」
静代「でも磨けば光ると思う」
山里「原石じゃないよ、あの人たちきれいにカットされたキラキラダイヤモンドなのわかってる？」
静代「私がプロデュースしたらもっとよくなるのに」
山里「何様なのよ、じゃあちょっと演技やってみる？」
静代「じゃあ私、３股かけられながら３股かける女の子やる……」
通行人の声「女子のほう声聞こえねーぞ！」
しずちゃん、漫才が止まる。
去っていく通行人。
山里「……」
静代「ごめん。足引っ張ってる」
山里「あのさ、しずちゃん、ちなみに声もっと……」
静代「……」
山里「いや。声が小さいのはしずちゃんの持ち味だと思うんだ。なんていうんだろ、いいギャップっていうか」
静代「……」
山里「小さい声なら、聞こうとして逆に耳を傾けてくれるかもしれないでしょ。声が足りないならそれを武器にすればいい」
静代「……」
山里「俺しずちゃんの面白いところみんなに伝えたくて台本書いたんだ」
静代「頑張る」

46　ものまねパブ・楽屋

若林が楽屋入りすると、谷がいる。
若林「！」
谷「チャオ〜」
若林、ちょっと笑顔になって。
ドラコがパスタを持ってきて。
ドラコ「これでいいの？　出前取りますよ？」
谷「いいのいいの、これ食べたかったの」
ドラコ「ふーん」
谷、若林が贈ったパスタソースをかける。
谷「やっぱ病院は薄味でね……私は濃口だけど。どういう意味？」
ドラコ「知らないですよ」
谷、一口食べて、
谷「おいしい！」
谷、若林に親指を立てる。
若林、親指を立てようとするが恥ずかしく手を振る。

47　路上

山里「焦んなくていいから、ゆっくり」

静代「うん」
山里「ここでウケたら劇場では絶対ウケる」
静代「うん。動き大きくする」
山里「そうだね。次は美容師のほうのネタやってみようか」
静代「わかった」

48　ものまねパブ

前説をしている若林と春日。

若林「ではこの後モノマネステージスタートです！」

若林と春日、袖に戻ってくる。
谷、緊張している様子。

若林「……」

音楽が鳴り、谷が出ていく。

谷「みんな元気!?　まややです！」

49　路上

山里としずちゃん、漫才をしている。

静代「私な、美容師やってみたいねん」
山里「美容師さんって難しいよ？」
静代「美容師できるって」
山里「ほんとに？」
静代「じゃあ山ちゃんお客さんやって？」
山里「わかった」
静代「私、産卵中のウミガメやるから」
山里「なんで？　すいません、予約した山里ですが」

しずちゃん、亀の感じでうめく。

山里「何してんのよ。俺こんな状況生まれて初めてだよ」
山里「ちょっとしずちゃん……」
静代「あかん！　産卵中のウミガメはデリケートやねんで！」

山里、突き飛ばされる。

山里「何すんだよ！　美容師やって」
静代「産卵中の？」
山里「普通の！」

50　ものまねパブ

歌って踊る谷。盛り上がっている。

谷「BUT気付きたくないよね　純情乙女ハート　一人相撲ララバイ〜」
若林「元気そう。たいしたことなくてよかった」
ドラコ「お前よ。たいしたことない人が何ヶ月も入院するか？」
若林「……」
谷「髪型を変えて　メイクも工夫して　とびっきりのオシャレして　会いにいこう　でもね　待って　それって自己満？　BUT気付きたくないけど　もう時間いっぱい　好きになったら負け？　純情乙女

ハート「一人相撲ララバイ〜」

×　×　×

漫才をしている山里としずちゃん。

×　×　×

歌い、踊るタニショー。

見つめる若林。

若林「……」

谷「ねえ、今幸せ?」

曲が終わって、盛り上がる客席。

谷「私幸せかも〜」

若林「……」

谷「酒臭いし変な客ばっかだし、楽屋狭いし変なステージだけど……私、生きてる! 生きてる!」

若林、なんだか涙が出てしまう。

51 路上

人がたくさん集まっている。

静代「じゃあ次はお医者さんやっていい?」

山里「もういいよ! どうもありがとうございました!」

山里としずちゃん、一礼。

……少し遅れて数人の拍手が起きる。

2人が顔を上げると男子高校生数人がいる。

山里「あ、ありがとうございます」

男子高校生「おもろかったな」

と去っていく。

静代「やってよかった」

山里「南海キャンディーズは、しずちゃんだ」

静代「?」

山里「俺は面白い君の隣にいる人でいい。天才じゃなくていい」

静代「え? 私は山ちゃんのこと天才やと思ってるよ」

山里「……」

52 ものまねパブ

大きな拍手に包まれている谷。

若林「……」

若林、春日に目をやる。

すると春日が楽しそうにゲームをしている。

若林「……」

53 道

若林、帰っていく。

N「タニショーの命を懸けたようなステージを見て涙を流した若林。しかし相方の春日には何も届いておらず」

若林「あいつ生きながら死んでんじゃねえか……俺も一緒か……」

若林にメールが届く。橋本から。

「放送なかったけど来週はきっと」

若林「……」

若林、道に横たわる。

橋本にメールを打つ。

「車に轢かれたらテレビに出れるかな」

若林「……」

送れずに消す。

若林「くそ……俺はなんなんだよ」

54　テレビ局・スタジオ前

テロップ【2009年】

「エンタの神様2時間SP」の貼り紙。

スタジオから出てくる若林の姿を見つける島。

島「あ」

島、声をかけようとすると若林の後ろから谷。

歩きながらちょっかいを出している。

谷「今回もカットじゃない？　ねえねえ」

若林「やめてくださいよー」

谷「準優勝しても今回もカットじゃない？」

若林「今から思えばあの時のネタつまんなかったから、流れなくてよかったって今思えてるんですから」

谷「強がんなくていいから、ねえねえ」

若林「もう最悪だわタニショーさん」

若林、楽屋へ。

島「あ」

谷が島に気付いて、

谷「あれ！　島さんお疲れ様です」

島「お疲れ様です……エンタの収録ですか？」

谷「ありがたいですよね」

島「今……何話してたんですか？」

谷「聞いてました？　昔オードリーがね？　あ、あの時まだ前のコンビ名だったかな、エンタの収録して毎週待ってたのにオンエアなかったんですよ。かわいい」

島「そんなことあったんですね」

谷「じゃ、お疲れ様です。……あ、ねえ」

島「？」

谷「今、幸せ？」

島「幸せになったらなと思ってます」

手には『たりないふたり』の企画書。

つづく

第7話

どんな夢見てますか？

1　音楽スタジオ

テロップ【2015年】
杉内はパソコンを開きヘッドホンをしている。
田雲はノートを広げ、スマホからつないだイヤホン。
曲作りに没頭している。

N　「売れないヒップホップユニット、クリー・ピーナッツ。音楽に青春を懸けている」
杉内、少し笑ってしまう。
田雲、それを気にして……杉内のヘッドホンを抜く。
オードリーの声が流れる。

杉内　「うわ」
田雲　「お前ふざけんなやトラック作ってるかと思って待ってたらラジオ聴いてるやんけ」
杉内　「ごめん先週のもっかい聴きたくて」
田雲　「ええけど」
杉内　「田雲は？　リリック書けた？」
田雲　「え？　もうちょいやけど」
杉内　「なに？　自分の過去のラップでも聴きながらやってんの」
田雲　「……」
田雲がイヤホンを抜いて音量を上げると山里の声。

杉内　「お前もじゃねえかよ」
田雲　「俺は山里さんのトークをリリック書く参考にしてたから」
杉内　「そんなの言ったら俺はオードリーのグループ参考にしてた」
田雲　「適当言うなやおい」
口論をしている杉内と田雲。

N　「クリー・ピーナッツが影も形もない2004年」

2　大阪の劇場・舞台

テロップ【2004年】
漫才をしている南海キャンディーズ。
しずちゃん、亀の感じでうごめいている。

山里　「何してんのよ。しずちゃん？　しずちゃん!?」
静代　「あかん！　産卵中のウミガメはデリケートやねんで!?」
山里、突き飛ばされる。
ウケている客席。

3　同・舞台袖

芸人がランク分けされたピラミッドの表。
南海キャンディーズは真ん中辺り。
それを見る山里としずちゃん。

静代「やっぱイケメンのコンビは人気やな」
山里「でも先輩たちは面白いって言ってくれるし、こんなの気にしなくていいよ。お客さんのウケもよくなってるし」
静代「そっか」
山里「クソだよクソ。こんな人気でピラミッド作って何になるんだよって。バカみたいなスタッフが好き勝手やってさ」
　山里、肩を叩かれる。
山里「？」
高山「ちょっといい？」
山里「……はい」

4　同・廊下

　高山の後から山里としずちゃん。
山里「絶対怒られんじゃん……」
静代「……山ちゃん？」
山里「え？　ああ、しずちゃん大丈夫だからね、なんか言われたら俺キレ返してやるから！」
静代「わかった」
山里「あ、でも援護射撃お願いね？　頼りにしてるよ？」

5　同・客席

　誰もいない客席。
高山「どうしてもふたりと話がしたくて。改めまして、マネージメント部の高山です」
山里「南海キャンディーズ山里です」
静代「山崎静代です」
高山「うん。ふたりのことは組んだ頃から、組む前から見てて。あ、このふたりが組むんだあとか思ってて」
　山里としずちゃん小声で会話。
静代「山ちゃん、キレへんの？」
山里「今のどこにキレるとこあるのよ」
高山「最近のネタ、漫才ももちろん見てます。見ていて納得いかないです、しずちゃん、山里を見る。ちょっとおかしいと思う」
　山里、頷いて、
山里「あの、納得いかないってどういうことですか。変なネタかもしれませんが僕たちだってね」
高山「面白すぎる。なのに評価も人気も追いついてない」
山里「……」
高山「今までにない笑いの取り方。ぶっちぎりだと思ってる」
山里「そんな褒められても……なんなんですかあ？」
高山「……」
山里「……それをわざわざ？」
高山「それで、どうしても南海キャンディーズのマネージャーになりたくて」

静代「え」
山里「え……でも僕たちマネージャーさんが付くようなランクじゃなくて」
高山「だから。とりあえずM—1グランプリ決勝に出てください」
山里「M—1……決勝……!?」
高山「うん。去年は1906組がエントリーして決勝に残ったのが8組。決勝に行ったら会社も認めてくれる。ふたりの漫才ならできる」
山里「……!」
静代「エム、ワン……いける?」
山里「ちょおっっと考えていいですか……」
N「おかしな対応をしてしまう」
N「一方」

6 若林家・居間

若林、ノートを広げているがうつ伏せ。
テレビがついている。

N「M—1決勝などほど遠い若林」
鈴代がお茶を持ってやってきて、
鈴代「お客様、寝るのは禁止で……」
若林、起きて、
若林「なんでばあちゃんファミレスのルール知ってるのよ」
鈴代「気分を変えるためにお茶変えました、玄米茶です」
若林「ありがとうございます……」
鈴代「やる気出ないの?」
若林「え?」
ノートは白紙。
若林「……っていうかさ、テレビ。しまったんじゃなかったの?」
鈴代「気付いた? 昨日ね、見たいやつがあって出しちゃった」
若林「……」
テレビでは成功者のインタビュー。
テレビの音声「できない人なんていないんですよ、誰にも可能性があるんです。僕のように社長にだって何にだってなれる」
鈴代「社長だ」
若林「社長だね。成功者だ」
テレビの音声「私は目標を立てるとスケジュール帳に書いてしまうんです。そして、それに向かった予定をまた立てていく。そうすると日々やることが明確になるんです」
若林「……」
鈴代「はぁ～社長はすごいね」
若林「ばあちゃん。俺はこれだ」
鈴代「?」

7 大阪の劇場・客席

山里「M—1の決勝なんていつか行けたらいいなあと思ってたくらいで……だから……」
高山「だから?」
山里「……」
静代「だから?」
山里「だから、なんでしずちゃんも詰めるのよ」

8　若林家・居間

若林、ノートを広げて。
若林「とりあえず今月の今ある予定ね」
【4月。ライブ・前説・オーディションが2回ずつ】
鈴代「スカスカだ」
若林「……で、この空いてる時にやるべきことを」
【ネタ作り・ネタ合わせ・本を読む】と書くが、
鈴代「まだスカスカ」
【公園に行く・読書・キャッチボール】と書く。
鈴代「ねえ、内容がスカスカ」
若林「……明日、まずは明日が大事な気がする。明日は……」
【春日に説教する】と書く。
若林「よし。で、月ごとに」
【8月：ここまでにネタを仕上げる】
【10月：ここまでにテレビに出る】と書いていく。
若林「よし！　ありがとう成功者！　ありがとう社長！」
鈴代「で?　肝心の目標は何にしたの?」
若林「……」

9　大阪の劇場・客席

高山「だから?　目標は!?」
山里「だから……頑張れば……決勝……いけます?」
高山「聞かない。ふたり次第でしょ」
山里、しずちゃんを見る。

10　若林家・居間

鈴代「ねえなんて書いたのよ」
若林「いいんだって、また言うから〜」
鈴代「は〜い」
鈴代、台所へ。
N「これはふたりの物語」

11　今回のストーリーを点描で

N「夢を追う方法に正解はない。自分が思うように、自分のやり方で、M—1グランプリを目指す本当の物語。しかし断っておくが「友情物語」ではないし、サクセスストーリーでもない。そして、ほとんどの人において全く参考にはならない」

若林「……」

若林、ノートを開く。

12月に【M―1グランプリ優勝！】とある。

N「だが、情熱はある」

タイトル『だが、情熱はある』

12　むつみ荘・春日の部屋（日替わり）

ネタを考えている若林。

ゴロゴロしている春日。

若林「……お前マジで全然頑張んねえな。俺が目の前でネタ書いてるのに横になってゴロンじゃねえよ」

春日「いつものことですし」

若林、スケジュール帳を広げ。

【春日に説教する】を確認し。

若林「なあ。いつもだからダメなんだろうがよ。スピード違反で捕まって『いつもこれくらい出してますけど？』って言うのか？　余計怒られんだろ」

春日「そんな言い方はしませんよ」

若林「何言ってんだよ。お前こんなこと言いたくねえけど、この前タニショーさんのステージ見て何も思わなかったのか？」

×　×　×

谷「私、生きてる！」

×　×　×

若林「俺は食らったぞ。食らって、俺は頑張れるならもっと頑張んなきゃいけないって思えた。でもお前はなんも変わってない。なんなんだよ。楽しそうでいいな！」

春日、起きる。

若林「でも、できない奴なんていないんだよ。お前はどうしようもない奴だけど、できない奴なんていない。なんにだってなれる、社長にだってなれる。だから……」

春日「……また何か始めてます？　自己啓発か何かですか？」

若林「……」

×　×　×

春日、若林のスケジュール帳を見ている。

春日「ほう、私に説教をする日なんですね」

若林「昨日まですっごいズーンってしてたけど、これ始めたら予定埋まってる気してなんかいいんだよな」

春日「で、今年のM―1で優勝すると」

12月のページを広げる春日。

若林「……」

若林、スケジュール帳を取り上げて、

春日「でも、頑張りましょう。私も頑張りますから」

若林「……うるさいよ」

13　広場（日替わり）

しずちゃんに台本を渡す山里。
静代「ありがとう」
山里「うん、ちょっと読んでみて」
N「こちらもM―1グランプリに照準を合わせ練習に励む」
山里「合わせてみていい?」
しずちゃん、頷き。
山里「どうもー、よろしくお願いします」
静代「お願いしまーす」
丸山がやってきて山里を見つけるが……。

×　×　×

ネタ合わせをする山里としずちゃん。
それを見ている丸山。メロンパンを食べている。
山里「今のとこツッコミ早くいっても大丈夫?」
静代「私は大丈夫」
山里「オッケ。じゃあ、そこだけやってみようか」
ネタ合わせ再開。
丸山のもとに警察官がやってきて。
警察官「あれ、何この微妙な距離感」
丸山「あー、邪魔したらダメやなって思って」
警察官「ああ」
丸山「コンビってすごいですね。バリアみたいなのが見えます」
警察官「え、ヤキモチ?」
丸山「違います」

ネタ合わせがひと段落し、飲み物を買いに行く山里。
残されたしずちゃんが丸山に気付き、手を振る。
丸山、会釈をし……警察官に促されしずちゃんのもとへ。
丸山「こんにちは」
静代「いたんですね」
丸山「ふたりいいコンビやな、って見てました」
静代「ありがとう。……ふたりは付き合ってんの?」
丸山「え、いえ」
静代「私ね、山ちゃんのことすごいと思ってるんやけど」
丸山「はい」
静代「私の前のコンビ、相方がけっこうイケメンで」
丸山「はあ」
静代「なんか好きになりそうやなと思って危なくて。やから解散して山ちゃんとコンビ組んだとこもあって」
丸山「っていうと……」
静代「好きになる心配ないでしょ、あの人なら」
丸山「……はあい……」
山里、ペットボトルを手に戻ってくる。
丸山を見つけ笑顔に。
山里「ちょっとー、そこでコンビ組まないでよ?」
丸山、笑顔。

×　×　×

山里としずちゃんが稽古を積んでいく。

N「練習してネタを磨き」

14 大阪の劇場・舞台（日替わり）

漫才をしている。

N「お客さんに少しでも感触がいいものを探し」

15 山里のアパート・山里の部屋（日替わり）

ネタを作っている山里。

N「ネタを作り」

16 広場（日替わり）

山里としずちゃんが稽古を積んでいく。

N「またそれを練習し、舞台へ」

17 大阪の劇場・舞台（日替わり）

山里「僕ねお医者さんやってみたくてさ」
静代「できんの？」
山里「やってみたいんだよ」
静代「じゃあ山ちゃんお医者さんやって？　私火を怖がるサイやる」
山里「なんで!?」

しずちゃん、火を怖がるサイ。

山里「何してんの……メス」

しずちゃん、火を怖がるサイ。

山里「メス！……何してんだよ！　俺どうしたらいいんだよ」
静代「あかん！　動物にとって火は脅威やねんで！」

しずちゃん、突き飛ばす。
会場、ウケている。

山里「何すんだよ！」

18 同・舞台袖

山里、しずちゃん舞台から降りてくる。

山里「……しずちゃんごめん」
静代「え？」
山里「いいネタできちゃった。これから半年地獄の日々かも」
静代「？」

19 むつみ荘・春日の部屋（日替わり）

5月のスケジュールに【作戦会議】。

若林「俺らのサイト作るのどう思う？　ホームページ」
春日「いいですね」
若林「ライブの告知とかできるじゃん。あとM—1への道

　　のりとかページ作ったりして」
春日「いいと思います」
若林「よし。で、お前は？　なんか考えてきた？」
春日「はい。ふたりで一生懸命やっていきましょうって」
若林「……それを考えてきたの？」
春日「はい。お笑いを。一生懸命」
若林「……」

20　広場

　　山里としずちゃんがいる。
N「こちらも作戦会議」
　　ノートに書きながら説明する山里。
山里「極端な話、強いネタが１本あればＭ―１決勝まで行ける」
静代「うん」
山里「決勝の決勝を考えるともう１本。つまりネタは２本あればいい。だからその２本を徹底的に磨く。その２本だけやり続けてお客さんの反応見ながら修正していこう」
静代「お客さん飽きるよな」
山里「うん、でもそこはしょうがない。どんな非難受けてもＭ―１の決勝にさえ行ければひっくり返せるよね」
静代「わかった」

　　丸山、お菓子を食べながら見ている。

21　カフェの前（日替わり）

　　６月のスケジュール【バイトを始める】。
　　カフェ店員と若林が弁当を持ってきて。
店員「ごめんちょっと君ホールだと空気が重くなるからさ、ここで弁当売ってくんないかな？」
　　人が１人立てる木箱。
若林「……この中で？」
店員「え、断らないよね？」
若林「……ありがとうございます」

×　　×　　×

若林「お弁当ありまーすいかがですかー」
　　鈴木が買いに来て。
鈴木「え？　何してんの？」
若林「……お弁当あります、いかがですかー」
N「若林、木箱の弁当屋さんを始める」

22　山里のアパート・山里の部屋

　　医者の台本を見ながら医者の台本を書いている。
N「一方山里は、台本を進化させる」
山里「……」

×　　×　　×

フラッシュ。

静代「山ちゃんお医者さんやって？　私火を怖がるサイやる」

山里「なんで!?」

しずちゃん、火を怖がるサイ。

山里「メス！……何してんだよ！　俺どうしたらいいんだよ」

×　×　×

山里、台本を直していく。

「俺どうしたらいいんだよ」を「こんな状況生まれて初めてだよ」と直す。

N「ライブの反応を見ながらセリフを練り直す」

×　×　×

フラッシュ。

しずちゃん、火を怖がるサイ。

山里「メス。何してんだよ！　こんな状況生まれて初めてだよ」

静代「あかん！　動物にとって火は脅威やねんで！」

しずちゃん、突き飛ばす。

会場、ウケている。

山里「何すんだよ！」

×　×　×

山里、台本を直している。

山里「……！」

「何してんだよ」「何すんだよ！」のセリフを消す。

N「しずちゃんのボケだけで十分ウケるところは突っ込まず、ツッコミを極力抜いた形を始め」

×　×　×

フラッシュ。

山里「メス。こんな状況生まれて初めてだよ」

静代「あかん！　動物にとって火は脅威やねんで！」

しずちゃん、突き飛ばす。

会場、ウケている。

山里「……」

静代「火は脅威やで！　脅威やねんで……」

山里「しずちゃん……この温度差感じてよ……」

大きくウケている客席。

×　×　×

山里、ノートに表を作っている。

N「ツッコミまでの秒数とウケの量を記録しベストを探った」

23　コインランドリー（日替わり）

7月のスケジュール【トレンドを勉強】。

若林と橋本、女性雑誌を2人で見ている。

若林「こっちがエビちゃんで……」

橋本「違う違う、こっちがエビちゃん」

若林「こっちか。え、赤文字っていうのは何？」

橋本「赤文字系が大人っぽい感じで青文字系が個性的なオ

　　シャレ」
若林「……なんで？」
橋本「ほら表紙の雑誌名が……」
N「こちらは、トレンドを勉強する若林」

24　広場

N「そして、自分達のトレンドを突き詰める山里」
　　山里としずちゃん、ネタ合わせ。
山里「1個目のボケを早くしたいのとさ、普通のネタやるコンビじゃないっていうのをわからせたくてさ」
静代「登場の仕方から変えるのは？」
山里「あ、いいじゃんいいじゃん」
　　丸山、お菓子を食べながら見ている。

25　大阪の劇場・舞台～楽屋（日替わり）

　　山里としずちゃん、両手を上げて登場し……ポーズ。
山里「どうもー南海キャンディーズです！」
静代「バン！」
山里「セクシーすぎてごめんなさいね？」
　　ウケている客席。
　　舞台袖から高山が見ている。
×　×　×
　　山里としずちゃん舞台から降りてくる。
高山「進化してるね」
山里「間違ってないですよね？」
高山「うん。いいと思う」

26　むつみ荘・春日の部屋（日替わり）

　　8月のスケジュール【休むことをする】の日。
　　若林、タニショー、春日と飲んでいる。
　　春日が『一人相撲ラバイ』を歌っている。
　　ドアがノックされる。
春日「え？　はい？」
　　春日がドアを開けると隣人の木場が。
木場「あの～」
春日「あ、すいませんうるさかったですか？」
木場「いや、これ食べる？　チーズ。はいチーズってね」
春日「はは。ありがとうございますどうも」
　　木場、笑顔で出ていく。
谷「いいわねこのアパート、ご近所付き合いあるなんて最高」
春日「面白いんですよ木場さん」
若林「お前あんなダジャレか何かわかんねえのおもしれえって言ってんなよ？」
谷「え、面白かったよね？　チーズ食べる？　はいチーズ」

若林「それは顔と言い方ですよズルイです」
春日「私は木場さんのほうが面白かったかな」
谷「ちょっと待ってよ……チーズ食べる？　はいチーズ」
若林「どう？」
春日「私は木場さん」
谷「ねえ自信なくすんですけど！」
若林「お前いい加減にしろよ、木場さんと組めよ」
春日「それは違うでしょ誰がネタ考えるんですか」
若林「お前だよ」
春日「私無理ですもん」
若林「うるせえよ！　じゃあ木場さんだよ」
春日「あ、じゃあいけますね」
若林「いけねえよ！」
谷「お笑いナメてんじゃないわよ！」

27　稽古場

バトルライブのポスター。

N「こちらは山里。劇場でのランク分けのためのバトルライブが行われた」

芸人たちが集まっている。

前には朽木や高山など社員の姿も。

N「M―1前に少しでも上のランクに上がって弾みをつけたい南海キャンディーズ」

ざわつき……紙が貼り出される。

南海キャンディーズ3軍。

山里「!?」

横に採点表もあり概ね評価が高いが朽木だけ低い。

「ネタ1点」「声量1点」「キャラ0点」

山里「!?」
静代「うわ、すご」
山里「……」

山里、朽木のもとに向かい。

静代「山ちゃん」
山里「あのーすみませんお聞きしたいんですけどいいですか？」
朽木「なに？」
山里「まあネタはね好き嫌いありますし。声量もね、相方の声小さいですしね？　ただオカッパ赤メガネと女子のコンビ掴まえてキャラ0点っていう理由をお聞きしたくて」
朽木「ああ。だってそんなキャラ売れる前に飽きられるってわかってるもん私。だから0点、以上」
山里「……」

朽木、他の芸人に、

朽木「自分らかっこいいし面白いし最強やなあ」
高山「大丈夫？　ひどいね」
山里「大丈夫です。決勝行って最高のタイミングで一番イヤなこと言ってやるっていう目標できました。ね、

　しずちゃん」
静代「……うん」
高山「……うん」

28 広場

　山里と丸山がいる。
丸山「この前後輩の企画通って、すごいですよね」
山里「そうなんだ」
丸山「私も頑張んないとなって」
山里「そうなんだ」
丸山「……すいませんつまんない話ばっかして」
山里「え？……あ、違う楽しいよ！　ごめん今はすごい楽しいんだけど、さっきまでが楽しくなかったから今に影響してる」
丸山「んーと……」
山里「……ごめんちょっと耳ふさいでもらっていいかな」
丸山「え？」
山里「ごめんお願い」
丸山「いいですけど」
　山里、ちょっと離れて。
　丸山、耳をふさぐ。
山里「ふざけるんじゃないよ自分の目線だけで適当なことばっか言ってそれで仕事やってるつもりですか」
丸山「……」
山里「こっちは死ぬ気で考えてんだよ！　不安でしょうがないけど！　必死にやってんだよ！　許さない！　絶対に許さない！」
丸山「……」
　山里、丸山の肩を叩き。
山里「ごめんごめん、吐き出せたから大丈夫」
丸山「いえ。でも私は山里さん頑張ってるの知ってますから……」
山里「え？　あれ？　会話できちゃってる？」
丸山「全部聞こえてましたよ」
山里「舞台仕込みの俺のノド！　なぜ調整できない」
丸山「イライラしてたんですね」
山里「引くよね、俺こういうとこあってさ」
丸山「……みんなそうじゃないですか？　隠してるだけで、嫉妬とかヤキモチとか、妬み嫉みとかみんな持ってますよ」
山里「花鈴ちゃんも？」
　2人、目が合って。
　丸山、立ち上がりどこかへ。
山里「え、ちょっと、ごめん」
丸山「飲み物買ってくるだけでーす」
山里「……」
　警察官、やってきて。
警察官「惚れたらあかんって言ったのに」
山里「……」

29　公園

9月【キャッチボールをする】の日。
若林と橋本、キャッチボールをしている。
橋本はうまくない。

若林「ごめんね付き合わせて」
橋本「いえ楽しいですよ」
若林「いつもは春日とやってんだけどさ、あいつなんもしなすぎてヘラヘラキャッチボールしてる場合じゃなくて」
橋本「でもキャッチボールはしたかったんですね」
若林「……今日はキャッチボールの日だから」
橋本「どういう意味ですか？」
若林「春日とキャッチボールの日、ではないから」
橋本「はあ」

30　若林家・居間

ネタを考えている若林。
洋服を整理している鈴代。

若林「ばあちゃんさ、赤文字と青文字って知ってる？」
鈴代「青文字は土曜日で、赤文字は日曜日でしょ」
若林「違うよ、あのね……」
鈴代「あれ」
若林「え？」

鈴代が指すほうにカレンダー。
土曜が青文字、日曜が赤文字で書かれている。
【散歩】【読書】【お茶買う】【服整理】など予定でギッシリ埋まっている。

若林「あー」
鈴代「今日は洋服の整理の日なの。いいわね、予定があるって」
若林「だよねえ」
鈴代「うん、なんでもない日だけど、何かあるって思えてドキドキするし。ドキドキしなくなるし」
若林「どっち？」
鈴代「ね。どっちだろ」
若林「でもね、わかる」

白紙のネタ帳。
若林、スケジュール帳を開く。

N「そしてあの日が近づいてくる」

【M―1エントリー！】の文字。

31　テレビ局・谷の楽屋（日替わり）

タニショーの楽屋に打ち合わせに来ている島。
島、PCでM―1の大会概要のページを見ている。

島「賞金1000万円ってすごいですよね～」
谷「私も出ちゃおうかしら」
島「タニショーさん漫才できないでしょ」

谷「島ちゃん、一緒にコンビ組む?」
島「いいですね～」
谷「なんで乗り気なのよ!」
島「でも面白いコンビ出てくるといいなと思います。仕事もあるけど、ひとりのお笑いファンとして」
N「島にとって自分の人生が変わるあの日」

32　むつみ荘・春日の部屋

N「そして彼らにとって」
春日にエントリー用紙を書かせる若林。

33　大阪の劇場・事務所

N「彼らにとって」
山里としずちゃんがエントリー用紙を書く。

34　テレビ局・谷の楽屋

N「始まりのあの日」
パソコンを見ている島。
島「あ～楽しみ!」
谷「楽しみ～!　だけどねえ、打ち合わせしません?」

35　稽古場（日替わり）

若林がいる。
春日、やってきて。
春日「すいません」
若林「お前遅いよ、1回戦でも普通に落ちんだからな。やるぞ」
春日「ちょっと漫才考えてまして」
若林「え。……いやなんだよお前遅いよ。1回戦明日だよ?」
春日「そうですよね、すいません」
若林「……え、見せてよ」
春日「恥ずかしいですね」
春日、ポケットから紙ナプキン数枚を出す。
若林「!?」
広げると、脂染みのついた紙ナプキンにネタが。
若林「……」
春日「いや若林さん。私だってね、やる時はやるんですよ」
若林、紙ナプキンを捨てる。
春日「え」
若林「よし、やるか」

36　東京の予選会場・前（日替わり）

会場に入っていく若林と春日。
N「M―1グランプリ2004の予選が全国でスタート」
受付でエントリーフィー2000円を払う。

エントリーナンバーのシールをもらったりして。

春日「始まりましたね」

若林「雰囲気出すなよ」

37 同・舞台

N「エントリー数は2617組。1回戦は放送作家による審査で約4分の1に絞られる。持ち時間2分の戦いである」

若林と春日、漫才をしている。

若林「時短が流行ってるし、お前の披露宴はね3分で十分だよ」

春日「なんでですか」

若林「新郎新婦の入場です！　パパパパーン……ッパパパン」

春日「早いよ！」

観客と、客席で見ている審査員。

漫才をしている若林と春日。

38 むつみ荘・春日の部屋

春日、携帯を見ている。

若林、春日を気にしながら漫画を読んでいる。

春日「あ、出ましたよ」

若林「どう？」

春日、携帯を若林に見せる。

若林「まああまあな」

N「1回戦突破」

39 大阪の予選会場・舞台袖

スタンバイしている山里としずちゃん。

N「南海キャンディーズはシードで2回戦からスタート」

静代「1回戦ないの逆に緊張するね」

山里「ね。……しずちゃん？」

静代「？」

山里「地獄はここからだからね」

静代「うん」

出囃子が鳴り、舞台に出ていく。

40 山里のアパート・山里の部屋

山里、携帯を見て……軽くガッツポーズ。

またネタを書き始める。

N「南海キャンディーズ、2回戦突破」

41 東京の予選会場・舞台袖（日替わり）

スタンバイしている若林と春日。

N「こちら東京、ナイスミドル。2回戦に挑む」

若林「いけるよな？」

春日「私はやるだけですね」
若林「いけるいける。だって社長が言ってんだもん目標立ててスケジュール立てれば成功するって。そうだよな春日」
春日「懐かしいですねその話」
若林「いけるいける。な、春日」
春日「はい」
若林「……春日」
春日「はい？」
若林「いけるよな？」
春日「……まあ、はい多分」
若林「……」
出囃子が鳴り、若林と春日舞台へ。
若林「どうもーナイスミドルです」
春日「お願いします」

42　路上（日替わり）

木箱に入って弁当を売っている若林。
若林「……」
N「ナイスミドル、2回戦敗退」
若林「お弁当いかがですか～おいしいですよ～」
鈴木「俺らも2回戦落ちだったよ。去年3回戦行ったのにな」
若林「お弁当いかがですか～おいしいと思いますよ～」
鈴木「へこむのわかるけどさ、また来年あるし」
若林「お弁当で～す別に売れなくてもいいんですけど～」
鈴木「なあ～」
女性の声「あのーすいませんちょっといいですか？」
若林「あ、はい何にしましょうか」
女性「そうじゃなくて……」
テレビクルーの姿。
若林「？」

43　山里のアパート・山里の部屋（日替わり）

山里、机に向かっている。
N「次の3回戦で準決勝進出70組が選ばれる」
ドアをノックする音。
山里「はい？」
山里、ドアを開けると高山。
山里「え。おつかれさまです」
高山、コンビニ袋を見せる。

×　×　×

2人で飲んでいる。
高山「今年のM—1ファイナリストの部屋見とこうと思って」
山里「プレッシャーかけないでくださいよ」
高山、机の上のノートをパラパラと見る。
高山「これ全部、今やっている医者ネタの台本だもんね」

山里「……はい」
高山「ね、決勝行った時のインタビューの練習しとこうか」
山里「え〜？」
高山「山里さん、ネタ作りはどういうふうにされていますか？」
山里「えっと……ボケやツッコミのフレーズは何十回も試してウケたら入れ替えて。ツッコミまでの時間は計測して……」
高山「あ、ダメダメ。ネタ見る前にそんなの聞いたら目線上がっちゃうから。今のを言えるのは何年か経ってからね」
山里「確かに……高山さんにいろいろ教えてもらいたいです」
高山「私ね、大阪来たくなかったんだ」
山里「え」
高山「東京での仕事が軌道に乗って楽しくなり始めた頃に異動になって。若手芸人多いしなんかギラギラしてるし」
山里「まあはい」
高山「でもその中で『このふたりなら自信を持って売り出せる！』って思えたのが南海キャンディーズ」
山里「……」
高山「山里亮太50歳までの芸人プランを勝手に想像しちゃったりしてね。いずれは大きな番組のMCできる人になって、歳を重ねたら政治経済も語れるような位置を目指してもいいかも。……あ、ごめんまたプレッシャーかけてるね」
　山里、別のノートを渡す。表紙に「復讐ノート」。
高山「？」
　高山、開くと嫉妬や怒りだらけ。
山里「僕が全然仕事ないのに『明日のラジオめんどくさい』って言ってた同期。僕たち学園祭1校も行ってないのに『俺ら15校行きましたけど山里さんは？』って聞いてきた後輩。すぐ解散するとか、すぐ飽きられるとか言ってきた社員」
高山「……」
山里「僕はずっと、そういう奴らへの嫉妬や怒りを原動力にして頑張ってきました。だけど最近、応援してくれる人のことを思い出して頑張れてる自分に気付いたんです。これってエンジンが増えたってことなんですよね」
高山「うん」
山里「プレッシャー、ありがとうございます」
　山里、ネタ帳の山に触れて、
山里「このノート、まだ半分だと思ってます」
高山「……地獄じゃん」
山里「地獄でもなんでもいいです、勝てるなら」
N「この後、南海キャンディーズは無事3回戦を突破。決勝戦の一歩手前である準決勝に駒を進める」

44　若林家・若林の部屋（日替わり）

横になっている若林。

若林「……」

45　同・居間

鈴代、階段の下で、

鈴代「まさくん？　ねえ、まさくーん？……もう」

春日が座ってテレビを見ながらお茶を飲んでいる。

春日「おいしい玄米茶ですね」
鈴代「わかる？　あ、ごめんねまさくん出てこなくて」
春日「いえ。お茶飲んだら帰ります」
鈴代「そ。お笑いって大変な仕事なのね。まさくんニヤニヤしてたかと思ったら暗い顔したり無口になったりして」
春日「ああ」
鈴代「春日くんも？　大変？」
春日「私は、楽しくて」
鈴代「あらいいじゃない」
春日「でも楽しいのがダメみたいです」
鈴代「なんで？」
春日「本当に楽しいからどうしたら楽しくないと思えるのか」
鈴代「なぞなぞ？　……あれ？」

テレビに若林の弁当屋が映る。情報番組。

春日「おや？」

46　テレビ画面

テレビ番組に取材されている若林。
鈴木も映り込んでいる。

リポーター「こちら路上に突然現れた、木箱のお弁当屋さんです。有名アーティストが作った木箱に男性がひとりで入りお弁当を売るという斬新なスタイルが街の話題となって……」

若林「……」

47　若林家・居間

鈴代「まさくん！　テレビに出てる！」
春日「若林さーん！　出てますよ！」

48　同・若林の部屋

10月のスケジュール【このへんまでにテレビに出る】の文字。

春日の声「若林さん！　テレビ！」
若林「……」

めくると12月に【M—1優勝】の文字。

若林、スケジュール帳を壁にぶん投げる。

鈴代「まさくん終わっちゃった！　お寿司特集始まっちゃった」

テレビを見ている春日。

× × ×

49　公園（日替わり）

若林と橋本。

若林「社長に嘘つかれたんだよ」
橋本「社長って？　所属事務所の？」
若林「ううん知らない社長」
橋本「……詐欺の話？」
若林「詐欺か。確かに詐欺だな」

若林、スケジュール帳を見せる。

橋本「？」
若林「知らない社長がさ、テレビで言うんだよ。先に目標を立ててスケジュールを埋めていけばそこに向かっていけるって。だからこのへんまでにテレビ出たいとかさ」
橋本「あ、見ましたよテレビ。よかったですね」
若林「出れたらなんでもいいってわけじゃないいんだよ、俺は芸人として出たかったんだよ」

橋本がめくると12月に【M—1優勝】。

橋本「……」
若林「先にそれ書いて予定埋めたのに2回戦落ちだって。腹立つわあの社長、成功してるからって好き勝手言ってさ」

橋本、ペラペラとめくり。

橋本「……」

【キャッチボール】の文字。

橋本「キャッチボール一緒にしましたね」
若林「したね」
橋本「あー、トレンドを知る」
若林「……」
橋本「赤文字青文字どっちがどっちだか覚えてます？」
若林「青文字が土曜日で……赤文字が日曜日」
橋本「合ってますけど」
若林「……ねえ、心配なことあるんだけど」
橋本「え？」
若林「今、俺、みんな死んじゃえって顔してない？」
橋本「……」

橋本、スケジュール帳を見る。
今日の日付のところに【牛丼屋に行く】とある。

橋本「牛丼食べたいんですけど、付き合ってくれません？」
若林「……それして、何かになる？」
橋本「しないよりは」
若林「……行こっか」

50　山里のアパート・山里の部屋

N「準決勝を控えた山里」
　復讐ノートを開き闘志を燃やす。
山里「俺はやれる、負けない、負けるわけない。やれるやれる……」
　その中に【モテたい！】の文字。

×　×　×

　喫茶店で洲崎に笑ってもらったこと。
溜川「山ちゃん時々面白いから芸人になったら?」

×　×　×

山里「……」
　ノートに貼られたひっくり返った亀の絵。
　山里、電話をかける。
山里「あ、もしもしためちゃん？　ごめん久しぶり」
N「ある行動に出る」

51　喫茶店（日替わり）

　丸山がパフェを食べている。
　山里がやってきて……。
山里「ごめんね急に」
丸山「いえ！　すみません先に食べちゃってました」
店員「いらっしゃいませ」
　店員、水を置き。
山里「あ、コーヒーを」
　山里、水を飲み。
山里「冷た！　冷たい！　びっくりした！」
丸山「え？」
店員「お客様？」
山里「あ、いえなんでもないです」
丸山「そんな冷たくなかったですけど」
山里「あれ？　そう？　おかしいな」
　山里、携帯電話を気にして……バイブが鳴り、
山里「あれー、ごめんちょっと電話出ていい？」
丸山「どうぞどうぞ」
山里「はい？」
溜川の声「もしもし？」
山里「なによためちゃんどうしたの」
溜川の声「いや山ちゃんがこの時間に電話してって言ったじゃん」
山里「まあまあね、ありがとう」
溜川の声「何すればいいんだっけ」
山里「あのー、ためちゃんは最近どう？」
溜川の声「俺は毎日普通に働いてて」
山里「いや働くのに普通の他に何があるのよ急行とか特急とか？　あ、ごめん電車の話しちゃった」
　丸山、不思議そうな顔。
溜川の声「違うよ山ちゃんみたいな変わった仕事してないから」
山里「誰が変わった仕事だよ、でもそっか。父ちゃん母ちゃんごめんなさい。何謝らせてんの！」

溜川の声「なんも言ってないよ」
山里「毎日楽しい？」
溜川の声「楽しいよ。休みの日はミュージカル見に行ったり」
山里「おお、趣味が大人だ。なんてことだ友達が～知らないうちに大人の趣味を見つけてた～俺を置いてけぼりにしないで～……ごめんミュージカルでつっこんじゃった」

丸山、笑う。

山里「！　……ためちゃん高校の時さなんかずっと食べてなかった？」
溜川の声「甘いの好きだったよな、今も食べてるけど」
山里「甘いものずっと食ってるって！　俺の好きな人か！」
丸山「！」

山里、丸山を見る。

溜川の声「え？」
山里「……」
丸山「……」
溜川の声「山ちゃん？　山ちゃん？……あ、そういうこと？」
山里「うん。ありがとう」
溜川の声「やっぱり山ちゃん面白いね」
山里「……ありがとう」

山里、電話を切り。

山里「かっこいいのはさ、決勝に行ってから告白だと思うけど」
丸山「……はい」
山里「決勝行ってからOKされちゃうと、ああこの子有名になった俺だからOKしたのかなって思っちゃいそうで」
丸山「すごいこと言いますね」
山里「ごめん、そういう人間で」
丸山「決勝には行かないんですか？」
山里「行くよ。行く。行ける行ける」

丸山、嬉しそうにパフェを食べる。

山里「行けるよね？……不安になってきちゃった」

丸山、パフェを食べている。

山里「ちょっと、ごめんネタ合わせしてくる」

山里、喫茶店から出ていく。

店員「こちらコーヒーになります」
丸山「あ、はい」

丸山、コーヒーを飲んで、笑顔で。

丸山「一緒にいるの大変そう」

52　大阪の予選会場・舞台袖（日替わり）

山里としずちゃんがスタンバイしていて。

N「11月。南海キャンディーズいよいよ準決勝。70組から一気に8組に絞られる」
山里「……」
静代「……これ勝てば決勝か……」
山里「……まあでも。このネタ、面白いしね」

しずちゃん、山里の目を見て……頷く。

山里「決勝に残っちゃったらまだ地獄の日々続くけど」

静代「頑張る」

出囃子が鳴る。

山里「いくよ」

2人、手を上げて出ていく。

山里「どうもー南海キャンディーズです」

静代「バーン」

53　同・ロビー（日替わり）

芸人が10人ほどいる。

その中に山里、電話をしているがつながらない様子。

N「まもなく審査結果が貼り出される」

山里「しずちゃん寝てない?」

ざわつく芸人たち。

スタッフが紙を持ってきて貼り出す。

54　むつみ荘・春日の部屋

若林と春日がいる。春日、携帯を見ていて。

春日「あ。ファイナリスト出ましたよ」

若林「おー」

春日、若林に携帯を見せる。

55　大阪の予選会場・ロビー

山里、貼り紙を見る。

【南海キャンディーズ】の文字。

山里「!」

山里、泣きかけるが……朽木を見つけ、寄っていき。

山里「お疲れ様です」

朽木「あ、決勝……」

山里「朽木さん。僕たちまだ飽きられてないみたいですぅ」

朽木「……そっか」

N「山里の復讐も済み」

× × ×

山里、人がいないところで泣いている。

N「涙を流し」

高山が走ってきて。

高山「すごい。すごいすごい」

山里「ありがとうございます……やったー!」

高山「すごいよ、よく頑張った……やったー!　やったー!」

そこに来るしずちゃん。

静代「……ごめん寝てた」

山里「だろうね。いいよいいよ」

静代「……山ちゃん……やったな」

山里「うん……やったよ……!　やったー――!」

N「南海キャンディーズ、M―1グランプリ決勝進出」

56 広場（日替わり）

ネタ合わせをしている山里としずちゃん。

N「それからも最終調整は続き」

離れて見ている警察官と丸山。

警察官「これは近づけないね」

丸山「そうですよ」

57 山里家・外観（日替わり）

N「そして迎えた決勝戦前夜」

58 同・居間

山里、勤、瞳美、周平、しずちゃんが食卓に。

瞳美「すごいねえ亮太、明日みんなで見るからね」

山里「みんなって？」

瞳美「家族みんなよ」

勤「だってすげえよ、面白くもなかった亮太が漫才大会でテレビに出んだぞ。お前も一緒に見ようぜ」

山里「お邪魔していいですか？　いや俺が家いたらダメなのよ」

勤「止まらないねえ」

瞳美「で、山崎さんは亮太のどこがよかったの？」

周平「新婚さんみたいなこと聞くな？」

静代「えーっと……」

山里「……いや考えすぎだから。なんかあるよね？　ね？」

静代「いいほうの答えだと、天才だからです」

山里「……」

勤「亮太が？」

静代「努力の天才ですし、天才的な執念がありますし……あと妬み嫉みの天才でもあるし、性格悪い天才……陰湿の天才……」

山里「……いや、だいぶ悪いほう言ってるよ。天才って言ったら何言ってもいいとかないからね？」

勤「たしかに努力な、いっぱいしたんだろうな」

瞳美「努力して、いい仲間ができて、すごいね」

静代「いいご家族で、すごいです」

周平「……よし亮太、明日……（英語で激励）」

山里「大事なとこなんて言ってるかわかんない！」

勤「止まらないねえ」

59 決勝会場・楽屋（日替わり）

山里としずちゃん、ネタ合わせをしていて。

N「いよいよ決勝の日」

スタッフ「南海キャンディーズさんスタンバイお願いします」

山里「あ、はい」

60　むつみ荘・春日の部屋

若林と春日がテレビを見ていて。

春日「いやあ盛り上がってますすね」
若林「……な」

61　テレビ局・オフィス

島、仕事をしながらテレビを見ている。

62　スタジオ裏

スタンバイする山里としずちゃん。

N「南海キャンディーズの出番は5番目。結成1年。男女コンビの決勝進出は初めて。しずちゃんは女性初のファイナリストでもあった」

効果音が鳴り……。

山里「来たね」
静代「……」
山里「まあこのネタ」
静代「大丈夫、面白いから」
山里「……ん」
司会者の声「エントリーナンバー2598南海キャンディーズ!」

舞台に出ていく山里としずちゃん。

63　M—1

漫才をする南海キャンディーズ。

山里「どうもー南海キャンディーズです!」
静代「バン!」
山里「セクシーすぎてごめんなさいね?」

64　山里家・居間

テレビを見ている勤、瞳美、周平。

勤「来た来た!　来たぞ!」
周平「うるさいよ聞こえない!」
瞳美「……」

65　むつみ荘・春日の部屋

テレビを見ている若林と春日。

若林「……あれ、こっちの人、ガチンコの……」
春日「え?」

66　定食屋

丸山、ご飯を食べ終わってテレビを見ている。

67　むつみ荘・春日の部屋

春日「面白いですね」
若林「……いや……めちゃくちゃ面白くなってんじゃん」

68　テレビ局・オフィス

島、笑っている。

島「すごい」

69　M―1、それを見る面々

漫才をする南海キャンディーズ。
見ている若林と春日、山里の家族、丸山、そして島。
やがて漫才が終わり……。

70　山里家・居間

勤「いけ！　いけ！　いけ！　いった!?　いった!?」
瞳美「いったいった！　今のとこ1位！」
周平「マジかよ」
瞳美「すごいすごいすごい！　すごいよ亮太」

71　定食屋

丸山、テレビに食いついている。

司会者の声「南海キャンディーズ、ものにしたねえ」
審査員Aの声「山里くんのツッコミが1個も外してない」
審査員Bの声「女性を優しく扱ってるのがいいんやな」

72　テレビ局・オフィス

島、テレビを見ている。

島「こんなの見たことない」

73　むつみ荘・春日の部屋

若林「いやこんなのこのコンビ優勝しなくても勝ちだよ」
春日「ほんとです」

74　決勝会場・楽屋の前

高山、電話をしていて。

高山「はいありがとうございますスケジュールが……すみません追いついてなくてメールいただいてもいいですか？」

電話を切るがすぐ鳴る。

高山「うわ携帯あっつ！」

75　同・楽屋

ぼーっとしている山里としずちゃん。

N「南海キャンディーズ。優勝は逃したものの準優勝という記録と大きすぎるインパクトを残した」

76　むつみ荘・春日の部屋

若林「……」

春日が拍手をして。

春日「いやあすごかった。2位のコンビも絶対売れますね」
若林「バカじゃやねえの」
春日「え?」
若林「俺らこんなとこ行けるわけねえじゃん。何が年末のM―1グランプリで優勝だよ。夢にもほどがあんだろ」
春日「誰に怒ってます?」
若林「昔の俺にだよ。何考えてんだよなんもしねえでよ」
春日「若林さんは頑張ってましたけどね」
若林「……なあ」
春日「?」
若林「お前さ、芸人辞めようって思わないの?」
春日「うーん」
若林「こんな状況なのに楽しいって思えんの?」
春日「……楽しいので、どうしたらいいか」
若林「俺と一生芸人やってくれる?」
春日「任せます」
若林「……俺が辞めたいって言ったら?」
春日「任せますよ」

若林、春日にじゃれるように。

若林「お前が辞めたいって言ったら辞められるんだけどなあ。続けるのもしんどいし辞めるのもしんどいからなあ、お前が辞めたいですって言ってくれたら辞められんだよなあ」
春日「辞めたいんですか?」
若林「辞められるけど、俺が辞めるって決めたことになるのがイヤなんだよ。なんで俺が全部決めないといけないんだよ」
春日「やりたいって言ったの若林さんですし」
若林「辞めるのも俺が決めなきゃいけねえのかよ! お前が限界です辞めたいですって言ってくれたら辞められんだよ!」
春日「……私は楽しいので」
若林「なんで楽しいんだよ! なんで辛いのも、辞めるも続けるも俺なんだよ! 僕はまだ頑張れたんですけど相方が限界で解散します、って言わせてくれよ!」
春日「私は任せるとしか」

若林、叫びながら倒れ込む。

77　決勝会場・楽屋

嬉しそうな南海キャンディーズ。
携帯電話をチェックする山里。
瞳美から「おめでとう日本2位」
丸山から「本当にいいコンビです」

N 「大舞台で大きな結果を残した山里と」

78 むつみ荘・春日の部屋

若林寝ている。春日、横に座っている。

N 「その舞台はまだまだ遥か先の若林」

79 居酒屋

テロップ【2009年】
初対面の2人。

N 「いずれ2人は出会うのだが。その時は南海キャンディーズ山里と……ナイスミドル若林ではない」

80 寿司屋

テロップ【2005年】
若林と春日、事務所社長とドラコ。

春日 「社長ありがとうございますおいしいです」
若林 「ありがとうございます」
社長 「ドラコが言ってたんだけどよ、お前らコンビ名変えたほうがよくねえか?」
若林 「はあ」
社長 「ナイスミドルってわけわかんねえよ」
ドラコ 「社長が付けてくれるって」
若林 「社長が」
社長 「おう。そうだな。うにいくら、か……」
若林 「うにいくら?」

若林の目線の先にウニとイクラ。

春日 「いいですね」

若林、春日を小突く。

社長 「それか、お前ら地味だから名前は派手に。オードリー。オードリー・ヘプバーンのオードリーな」
春日 「なるほど」
社長 「うにいくらとオードリー。どっちがいい?」
若林 「……消去法ではありますね」

つづく

第 8 話

そっちの道でいいですか？

1　第7話　リフレイン

漫才をする南海キャンディーズ。

山里「どうもー南海キャンディーズです！」

静代「バン！」

山里「セクシーすぎてごめんなさいね？」

漫才をしている。

テロップ【2004年】

N「2004年。M−1グランプリに初出場し準優勝。
一気に知名度が全国区となった南海キャンディーズ」

2　大阪のスーパー

山里が買い物をしている。

安売りを物色している。

N「今までのようにスーパーで買い物をしている山里」

お客さんや店員が山里に気付いている。

山里、特売のイワシフライをカゴに入れる。

客「芸能人の人もそういうの買いはるんやねえ」

山里「え？　……あ、僕ですか？　え？」

カゴの中のイワシフライ。

山里「あー。あれー？　間違えちゃったなあ」

カゴから出し、うなぎの蒲焼をカゴに入れる。

女性店員「あ、それ買います？　貸して貸して」

値引シールを貼ってくれる。

山里「え？」

女性店員「また来てな？」

山里「はあ……」

山里がレジに向かうと。

レジA「あ、こっちこっち！」

レジB「山ちゃん！　こっち来て！」

レジC「こっちおいで！　やさしいするから！」

山里「……」

山里、過去にスーパーに来たことを思い出す。

×　×　×

お惣菜を取った瞬間に他のお惣菜に値引シール。

山里「え、あの……」

女性店員「はい？」

山里「いえ……」

×　×　×

レジで一万円札を出す。

レジA「え？　小銭は？　千円札ない？」

山里「あ、すいません……」

店員、舌打ち。

山里「……」

×　×　×

山里、お会計を終えてもみくちゃにされている。

山里「すいませーん！　ありがとうございます！」

嬉しそう。

N「一躍有名人となり」

3　大阪の劇場（日替わり）

山里が楽屋入りすると拍手で迎えられる。
口々に「やったなあ！」「すごかったやん！」。

N「仲間の芸人は活躍を大絶賛してくれ
　朽木がやってきて。

山里「あ、どうも」

朽木「おはよう。南海キャンディーズのライブ出演の相談
　したいんやけど……」

N「これまで冷たくされた人たちからの手のひら返しを
　受け」

山里「ありがとうございます。高山マネージャーに伝えて
　もらえます？」

朽木「わかった、ほなそうするわ、ありがとう」

山里「まあ、きっと断りますけど」

朽木「……」

N「復讐を済ませていく」

4　大阪の劇場の一角〜山里の実家（日替わり）

山里、舞台衣装のまま電話をかけ……。

山里「……あ、亮太だけど。今ファックス送ったけど見た？」

瞳美の声「うんさっき。え、何これ」

山里「年末と1月のスケジュール。すごくない？」

瞳美の声「えー、すごいねえ。よくわかんないけど」

山里「ちゃんと見てよ、ほら大阪で一番大きい劇場にも出れ
　るし、大阪所属なのに東京にも呼ばれてるんだよ？」

瞳美の声「へえー、すごいねえ。よくわかんないけどすご
　そう」

山里「だからね、大阪で一番大きい……」

瞳美の声「いや亮太こっちも大騒ぎなのよ」

山里「え？」

以下、電話先の山里家と適時カットバック。
お祝いの品が集まっている。
周平と勤はその包み紙を開けている。

瞳美「親戚や知り合いからすっごい連絡来るし、ご近所さ
　んがお祝いだっていろんな物持ってきてくれるし」

山里「え〜そんな大騒ぎなんだ」

周平「うわ、またいいタオルだ」

勤「こっちは……また酒だ。酒と風呂には困らねえな」

山里「そんなに祝わなくていいのにねえ準優勝なのにねえ」

瞳美「あと亮太、色紙送るからサイン書いてくれる？　サ
　イン欲しいっていっぱい頼まれてて」

山里「あ、うんそれは全然」

瞳美「亮太も大変だと思うけど頑張ってね。急に忙しく
　なったからって体壊さないようにね」

山里「うん大丈夫」

スタッフが山里を探しにきて。

スタッフ「山里さん、出番です」

山里「はい！　ごめん切るね」

瞳美「改めておめでとうね、すごいね」
勤と周平も電話口に来て。
周平「亮太、サイン俺の分も頼むわ！」
勤「酒、俺が貰っちゃうからな！　ありがとう！」
山里「うん」
瞳美「じゃあね」
瞳美、電話を切る。
山里、電話を切って、舞台へ走る。

5　大阪の劇場・舞台

出囃子と共に南海キャンディーズ登場。
歓声と拍手。
山里「準優勝の南海キャンディーズです！」
静代「ドーン！」
山里「大きなバズーカが打ち放たれました！」
盛り上がる客席。
舞台袖から高山が見ている。嬉しそう。

6　むつみ荘・春日の部屋

テロップ【2005年】
N「一方」
音楽が流れている中、若林と春日登場。
目の前に10人ほどのお客さんがいる。
春日「どうも〜」
若林「オードリーと言います、よろしくお願いします」
トークを始める2人。
N「オードリーと名前を変えた若林と春日は春日の住む『むつみ荘』でライブを開催」
春日「あ、音楽止めてなかったですね」
春日リモコンを操作。
若林「すいませんね手作りライブで」
N「なぜこんなことが行われているのか。少し時を戻すと」

7　寿司屋

若林、春日、ドラコ、社長。
社長「うにいくらとオードリー。どっちがいい？」
若林「……消去法ではありますね」
ドラコ「どっちもいい名前じゃねえか」
春日「よりいいのが、うにいく」
若林「オードリー！　オードリーでお願いします」
社長「そっかオードリーか。うにいくらもいいと思ったんだけど」
若林「いやいや！　もったいないです」
春日「若林さん逆にいくらうにならいいですよ」
ドラコ、口笛を吹く。
若林「あとすみませんこの場を借りてちょっといいですか？」
社長「どうした？」

若林「トーク力を伸ばすためにトークライブをやりたくて」
社長「おおいいじゃねえか、やれやれ」
若林「あ、ありがとうございます」
社長「でも集客考えて赤字出ないような劇場探せよ。自分らで」
若林「……はい」
N「自分たちでトークライブの場所を探すことになったが」

8　むつみ荘・春日の部屋（日替わり）

若林、電話をしている。
春日、ゲームをしている。
若林「3時間で5万円……平日で。そうですよね、ありがとうございます検討します」
若林、ノートの劇場名に線を引く。
若林「どこも無理。そりゃそうだけど劇場借りるの高いんだな」
春日「はいはい」
若林「どうすっかなライブはやりたいんだけど」
春日「えっと、理想を言うとですよ？　会場にかかるお金がゼロだったら最高ですよね？」
若林「そりゃそうだけどそんなとこあるわけねえだろ」
春日「いや簡単です、ここでやりましょう」
若林「ここって？」
春日「私の部屋で」
若林「……なんで？」
春日「いや若林さんは実家なので。おばあさんいるでしょ」
若林「いるけど」
春日「おばあさんに迷惑はかけられないでしょう」
若林「じゃなくてさ。そもそもその二択がおかしいんだけど」
春日「やりましょう」

×　×　×

N「こうして始まった、むつみ荘トークライブ」
春日「みなさん。ここ、春日の部屋ですからね」
若林「こんなところでライブやるって変だけど、何が変かって、来てくれる皆さんが一番変だよ」
春日「大家さんや隣の部屋には挨拶行ってるので、笑っても大丈夫ですからね。なんで笑わないんですか？」
若林「今の話のどこに笑うとこあったんだよ」
春日「それを見つけるのが皆さんの仕事でしょう」
若林「とんでもねえなお前」

9　東京のスタジオ・廊下～楽屋

N「こちらはブレイク真っ只中の南海キャンディーズ。東京での仕事が増えていく」
扉に「南海キャンディーズ様」とある。
スタッフに案内されている山里、しずちゃん、高山。
スタッフ「こちらになります」
高山「ありがとうございます」

スタッフ「この後打ち合わせになりますので少々お待ちください」

山里「あ、よろしくお願いします」

楽屋の中に入っていく。

山里「いやいやすごいね東京だよしずちゃん」

静代「ね」

高山「東京も大阪も一緒。来た仕事をちゃんとやっていけば大丈夫だから」

山里「とは言ってもねえ、大阪芸人からしたら東京に呼ばれることはステータスでっせ高山はん」

高山「あなた千葉出身だから」

山里「そうでっせそうでっせ」

高山「収録前にごめんだけど、この後取材が3件、大阪戻って劇場出番ね。特番のアンケートふたつが今日中なのと」

山里「あ、しずちゃんアンケート書いたら俺に見せてね」

静代「え」

山里「しずちゃんのキャラクター壊したくないから、俺チェックしときたくて」

静代「あ、うん」

山里「あと、今日の収録も俺に任せといて。いいところで話振るから」

高山「山ちゃんそんなに気負わなくていいから」

山里「僕が死ぬほど努力してネタ考えて準優勝できたんですよ？　今が一番大事な時じゃないですか」

高山「だから3人でちゃんと考えていこう」

山里「はい。だから頑張ります。飽きられないために」

楽屋にノック。

スタッフ「南海キャンディーズさん、打ち合わせお願いします」

山里「あ、はい！」

10 むつみ荘・春日の部屋

トークライブの若林。

若林「というわけでオードリーと言います、よろしくお願いしま～す」

N「これはふたりの物語」

11 今回のストーリーを点描で

N「憧れ続けた場所にたどり着いた者と、いまだどん底でもがく者。追えば逃げていく夢に向かっていくふたりの本当の物語。しかし断っておくが『友情物語』ではないし、サクセスストーリーでもない。そして、ほとんどの人において全く参考にはならない」

山里、前のめりに打ち合わせをしている。

N「だが、情熱はある」

タイトル『だが、情熱はある』

12　大阪の劇場・舞台袖

下げ囃子と拍手の中……降りてくる山里としずちゃん。

山里「お疲れお疲れ」
静代「お疲れ」
山里「しずちゃん、ちょっとご飯食べてくるね！」
静代「あ、うん」

13　定食屋

丸山が食事をしている。前に山里がいる。

山里「しずちゃんが大変だと思うんだよ。すぐ飽きられちゃいそうで。ほら、ネタは全部俺が考えてるから」
丸山「はあ」
山里「いかにしずちゃんを変な子に見せるか。それがコンビで生き残っていく大事なポイントなんだよね」
丸山「楽しみです」
山里「で……花鈴ちゃん。ずっとバタバタしててちゃんと言えてなかったからちゃんと言いたくて……」
丸山「え、はい」
山里「……僕と……」

山里、入ってきた客に話しかけられる。

客A「あ、あんたM－1の人ちゃうん」
客B「ほんまやハンバーグ食べてる」
客A「えっとしずちゃんの相方の……なんやっけ？」
客B「山ちゃん」
客A「そう山ちゃんや！」
山里「……ありがとうございます」
丸山「……」

×　×　×

食べ終わって。

山里「ごめんね仕事の合間に」
丸山「いえ、ありがとうございます忙しいのに」

山里、周りを気にして。

山里「……あのさ、改めてだけど……僕と……」

山里の電話が鳴る。

山里「……ああもう。ごめんね」

電話に出て。

高山の声「山ちゃん？　どこいるの出番もうすぐだよ？」
山里「やべ、すいません。すぐ行きます」

電話を切って。

山里「ごめん行くね！」
丸山「あ、あの。よろしくお願いします」
山里「え」
丸山「……あ、早く行かないと」
山里「……ありがとう！」

出ていく山里。
丸山、笑顔で。

14 大阪の劇場・舞台袖

しずちゃんが待っている。
山里、戻ってきて。

山里「ごめんごめん」
静代「ううん」
山里としずちゃん舞台に出ていく。

× × ×

ネタ出番終わり、降りてくる山里としずちゃん。
高山が待ち構えていて。

高山「着替える時間ないからそのまま行こう」
荷物だけ持ち挨拶をして出ていく2人。

山里「行きましょう！」
N「ブレイク中の南海キャンディーズは忙しさに追われる日々。山里は意欲的に仕事に取り組む。が」

15 会議室いくつか（日替わり）

山里としずちゃん、高山。色々な打ち合わせ。

スタッフA「優勝おめでとうございます！　面白かった！」
山里「いや僕たち準優勝で……」
スタッフA「え……あ、いや僕の中では優勝でした！」
山里「はあ……」
N「適当なスタッフとの打ち合わせ」

× × ×

スタッフB「ポッと出でしょ？　おもろいこと言えんの？」
山里「……あ、はい頑張ります」
スタッフB「変な空気にするなら黙ってもらっていいからね」
山里「……」
N「冷たいスタッフとの打ち合わせ」

× × ×

スタッフC、ネタ台本を見ている。

スタッフC「おもろいんですけど……もう一声いけません？」
山里「はあ……」
スタッフC「どうやっても準優勝のネタが基準になるので」
山里「そうですよね……」
N「より面白い漫才を求められ、疲弊していく」

× × ×

スタッフD「しずちゃんは休みの日何してます？」
静代「えーっと、絵を描いたりとか……」
スタッフD「え、その様子を撮ってきていただくことできます？」
静代「はあ、まあ」
スタッフD「ありがとうございます。あとしずちゃんは……」
山里「あ、僕は漫画を読んだり……」
スタッフD「あ、はいはい。で、しずちゃんなんですけど……」
山里「……」
山里、わざとらしくあくびをする。

16　ライブハウス

春日、アゴが外れている。

春日「あう～」
若林「すいませーん！　春日のアゴが！　これマジのやつです！」

芸人が出てきて2人を引っ込める。

春日「アゴ外れちゃいました～」

ウケている。

×　×　×

エンディングの様子。芸人数人が舞台にいて。

春日「皆さん先ほどはどうも」
若林「うるさいよ。すいません告知なんですが僕たちトークライブをやってまして」
春日「で、会場が私の部屋でして」
芸人「は？　お前の家？」
若林「すみません怪しいとは思うんですけど、怪しくないので。詳細は……」
春日「この劇場は3時間5万円でしょ？　知ってますよ」
若林「やめろお前」

他の芸人たちと盛り上がっている。

若林の声「ライブハウスでネタ作ってくのも大事なんだけどさ」

17　若林家・居間（日替わり）

若林と橋本がいる。

若林「トークも頑張りたくて。俺としてね」
橋本「すごいね、春日さんの家でやってるんだよね」
若林「そうなんだよ、変だよね」
橋本「っていうか……。家、初めて来た」
若林「あ、うん。いやなんか実家だし、恥ずかしかったんだけどさ。家にお客さん呼んでる春日見てたらどうでもよくなってきちゃった」
橋本「そうなんだ」
若林「っていうのと、ばあちゃんには会わせたかったんだよね」
橋本「『には』っていうのは」

鈴代がお茶を出してくれる。

鈴代「お客様、お茶になります」
橋本「あ、ありがとうございます」

鈴代、微笑んで去っていく。

橋本「……お客様、って強調されたけど……」
若林「あ、違うファミレスの店員ごっこずっとやってるだけ」
橋本「え、かわいい。支払いもするの？」
若林「ばあちゃーん、お客さんはお金取る？」

鈴代、やってきて。

鈴代「チップくれたらいいですよ」
若林「知らなかったけど欧米スタイルだったわ」
鈴代「まさくん。部屋でライブしてるんでしょ？」
若林「聞こえてた」

鈴代「私も行ってみたいなあ」
若林「え、ばあちゃん来なくていいよ」
鈴代「なんでえ」
橋本「あ、私も。どうやってチケット買うの?」
若林「いや説明難しいんだけど……チケットっていうかね、俺らのサイト作ったじゃない、天沼パトロール」
　若林、携帯で自分たちのサイトを見せる。
若林「これでお客さんを募集して、先着順なんだよね。10人」
橋本「それで、現地集合?」
若林「いや場所わかりづらいからさ」

18　阿佐ヶ谷駅前（日替わり）

　春日が5人ほどのお客さんと駅前で待っている。
　橋本が寺川とやってきて。
寺川「え?　あれ?」
橋本「こんにちは」
春日「お。ご予約のおふたりですね」
橋本「あ、はい」
春日「オードリーのトークライブ、題して『小声トーク』へようこそ」
寺川「はい……え、本人が迎えに……?」
春日「ええ、私の部屋なので」
　鈴代がやってくる。
　春日、鈴代を見つけて、
春日「オードリーのトークライブ、題して『小声トーク』へようこそ」
鈴代「楽しみ」

19　むつみ荘への道

　春日、5人ほどのお客さん、鈴代、橋本、寺川を引き連れて歩く。
春日「さあみなさん。春日の住処・むつみ荘はもうすぐですよ?　みなさんにとって今日がビフォアむつみ荘とアフターむつみ荘に分かれる大切な一日です」
鈴代「私たち、もうすぐアフターになるってことね」
橋本「ということですね」
春日「ビフォアむつみ荘はもう終わりますよ、心の準備はできていますか?」
寺川「急展開で……あんまり……」
春日「準備をお願いします。早急に」

20　むつみ荘・春日の部屋

　玄関でスタンバイの若林と春日。
　リモコンを押して音楽が流れて。
　若林と春日が登場。
春日「はいどうも〜」
若林「よろしくお願いします」

春日「オードリーと言います、よろしくお願いします」
　拍手する鈴代、橋本、寺川らお客さんたち。

×　×　×

若林「この前ライブで漫才したんですけど、ツッコミのタイミングで急に春日が『あう～』とか言い出して。しょうもないアドリブすんなよと思って見たらヨダレたらして、アゴ外れてんですよ」
　春日、頷いている。
若林「そんでネタ中なのに他の芸人さん出てきて『大丈夫？』『アゴ外れちゃいました』っていうやりとりがめちゃくちゃウケてな」
春日「ウケたんですよ」
若林「で、すぐ病院行けって病院行って、戻ってきたらまだ時間あるからってネタやらせてくれたんだけど、アゴ外れてたほうがウケてたよな。普通にすべってた」
春日「毎回アゴ外しましょうかね」
若林「何言ってんだよ」
　盛り上がっている。

×　×　×

　ライブ終演後。
春日「じゃあ私はみなさんを送っていきますんで」
若林「おう」
　春日がお客さんを引き連れていく。
　橋本、手を振って出ていく。
　若林、それに小さく手で受けて。
若林「ばあちゃん、あとで一緒に帰ろ」
鈴代「ありがとね」
　アンケートを見ている若林。
鈴代「それなあに？」
若林「アンケートで、お客さんに今日の感想書いてもらってるんだけどね」
鈴代「うんうん」
若林「『会場が家って知らなかったから怖かった』だって」
鈴代「びっくりしたのね」
若林「ばあちゃんは？　どう思った？」
鈴代「私は、窓際ちょっと寒いなあくらい」
若林「……正直ね、ばあちゃんが来るの恥ずかしかったんだよ」
鈴代「なんで？」
若林「ちゃんとした劇場じゃないしお客さん少ないし。かっこ悪いじゃない」
鈴代「え？　かっこよかったよ？」
若林「嘘だあ」
鈴代「ほんと。こういうところで恥ずかしい話をするの、かっこつけてないところがかっこよかった」
若林「……うん」

21　道

春日が橋本や寺川、お客さんたちを送っている。
寺川は他のお客さんと盛り上がっていて。

春日「あなたも今日からアフターむつみ荘ですね」
橋本「自慢できます」
春日「若林さんがね、言うんですよ」
橋本「はい」
春日「春日は変な奴だから、付き合えるのは俺くらいだ、って」
橋本「あー」
春日「でも若林さんと付き合える人もあんまいないと思うんです」
橋本「確かに」
春日「貴重な人種ですよ、我々は」
橋本「……」
春日「春日と肩を並べましたね」
橋本「自慢できます」

22　音楽スタジオ

テロップ【2015年】
杉内のパソコンからヘッドホン。田雲が聞いている。

N「売れないヒップホップユニット、クリー・ピーナッツ。音楽に青春を懸けている」
田雲、ヘッドホンを外し。

杉内「どう？」
田雲「全然いいんやけど、なんかかっこつけてない？」
杉内「え、かっこいいほうがいいじゃん」
田雲「かっこいいとかっこつけるはちゃうやん。オードリーさんがむつみ荘でライブやってたみたいなこと、山里さんが自分の暗黒時代を晒すようなこと！　お前をさらけ出せよ！」
杉内「それはわかるけどさ、お前はラップだからさらけ出せるけど俺トラックでそのニュアンス難しい」
田雲「ドゥンドゥンのとこがかっこつけてた」
杉内「そうか？」
田雲「もっとデュンデュン〜って」
杉内「それかっこ悪いだろ」
と言い合っている杉内と田雲。

23　大阪のテレビ局・廊下

テロップ【2005年】
山里、しずちゃん、高山が歩いている。

スタッフE「お疲れ様でした」
山里・静代「お疲れ様でした」
高山「よし、山ちゃんは以上かな、お疲れ」
山里「え？」
高山「しずちゃんこの後ね音楽番組の打ち合わせ。アーティストが会いたい人で指名もらって」
山里「……へえ。よかったあ僕音楽番組苦手なんですよ」

静代「……」
高山「じゃ先に帰りますね、僕は」
　山里、帰っていく。

24　山里のアパート・山里の部屋

　山里と丸山がいる。
　山里は買ってきたお惣菜を広げている。
　時計は11時。
山里「ごめんねこんな遅い時間に」
丸山「全然、まだ電車ありますし」
山里「いただきます」
　丸山はタルトを出して、
丸山「見てください、勉強のために有名なお店のフルーツタルト買ったんです。おいしそ～」
　丸山、食べて、
丸山「んー！　上トロトロやのにサクサクです！」
山里「……」
丸山「どう作ってるんやろうなあ。こんなのウチの会社で作れたら最高やのにな。山里さんも後から食べます？」
山里「……」
丸山「……いらないですか？」
山里「……」
丸山「山里さん？」
山里「え？……あ、ごめん」
丸山「聞いてなかったでしょ」
山里「いや聞いてた聞いてた。土曜は何する？　って話だよね」
丸山「かすってもないです」
山里「ごめん仕事のこと考えちゃってた」
丸山「いいですけど」
山里「ね、ね。俺のこと好きそうなアーティストっていない？」
丸山「わかりませんよ」
山里「……あ、わかったわかった。じゃあね、ご飯食べてる時は仕事のこと考えないってルール決める」
丸山「別に考えてもいいですけど」
山里「……うん」
丸山「心配なだけです」
山里「うん、ごめん」
丸山「あ、でもね？　私、頑張ってる山里さん好きです。山里さん見てたら私も頑張らなきゃって思えるし。私も仕事好きですから」
山里「うん」
丸山「だからこそ、お互い自分の思うように、やりたいように生きることが大事やと思ってます」
山里「……はい」
丸山「食べましょう」
　２人、食べ始める。

山里「……」

机に向かっている山里。

眠そうにネタを書いている。

×　×　×

山里「……」

山里、別のノートを広げて書き殴る。

【ネタを書いてるのは俺】【なんでしずちゃんが】

25　ロケバス（日替わり）

しずちゃんがロケ台本を読んでいて。

山里がやってくる。

静代「おはよ」

山里「……」

山里、台本を見ながら。

山里「しずちゃん」

静代「？」

山里「しずちゃんは得体の知れない変な人間っていう自覚は持っててね」

静代「……」

山里「ねえ」

しずちゃん、曖昧に頷く。

スタッフFと高山やってきて。

高山「打ち合わせお願いしまーす」

山里「あ、お願いしますー！」

スタッフF「お願いします～。商店街ロケでして。交渉してテレビを見た人は半額に……」

山里、意欲的に聞き笑ったり。

静代「……」

26　大阪・商店街

山里としずちゃん、ロケをしている。

周りにテレビクルーと高山。

山里「お父さんこれテレビを見た先着10人に半額いいですか！」

店長「いや～半額はキツイなあ」

静代「そこをなんとかいけませんか」

店長「うーん……じゃあええよ！」

山里「ありがとうございます！」

静代「いけんのかい！」

しずちゃん、店長を突き飛ばす。

山里「ちょっとしずちゃんってば」

店長「びっくりしたあ」

山里「半額オッケーもらいました！　合言葉は番組の最後です！」

スタッフF「……はいオッケーです」

静代「すみません強かったですよね、すいません」

店長「全然？　しずちゃんにどつかれちゃった、って自慢できるわ」

静代「ごめんなさい失礼しました」
山里「……」

×　×　×

テレビクルーは次の段取り確認中。
少し離れて山里、しずちゃん、高山が話している。

山里「ねえ言ったよね？　しずちゃんは得体の知れないキャラでいいんだから謝ったりしなくていいんだって」
静代「……」
高山「山ちゃん」
山里「謝るのは僕がやるから。『思ったより普通だったわ』って噂回ったらどうすんの。カメラ止まってても変なキャラでいてくれよ」
高山「ねえ山ちゃん強要するのは違うよ」
山里「なんでですか？　コンビのためを考えて言ってるんです」
静代「そうかもしれんけど」
山里「なによ」
静代「でも、私別に普通の人間やし」
山里「だから何？　俺も普段あんなに『ありがとうございます！』とか『オッケーもらいました！』なんて言わないよ、盛り上げるためにやってんじゃん」
高山「山ちゃんって」
静代「でも……」
山里「なに？……なに、でも私のほうが仕事あるって言いたいの」
高山「言ってないから」
山里「ネタ考えてんの俺なんだから、コンビとしてのスタンスは守って」
スタッフFがやってきて。
スタッフF「お待たせしました撮影再開しますね〜」
山里、笑顔になる。
山里「はい〜お願いします！」
山里、離れていく。
高山「おしずにずっと同じ場所にいさせるつもり、私はないから」
静代「……頑張ります」

27　マッサージ店

マッサージを受けている山里。
マッサージ師「このへんどうです？」
山里「……」
マッサージ師「けっこう力む癖あるね？」
山里「……」
マッサージ師「疲れてるね。体もだけどこれストレスすごいわ」
山里「……え。わかりますか？　みんな勝手ばっか言って酷いんですよ。ネタ作んなきゃいけないのわかってるけどいつ作ればいいかわかんないし、そんでネタ作ってない相方は言うこと聞いてくんないし、なのになんかあっちのほうが仕事多いんですよ？　ねえ、救いはないんですか？」

アラームが鳴る。

マッサージ師「時間ですね」

山里「延長お願いします、話し足りないので」

28　東京のテレビ局・楽屋（日替わり）

山里、しずちゃん、高山がいて。

N「新しく決まった東京のレギュラー番組。スタッフと初めての打ち合わせ」

島が入ってくる。

島「初めまして、よろしくお願いします。プロデューサーの島と申します」

山里「よろしくお願いします」

静代「お願いします」

島「どうしても南海キャンディーズと仕事をしたくてお願いしました」

番組資料を手渡す島。

高山「ありがとうございます」

島、山里をじっと見ている。

山里「？　……よろしくお願いします」

島「よろしくお願いします。この後ディレクターと一緒に番組の説明しますので少々お待ちください。あの……今日会えるの楽しみにしてました」

山里「はあ……」

島、出ていく。

静代「飲み物買ってきていいかな」

高山「あ、私も行くよ」

静代、高山も出ていく。

残された山里。

N「山里と」

29　同・廊下

島、歩いている。

N「島。大きな出会いとなるのだが、山里はまだそれを知らずに調子のいいスタッフのひとりだと思っている」

30　同・楽屋

山里、番組資料を見ている。

31　むつみ荘・春日の部屋

お客さん10人ほど。

その前で話す若林と春日、センターに谷。

谷「ゲストで呼んでもらってこんなこと言うのダメだけど、このイベントなんなの？　どこで何してんの？」

春日「春日の家でトークライブです」

谷「変よ。あのねあんたらふたりはもちろん変だけど、ここに来るお客さんも変。よく来るねこんなとこまで」
春日「そうですかね?」
谷「なんでわかんないのよ。そんであの人いるし」
お客さんの中に隣人の木場。
春日「あ。皆さん、あれ隣に住んでる木場さんですよ」
谷「おなじみみたいに言わないでくれる!?」
木場「お邪魔してマッスル」
木場、マッスルポーズ。春日爆笑。
若林「お前あれの何がツボなんだよ」
谷「ほんとよ、くそつまんない!」

×　×　×

トークライブ終演後、3人で打ち上げをしている。
春日「紅茶淹れましたよ」
若林「なに紅茶淹れてんだよ」
春日「それはいいでしょ」
谷「ありがとうね。お客さんの前ではああ言ったけどさ、マジですごいよね家でトークライブやるって」
若林「ありがとうございます」
谷「さっき話しててね、ちょっとわかったの。私普段より口悪くなかった?」
若林「ちょっとだけ」
谷「部屋だから、さらけ出せちゃうのね。私でもそうなんだから、ふたりはもっとじゃない?」
若林「あー……」
谷「悪い意味じゃなくてよ? こんなに売れないことを楽しんでる地下芸人ってそうそういないと思う」
春日「いや誰が地下芸人ですか」
若林「俺らだよ。自宅でライブやってお客さん10人も集められないの地下の中の地下だよ」
谷「でも、今幸せでしょ?」
若林「……ちょっとだけ。惨めですけどね」

32　大阪の劇場・楽屋（日替わり）

山里、しずちゃんネタ合わせをして……。
山里「新ネタだからもう1回やっとこう」
静代「ごめんちょっとだけ休憩したい」
山里「あと1回やったら本番いけそうじゃん」
静代「……私のペースでもやらせてよ」
しずちゃん、去っていく。
山里「……」

×　×　×

ライブ終わりの雰囲気。
アンケートを見ている山里。
【M-1のネタ見たかった】【面白くなかった】
山里「……」
高山がやってきて、
高山「山ちゃんちょっといい?」
山里「え、はい」

高山「アンケートどう？」

山里「ダメですね。そりゃそうです普通にウケ悪かったですし。M―1のネタ以上のもの作らなきゃいけないのはわかってますけど、あれは相当時間かけたものだし。でもこんなに時間ない中で新しいネタ頑張って書いたんです。でもしずちゃんと合わせる時間も少ないし。あの子がもっと練習頑張ってくれたらウケたかもしれないですけど」

高山「はいストップストップ。しずちゃんのせいにするのは違うよ。あと冷静なこと言うけど、この忙しさは山ちゃんが憧れてた世界だよね」

山里「……」

高山「私、山ちゃんが頑張ってるのも知ってる。そんで、しずちゃんもそれはわかってる」

山里「……」

高山「忙しくて余裕ないからピリピリするのはわかるけどね」

山里「……仲良くしろ、みたいな話ですか？」

高山「んー、まあ思ってはいるけどね」

山里「僕のほうから歩み寄れと……」

高山「いや今日はそういう話をしたかったんじゃなくて。ふたりが頑張ってるから、しずちゃんに面白いオファーがあってね」

山里「しずちゃん」

高山「うん。すごい話。しずちゃんに伝える前に山ちゃんに言おうと思って」

高山がカバンから台本の準備稿を取り出す。

【映画：フラガール】

山里「映画？」

高山「うん、役者の依頼は来てたんだけど一番大きいのが来たね」

山里「……」

高山「すっごい面白そうなの。実話を元にしてて、福島県の町おこしとして始めたハワイアンリゾートの誕生から成功までを描いてて。しずちゃんはフラダンサーの役で4番手よ？」

山里「……」

高山「フラダンスしっかり稽古して撮影するから時間取られるけどこれがうまくいったら南海キャンディーズはもっと上にいけると思う。共演者もすごいの蒼井優さんとか」

山里「断ってください」

高山「え？」

山里「それまだしずちゃん知らないんですよね？　ここだけの話にして本人に伝えず断ってください」

高山「いやいや」

山里「しずちゃんがその練習や撮影してる時に僕どうしたらいいんですか？　コンビの仕事入れられないですよね？　そんで映画終わったら評価されるのはしずちゃんだけ。僕はただ仕事が減っただけ」

高山「しずちゃんの知名度上がれば山ちゃんも引き上げら

　　れるよ」
山里「僕がしずちゃんを引き上げることはできても、しずちゃんに僕を引き上げる力はないです！」
高山「……本気で言ってるの」
山里「もちろん」
高山「この仕事がしずちゃんにとってプラスになるっていうのは？　わかるよね？」
山里「はい」
高山「なのに断るの？」
山里「はい」
高山「なんで？」
山里「だから。僕としずちゃんの差が広がるだけだからです」
高山「……」
山里「ネタは僕が書いてるんです。頑張ってるのは僕です」
高山「今しずちゃんにチャンスが来てるってだけ」
山里「高山さんはどっちかでも売れたらラッキーですもんね、しずちゃんが売れたらそれでいいんですよね」
高山「ねえ。本気で言ってるの」
山里「もちろん」
高山「そっか。ごめん私過大評価してたわ。山ちゃんがそんなに視野が狭い人間だと思わなかった」
山里「……」
高山「これ以上言うなら、もう期待するのやめる」
山里「……」
高山「まだ何か言う？」
山里「お疲れ様でした」
　　山里、帰っていく。
高山「……」
　　高山も楽屋から出て……。

33　同・廊下〜会議室

　　高山歩いていき、会議室へ入る。
　　しずちゃんがいて。
高山「待たせちゃったね、ごめん」
静代「いえ」
高山「あのね」
静代「はい」
高山「しずちゃんにすっごい面白そうな映画来たからやろう」
静代「え、すごいですね」
高山「絶対やるべきだと思う。受けていいよね」
静代「山ちゃん機嫌悪くならないですかね」
高山「いいいい、そんな性格悪くないよ」
N　「山里がこの猛反対した映画がきっかけで、しずちゃんを通じ大きな出会いがあるのだが」

34　同・廊下

N「そんなことは知る由もなく」
山里が歩いている。

山里「……ああ！」

N「ただただ荒れていた」

35 マッサージ店

マッサージ師のマッサージを受けている山里。

山里「映画なんか出てる場合じゃないと思いませんか？　その前にお笑いちゃんとやんなきゃいけないですよね？　俺がネタ考えてんのに何が『自分のペースでやりたい』だよ、自分のほうが仕事多いからって忙しぶってるってこと？　高山さんも高山さんですよね、結局しずちゃんの味方なんだよ結局さ」

アラームが鳴る。

マッサージ師「時間ですね」

山里「延長！」

36 若林と春日の公園

若林と橋本、ベンチに座っている。

若林「自分が思ったこと吐き出して聞いてくれる人がいるって、いいわ」

橋本「トークライブね」

若林「うん、どうなることかと思ったけど」

橋本「よかった」

若林「春日って、家がバレたらイヤとかそういう感覚ないのかな」

橋本「若林さん、一人暮らししてたら家でトークライブできた？」

若林「できるわけないじゃん絶対イヤだよ」

橋本、虫に刺されているようでかゆそう。
若林もかゆいが我慢している。
橋本の足にたくさん蚊に噛まれた跡。

若林「……」

橋本「今度またトークライブ行っていいですか？」

若林「毎回は恥ずかしいから、定員割れしたらね」

橋本「それだと、行けてもあんまり喜べなそう……」

かゆいのを我慢しながら話し続けているふたり。

37 大阪の劇場・楽屋（日替わり）

ネタ合わせをしている山里としずちゃん。

N「一方、山里は」

ネタ合わせを終えて。

山里「……」

静代「もっかいやっていい？」

山里「ごめん一回休憩するわ」

静代「……」

N「しずちゃんにワガママを言い」

山里、目を閉じる。

38 山里のアパート・山里の部屋

山里が目を開けると、目の前に食べた後の食事。

山里「あれ?」
丸山「そしたら、意外と馬刺しバクバク食べててびっくりして」
山里「……俺が?」
丸山「え?」
山里「あれ、これ俺が食べた?」
丸山「はい、クリームシチュー」
山里「……そうだよね。ありがとうおいしかった」
N「疲れもストレスもピーク」

×　×　×

机に向かう山里。眠そう。

山里「……」
N「忙しさとプレッシャーでネタが書けない山里」
立ち上がってパンを食べる。
N「何も考えたくなくなり、食べることで逃げて」
机に向かう。
N「また考えるが、何も考えたくない」
山里「……」

39 大阪の劇場・舞台〜廊下（日替わり）

N「そして」
山里としずちゃん、漫才をしている。
N「ネタの出来も悪く、ネタ合わせも不十分で漫才のクオリティが下がる」
退屈そうな顔の客席。
山里「もう!……なんかすいませんでした」
山里、しずちゃん一礼。
N「思わず舞台上で謝ってしまう」

×　×　×

山里と高山。

高山「山ちゃんちょっとマズイよ」
山里「……」
高山「いくら出来がよくなくても謝るなんてプロ失格」
山里「高山さんは舞台に上がったことないでしょ」
高山「ないよ? なかったら意見したらダメなの?」
山里「僕の気持ちはわかんないですよ」
山里、歩いていく。

40 テレビ局・楽屋（日替わり）

島と山里、番組の打ち合わせをしている。

島「うーんいいんだけど、もう一声ない?」
山里「はあ、わかるんですけど考える時間がなくて」
島「うんうんだから今一緒に考えよう」
山里「頭が動かないです。なのにみんな好き勝手言うし。

なんで頑張ってない人が頑張ってる人の批判できるんですか」
島「……ねえ山里くん」
山里「なんですか」
島「今思ってるそういうの、ずっと覚えておける？」
山里「え？」
島「今感じてる不平不満や怒り、妬み。そういうのが絶対将来の糧になるから」
山里「……これをバネにして頑張れって？」
島「ってよりも、そういう人が表に出せない惨めな感情がきっと輝く時が来る」
山里「惨めさが輝く？　そんなことないですよ」
島「そうかな？　いつかそういう仕事したいいね」
山里「……そんなのありえます？」
島「わかんない。私がやりたいだけ」
山里「……」

41　むつみ荘・春日の部屋

若林と春日がいる。
前にお客さん7人ほど。
若林「っていうかお前びっくりしたんだけどさ、なんでお前明日休みなの？」
春日「え、仕事ないからです」
若林「違うよ連絡来なかった？　ラジオのオーディション」
春日「来ました。ひとりでフリートークお願いします、ってやつ」
若林「行かないのかよ」
春日「はは、行きませんよ」
若林「何笑ってんだよ」
春日「無理ですもんひとりでフリートークなんて」
若林「……フリートーク無理って、今のこれこの状況なんなんだよ」
春日「すまないな、と思ってます」
若林「マジで俺はいいからお客さんに謝ってくんない？」
春日「ごめんね」
若林「ちゃんと謝れよ」

42　ラジオ局・廊下〜会議室（日替わり）

若林、廊下に座っている。
N「というわけでひとりでやってきた若林」
ドアが開いて芸人が出ていって……。
スタッフ「次の方どうぞ？」
若林「はい」
若林、入っていく。
N「挑むのは深夜のラジオ番組『フリートーカージャック』のオーディション」
若林の前にスタッフ2名。
1人は放送作家・藤田（50）。

スタッフ「5分間フリートークをする番組ですので……なんでもいいんですがエピソードトークを聞きたくて」
若林「はい、えーっと……」
藤田「なんでもいいですから」
若林「はい。えっと僕コンビ組んでるんですけど、春日っていうのが変な奴で。家に風呂ないから5分100円のコインシャワーに行くんですけど。お金もったいないからって5分で全身洗うために家からシャンプーしながら道歩いてくんですよ。マジヤバイ奴だなって思ってます」
スタッフ「ありがとうございます」
藤田「それでいい？」
若林「え？」
藤田「人の話するんだね」
若林「……」
藤田「なんでもいいって言ったよ、僕は」
若林「なんでも……」
藤田「うん」
若林「……あの、僕トークライブやってるんですけど……相方の部屋でやってるんですね。アパートの一室ですよ。こんなの会場も借りれないのバレるし手作り感あるし恥ずかしくて。マジ人に言いたくないけどお客さん呼ぶために告知しなきゃいけないし、でも10人しか入れないから告知しすぎても怖いし、って小さすぎるジレンマと戦ってます」
藤田「……」
若林「あと、僕彼女……好きな子がいるんですけど。その子と会うのが公園なんです。僕お金がないからファミレスとか入れなくて。でも夏場とか蚊がすごくて彼女かゆそうにするんです。だからファミレスでも行こうかって言いたいんですけど、金ないから言えないし見ないフリして。実は僕もすっごいかゆいんですけど、かくわけにいかないからめちゃくちゃ我慢して。彼女も気遣って我慢してくれてるんですけど、足8箇所ぐらい蚊に噛まれちゃってて。もうなんだか情けなさすぎて一緒にいて楽しいはずなのに辛くなってきちゃいまして。こんな俺といてほんと楽しいのかな？なんて思っちゃうし、ファミレスも行けないような僕が付き合おうなんて言えないし、きっと彼女もそれわかってて、それでまた気遣わせちゃって。ただひたすらふたりで蚊に噛まれながら、大きなジレンマと戦ってます」
藤田「……」
若林「……ありがとうございました」
藤田「君ね、その話面白いね」
若林「え」
藤田「人がね本気で悔しかったり惨めだったりする話は面白いんだよ」
若林「……」

43　同・ラジオブース（**日替わり**）

若林、緊張して座っている。

スタッフ「じゃあ赤いランプがついたら話し始めてください」

若林「あ、はい」

N「若林はオーディションに合格」

曲が流れて……ランプがつきスタッフキューサイン。
若林、話し始める。
藤田が見守っている。

44　若林家・若林の部屋（**日替わり**）

ラジオから若林の声が流れている。

N「深夜3時45分から5分間。若林のトークが初めてラジオから流れた」

若林「……」

×　×　×

コンポからMDを取り出し封筒に入れる。
封筒の宛先は北海道で【若林徳義・知枝様】とある。

45　定食屋（**日替わり**）

山里、丸山と定食を食べている。

丸山「いいんですか？　外でご飯」

山里「うん大丈夫、最近そんなに言われないし」

客C「あれ芸人やんな？　誰やっけ」

客D「なんとかキャンディーズの……しずちゃんの相方ちゃう？」

客C「あーしずちゃんの！　しずちゃんの……なんやっけ」

丸山「……」

山里「……おいしいね」

丸山「……ねえ〜おいしいですね山里さん。通称山ちゃん、山里亮太さんおいしいですねえ。南海キャンディーズのネタ考えてる山里さん、また食べに来ましょうねえ」

山里「……」

丸山、定食をどんどん食べる。

46　マッサージ店

山里、マッサージを受けている。

山里「ああ、しんどいですよ。なんで何を考えてもこんなにネガティブな思考になっちゃうんだろ、すごい疲れます。本当何も考えたくないです。いやです仕事したくない、仕事も何もしたくない。でもしなきゃいけない、頑張りたいけど頑張れない、みんな怖い、怖いですよ。わかります？」

高山の声「わかんないよ」

山里「そりゃわかんないでしょうね。でもほんと辛いですよ、だってね……」
高山の声「敵ばっかじゃないからね」
山里「え？」
カーテンが開くと横で高山が施術されている。
山里「！」
高山「今はみんな敵に見えるかもしれないけど、山ちゃんが敵作ってるだけかもしれないよ」
山里「……」
カーテンが閉じる。
山里「わかってるんですけど……どうしようもないんです」
高山「……」

47　若林家・若林の部屋〜居間

ネタを考えている若林。
一階から何やら話し声が聞こえてくる。
若林「？」
下に降りていくと……。
知枝、麻衣、鈴代がいる。
若林「わ」
知枝「あ、ただいま」
若林「え？　帰ってきたの？」
知枝「うん。急に帰るぞって。意味わかんないわよ」
若林「姉ちゃんは？　なんで？」
麻衣「お母さんたち帰ってくるって言うから顔見にきた」
若林「なんで俺には連絡ないの」
麻衣「お父さんは？」
知枝「なんかその辺ちょっと歩いてくるとか言って」
徳義、帰ってきて。
徳義「いやあやっぱ住み慣れた街はいいな」
知枝「北海道行くとか言い出したのあんたでしょ」
徳義「外を知ることでうちのよさを知れんだよ。砂利道を裸足で歩いたら家の中がどんだけ快適かわかんだろ」
知枝「なんで砂利道を裸足で歩く必要があるのよ」
若林「……おかえり」
徳義「おう正恭、あれ届いたぞ」
若林「あ、うん」
徳義「面白かったぞ、ラジオ」
若林「え」
徳義「お前ひとりであんなしゃべれるんだな」
若林「……それで？」
徳義「それでってなんだよ」
若林「面白かった、けど……って続かないの？」
徳義「なんだろ。あー。ピン芸人になってもいいんじゃねえか？」
若林「ならないよ、うるさいな」
徳義「お前は俺に仕事お疲れ様とかねえのか？　おい！」
若林、自分の部屋へ。
鈴代、知枝、麻衣、嬉しそう。

48　むつみ荘・春日の部屋（日替わり）

お客さん10人ほど。
その前で話す若林と春日、センターに鈴木。

鈴木「あ、こういうことなんだね。最近オードリーが家でお客さん呼んで合コンしてるって聞いたよ」
若林「あ、マジ？　まあそう思われても仕方ないか」
春日「合コンだとしたら私たちも座布団に座りますよ」
若林「何言ってんだよ」
鈴木「変な奴だな。ふたりっていつの同級生なんだっけ？」
若林「中学から高校も一緒で……今28歳だから14年一緒じゃん」
鈴木「半分じゃん」
春日「いつ半分越えたんですか！」
若林「何言ってんだよ、最近だろ」
鈴木「長い付き合いだな」
春日「越えましたね、ビフォア春日をアフター春日が」
若林「ある言葉みたいに言うなよ」
春日「ありますよ！」
若林「ないよ」
鈴木「さっきから春日の言うことズレまくってない？」
若林「いつもなんだよ」
春日「いつもっていつだよ！」
若林「それだよ！……あれ……？」
鈴木「なに」
若林「……今なんか……。まあいいや」
春日「まあいいのかよ！」
若林「ほっとけよ！」
N「春日とのズレから何か思いつきそうな若林と」

49　テレビ局・楽屋

山里としずちゃんがいるが何も話していない。

N「しずちゃんとのズレがコンビの亀裂になっている山里。ふたりが出会うまで、あと少し」

50　敗者復活戦

テロップ【2008年】

リポーター「こちらM－1グランプリ敗者復活戦の会場です！　決勝の場に進めるのは一体誰でしょうか！」
ステージ上の若林と山里。

つづく

第9話

どんな明日が見えますか？

1　M—1敗者復活戦会場

テロップ【2008年】
競馬場で敗者復活戦が行われている。
生中継が結ばれ、放送されている。

リポーター「こちら敗者復活戦の会場です！　ただいま敗者復活を目指す58組のチャレンジャー、そして5500人の観客が審査結果を今か今かと待っています！」

舞台の上に芸人たち。

その中のオードリーと南海キャンディーズ。

N「M—1グランプリ2008。オードリーと南海キャンディーズは準決勝で敗退。最後の一枠を懸け敗者復活に挑んでいた」

2　テレビ画面

M—1グランプリが放送されている。

リポーター「今年の戦いもハイレベルなものでした！　決勝常連組の麒麟、南海キャンディーズ、スピードワゴンなど錚々たるメンバーが最後の切符を懸け真剣勝負に挑みました！」

それを見ている面々。

テレビ局で島が。

若林家で徳義、知枝、麻衣、鈴代が。

山里家で勤、瞳美、周平が。

ライブハウスで谷、ドラコ、鈴木が。

3　M—1敗者復活戦会場

リポーター「ですが決勝の場に向かえるのは当然たった1組！」

会場で舞台を見ている高山。

タクシーとリポーター。


リポーター「このタクシーで決勝の場に向かうのは一体誰なのでしょうか？　私が責任をもって連れて行きます！」

若林、舞台の一番後ろに隠れるようにいる。

山里も後ろのほうにいて。

リポーター「発表までもう少々お待ちください！」

N「時は戻り」

4　テレビ局・会議室

テロップ【2006年】
「ネタ特番オーディション」の貼り紙。

N「遡ること2年。2006年」
漫才をする若林と春日。

春日「やめなさいよ！　いい加減にしなさい！」

若林・春日「ありがとうございました」

スタッフA「はいはいありがとうございました」
スタッフB「……」
スタッフA「俺は面白いと思うんだけど、なんか惜しいよね」
若林「……」

×　×　×

春日、出ていく。
春日「ありがとうございました」
その後から若林出ていくが……。
スタッフB「あ、えっとボケの……若林くん？」
若林「はい？」
スタッフB「ごめん。ちょっといい？」
若林「？」

5　むつみ荘・春日の部屋（日替わり）

若林と春日。その前のお客さん10人ほど。
春日「その100円ショップでね、もやしがね30円で売ってるんですよ。それがさらに割引で20円引きされてて」
若林「そんなことあんの？」
春日「私、近所のスーパーやコンビニすべてタイムセールになる時間調べて、タイムセールマップ作ってるんです」
若林「え？　マジで？」
春日「ええ、はい。そこに……」
若林「……お前さ、そういうのやる時間あったらもうちょっとでいいからお笑い頑張ってくんない？」
春日「なんですか唐突に」
若林「この前オーディション終わりに言われたんだよ」

6　テレビ局・廊下（回想）

歩いていく春日。
スタッフB、その姿を確認して若林に。
スタッフB「この番組の放送作家の者です。こんなの僕が言うの失礼かもしれないけど気になっちゃって」
若林「はあ」
スタッフB「オードリーって、なんであっちの子がツッコミやってるの？」
若林「え、なんでって……」
スタッフB「言っとくけど。あの子はポンコツだよ？」
若林「……」

7　むつみ荘・春日の部屋

若林「あんな心配そうにポンコツって言われることないよ」
春日「……」
若林「でさ、言うの。職業柄、千人くらいツッコミ見てきたけど、あんなツッコミが下手な奴は見たことがない、って」

春日「若林さん。……そんなわけねーだろ！」
若林「……いやそんなわけなくないんだって言われたんだよ」
春日「誰がそんなこと言うんだよ！」
若林「放送作家さんだって」
春日「ツッコミは私ですよ！」
若林「何言ってんだよ！　うわマジでツッコミ変じゃん」
ウケている会場。
N「若林、これが芸人人生の大きな転機になるのだが」
若林「ほらあ変なとこで笑われちゃってんじゃん」
N「まだ気が付いてはいない」

8　大阪の劇場・楽屋

N「一方、しずちゃんとの人気の差が開いていくばかりの山里」
しずちゃんが表紙の雑誌が置かれていて。
しずちゃんはドラマの台本を読んでいる。
山里「……」
N「ある転機を迎えようとしていた」
高山がやってきて。
高山「ちょっといい？」
×　×　×
高山「方向性の確認なんだけど」
山里「はい」
高山「東京に引っ越すのって考えてる？」
山里・静代「……」
高山「東京に行けば、もっと全国にふたりを売っていける」
山里・静代「……」
高山「私ね南海キャンディーズの漫才に惚れてマネージャーやってるけど、でもネタがどんだけ面白くても、売れないのがテレビ。逆にネタが面白くなくても売れる人は売れるのがテレビ」
山里・静代「……」
高山「それも踏まえて、ふたりでちゃんと考えてね」
山里としずちゃん、話もせず目も合わさず……。

9　若林家・若林の部屋

若林、自分たちのトークライブの録画を見ながら、ノートに正の字で何かを数えている。
ビデオ画面の春日「誰がそんなこと言うんだよ！」
ビデオ画面の若林「放送作家さんだって」
ビデオ画面の春日「ツッコミは私ですよ！」
若林「ズレてんなあ、おい」
×　×　×
若林、ビデオを止める。
ノートに正の字が何個もある。
若林「ツッコミ間違い……28個……ズレまくってんじゃん……ん？」

N　「これはふたりの物語」
　若林、ドキドキしてくる。

10　今回のストーリーを点描で

N　「なにものに、なりたくて、でもなにものになればいいかわからない。だが、こっからともがき続けるふたりの本当の物語。しかし断っておくが『友情物語』ではないし、サクセスストーリーでもない。そして、ほとんどの人において全く参考にはならない」
　ビデオ画面の若林と春日。

N　「だが、情熱はある」
　タイトル『だが、情熱はある』

11　むつみ荘・春日の部屋

　若林、漫画や物を仕分けしている春日に、

若林「春日！」
春日「はいはい」
若林「春日って！　聞けよ！」
春日「聞こえてますよ」
若林「何かしながら聞く話じゃねえんだって」
春日「今最終選考してるんですよ、これは使えるな……」
若林「わかったから！　手止めて聞けって！　マジすごいから！」
春日「……はい」
若林「いいか？　聞けよ？」
春日「はあ」
若林「この前、お前のツッコミ間違ってるって話しただろ？」
春日「1回だけでしょ！」
若林「ズレてんなあ。ありがたいわあ、それそれ！」
春日「それ？」
若林「それを漫才に使うんだよ」
春日「？」
若林「……」
春日「今まで俺がボケでお前がツッコミだっただろ」
若林「はい」
春日「だけどお前がボケで俺がツッコミになんの。俺がしゃべってるとこにお前が変なズレたツッコミして、それに俺がつっこむんだよ。だからお前がボケで俺がツッコミ」
若林「ほお？」
春日「……例えば俺が『いやあ皆さん僕ダイエットしたいんですよ』っつったらお前が『誰に話しかけてんだよ！』ってズレたツッコミすんだよ。そこに俺が『お客さんだよ！』って逆につっこむの。普通のこと言う、変なツッコミする、それに俺がつっこむ。これを1本の漫才にすんの。いけるぞ俺ら、売れるぞ！」
春日「……どういうことですか？」
若林「……え」

春日「ちょっとわからないんですが、それは何ですか？」
若林、ドキドキしてくる。
若林「別のドキドキ来たよ。いいかもっかい言うぞ？」
N「この大発見が」

12 M―1敗者復活戦会場・ステージ

漫才をしている若林と春日。
N「2年後のこの日につながるのだが」

13 むつみ荘・春日の部屋

若林、春日に説明している。
若林「っていうのを漫才にしたらいいってことなんだよ」
春日「……すみませんもう1回最初から」
若林「だからー！」
N「春日にはまったく伝わらず、自分の勘違いだったのではと落ち込むが」

14 公園

若林と橋本。
橋本「え、すごい面白いと思う」
若林「そうだよねえ！　よかったあ」
N「自信を取り戻す」

若林「その時は『俺が間違ってんのか？』って不安になったけど、今は今で、あなたが一発でわかってくれたから『春日大丈夫か？』って不安になってる」
橋本「でもさ、いい意味でだよ？　伝わらない人だったからこの漫才が生まれたんじゃないの？」
若林「え、あなた昔話に出てくるおばあさん？」
橋本「いい人ってこと？」
若林「なんかね今さ、体の中にマグマみたいなの感じてんの。すっごいの思いついた！　って。でもこれでダメだったらどうしようって。俺は俺で自分に不安感じてる」
橋本「なんにしても不安だらけだ」
若林「うん」
橋本「でも、大丈夫だよ」
若林「そうかな」
橋本「若林さんは面白いから、大丈夫」
若林「……うん」
橋本「あ、あと今日これ見つけて。好きそうだなと思って」
若林「え？」
橋本、岡本太郎の本を渡す。
橋本「プレゼント。あげる」
若林「ありがとう」

15 商店街（日替わり）

　バラエティのロケが行われている。
　山里、しずちゃん。アイドル・アヤノ。
　島がクルーの後ろから見ている。

山里「さ、というわけでこちらの商店街でイケメン店員さんを探していきたいと思います！　アヤノちゃんどう？」
アヤノ「商店街好きです〜地元でよく行ってました」
山里「違う違う、どんなイケメンが好きか聞いてんの」
アヤノ「やめてくださいよ〜アイドルなので〜」
山里「イケメンいますかね？　探しに行きましょう！」
　スタッフ、カンペで「しずちゃんに振って」とある。
山里「……しずちゃんどう？」
静代「殴り合いできる男はおるかな」
　スタッフ、アヤノ、ウケて笑っている。
山里「……まあね。じゃ行きましょう！」
島「……」

×　×　×

　スタッフが次の撮影の段取りを確認中。
　通行人から「しずちゃーん」と声をかけられる。
山里「……」
　山里のもとに島がやってきて。
島「つまんない？」
山里「え、いや全然。一生懸命やってます、はい」
島「そ」
山里「でも……こう、自転車のスタンド立てて思いっきり漕いでるような感覚です。どんだけやっても前に進んでない」
島「ただの筋トレだ」
山里「ペダルが軽いから筋トレにもなってないんですよね」
島「ダメじゃん」
山里「島さん前に言ってくれたじゃないですか、嫉妬とか惨めな感情覚えとけって」
島「言ったね」
山里「覚えておくどころか、毎日増えていく一方なんですけど」
　しずちゃんがファンと写真を撮ったりしている。
山里「……」
島「私もね、同じ」
山里「え？」
島「この番組、視聴率イマイチじゃない。出てもらってこんなこと言うのダメだけど」
山里「あ、いえ」
島「ごめんすぐ忘れてね。元々コント番組だったのに、数字のびないから色々試してはみたけど大した結果出せてないし、私、世間とズレてんのかなって。数字いい番組がうらやましくて悔しくて」
山里「……」
島「で、ムカついてる自分が惨めで。世間とズレてるくせに何ムカついてんだろって」

山里「……はい」
スタッフの声「では口ケ再開しまーす」
島「だから、今日のロケ面白くお願いします」
山里「あ、はい。……えーっと、島さん今なんか話してました？」
島、笑顔。

16 広場（日替わり）

山里と丸山。
山里「正直さ、なんかうまくいかなかったりするの仕事とか。考えることも多いし、頭パンパンパン」
丸山「そりゃそうですよね」
山里「でも、花鈴ちゃんと会えたらスーってなる。ありがとね」
丸山「それは……いいことですよね？」
山里「え、なんで？」
丸山「山里さんは頭パンパンになるまでお笑いのこと考えていたい人なんやろうなと思ってました」
山里「……あのさ」
丸山「はい」
山里「東京に行くかどうか迷ってて」
丸山「東京……そっか」
山里「東京行って頑張りたいけど、やっぱり怖くて」
丸山「私はなんて言えばいいんですか？」
山里「え？」
丸山「なんて言えばスーってなりますか？」
山里「……」
丸山「どっちにしても応援してます」
山里「……」
N「ズレが生まれる山里」

17 むつみ荘・春日の部屋

若林と春日。春日、台本を見ている。
N「一方若林。春日のズレたツッコミを生かしたネタ台本を仕上げた」
若林「僕ね最近野菜しか食べてないんですよ」
春日「バイト先の菊池か！」
若林「そいつ誰だよ！」
春日「なるほど……で、これはどこで笑いが起きるんですか？」
若林「あ、もういいや。ライブの準備しよ」
部屋を片付け始める。

× × ×

部屋にはお客さん10人。
若林「春日の自宅、むつみ荘で行ってきた『小声トーク』。1年間で終わろうと決めていたので本日最終回です」
春日「寂しいもんですな」
若林「このライブのおかげで思わぬ収穫もあったので、よかったら皆さん僕たちのことを楽しみにしていてください。ありがとうございました」
春日「いつまでしゃべってんですか!」
若林「今終わっただろ!　ズレてるねえ。いいよいいよ」
春日「あ、今日最終回ってことでゲストがいるんですよ」
若林「え?」
春日「どうぞ!」
木場が現れる。
若林「木場さんじゃん!　隣に住んでる木場さんだよ!」
春日「木場さん今日最終回なんですよ」
木場「最終回。僕が好きなのは、日本酒かい?」
若林「……」
春日「皆さんありがとうございました!」
若林「どんな終わりだよ!」

18　山里のアパート・山里の部屋（日替わり）

山里、『フラガール』のチラシを見ている。

出演者のクレジットに山崎静代（南海キャンディーズ・しずちゃん）とある。

山里「……」

N「しずちゃんが出演する映画『フラガール』が公開され映画は大ヒット。しずちゃんは俳優としても高く評価された」

山里、ノートに書く。


【負けないしずちゃんには絶対に負けない】

19　若林家・若林の部屋

若林、岡本太郎の本を読んでいる。

【すでに存在するものと同じものを作るくらいなら死んでしまえ】

若林「……」

20　むつみ荘・春日の部屋（日替わり）

若林、春日にシャツやベストなどを着せている。
春日「これは何が行われてるんですか?」
若林「すでに存在するものと同じものを作るくらいなら死んでしまえ、なんだよ」
春日「で?」
若林「春日を作ってんの」
春日「春日は春日ですよ?」
若林「だから、春日が春日になるためにやってんの」
春日「いや私が春日ですから」
若林「春日、胸開いて。春日はもっと胸開くんだって」
春日「また何か始めてます?　春日ってなんですか」

21　ライブハウス（日替わり）

N「そして」
若林とピンクベストに七三分けの春日が登場。
若林「どうもー、よろしくお願いします」
春日「……」
若林「それではね、さっそくお話を始めたいと思うんですけど」
若林「なんでつっこまれたかわかんないんですけどね。僕最近ね、困ってることがあるんですよ」
春日「始めんのかよ!」
春日「あるわけねえだろ!」
若林「あるんだよ!」
N「若林、春日のキャラを活かし、間違ったツッコミにさらにつっこむ漫才、のちに『ズレ漫才』と呼ばれる形に芸人人生を懸ける」

22 同・楽屋

若林、春日が戻ってくる。
谷、鈴木、ドラコがいて。
若林「お疲れ様でした」
ドラコ「しびれるねえ」
ドラコ、舞台へ。
若林「こんな感じでやろうと思ってて」
鈴木「ズレてんね」
若林「な。茨の道かもしんないけど」
谷「茨の道ってよりも……足ツボの道って感じかな」
若林「足ツボの道?」
春日「なんですかその痛そうなやつ」
若林「イバラのほうが痛いだろ、トゲなんだから」
谷「歩けば歩くほど体にいいし、じきに痛くなくなりそう」
若林「……」
ステージからドラコのネタの声が聞こえる。
× × ×
ステージでネタを披露しているドラコ。
谷「あれはドラコしか歩けない道」
春日「たしかに」
谷「今幸せでしょ」
若林「うーんなんていうか。いい不幸せですね」
谷、笑顔。
N「ライブで笑いは起きない。しかし若林は自信があった」

23 若林家・居間

若林、徳義、知枝、鈴代が食事をしている。
若林「ねえ、ご飯まだある?」
知枝「あら珍しい、あるよ?」
若林、ご飯をよそいに行く。
テレビでは阪神の試合終了。

徳義「また阪神負けたよ……おい正恭」
若林「ん」
徳義「阪神ファンの俺たちはよ、勝つのは難しいってことを学んできたよな」
若林「……」
徳義「でも阪神は頑張ってるぞ。お前の漫才、テレビで見れることあんのかな」
若林、席に戻り……。
若林「年末、見ててよ」
徳義「お？」
知枝「なによ年末って」
鈴代「確かに。12月の何日から年末だねって言うっけ」
若林、ご飯をかきこむ。

24　同・若林の部屋

若林、M―1のエントリー用紙に書き込んでいく。
N「若林は自信があった。このネタでM―1グランプリに挑めば、良い結果を残せる。あわよくば決勝まで進める、と」

25　山里のアパート・山里の部屋

ネタを書いている山里。
机の上にM―1エントリー用紙。
ドアがノックされる。
山里「？」
山里、ドアを開けると丸山が。
山里「あれ」
丸山「こんばんは。……忙しいですか？」
山里「いや大丈夫、上がってく？」
丸山「いえ差し入れ持ってきただけなんで」
丸山、ドーナツを渡す。
丸山「あ、しずさんの映画見ましたよ、フラガール」
山里「あ、うん」
丸山「感動しました。見ましたよね？」
山里「いや見てないんだよ。見る時間ないし」
丸山「映画自体も感動したんですけど、エンドロールで、山崎静代の後にカッコで南海キャンディーズってあって、南海キャンディーズの山崎静代として出てるんだなあって」
山里「……ね、それはポスター見て気付いた」
丸山「いいコンビですよね」
山里「うん、ありがとう」
丸山「あ、邪魔してごめんなさい帰りますね」
山里「……うん。ありがとうね」
丸山、帰っていく。
山里、ドーナツを置き、また机に向かう。
山里「……」
別のノートを開き。

N　「目指すはM―1グランプリ2006」
【しずちゃんだけかっこつけてズルイ】
【このままじゃ捨てられる】【ピン芸人になる?】

26　若林家・若林の部屋（日替わり）

若林、机に向かいネタを書いている。

N　「予選に挑み」

27　山里のアパート・山里の部屋（日替わり）

N　「結果が届く」
山里、電話を受ける。

山里「はい……はい……ありがとうございます」
山里、電話を切る。

山里「……くそっ!」

N　「南海キャンディーズ、準決勝敗退」

28　むつみ荘・春日の部屋

N　「オードリー、2回戦敗退」
若林、丸まっている。

若林「……」
春日、何やら入ったビニール袋を持って帰ってくる。

春日「ちょっと、来る時は言ってくださいよ。別にいいですけど」

若林「……」

春日「今日は大収穫ですよ。キャベツの外の葉っぱお持ち帰りくださいってあったからこんなにもらっちゃいました」

若林「……」

春日「こりゃタダでもらえる店リストも作ったほうがいいですね」

若林「……お前さ」

春日「はい」

若林「……見てねえの?　M―1の結果」

春日「見ましたよ」

若林「……俺はさ、やべえの思いついたって思ったんだよ。ドキドキして、吐き気するくらい。これで売れるって思った漫才が2回戦で落ちてんだぞ。ノリで出てる素人と同じレベルって言われたようなもんなんだぞ?」

春日「……春日は、こういう時へこんだほうがいいんですか?」

若林「……」

春日「私としては平気なんですが……春日はどうなんですか?」

若林「……とにかく俺は。ずっと何してもすべり続けて、やっとここから抜けられる、見る人が見たらわかってくれると思ったら全然だった。本当どう生きたらいいかわかんない」
春日「はあ」
若林「へこみもしねえし、へこんだフリもしねえのが春日だよ……」
若林、出ていく。

29 公園

若林と橋本。傍にはボールとグローブ。
若林、岡本太郎の本を開き橋本に見せる。
橋本「……でたらめをやってごらん。口先では簡単にでたらめなら、と言うけれども、いざでたらめをやろうとすると、それができない」
若林「いいデタラメができたと思ったんだよ。新しいんじゃないかって。でも、ただのデタラメだったんだろうな」
橋本「大丈夫です、まだわかんないです」
若林「……」
橋本「私は面白いと思いました」
若林「……それじゃダメなんだって」

30 むつみ荘・春日の部屋

春日、キャベツを食べている。

31 公園

若林「ライブでもオーディションでも何してもダメで。何やっても認められない、無視されて、これでいける、と思っても無視されて」
橋本「……うん」
若林「全然ダメ。だから、俺はさ。……面白くないんだよ」
橋本「……面白いですよ」
若林「甘えてんだよね俺、あなたに。あなたから面白いって言われることでずっと気持ち救われてきたけど。でも俺はあなたの前で、俺はダメだって話しかしてないじゃん。いつも弱音吐いて、大丈夫ですよって言わせてる」
橋本「……それじゃダメですか?」
若林「……」
橋本「面白いから、大丈夫だと思ってるから大丈夫って言ってるだけで」
若林「やめてよ」
橋本「……」
若林「俺は面白くないんだよ……ごめん」
橋本「……」

×　×　×

若林、１人で壁に向かってボールを投げている。
残された橋本のグローブ。
若林「……」

32　若林家・居間

徳義と知枝、鈴代がいる。エクレアの食べあと。
若林、帰ってきて……そのまま2階へ向かうが……。
知枝「やだ正恭、帰ってくるなら言ってよ」
若林「え」
知枝「おいしいエクレアもらったのに。あんたの分ないよ」
若林「いいよ別に」
徳義「そりゃそうだろ。家に金も入れないし連絡もろくにしねえ奴に気遣ってらんねえよ」
若林「……」
若林、2階へ。
鈴代「……」

33　同・若林の部屋

若林、寝そべっている。
ドアがゆっくり開いて……鈴代が覗いている。
若林「……どしたの」
鈴代「これ」
鈴代がエクレアを差し出す。
若林「え」
鈴代「明日食べようと思ってた私の分、あげる」
若林「……」
鈴代「まさくんは大丈夫よ、面白いから」
若林「……」
鈴代、ドアを閉める。
若林、涙がこぼれ……エクレアを壁に投げつける。
若林、エクレアを拾い、泣きながら食べる。
N「何があろうが、1日は終わる」

34　ライブハウス（日替わり）

若林と春日、劇場へ。
N「この日は『新人コント大会』というライブのオーディション。多くの東京芸人が出演してきた歴史あるライブである」

×　×　×

客席で待機している芸人たち。若林と春日も。
そこに来る渡辺正行。
芸人たち「おはようございます！」
渡辺「よろしくね、お願いします」
N「主催者はコント赤信号で一時代を築いた渡辺正行。M─1グランプリ審査員でもある渡辺は芸人を見る目が厳しく若手芸人からは恐れられていた」
渡辺「じゃあ始めましょうか」
芸人A・芸人B「お願いします！」
漫才が始まる。

×　×　×

前に立つ芸人C、Dに渡辺がダメ出ししている。

渡辺「だから、ちょっとどうなんだろうね。どこでウケると思って作ったのかが疑問なんだよね」

芸人C・芸人D「はい、ありがとうございます」

若林と春日、小声で。

春日「怖いんですけど」

若林「いいんだよボロカス言われて帰るぞ」

春日「なんのために？」

若林「うるさいよ」

渡辺「はい次、いいよ」

若林「はい」

春日「はい」

若林と春日、ステージに上がる。

渡辺「じゃ、どうぞ」

若林「どうもーよろしくお願いします。さっそくお話を始めたいと思うんですけど」

春日「始めんのかよ！」

若林「なんでつっこまれたかわかんないんですけどね。僕最近ね、困ってることがあるんですよ」

春日「あるわけねえだろ！」

若林「ね、僕が困ってるのが低血圧なんですよ」

春日「下ネタじゃねえか！」

若林「どこが下ネタか聞いてみたいですけどね。低血圧だから遅刻しちゃうんですよ。今日のお客さんは遅刻しない人ばかりだと思うんですけど」

春日「そんなわけねえだろ！」

若林「失礼だろ！　お客さんに失礼だろ、謝りなさいよ」

春日「ごめんね」

若林「なんだよその謝り方」

渡辺、見ている。

×　×　×

若林「もういいよ！　ありがとうございました」

若林、一礼。春日は胸を張ったまま。

渡辺「うーん、なるほどね……」

春日「はい」

若林「……」

渡辺「……このネタは大事にしたほうがいいよ」

若林「え？」

渡辺「うん。これはM―１の決勝に行ける漫才だよ」

若林「……ちょっと意味が……？」

渡辺「これはもっといい漫才に絶対なるから、真剣にやりな。頑張って」

春日「ありがとうございます」

若林「えーっと……」

渡辺「なんだよ。大丈夫大丈夫、このままやりな」

若林「……ありがとうございます」

×　×　×

オーディションが終わり帰っていく芸人たち。

春日「何線で帰ります？」

若林「……あ、ごめんちょっと先に帰ってて」

春日「はあ。あ、若林さん」
若林「?」
春日「あのネタ、面白かったんですね」
若林「うるさいよ」

35 道

泣きながら帰っている若林。
フラフラと歩いている。

36 ホテル・控室

山里、高山。
N「一方、山里にも人生を変えられるほどの大仕事が」
山里、台本を読んでいる。
表紙には【第30回日本アカデミー賞】とある。
N「それは日本アカデミー賞各賞の受賞者へのインタビュー」
山里「高山さん……緊張が尋常じゃないです……」
高山「何言ってんのよ、大丈夫大丈夫！　山ちゃんなら大丈夫なのよ。ドッカンドッカンウケちゃいましょうよ」
山里、台本をめくる。
【新人俳優賞：山崎静代】の名前が。
そこに来るドレスアップしたしずちゃん。
高山「あら！　しずちゃんいいの着ちゃってえ」
山里「……」
静代「……山ちゃん。私、俳優として来てないからな」
山里「うん」
N「そして本番」

× × ×

モニターには山里の姿。
高山、モニターを見ている。
高山「きたきた！」
司会者の声「では受賞された方々にお話を聞いていきましょう。インタビュアーは南海キャンディーズ山里さんです」
山里「あ、はい！　えー、お願いしますお話聞きますよ〜?」
高山「……ん?　大丈夫か?」
N「山里。生放送、大舞台、映画界の異様な空間に完全に呑まれる」

× × ×

山里「こちらのドレスは、お金持ちの家のカーテンを剝がしてきたんでしょうか?」
高山「お、いいよボケたよ」
女優「いやこれは衣装さんにお願いして……」
山里「……なるほど、おめでとうございます」
高山「……」
N「山里のボケは俳優陣にはまったく伝わらず」

× × ×

山里「役作りはどうされましたか？」
俳優「えっとね、タクシーに乗ってて……そんで右に曲がりたかったのに左に曲がっちゃって……あ、これ別の話だ」
山里「なるほど、おめでとうございます」
高山「うわー」
N「俳優独特のボケにまったく対応できず」

×　×　×

山里「えー今回時代劇を撮られた理由は……」
監督「ん、興味を持った題材がたまたま時代劇だっただけでね」
山里「監督は時代劇でお馴染みですが時代劇にこだわる理由は……」
監督「あ、だから私はこだわってるわけじゃなくて」
山里「なるほど、監督にとって時代劇とは？」
監督「君」
山里「あ、おめでとうございます！」
高山「やばいな」
N「山里は完璧に自分のペースを見失っていた」

×　×　×

司会者の声「続いては映画フラガールで新人俳優賞を受賞した、山崎静代さんです」
高山「あ、しずちゃん！　しずちゃん助けてあげて」
山里「しずちゃんさん、フラガールはどうでしたか？」
高山「なんだその質問」
静代「私の魅力に気付いた監督さすがですね」
高山「いいボケ来た！」
山里「なるほど、おめでとうございます」
高山「おい！」
山里「これからチャレンジしたいことはありますか？」
静代「次はあの俳優とラブシーンでもやりたいですわ」
高山「来た！　つっこめ！」
山里「なるほど、おめでとうございます」
高山、荷物をまとめて帰る準備を始める。

×　×　×

山里、控室に走って戻ってくる。
高山、山里の服や荷物を全部持っていて。
山里「高山さん！」
高山「山ちゃん逃げるよ！」
山里「はい！」
山里と高山、走って逃げる。
高山「そっちダメ！　裏口から帰るよ！」
山里「はい！」
N「逃げる山里」

37　山里としずちゃんの公園（日替わり）

山里、ベンチに座っている。
N「ある決意をした」
山里、ブツブツと独り言。

山里「東京に行こうと思う……もっと面白い人間になりたくて……いや今も面白いんだけど……だから一緒に……東京に……いや遠距離恋愛でも俺は大丈夫ってぐらいにしておいて……」

警察官がやってきて。

警察官「職務質問してもいい？」
山里「あ、いやすみません！　黙ります」
警察官「怖いから、気をつけてね」

警察官、去っていき……。
丸山がやってきて。

丸山「山里さん」
山里「あ……ごめんね急に呼び出して」
丸山「いえ。私もお話ししたいことがあって。私、イタリアに行くことにしました」
山里「ええ〜……」
丸山「スイーツの勉強したくて」
山里「そうなんだ……頑張って」
丸山「ありがとうございます。山里さんの用はなんでした？」
山里「……イタリア頑張って、って。元イタリア人から言いたくて」
丸山「……エスパーですか？」
山里「……そうみたい」
丸山「山里さん」
山里「はい」
丸山「頑張りましょうね」
山里「はい」

1人残された山里。

× × ×

警察官と丸山が話している。

警察官「ほんまにイタリア行くの？」
丸山「はい」
警察官「……そっか。なんか、優しさかなと思った」
丸山「健気な女に見えました？」

丸山、笑顔。去っていく。

警察官「……」

警察官、遠くの山里に手を振る。
山里、気がついて。

山里「？」

警察官、笑顔で「あばよ」と口パク。

山里「……」
N「そうして2年の月日が経つ」

38　若林のアパート・若林の部屋

テロップ【2008年】

N「若林は家を出た」

若林、冷蔵庫を開けるが何も入っていない。

若林「仕事させろってか？……そんな簡単に仕事もらえねえからな」

若林、勢いよく冷蔵庫を閉じる。
机に向かい、ネタを書く。

N　「しかしずっと形を変えず行ってきた漫才が実を結びつつあった。M—1グランプリ2008で準決勝まで進出」

39　会議室（日替わり）

山里、モニターに向かい自分の映像をチェック。

N　「一方、山里。自分ができることはとにかく努力すること。漫才は作り続け、M—1グランプリで準決勝進出」

高山がDVDを数枚持ってきて。

高山　「山ちゃんこれ先週分のオンエア」
山里　「ありがとうございます」
高山　「見返して反省してんの？」
山里　「いえ。番組によってテロップになってるツッコミを書き上げてます。スタッフさんの好みがわかるので」

高山、笑顔。

40　むつみ荘・春日の部屋

若林、春日、谷がいる。
飲み会が進んでいる様子。

谷　「いやあ立派立派、偉いよね、折れずにやり続けてさ」
若林　「まあ次勝てるかどうかなんですけどね」
谷　「4489組も出てんでしょ？　で、残ってるのが……？」
若林　「67組です」
谷　「そこから決勝行けるのが8組か〜」
春日　「で、敗者復活の1組が入るわけですな」

1回戦からのエントリーシールが3枚、テーブルに。
4431番。

谷　「4489組の中の4431番って、エントリーするの遅すぎない？」
春日　「主役は遅れて来るもんですよ」
若林　「っていうかね、タニショーさんちょっといいですか？」
谷　「なによ美貌の秘訣教えてほしいって？　あのね化粧水は……」
若林　「違います。俺らちょっとずつ変えてはいますけど2年ずっと同じ漫才やり続けてるんですよ？」
谷　「うんうん」
若林　「で、ずーっと見向きもされなかったのに急に評価されるのなんなんですか？　今まで同じネタやってきたのに」
春日　「おだやかじゃないね」
谷　「私も荒ぶっちゃおうかしら。いよぉ〜」
若林　「ふざけないでくださいよ」
谷　「なんていうんだろ、こんなモノマネで踊ってさ、歌ネタやってる私がこんなこと言うのも変なんだけど」

若林「はい」

谷「ネタが人に馴染むっていうのかな。他の芸人さん見て、面白いはずなのに、なんか面白くないいな、っていうことない？」

若林「あ、あります」

春日「あります？」

若林「お前ちょっと黙って」

谷「年齢や見た目もあるし、声の出し方？　あと表情もか、会話のちょっとした間とかね。そういう、言葉で説明できないちょっっとしたことで変わってくるのよ、ネタって」

若林「なるほど」

谷「だから、２年？　２年かけて、あんたたちの漫才が、あんたたちに馴染んだんじゃない？　若林の世間とのズレや、春日の人間としてのズレがさ、ネタにハマったんだよ」

若林「……」

春日「……すいませんもう１回いいですか」

若林「ぶち壊しにすんなよ」

谷「はあー。でもね、あんたたちみたいに自分が面白いってことをぶつけて評価されるって幸せなことよ？」

若林「はあ」

谷「芸人さんでもね、自分が面白いってことより『世の中に面白いと思われること』っていう考えでネタ考える人いるじゃない」

41　会議室

山里、モニターを見てテロップをメモしている。

高山「よくそんなに頑張れるね」

山里「自分は空っぽなので、応えるしかないんです」

谷の声「求められてることに合わせられるほうがすごいんだからね。その苦しみや、苦悩はとんでもないんだから」

山里「ひっくり返ったままの亀でもやれるんです」

42　むつみ荘・春日の部屋

谷「ね、今幸せ？」

若林「決勝行けたら……行きたいなあ、決勝」

谷「行けるといいね」

若林「……」

N「そして挑んだM―１グランプリ準決勝。結果が届く」

43　テレビ局・楽屋（日替わり）

山里、天井を見上げている。

山里「……」

44　若林のアパート・若林の部屋

N　若林、天井を見上げている。

若林「オードリー、南海キャンディーズ。ともに敗退」

N「……」

「3週間後の決勝戦当日。準決勝進出者が出場できる、敗者復活戦に最後の望みを懸ける」

45　M―1敗者復活戦会場（日替わり）

リポーター「M―1グランプリ2008敗者復活戦スタートです！」

客席には5500人の観客。
大きな歓声が上がる。
舞台上には58組の芸人たち。
その中にオードリーと南海キャンディーズの姿。

N「敗者復活戦は決勝の数時間前に、都内の競馬場で行われる」

46　ライブハウス・楽屋

谷、鈴木、ドラコ。
携帯のワンセグ放送に群がっている。

ドラコ「おい見えねえよ」

鈴木「僕の携帯なんですから！」

谷「なんでテレビで見ないの？」

鈴木「ワンセグしか見れないんですよ、あとはCS」

谷「見えない〜」

47　山里家・居間

勤、瞳美、周平、CSで見ている。

勤「このために契約したんだから勝ち上がってくれよ！」

周平「行け行け亮太！」

勤と周平、盛り上がっている。

瞳美「この熱気すごいね」

48　若林家・居間

知枝、テレビのチャンネルを変えている。

知枝「何時からだっけ？」

麻衣「6時半だってば」

知枝「敗者復活戦っていうのはテレビで見られないの？」

麻衣「やってないし見られないいんじゃない？」

知枝「そうなんだ。あードキドキする」

鈴代「ドキドキでもありワクワクでもありね」

徳義「……」

49　M―1敗者復活戦会場

リポーター「ではAブロック目、5組続けてどうぞ！」

出囃子が鳴り、最初の芸人がステージへ。

50 同・溜まり場

テントが張られ、出番を待つ芸人たちがネタ合わせをしていたり、ストレッチしたりしている。
オードリーと南海キャンディーズもいる。
ネタ合わせする南海キャンディーズ。

山里「1回合わせようか」
静代「うん」
山里「……しずちゃんさ」
静代「ん？」
山里「なんで俺とずっとコンビやってるの？」
静代「……嫌いやけど……私のこと面白くしてくれるから」
山里「……」
高山、離れて見守っている。

×　×　×

若林と春日。

若林「緊張してる？」
春日「春日ですよ？　してませんよ。私は緊張してますけどね」
若林「してんのかよ。情けねえなあ」
春日「緊張してないんですか？」
若林「してるよ。しないわけねえだろ」
するると突風が吹き、テントが飛ばされそうになる。
春日「おっと！」
若林と春日がテントを押さえる。
山里としずちゃんもテントを押さえる。
若林と山里、目が合って、なんとなく会釈する。

51 同・ステージ

漫才がステージで繰り広げられていく。

リポーター「続いてはGブロック目、5組続けてどうぞ！」
N「南海キャンディーズとオードリーは同じGブロックで登場」
山里「どうもー！　南海キャンディーズです！」

52 山里家・居間

テレビを見つめる勤、瞳美、周平。

勤「来た！」

53 テレビ局・オフィス

島、テレビで見ている。

島「いけ……！」

54 M－1敗者復活戦会場・ステージ

南海キャンディーズ、漫才をしている。
それを見守る高山。

55　同・溜まり場

山里、しずちゃんがステージを降りて……。

山里「どうでした?」
高山「よかった。頑張った。寒いし、中入ろっか」
静代「はい」
山里「あ、僕ちょっと見てますね」
高山「あ、うんわかった」

56　同・ステージ袖

若林と春日、スタンバイ。

若林「来たな」
春日「ウィ」
若林「なんだよそれ」
春日「春日ですから」
若林「……そうだな。で、俺はずっと無視され続けてきた若林……」

出囃子が鳴る。
若林と春日、ステージへ。

若林「どうもーオードリーです。今日もね若林春日で頑張ってやっていきたいなと」

57　ライブハウス

谷、鈴木、ドラコが見ている。

58　M—1敗者復活戦会場・ステージ

春日「みなさん!　夢でお会いして以来ですね」
若林「だいぶ寝汗かいたと思いますけどね……」
春日「ヘッ!」

59　テレビ局・オフィス

島、テレビで見ている。

島「……」

60　M—1敗者復活戦会場・ステージ

オードリーの漫才が始まる。

× × ×

それを見る、ライブハウスの谷、ドラコ、鈴木。
島、山里。適時シーンバックして。

× × ×

やがてオードリーの4分間の漫才が終わる。

若林「もういいよ!　ありがとうございました」
春日「バイ」

観客からの大きな拍手。
若林と春日、ステージから下がって。

若林「大丈夫だったよな？」

春日「大丈夫ですよ。春日が一緒でしたから」

若林「そっか……ってうるさいよ」

若林と春日、歩いていく。

N「そしてM―1グランプリ2008の生放送が始まる」

61 若林家・居間

テレビ画面を見つめる若林家の面々。

知枝「始まった！」

麻衣「うわー正恭来い来い！」

鈴代「いけぇぇえええええ～！」

徳義「うるせえよ！　なんにも聞こえねえよ！」

N「この放送中に、敗者復活戦から勝ち進む1組が発表される」

62 M―1敗者復活戦会場・ステージ

58組の芸人たち。

後ろのほうにオードリーと南海キャンディーズの姿。

番組MCの声が会場に響く。

番組MCの声「敗者復活戦の会場の様子はいかがですかー！」

リポーター「はい！　こちら敗者復活戦の会場です！　ただいま敗者復活を目指す58組のチャレンジャー、そして5500人の観客が審査結果を今か今かと待っています！」

63 同・大型ビジョン

放送が映し出されている。

リポーターの声「今年の戦いもハイレベルなものでした！　決勝常連組の麒麟、南海キャンディーズ、スピードワゴンなど錚々たるメンバーが最後の切符を懸け真剣勝負に挑みました！　ですが決勝の場に向かえるのは当然たった1組！」

64 同・ステージ前

タクシーと運転手。その横にリポーター。

リポーター「決勝の場に向かうのは一体誰なのでしょうか？　私が責任をもって連れて行きます！」

若林、芸人たちの一番後ろに隠れるようにいる。

若林「……」

山里「……」

山里も後ろのほうにいて。

65 テレビ画面を……

見ている島、若林家、山里家、ライブハウスの面々。

番組MCの声「それでは9組目を発表させていただきます！」

66　M−1敗者復活戦会場・ステージ

若林と春日。
祈る山里、しずちゃん。
番組MCの声「エントリーナンバー4431番、オードリー！」
若林「！」
春日「ウィ」
若林「え、嘘」

67　テレビ画面を……

見ている島、拍手してしまう。
歓喜の知枝、麻衣、鈴代。
徳義は「4431」という番号に反応。
谷、ドラコ、鈴木、みんなで抱きしめ合う。

68　M−1敗者復活戦会場

若林、立ち尽くすが周りに押し出されて前へ。
リポーター「よかったねー！」
若林「あ、うわ、えっと」
春日「春日をお届けに参りますよ」
番組MCの声「どうですか今のお気持ちは」
若林「びっくりしました、選ばれると思ってなかったので」
春日「ウィ」
若林「ウィって」
リポーター「でも頼もしいですよ！」
番組MCの声「それではオードリー急いでスタジオのほうに向かってください！」
若林「はい！」

69　若林家・居間

麻衣「え、ちょっとすごい、いったじゃん、すご」
知枝「え、今のほんとに正恭？」
鈴代「まさくんだったね」
徳義「おいちょっと待てよ……」
麻衣「なに」
徳義「44・31ってバースと掛布の背番号じゃねえかよ」
知枝「え？　阪神の？」
徳義「あいつ……わかってんじゃねえか！　ハハハ！」
麻衣「……ねえ、うるさい！」
鈴代「嬉しいなあ」

70　M−1敗者復活戦会場・ステージ前

タクシーのほうへ向かう若林と春日。

若林「うわあ……すげえ……」
春日「ふぅ……」
若林「やべえ……すげえな……」
春日「若林さん、私、春日してました？」
若林「春日より春日だったよ」
タクシーに乗り込む若林と春日。
助手席にリポーターが乗ってタクシーが走り出す。
2人を送り出す大きな歓声が聞こえる。
若林「……」
すると客席の中に……橋本の姿が見える。
若林「！」
泣いている橋本。
若林「……」
橋本と若林、目が合う。
橋本「……！」
若林「……」
小さくなっていく橋本の姿。
若林「……」
橋本「(面白かったです！)」
橋本が「面白かったです！」と叫んだように見える。
若林「……」
タクシーが走っていく。

71　同・溜まり場

山里の携帯にメール。瞳美からで。
「がんばったね。すごいね」
山里「……」
山里に高山が声をかける。
高山「やりきった？」
山里「……」
山里、しずちゃんのもとに向かい。
山里「しずちゃん」
静代「？」
山里「……来年ストレートで決勝いくよ」
静代「ん」
高山「……」
N「事実、南海キャンディーズは翌年のM―1グランプリで決勝に進む」
番組MCの声「最後のチャレンジャーは、エントリーナンバー4431！　オードリーです！」

72　テレビ画面

決勝の舞台で漫才をしている若林と春日。
N「オードリーは敗者復活戦と同じく4分間のズレ漫才を全国ネットの生放送で披露した。優勝は逃したものの準優勝という記録と、春日のキャラ、新しい形の漫才で大きすぎるインパクトを残した」

73　M―1敗者復活戦会場

会場のビジョンに流れるM―１決勝戦。
若林と春日が漫才をしている。
山里「……いやだな、面白い芸人が出てくるの」
N「そしてこの数ヶ月後」

74　居酒屋（日替わり）

山里と若林、気まずそうに横に並んでいる。
N「ふたりは出会うことになるのである。そして」

75　アパート

テロップ【２０１２年】

テレビを見ているクリー・ピーナッツ。

「たりないふたり」。

田雲・杉内「……」

N「ふたりの番組が、日本を代表するヒップホップアーティストを生み出すことになるのである」

つづく

第10話

そこは迷路じゃないですか？

1　テレビ局・廊下〜楽屋

テロップ【2009年1月】

若林と春日、スタッフの後をついて歩いて。

スタッフA「いやーM—1すごかったですね」

春日「どうも」

若林「ありがとうございます」

走り回るスタッフ。

楽屋案内に芸能人の名前。

「ドラマ衣装合わせ」とかバラエティ以外のことも。

大御所芸能人の楽屋の前に10人くらいの人。

若林「……」

スタッフA「1000万円取ってたら何に使ってました?」

若林「はは、なんでしょうね」

×　×　×

楽屋に通されてる。

数種類のお弁当がテーブルに積まれている。

スタッフA「後ほどディレクターが打ち合わせに参りますので」

春日「どうも」

若林「ありがとうございます」

スタッフ出ていく。

若林、嬉しそうに寝そべる。春日は座ったまま。

若林「M—1準優勝ってこんなに変わるんだな」

春日「これが変化ってやつですな」

若林「すげえよな、ありがとうございますだよ」

春日「ほう」

若林「安売りの弁当食ってたのに何種類も弁当用意してもらって。芸能人と普通に会って。『1000万円取ってたら何に使ってました?』って毎日聞かれて。な、ああいう時のスタッフさんってなんか話さなきゃいけないのかな?　なんか話せよって怒る人いたのかな?」

春日「さあ?」

春日、弁当を2個開けて食べようとする。

若林「あ〜楽屋で寝るとか生意気なのに寝ちゃいそう」

春日「寝てていいですよ」

若林「楽屋で寝るのは売れっ子すぎる。そこにはまだいってない」

若林、寝そうになる。

春日「……」

若林、起き上がって、

若林「寝てない寝てない」

春日「寝てていいんですってば」

若林「なあ、どっかでオーディションやってねえのかな、見に行って『頑張りたまえ』って言いたいんだけど」

春日「そんなことするなら寝ててくださいよ」

若林「しんどかった思い出を塗り替えたいだけなんだよ。ここが、テレビ局が、いい場所って思いたいの」

春日「この弁当のドッキング最高です。食べないんですか?」

春日「寝た〜。……楽しそうですな」

　　若林、寝ている。
　　春日、弁当を食べている。

2　同・スタジオ前

　　収録終わりの山里としずちゃん。
　　他の出演者やスタッフも数人出てくる。
　　山里のもとに音声スタッフが駆け寄り。

音声スタッフ「ピンマイクいただきまーす」
山里「あ、はい」

　　山里、ピンマイクを外す。
　　ディレクターー、カメラを持ってやってきて。

ディレクターＡ「南海キャンディーズさんすみません、告知用動画を撮らせていただきたく……」
静代「あ、はい」
山里「はいはい」
ディレクターＡ「ではいきますね、今日の感想お聞きしますので」
山里「あ、僕マイク外しちゃって。あのー」
ディレクターＡ「しずちゃんはつけてますよね?」
静代「はい」
ディレクターＡ「じゃあオッケーです」
山里「え」
ディレクターＡ「回しますね〜。今日はいかがでした?」
山里「……」
静代「あ、楽しかったです、ありがとうございました」
山里「……ありがとうございましたぁ」

3　同・廊下〜楽屋

　　山里、しずちゃんが歩いてきて……。
　　楽屋前に高山がいて……。

高山「お疲れお疲れ」

　　しずちゃん楽屋の中へ。

山里「ねえ高山さん」
高山「ん?」
山里「今日のこれ僕が必要な収録でした?　しずちゃんだけのオファーに無理やり僕も入れなくていいですよ、惨めなんで」
高山「そんなことないよ気にしすぎ」
山里「だって」

　　高山、楽屋へ。山里も追って。

高山「おしずこれドラマの台本。渡しとくね」
静代「ありがとうございます」
高山「あとこれ今度撮影あるＣＭの資料、目通しといて」
静代「はい」

　　高山、しずちゃんに資料を渡し……。
　　山里、高山を見つめるが何も言われない。

高山「?」

山里「……」
山里、最低限の着替えだけで帰ろうとする。
山里「……お疲れ様でした」
高山「あ、山ちゃんこの後打ち合わせあるよ」
山里「？」

4　同・廊下〜会議室前

山里と高山、歩きながら話している。
高山「言ったよね、朝の情報番組『スッキリ』」
山里「はあ……」
高山「クイズコーナーの進行なんだけど、声だけなんだって。面白いよね、絶対山ちゃん向いてる」
山里「……」
高山「芸人が顔出さないオファーが来るなんてよっぽど腕あるって思われてるってことだよね」
山里「……何曜日でしたっけ？」
高山「何曜日っていうか毎日。月曜から木曜。8時入りかな」
山里「毎日……毎朝8時」
高山「そうそう。大江戸線ですぐじゃん」
山里「……しずちゃんドラマで……俺は顔出さずに声だけ……」
高山「自分に向いてる仕事やればいいの」
やがて会議室前に。
高山、ノックしてドアを開ける。
山里、笑顔で入っていく。
山里「お疲れ様です。いやありがたいお仕事いただきまして」

5　同・オフィス

島、パソコンで作業をしている。
【世間に馴染めない芸人バラエティ】
【自分のダメさを自覚しつつ自意識も強い】
【漫才ユニットとして漫才も披露する】
……などと打ったり消したりしている。
山里の顔写真が貼り付けられる。
片方のスペースは空いている。
モニターではオードリーが漫才。
島「……」
島、伸びをして立ち上がる。

6　同・スタジオ前〜廊下

マネージャーが荷物を持って待ち構えている。
若林、春日、収録を終えて出てきて。
若林「お疲れ様でしたお疲れ様でした」
春日「おつです」
マネージャー「下にタクシー来てますんでこのまま次の現場

向かってください、僕後で追っかけます」
走っていくマネージャー。
若林「春日、次のネタ合わせながら行くぞ」
春日「はい」
若林「俺ら漫才師じゃん」
春日「漫才師でしょうが」
早歩きで廊下を歩いて行く。

7 同・廊下

会議室から山里と高山が出てきて。
高山「お疲れ様です失礼します」
歩きながら話す2人。
高山「やるでいいよね?」
山里「この仕事やって僕漫才師って言えます?」
高山「それは頑張ればいいの。私は山ちゃんに向いてるから受けようと思ってる」
山里「でも……」
高山「だったらどんな仕事したいの」
山里「……俳優やモデルとかアーティストと一緒にキラキラな……」
高山「それ山里亮太がやって面白いと思う?」
山里「……」
高山「そういうのを楽しめない面白さがあなたでしょ」
山里「……」
島が歩いてきて遭遇。
山里「あれ島さん」
島「わ! お疲れ様、収録? 楽屋行けばよかった」

× × ×

若林、春日ネタ合わせしながら歩いている。

× × ×

山里と島、高山。
高山「収録と、打ち合わせ終わったとこです」
島「忙しそうじゃない、よかった」
山里「忙しいのはしずちゃんですけど」
高山「そういうこと言わない」
島「あ、ちょうどよかった高山さん今度お時間いいですか? ちょっと相談したいことがあって」
高山「はいはい、いつでも」
そこに若林、春日が通り過ぎる。
山里、若林、島、それぞれ一瞬目が合う。
若林、ぎこちなく会釈。去っていく。
山里「……」
高山「オードリーだ。春日くんって芸能人見た感じになるなあ。春日だ!ってなっちゃった」
島「……」
高山「どうしました?」
島「あ、いえ。お疲れ様です」
山里・高山「お疲れ様です」
山里と高山、去っていく。

島「……」
島、山里と若林の後ろ姿を見つめている。
N「これは、ふたりの物語」

8　今回のストーリーを点描で

N「憧れ続けた場所に届いたと思っていた者と、憧れ続けた場所でもがく者。そんなふたりが出会う本当の物語。しかし断っておくが『友情物語』ではないし、サクセスストーリーでもない。そして、ほとんどの人において全く参考にはならない」
若林、山里、歩いている。
N「だが、情熱はある」
タイトル『だが、情熱はある』

9　若林のアパート・若林の部屋

若林、ノートを広げている。

【売れて良かったこと・悪かったこと】と書く。

若林「……」

【良かったこと】の項に【生活レベルの向上】

【いろんな芸能人と会える】

若林「……」

【悪かったこと】の項に【入る仕事に精一杯で創作ができない】【疲れる】【すぐ飽きられる不安】

若林「……」
携帯電話にメールが着信。
知枝から「ご飯食べにきたら？」
若林「……」
【良かったこと】の項に書き足す。
【家族への後ろめたさがなくなる】

10　若林家・居間（日替わり）

徳義、知枝、麻衣、鈴代、食卓を囲んでいる。
若林、台所にいて。
若林「あれ？　ねえコップは？」
知枝「あ、そこじゃなくて奥にあるの」
若林「そうなんだ」
徳義「いいから早く座れよ正恭」
若林、コップを持って食卓に戻ってきて、
知枝「有名になったら親戚が増えるって言うけど本当なのね。すっごい連絡来た」
若林「そうなんだ」
麻衣「私も同級生から連絡来た来た」
徳義「お前らちゃんと正恭が父親思いだって返したか？　なあ正恭」
若林「え？」
知枝「お父さんがね喜んじゃって。ふたりのさ、エントリー番号っていうの？　M―1の。それが4431だ―、って」
若林「うん？」
徳義「44と31ってバースと掛布の背番号選んでくれるなんてな。嬉しかったぞ。俺の思い背負ってくれたんだな」
若林「あー……」
麻衣「あれランダムじゃないの？」
若林「いや、まあ、うん阪神阪神」
知枝「忙しいでしょ？　ずーっと全然テレビ出なすぎて心配、っていう時期が長かったのに今は心配になってる」
若林「うん、まあ、まあまあ」
麻衣「今日よく来れたね」
若林「今は春日だけの仕事で」
鈴代「なんだろ、ドッキリかな」
若林「え」
鈴代「春日くんだけってことは体張るやつかドッキリのどっちかだね」
若林「……」
知枝「おばあちゃんすごいんだから。私たちが聞いてるもん、今日何出ます？　って」
鈴代「今日はね7時から漫才の番組かな」
若林「……ありがと」
鈴代「こちらこそでーす」
徳義「阪神タイガースの番組とか出ねえのか？」
若林「ねえ阪神以外の趣味作れば？」
知枝「あーもうご飯終わってからでいいのに」
徳義、ギターを持ってきて抱える。
徳義、立ち上がる。
若林「え？」
徳義「またバンド組んだんだよ。俺ギターな」
若林「……楽しそうだね」
徳義「失礼だな『楽しそう』じゃねえんだよ『楽しい』んだよ」
麻衣「なんで怒ってんのよ」
徳義「母さんもさ、ご飯作って『おいしそう』って言われたら腹立つだろ。『いや実際おいしいけど？』って」
知枝「ほんっとうにどっちでもいい。早く食べて？」
若林「え、このスイッチ押したの俺？」
徳義「楽しいとか楽しくないじゃねえんだよ、楽しむかどうかなんだよ」
若林「……」
徳義「俺が仕事替えるのも、今また音楽に情熱を傾けてるのもな、『楽しそう』で人生終わりたくねえんだよ俺は」
麻衣「語ってる」
徳義「えー、それでは聴いてください若林徳義で……」
若林「歌わなくていいよ！」
知枝「ねえ早く食べちゃってよ行儀悪い」
鈴代「楽しいわね」
若林、少し笑って。

11　むつみ荘・春日の部屋〜外

若林と春日、ロケクルー。

むつみ荘でロケのオープニングを撮っている。

スタッフB「ではそろそろいきますね〜」

N「オードリー。ズレ漫才の後に注目されたのは、春日が住んでいるボロアパート『むつみ荘』」

スタッフB「3、2……」

スタッフ、キュー出し。

若林「どうもーオードリーです。今日は春日が普段どんなふうに生活しているか見ていただきます」

春日「トゥース！」

× × ×

N「むつみ荘でロケ」

スタッフC「本番いきまーす。はい回った！……どうぞ！」

若林「どうもーオードリーです。今日は春日の家の物を査定すると合計いくらになるか調べます」

春日「鬼瓦！」

× × ×

N「むつみ荘でロケ」

スタッフD「元気よくいっちゃって！　じゃいくよ〜？」

スタッフ、指を鳴らしてキュー出し。

若林「どうもーオードリーです。今日は春日の家でキックボクシングをしていただきます」

春日「かーすが！」

若林「……」

N「3ヶ月間、毎日のようにむつみ荘でロケ」

スタッフD「……はい、カット！　オッケーです。ちょっと中スタンバイしますんで一旦外でお待ちください」

若林「はい」

若林と春日が外に出ると人だかりが。

歓声が上がる。「キャー！」「春日ー！」「春日！」「トゥース！」「シャンプーおじさん！」

春日のコスプレをした女の子まで。

N「春日の自宅は当たり前のようにバレていた」

春日「トゥース！」

歓声が上がる。

若林「……マトモじゃねえなこの状況」

見物人A「え、春日の横のさ、あれ誰？」

若林の方を指している。

見物人B「あっちは春日の相方のね、えっと……」

見物人A「春日ってコンビなんだ。……春日こっち見た！」

若林「……」

12　テレビ局・打ち合わせ室

山里とスタッフ打ち合わせ。

山里「2問目を振ったところでCMですよね」

スタッフE「そうですね」

山里「この映画の話題、ちょっとつっこめそうなので時間長くなっても大丈夫ですか?」
スタッフE「問題ないです。女優さんトーク苦手って言ってたんで、巻き込んで盛り上がると嬉しいです」
山里「了解です」
スタッフE「で、3問目がこちらで」
山里「あ、はい」

13　同・スタジオサブ

山里と数人のスタッフ、モニターを見ながら。
女性アナウンサーの声「続いてはこのコーナーです」
山里「おーはようございまーす！　クイズッスのお時間です、よろしくお願いしまーす！」
司会者の声「おはようございます！」
山里「今日は早速こちらの話題から！」
真剣な眼差しでトークしていく山里。

×　×　×

山里「続いてはこちら！」
モニターに芸人たちの姿。
山里「……今夜放送のスペシャル番組からコメントが届きました。今が旬のお笑い芸人が色々な実験をしてきたそうですよ～。驚きの結果にスタジオもびっくりだったそうです！」
画面にむつみ荘のオードリーの姿。
山里「……いやあ羨ましい話ですねえ。この人気分けていただきたいんですけども……」
N「もがき続ける山里」

14　同・各所

N「こちらも、もがく若林」
若林と春日。
スタッフF「春日さんって節約が趣味なんですよね?」
春日「と言いますか少ないお金で生活することに興奮するんです」
若林「怖いんだよ」
スタッフF「これまでにした一番の節約ってなんですか?」
春日「そうですね……」
N「春日に質問」

×　×　×

スタッフG「アメジュースってどうやって作るんですか?」
春日「水を入れたペットボトルに飴を入れるだけです。何日かすれば溶けてジュースになるんですよ」
若林「ほとんど味してないんですよ」
春日「風味を感じられれば十分です」
スタッフG「でも飴を買うお金があるなら」
春日「あ、その飴もテレビ局などで拝借するんです」
若林「やめろお前」
N「春日に質問」

× × ×

スタッフH「お風呂なかったらどうしてるんですか？」
春日「コインシャワーというのがありまして、そこですね」
若林「こいつお金もったいないからってシャンプーしながら歩いていくんですよ」
スタッフH「へー！　毎日行くんですか？」
春日「赤ちゃんのお尻拭きで体を拭いたり……」
スタッフH「すごいなあ。あ、ちなみに相方さんは」
若林「あ、僕も家に風呂ないのでタオルで体拭いてますけど」
スタッフH「あ、はいはい。で、春日さんなんですけど……」
若林「……」
N「春日に質問」

× × ×

スタッフI「ご自宅のむつみ荘で何かできませんかね……」
春日「うーむ」
若林「けっこう色々やってはいるんですけど」
スタッフI「何かやりたいんですよねえ、春日さんが光るやつ……」
若林「……」
N「打ち合わせの中心は春日」

15 むつみ荘・外（日替わり）

スタッフと若林、春日。

N「そしてまた、むつみ荘でロケ」
スタッフI「えっとですね『春日さんは一気に何個の節約をできるのか』という企画になりまして」
若林「はあ……」
春日「はい」
スタッフI「飴ジュース飲みながらシャンプーしてさらにお尻拭きで体を拭いてスーパーの安売りをチェック……ってどんどん増やせれば」
若林「……」
スタッフI「では機材スタンバイできたら中でオープニング撮りますので少々お待ちください」

スタッフI、離れる。
若林、スタッフIに寄っていき。

若林「あのすみません」
スタッフI「あ、マイク？　後で付けますので」
若林「いや、ちょっといいですか？」
スタッフI「……どうしました？」
若林「えっと……あ、やっぱ大丈夫です」
スタッフI「え、なんかあったら言ってもらったほうが」
若林「……これって……面白くなりますか？」
スタッフI「え？」
若林「あ、いや。すみません」
スタッフI「いや～そうなんですよね」
若林「え？」
スタッフI「僕もこれ、ちょっとどうかなとは思っていて」
若林「……え、じゃあなんでやるんですか？」

スタッフー「会議で決まって、上がこれがいいって言うんで」
若林「……え、じゃあ……」
スタッフー「まあーでも、やってみたら面白くなるかもしれませんしね、やってみましょうよ」
若林「……」
　ウォーミングアップをしている春日。

16　若林のアパート・若林の部屋

　若林、鈴木がいる。
鈴木「で、どうなったの?」
若林「グダグダに決まってんじゃん、ひどかったよ」
鈴木「そうなるか」
若林「それよりもさ」

17　むつみ荘・春日の部屋（回想）

　ロケ終わり、若林真剣に考えている。
　春日、真剣な背中。
若林の声「これ放送されんだもんな、やべえなあって考えてたら」
春日「……くそっ!」
　春日、自分のモモを拳で殴りながら悔しがっている。
　若林、春日のほうを覗き見ると、ゲームをしている。
若林「……」
若林の声「春日、すべって悔しがってるのかと思ったらゲームに負けて悔しがってて」
　若林、自分のモモを強く叩く。
若林の声「それ見て俺も自分のモモ叩いてたわ」

18　若林のアパート・若林の部屋

若林「俺のほうが絶対あいつより力強かったよ」
鈴木「変な連鎖だな」
若林「なんでこんな時期にゲームに熱中できんだよ腹たつわ『オードリー今年で消える』なんてみんな思ってんのに、あんなやばいロケした後にゲームでくそっじゃねえんだよ」
鈴木「すごいキレてるね」
若林「っていうかテレビってさ、あんなに何回も同じこと同じ話していいの?　アメジュースとコインシャワーの話何百回もしたぞ、いいの?　なんでいいのそれで?」
鈴木「春日は平気なんだもんな」
若林「あいつはマトモじゃないよ」
鈴木「楽しそうだよなあ」
　若林、靴下を脱ぎながら、
若林「楽しそうじゃなくて楽しんでんだよ。なんで俺は楽しくなくてあいつは楽しいんだよ!」

若林、脱いだ靴下を投げる。

19 テレビ局・スタジオサブ（日替わり）

山里「おーはようございまーす！」
話している山里。
司会者の声「おはようございます！」
山里「本日、まずはこちらの話題から！」
モニターにしずちゃん。
山里「……おっとこれはどこぞの天使かと思ったら南海キャンディーズのしずちゃんでしたね。新しいCMの撮影現場にお邪魔しました！　ドラマにCMに大人気のしずちゃんですが今回は……」
山里、拳を握ったり貧乏ゆすり。

20 ドラマスタジオ

高山としずちゃんがいる。
テレビ画面にしずちゃん。
高山「あ、出た出た」
静代「ああ」
山里の声「ではここでクイズッス！」
高山「山ちゃん頑張ってるね」
静代「……」
高山「……おしずさ」
静代「？」
高山「最近ドラマとか仕事順調じゃない？」
静代「はい、ありがたいです」
高山「お笑いの仕事も楽しくやれてる？」
静代「え」
高山「私やっぱり南海キャンディーズの漫才に惚れ込んだから、漫才はやめてほしくなくてさ」
静代「……」
高山「山ちゃんって、余裕ないと言うことキツイくせに外面はいいじゃん」
静代「はい」
高山「早いね。だけど……だから、こう、コンビっていう形は……」
静代「私から解散って言うことはないです」
高山「え」
静代「私は、山ちゃんが拾ってくれたから今ここにいるのはわかってるし……山ちゃんから解散したいって言われたら受け入れますけど、私から解散って言うことは絶対にないです」
高山「……そっか」

21 テレビ局・スタジオサブ

一生懸命にトークする山里。
山里「ちょっとちょっと〜みなさん勘弁してくださいよ〜」

22　同・楽屋前〜中（日替わり）

若林、楽屋を探している。
すると「谷勝太」の貼り紙を発見。

若林「……」

×　×　×

中にいる若林と谷。
谷はトマトソースパスタを食べている。

若林「すみません、なんかよくわかんなくなっちゃって」
谷「なによぅ幸せになったんじゃないの？」
若林「……売れて仕事増えて、テレビに出られるようになったら幸せになれると思ってたんです」
谷「言ってたよね」
若林「それが違くて……僕がおかしいんだと思うんですけど」
谷「……ね、ちょっと練習したいから見てくれない？」
若林「練習？」
谷「まややの『一人相撲ララバイ』」
若林「いや死ぬほどやってるやつ今さら練習って」

谷、口ずさみながら踊りの確認。

谷「なんでそんなに距離取るの？　がっぷり四つで組んじゃえば押せ押せ寄り切りで　張れ張れ突き出して」
若林「……」
谷「髪型を変えて　メイクも工夫して　とびっきりのオシャレして　会いにいこう　でもね　待って　それって自己満？」
若林「……」
谷「この曲の真似で私売れたでしょ？　恋愛ソングなんだけどさ、当時自分の仕事に重ねちゃっててね」
若林「……」
谷「勘違いかもしんないけど自分信じてやっていけ〜って聴こえてね。全力でやれたの」
若林「自己満でも」
谷「そうそう！　一人相撲でも」

谷、また口ずさみながら踊る。

谷「BUT気付きたくないけど　もう時間いっぱい　好きになったら負け？　情熱乙女ハート　一人相撲ララバイ〜」
若林「……」
谷「ジャジャジャジャン！……ねえ、今幸せ？」
若林「……ありがとうございます、ちょっと幸せって思いました」

谷、笑顔。

23　若林のアパート・若林の部屋

若林、ノートを広げている。
【売れて悪かったこと】の項が増えている。
【悩みの相談が自慢みたいになる】
【何も考えていない春日が楽しそうで、それにムカ

つく時間が無駄】

若林「……」

若林、岡本太郎の本を開く。

【自分の好きな音を勝手に出す。出したい音を出したらいい】

若林「……」

24　テレビ局・中庭など（**日替わり**）

オードリー、カメラクルー。

ディレクターがキューを出す。

若林「どうもー！　オードリーです！」

春日「トゥース！　かーすが！　鬼瓦！」

若林「ちょっと黙ってほしいんですけどね。今回もまたスペシャルなものをご用意いたしました」

ワゴンに載ったフォアグラステーキ。

若林「優勝した方はこちらの最高級フォアグラが載った和牛ステーキが食べられます！」

春日「ハハハ。ハハハ、ハハハおもしれえ」

若林「ステーキがツボだったみたいです。じゃ、お先にいただいちゃいます」

若林、試食し……。

若林「……」

ディレクターB「コメント！」とカンペ出し。

若林「おいしいですけど、人生には必要がないと思います！」

春日「え？」

若林「おいしいんですけどね、確かに。でも人生にはもっと大切なものがあると思います！」

ディレクターB「カット！……すみませんここは笑いなしでシンプルなコメントで大丈夫ですので」

若林「あ、いや笑いっていうか」

ディレクターB「？」

若林「いや大丈夫です」

ディレクターB「では試食したところからお願いします」

若林「はい。……お、おいしい！」

春日「……そんなわけねえだろ！」

若林「失礼だろ。みなさんクイズ頑張ってくださーい」

ディレクターB「……はいありがとうございます！」

若林、春日カメラから外れる。

若林「……」

それをこっそり見ていた島。

島「……」

×　×　×

離れたところで若林、一人で……。

若林「……」

島、若林に寄っていき。

島「ねえ」

若林「え？」

島「あ、すいません島と言います。プロデューサーの……さっきの番組のプロデューサーではないですけど」
若林「はあ」
島「ねえ。突然ごめんなさいね」
若林「いえ……」
島「さっき、見てて。どうしたの？　食べた時」
若林「えっと……いや、おいしかったです、はい」
島「人生には必要ないとかって、あれウケ狙いじゃないでしょ」
若林「……いや、うーん、まあ……」
島「……」
若林「おいしかったですよ、おいしかったんですけど」
　ディレクターBが呼びにきて。
ディレクターB「あ、ここにいたんですね、次の打ち合わせいいですか？」
若林「あ、すいません」
島「また話そうね」
　若林、島に会釈してスタンバイ。
島「若林くん……か」
N「大きな出会いが起きる」

25　ラジオ局・ブース（日替わり）

N「そしてオードリーには大きな仕事が」
　若林が座っている。
　春日は立ってウロウロしたり筋トレをしたり。

若林「めちゃくちゃ緊張してんじゃん」
春日「そりゃそうでしょうよ春日といえどそりゃそうでしょ」
N「人気ラジオ番組オールナイトニッポンのパーソナリティに抜擢。以前若林のトークを見出した藤井の推薦である」
若林「……」

×　×　×

　フラッシュ。
藤井「人がね本気で悔しかったり惨めだったりする話は面白いんだよ」

×　×　×

若林「……」
　本番の時間が近づいていく。
　ブースに座る若林と春日。
　ディレクターからキューが出て。
若林「どうも！　オードリーです！」
春日「トゥース！　かーすが！」
若林「オードリーの若林です！」
春日「みなさん。ラジオでの春日はどうですか？」
若林「いよいよ始まりましたけどもね」
春日「若林さん、ご存じかねこの番組」
若林「もちろん、もちろん知ってますよ」
春日「春日を作っている要素のひとつですからね」
若林「そうなんですか？」
春日「そうでございますよあなた、どれだけずっと聴いていたか」

若林「確かに高校の時ナインティナインさんの番組ずっと聴いてましたからね」

26 会議室

山里、さまざまな分野の本や資料で勉強している。

春日の声「始まって30分くらいで声枯らすつもりで行きますからね」

若林の声「相当気合も入ってるということですね」

若林の声「珍しいですね春日さんがそんな仕事に意気込んでくれるなんて」

春日の声「いやいや」

N「山里は、必死に勉強を続けた。様々な知識、情報、文化を吸収し、言葉の力で道を開くために」

山里、ちょっと疲れて……ノートを広げる。

【目標：他人からのよくわからない批判に屈しないくらい自信をもつ】

山里「……」

山里、再び勉強を続ける。

27 テレビ局・オフィス

島、パソコンで作業をしている。

若林の声「3ヶ月ずっと、ほぼ毎日こいつの家でロケやってんですよ？ むつみ荘っていうボロアパートで」

春日の声「失敬だなあ、愛する我が家ですよ」

若林の声「マジで言っときたいんですけど、若手芸人の家なんてあんなもんですよ？ なんならもっとヤバい家ありますよ」

春日の声「春日の仕事を減らす気ですか？」

若林の声「違うよ理解できないってだけ。あとこれ致命的なんだけど、高級料理のおいしさも理解できなくて」

春日の声「危なかったですよね」

若林の声「だってずっと安いもん食ってきたんだもん。高級な食事なんてバカが食って喜ぶもんだと思ってた過去の自分を否定していいのか？って気持ちがよぎってさあ。素直においしいって思える人生がよかったよ」

島「……」

山里の顔の横に……若林の写真を貼られる。

【たりないふたり】とタイトルが打たれる。

28 居酒屋（日替わり）

N「この日、ふたりは初めて出会った」

若林と山里、横並びで座っている。

それぞれメニューを見つめている。

若林、チラッと山里を見る。

N「若林は逃げ出したかった。初対面でふたりきりの時間など耐えきれないため時間が過ぎるのを待っているだけ。注文したいものは10分前に確定済みだ」
　メニューを凝視している若林。
N「本当はこう言ってみたいと思っている」
　メニューを凝視している若林。
若林N「よし！　山里さん俺ビール飲みたいんで、とりあえずビールいっちゃいます。あとこの『ごろごろポテトサラダ』と唐揚げアリですか？『サクフワ唐揚げ』って名前からうまそうじゃないですか？」
　若林、黙ってメニューを見つめている。
N「しかし頭に浮かんでしまうことは」
若林N「『とりあえずビール』ってどうなんだ？　ポテトサラダや唐揚げはベタすぎるかもしれない。『こいつ面白くねえな』と思われたくない。ああ何話してもダメな気がする」
　若林、黙ってメニューを見つめている。
　山里もメニューを凝視している。
N「一方山里。彼は彼でこう思っている」
　山里、メニューを見ている。
山里N「そんな悩むことなくない？　ビールで乾杯だけしちゃおっか。ポテトサラダと唐揚げでもおつまみにしてさ。ガツンとくるやつでクッとガッといっちゃおうよ、ねえ」
　山里、メニューを見つめている。

N「しかし頭に浮かんでしまうことは」
　山里、若林に目をやる。
山里N「俺がもっと売れてたり偉いスタッフだったら気を遣ってしゃべったりするのかな。同期だけど俺のほうが先にテレビ出てんだよ？　早く唐揚げ食べたいけど俺から話し出したら小物と思われそうだ。先に口開いたら絶対負けだ！」
　2人、目が合ってすぐに逸らす。
　その時、島が来る。
島「ごめんね、遅れて！　ちょっとロケが押しちゃって」
若林「いえ」
山里「いや」
島「なに？　まだ注文してないの？　えーっと、私ビール飲むけどビールでいい？」
若林「はい」
山里「はい」
島「ポテトサラダとか食べる？」
若林・山里「あ、いいですね」
島「あとはなんだろ、唐揚げとか？」
山里「いいですね」
島「唐揚げあるよね？」
若林・山里「サクフワ唐揚げ」
島「ん？」
　若林と山里、目が合う。
若林・山里「……」

島「サラダとかいる?」
　若林と山里、首を振る。
島「あなたたち、ふたりで気まずくて死にそうって思ってたでしょ」
若林・山里「……」
若林・山里「いやそんなことは」
島「やっぱり似てる。だからふたりを会わせたかったの」
若林「え」
N「この日、若林は思った。『似てるとしたら……』」
若林・山里「……」
N「ふたりは思った。だとしたら、きっと仲良くできない」
若林「……」
山里「……」

× × ×

　テーブルにはビールと手をつけられた料理。
島「ふたりはさ、どっちが先輩なの?」
若林「山里さん……」
山里「あ、同期です」
若林「ええ? 俺初舞台2000年4月ですよ?」
山里「うん俺NSC出たのが2000年4月だから同期」
若林「……年が1個上だから先輩と思ってました」
島「敬語が抜けないね」
山里「確かに、タメ口でいいよ? いくら俺のほうが先にテレビ出てたからって」
若林「……ってことは4年目でM—1決勝行ったってことですか」
山里「そうそう。あ、しかも前に別のコンビ組んでたから、南海キャンディーズは結成丸1年で決勝」
島「端々に自慢が出てるね」
山里「え、そうですかあ?」
若林「やっぱ別格ですね……僕M—1の最初のツッコミ『その怒りのこぶしは日本の政治にぶつけてください』で度肝抜かれて……同期であの時期にあのワードって……すごすぎて……」
山里「……」
若林「え」
島「喜んでる」
山里「まあまあまあ、あの……島さんは何をもって似てると思ったんですか?」
若林「……」
島「ここ!っていうのがあるわけじゃなくて、ぼや〜っと似てるっていうか。世間とどこかズレてる自分が悔しくて」
若林・山里「はい」
島「だから自分のこと好きだけど嫌いで」
若林・山里「はい」
島「余計なことまで考え込んで」
若林・山里「はい」
島「自意識が強い」
若林・山里「……」

島　「今日ご飯に来る時さ、どう思った?」

若林　「会話途切れさせるわけにいかないけど変なこと話して面白くないって思われたくないし……だから本当はちょっとずつ仕事で一緒になって、まあまあできるやつだな〜って思われてから行きたかったなって」

山里　「……」

島　「山ちゃんは?」

山里　「もし褒めてきたら、ははーん調子に乗らせて、面白くなかったって悪評広めるためにやってんだな?その手には乗らねえからな。いじってきたら、同期とはいえこっちのほうが先にテレビ出てんだからな?っていうメンタルで」

島　「ほら似てる」

若林・山里　「似てますか!?」

島　「似てるよ。ふたりとも何か足りてない」

N　「ふたりは思った。似てるとしたら……最低じゃないか」

若林と山里の目が合う。

島　「やるよ、ふたりの番組」

若林　「いやいや」

山里　「僕たちで番組はちょっと無理ですって」

島　「できる」

29　テレビ局・会議室（日替わり）

若林、山里、島、居酒屋と同じ座り位置。

打ち合わせをしている。

若林と山里、目は合わせず……。

島　「とにかくふたりのダメな部分を出していきたいの」

山里　「はい」

島　「ふたりが一番自分に足りないって思うことってなに?」

山里　「ありすぎて一言ではちょっと」

若林　「……僕もです」

島　「じゃどんな人に憧れる?」

山里　「天才です。妬みも嫉妬もそんなこと思うことなくぶっちぎりで存在できる、天才に憧れます」

島　「うんうん」

若林　「僕は……毎日を楽しんで生きている人、です」

島　「どういう人が楽しんでると思う?」

若林　「みんな楽しそうですけど」

山里　「飲み会とかなんでみんなあんなに楽しそうなんですかね」

若林　「わかります苦手です」

山里　「飲み会行く時間あったらネタ考えてたいんですよね。あいつら酒飲んでる間に俺は前進んでるって自信持ってますから」

島　「いいよ。そういう全然ポップじゃなく、とにかくふたりが思ってることを伝える、そういうライブをやりたいから」

山里　「……あ、ライブなんでしたっけ?」

島　「え?　あ、うん、まずはね?」

若林「テレビでは通らなかったから？」
島「いや～うーん、まあ、まずはね、まずは」
若林・山里「……」

×　×　×

山里「自分たちがいかにいい人かっていう漫才どうですか？」
島「なるほどね」
若林「面白そう」
山里「ふたりともボケられそうですよね」
若林「いっぱいふざけられそうですね」
山里「いい人だよ、優しいよ～って」
若林「変わってますアピールだけになったら嫌ですもんね」
山里「そうなんですよ」
N「この時山里はこう思っていた」
山里N「相方が案を出してくれるってこんなにネタ作りが楽しいんだ！　ネタを考えてくれるってこんなに楽なんだ！」
山里「……」
N「しかし言葉にはしない」

×　×　×

島「漫才、台本どうやって作る？　こういうのってふたり話しながら作る？」
若林「……」
山里「あ、じゃあ……僕がベース書いてきますよ」
若林「いやでも」
山里「大丈夫大丈夫。あ、ベースと自分のとこだけ書いて、そっちは空けとくから」
若林「……はあ」
N「この時若林はこう思っていた」
若林N「相方が台本のベースを書いてくれる⁉　そんなことがあっていいのか？　ありがたすぎる！　嬉しい！」
若林「……」
N「しかし言葉にはしない」
島「ちょっと飲み物取ってくるね」

島、退室。

若林と山里、2人きりになるが目を合わさず。

若林「……」
山里「……」
若林「あの」
山里「うん」
若林「いいですか？」
山里「あ、うん」
若林「このライブ、僕は面白いと思うんですけど、ウケますかね？」
山里「……」
若林「あ、すいません つまんないとかじゃなくて」
山里「わかるよ。俺もわかんない。」
若林「……」
山里「俺ずっとさ、しずちゃんをどう見せていくか、で漫才作ってきたからどうなるのか全然わかんない」

若林「僕も、春日をどう作るかでネタを考えてきたので」
山里「うん」
若林「でも、楽しみです」
山里「俺も」
若林と山里、目が合いそうになる。
と、ドアが開きそっちに目をやる。
島「ごめん飲み物何がいい？」
若林・山里「あ、コーラ……」
島「……はーい」
島、笑顔で出ていく。

30　劇場・ステージ（日替わり）

N「そして迎えた本番当日」
若林と山里、上手と下手に分かれパソコンを前に座っている。
×　×　×
インサート（回想・会議室）
島「ふたり、本当に目が合わないからさ」
×　×　×
島「ふたりが打ち込んだらスクリーンに映るから」
×　×　×
インサート（回想・会議室）
島「前半のトークは一言も話さないでやろう」
×　×　×
島「試しになんか打ってみて？」
若林「……」
若林、パソコンに試し打ち。スクリーンに映る。
【このライブがウケたら　何か変わる気がします。】
島「……」
山里「……」
山里も試し打ち。
【ドキドキだけど大丈夫。おもしろいから。】
若林「……」
島「うんいけるね。じゃあ開場しよっか。30分後に開演」
×　×　×
銀杏BOYZ「BABY BABY」が響く。
舞台にピンスポが当たるとそこに若林と山里。
それぞれ上手と下手にパソコンを前に座っている。
若林、山里、キーボードを打つ。
スクリーンに文字が映し出されていく。
【若林：いらっしゃい】
【山里：さすがにまだ漫才は無理だよね……】
【山里：お互いまだあまり知らないもんね】
【若林：そうですね】
【若林：知っているのはメールアドレスだけです】
ウケる客席。
島、舞台袖で見守っている。
【若林：楽屋で話す時、鏡越しでしか話さないのやめてください】

【山里：だって目見て話すの恥ずかしいんだもん】
【山里：僕たち人付き合いが足りてないんだよね】
【若林：何より、この状態……】
【山里：社交性が足りない】

N　「そして、この時がやってくる」

× × ×

誰もいない暗いステージ、明転して……。
若林、山里が出てくる。
漫才が始まる。

山里　「どうもー！　たりないふたりです！　よろしくお願いします！」
若林　「よろしくお願いします～」
山里　「人付き合いが苦手とかなんとか言ってすいません」
若林　「すいませんね本当に」
山里　「ちょっと誤解していただきたくないんですよね」
若林　「そうなんです誤解してほしくないんですが、僕たち」
山里・若林　「いい人なんです！」
山里　「めちゃくちゃ優しいので。聞いてもらっていいですか？」
若林　「言いましょう」
山里　「私、生まれて初めてしゃべった言葉が『ユニセフ』です」
若林　「優しい。普通はパパかママですよ」
山里　「ああ優しいですよね」
若林　「私、ポートボールあるでしょ。ポートボールやる時、ゴールしかやらないですから」
山里　「優しい。これつまんないから基本的にじゃんけんに負けた人がやるやつですよ？」
若林　「じゃんけんに勝ってこれをやります」
山里　「優しい。僕も言わせてください。私絶好調の時、光合成をして酸素出します」
若林　「優しい。人じゃなくて地球にも優しいっていうね」
山里　「こんなに地球に優しいの僕かエコバッグですよ」
若林　「僕も優しいですよ。今まで生きてきて一度もですよ？　アリ踏んだことないんです。全部避けてます」
山里　「アリの代表として言わせてください。サンキューです」
若林　「せっかくならありがとうって言ってほしかったですけどね」

舞台袖の島、笑っている。

若林　「山里さんの言ってることよくわかんないなあ」
山里　「え、性格合わなかった？」
若林　「合わなかったらこんな笑顔で漫才やってないですよ」

2人、笑い合う。

山里　「いやあ楽しいね、こんな楽しいことやった後は酒がうまそうだね」
若林　「あ、すいません今日はちょっと……」
山里　「あ、そっか飲み会とか苦手か」
若林　「今日は別の飲み会あるんでどうしようかな……」
山里　「別の飲み会は行くんだね、でも断り方優しいなあ」

島、笑っている。

31　若林のアパート・若林の部屋

ノートを広げている。
【売れて良かったこと】の項に書き足し。
【すごい人と漫才ができて】と書いている。
と谷からメールが届く。「今、幸せ？」

若林「……」
若林メールを返し、ノートに【たまに幸せ】と書く。

32　テレビ局・スタジオサブ（日替わり）

山里がいる。

山里「おーはようございまーす！　本日もよろしくお願いしまーす」
司会者の声「今日声出てるねえ」
山里「ええちょっといいライブがありまして。天の声として今日も頑張っていきますよぉ！」

33　テレビ局・リハーサル室

若林と春日、雑誌の取材が行われている。
スチール撮影の準備中。

若林「山里さんがとにかくすごくてさ」
春日「ほお」
若林「俺さ、お前としかネタやったことなかっただろ。だから相方が案を出してくれるっていうのがこんなにラクなのか、こんなにネタ作り楽しくなるのかって革命で」
春日「漫才革命ですな」
若林「……お前こういうの聞いて、反省とか頑張ろうとかそういうモードになんないの？」
春日「まあ、山里さんに春日はできないので」
若林「……そうかもしんねえけど他の形の漫才できてたよ」
スタッフJ「すみません、ではおふたりお願いします」
春日「はいはい」

若林と春日、立ち上がってスタンバイへ。
春日、雑誌を閉じて椅子に置く。

×　×　×

N「テレビ収録の後、お笑い雑誌の撮影」
N「人気芸人のグラビア企画がたびたび行われていた」
カメラマン「ではおふたり並んでいただいて」
若林「あ、はい」
スタッフJ「来年の干支のこちらを着けていただきたくて」

スタッフが2人に虎の被り物を渡す。

若林「……」
スタッフJ「芸人さんたちみんなにこれ被ってもらって、来年の抱負などと一緒に掲載させていただきますので」

撮影した芸人たちの写真を見せるカメラマン。

春日「ほう、みなさん笑顔で」
若林「……」

カメラマン「はい、こんな感じでおふたりもよろしくお願いします」

春日「はいはい」

春日、虎の被り物を着けて。

カメラマン「いいですね、笑顔で、こう、ポーズお願いします」

スタッフJ「アイドルのような笑顔で」

春日「こうでしょうか？」

春日、招き猫のような虎ポーズ。

スタッフJ「かわいい〜」

カメラマン「いいですね」

スタッフJ「あ、若林さんも」

若林「……」

カメラマン「？」

春日「ちょっと若林さん？」

若林「虎ですね」

春日「そうですよ」

若林「虎か〜牛だったらよかったんですけどね」

春日「牛より虎のほうがいいでしょ」

若林「そうか？　いや〜虎じゃなかったらな。これどうしようかな」

スタッフJ「どうかしました？」

若林「いやこれ被るのがちょっと難しい気が」

スタッフJ「あ、そんな難しくなくて」

春日「いや被れるでしょ、ここを広げてこうしたら」

若林「ちょっとこれ被り方難しいですよねわかんないな」

春日「なんでバカになっちゃったんですか」

スタッフJ「被ってかわいいポーズしていただければ」

若林「これは越えなきゃいけない壁が多いですね」

スタッフJ「えっと……」

春日「こうですよこう。ガオー！」

若林「それなんだよなあ正解はな、わかってんだよ」

カメラマン「みんな被ってますもんねこれ」

若林「……」

34 ラジオ局・ブース

若林と春日、生放送中。

若林「雑誌の撮影でね、ポーズの要求があったりするわけなんですよ」

春日「ありますよね、求められてますね春日は」

若林「僕も求められてるんですけど。こないだあったんですけどね、来年が寅年ということで虎の被り物ですか？」

春日「帽子みたいなやつ」

若林「それを被って、笑顔で招き猫みたいなポーズをやってくださいと言われたんですが……私かなりの拒否反応が体から出てしまいまして」

春日「出てましたな」

若林「あれは、やるのが正解なんですか？」

春日「やる以外の選択肢はないですよ。それを欲しているわけだから。欲されているわけだからね」
若林「かわいくやってくださいと言われて、強烈なブレーキ音が聞こえたわけですよ、僕の体の中から。キキキー！って」
　春日、笑っている。
若林「でもこれは『やりません』と言ったらとがってることになるじゃないですか。だから、やらないとは言えないの。アイドルみたいな笑顔で、って真顔で言ってくんだよ？」
春日「そうでしたねえ」
若林「でもほら俺も大人だから。自意識過剰とかもう言われたくないから、結局被ったけどね？」
春日「被ってました？」
若林「被っただろ。抵抗すんのも結局やんのもダサいのわかってんだけどさあ。お前が羨ましいよ本当」
　春日、笑っている。
　若林も笑っている。

35　会議室

　山里、雑誌を見ている。
　虎を被りポーズをとる春日。
　その横で虎の被り物を頭に載せる真顔の若林。
山里「……若ちゃんとがりすぎでしょ」
　しずちゃんが入ってきて。
静代「……」
山里「……」
　山里、雑誌を閉じる。
N「南海キャンディーズ、M―1グランプリ2009で決勝進出は決めたもののコンビ仲は依然最悪なまま」
静代「……」
　山里、携帯電話をいじり……。
山里「……」
　アラームが鳴る。
　山里、しずちゃんが立ち上がって寄っていき。
山里「どうも―南海キャンディーズです！」
静代「バン！」
山里「今皆さんの胸に広がったのが、世にも有名な『ストレス』というやつです」

×　×　×

高山「……」
　高山が覗いている。

36　テレビ画面

　『たりないふたり』の若林と山里。
N「2012年。ライブの実績が認められ、テレビ番組『たりないふたり』がスタート。そして……」

37 クリー・ピーナッツのアパート

杉内と田雲。段ボール箱を前にしている。

杉内・田雲「……」

ゆっくりとガムテープを剥がし……。
中に入っているCDを手に取る。
その手が震えている。
2人、泣いている。

38 テレビ局・オフィス〜楽屋〜会議室

それぞれの場所にいる島、若林、山里。

N「その4年後、2016年」
それぞれ『たりないふたり』のCDを持っている。

N「クリー・ピーナッツの『たりないふたり』が勝手にリリースされるのであった」

島・若林・山里「これは……?」

つづく

第11話

人は変わると思いますか？

1　第10話リフレイン

若林と山里、漫才をしている。

N「たりないふたりのライブで、自分たちのコンビとは違う漫才を披露したふたり」

若林と山里、楽しそう。

N「ダメな部分、欠けている部分をさらけ出す。世間と自分のズレをさらけ出す」

若林と山里、漫才をしている。
それを見ている島。

2　ラジオ局・廊下～スタジオ

テロップ【2010年】
山里、スタッフとラジオの生放送に向かっている。

スタッフA「いや、でもほんと楽しみです」
山里「はい」
スタッフB「ラジオで2時間ひとりで喋りっぱなし。山里さんのトークが全てですので」
山里「はい」
スタッフB「本番前にプレッシャーかけちゃってますけど」
山里「……」
スタッフB「あの……」
山里「いや、はい、えっと、はい」

山里、キョロキョロする。

スタッフA「どうしました？」
山里「嬉しすぎて。ドッキリだったらどうしようって……」

3　同・ラジオブース

山里、マイクの前で。

山里「こないだ許せないことがあってみんなに聞いてほしいんだけど……これって俺が悪いのかな……？」
N「山里、深夜ラジオのパーソナリティに抜擢。新たな場所でひとりで2時間話し続けて自分を吐き出す」
山里「そんなギャーギャー言うなって話なのよ！　こっちがちょっとあえて上目から攻めてったのわかんないのかな？　え？　俺がひどい？　ひどい？　俺？」

4　会議室（日替わり）

若林と編集者、打ち合わせをしている。

N「そして若林は自らと向き合う」
編集者「連載のタイトルなんですが……」
若林「……」
編集者「……なければこちらでも案出しますけど」
若林「いやあの……社会人2年生ってどうですか？」
編集者「社会人2年生？」
若林「はい」
編集者「というと？」

若林「僕8年間ずっと売れなくて。今やっとテレビの仕事とかやれるようになって1年経ったんですけど、自分が今やっと社会に参加してるって感覚があるんです。だから社会人2年生というか」
編集者「なるほど」
若林「でもびっくりすることが多くて。そんなこと書ければなと」
編集者「例えば？」
若林「例えばなんだろ。ちっちゃいことですいません、趣味がないとおかしいみたいに言われちゃう感じとか」

5　喫茶店

N「エッセイの連載を始めた若林。思いを文章にしたため自分を見つめ直す」
若林、パソコンを打っている。
若林N「よく番組の打ち合わせや雑誌の取材などで『趣味はありますか？』と聞かれることがある。僕は無趣味なので、その度に返答に困り、間を取りすぎた挙句『……散歩ですかねぇ』と答え空気を若干歪ませる」
若林「……」

6　テレビ局・楽屋〜廊下（日替わり）

山里がいる。
顔を腫らしたしずちゃんが来て。
山里「!?」
静代「……」
山里、じっと見ている。
そこにドアが開き高山がやってきて。
高山「おーはよーうございまーす！　どう？　どう似てた？」
山里「……高山さんちょっといいですか」
高山「なに？　そんな怒るくらい似てない？」
山里、高山を廊下へ。

×　×　×

静代「……」
山里「しずちゃんのあの顔、ボクシングですか？」
高山「そうそう。スパーリング？　だっけ」

7　ボクシングジム

トレーニングをしているしずちゃん。
N「しずちゃん、ドラマでボクサー役を演じたことがきっかけでボクシングにのめり込む。才能が開花し、ボクシング界で頭角を現す」

8　テレビ局・楽屋〜廊下

山里「それよりお笑い頑張ってほしいんですけど」

高山「えー今すごいのよ？　プロのライセンスも取ったし。ロンドンオリンピック出られるかもって話もあるんだから」

山里「そんなの出られるわけないじゃないですか、周りに持ち上げられてるだけですって」

高山「そんなことないってしずちゃん強いしすごいんだよ？」

山里、しずちゃんに聞こえるようにドアを足で押さえて少し開けている。

山里「強いって言っても素人レベルです。オリンピックなんて出られるわけありません。もっとお笑い頑張ってほしいです」

静代「……」

9　喫茶店（日替わり）

パソコンを打つ若林。

若林N「自意識過剰である。年を取れば直ると聞き期待していたのだが、32歳になった今も妙なことが恥ずかしく、そのほとんどが同意を得ない。『パスタ』と言うのも恥ずかしい……」

若林「……」

10　テレビ局・カフェテリア（回想）

若林、パスタを食べている。

×　×　×

若林、パスタを食べ終わりお皿を返却。もう一度席につくと、鈴木がやってきて。

鈴木「あれ？　早いね」

若林「ちょっとここで作業しようと思って」

鈴木「なんか食った？」

若林「え？　いや……何も食べてない」

鈴木「なんか食おうよ俺腹減ったから」

若林「いや……俺はいいや」

鈴木「そう？　え？　なんか食ったの？」

若林「いや何も食べてないけど」

鈴木「……じゃあ俺パスタ食べようかな」

若林N「『パスタ』と言うのも恥ずかしい。『パスタ』と答えるのがイヤだから『何も食べてない』と答えたことがある」

11　喫茶店

若林、パソコンを打っている。

若林N「自意識過剰だなぁ。とよく言われる。その通りだ。誰も僕のことなんて見ていない。それはわかっている。だがしかし、だ。僕なのだ。僕が！　見ているのだ！」

12　テレビ局・会議室（**日替わり**）

山里、『スッキリ』の打ち合わせ。

スタッフ「こちらが今日のメニューです」

資料を渡すスタッフ。

山里「はい」

資料に「しずちゃんロンドン五輪出場か」とある。

山里「!?」

スタッフ「今日のトップはしずちゃんですね」

山里「……」

スタッフ「9月の大会次第でオリンピックありえるんですよね?　すごいよなあ」

山里「……いやああの子ね、ずーっと頑張っててね。もうパンチパンチ。口を開けばパンチパンチで。その努力が実ったので応援してあげてくださいねえ本当に」

N「山里、しずちゃんがオリンピックに出る可能性があることを、本人からではなくニュースで知る」

13　同・スタジオサブ

山里マイクに向かう。

山里「おーはようございまーす!　クイズッスのお時間です、よろしくお願いしまーす!」

司会者の声「しずちゃんすごいねえ」

山里「いやあ、ありがとうございます!　私の友人の相方なんですがいつも頑張ってて。私応援しております!」

×　×　×

日が変わって。

山里「私が全身全霊で応援しているしずちゃんのボクシングの話題です!　しずちゃんの見事なパンチ炸裂です!」

×　×　×

日が変わって。

山里「本日も我らがしずちゃんのボクシング練習風景が届いております!　いやあお笑いもやりながらすごいですよ」

N「これは話題になりそうだと、乗っかる山里」

14　ボクシングジム

しずちゃん、トレーニング中。
テレビから山里の調子のいい声が聞こえてくる。

静代「……調子ええなあ」

N「コンビ関係は、さらに悪化」

15　喫茶店（**日替わり**）

若林、パソコンを打っている。

若林N「5年くらい前、まるで仕事がなかった僕は、1年後M−1グランプリで優勝するという目標を立て、今日何をすべきかまで予定を埋めた」

16　第7話　リフレイン

スケジュールをノートに書く若林、それを見る鈴代。

若林N「すると、仕事がなくて社会から必要とされていないという劣等感が薄らいだ。ちなみにその時書いた最初の仕事は『相方を説教する』だった」

春日に説教する若林。

17　テレビ局・楽屋

若林N「また書いてみるかとペンを取った」

若林、ノートを広げて何か書く。

春日が楽屋にやってきて、

春日「どもども、おはようございます」

若林「……お前さ、ちょっといい？」

春日「はい？」

若林「お前って用意してたことしか言わないじゃん。バラエティなのに台本読みすぎじゃない？　アドリブとか急に振られた時も、色々やればいいのになんでやんねえの」

春日「……はい」

若林「仕事なんでも一生懸命やっててすごいと思うんだけどさ」

春日「ありがとうございます」

若林「……これの前、なんの仕事だったの？」

春日「日本全国バンジージャンプ巡りの関東ブロックですね」

若林「……すごいじゃん」

若林のノートに【この原稿を書く】と【相方を説教する（褒めながら）】の文字。

若林N「書いたのは『この原稿を書く』と『相方を説教する（褒めながら）』だった」

18　若林家・居間（日替わり）

鈴代、若林の連載雑誌を見ている。

若林もいて。

若林N「僕は（褒めながら）の分だけ大人になっていた」

若林「ばあちゃんもやってたよね、毎日スケジュール書くの」

鈴代「まだやってるよ」

若林「え、明日なにすんの？」

鈴代「ファミレスのバイトの面接行って」

若林「え、そうなんだ」

鈴代「そんで夜はまさくんのテレビ見る」

若林、笑顔。

19　喫茶店（日替わり）

若林、パソコンを打っている。

N「若林は書く」

20 ラジオ局・ラジオブース（日替わり）

山里、話している。

N「山里はしゃべる」

山里「いやあうちのおしずがねオリンピック出られるかもって頑張ってまして。もし出場したらオリンピック選手の相方って聞いたことない人間になれますよ、私」

21 ボクシングジム（日替わり）

しずちゃん、トレーニング。

N「しずちゃんは自分のためにボクシングをして」

22 むつみ荘・春日の部屋（日替わり）

春日、テレビクルーに囲まれている。

N「春日は我が道を行く」

春日「我が家にあるもので筋トレをしていきます！トゥース！」

×　×　×

春日、テーブルを持ち上げている。

春日「これは効きますね！」

手書きのカンペが出される【テーブルでダジャレ】。

春日「……いやあ重いですねえ」

N「アドリブは利かない」

23 テレビ局・会議室（日替わり）

島の前に若林と山里。

N「そして、漫才が若林と山里を引き寄せる」

島「やるよテレビで。ふたりで漫才」

若林「……」

山里「……」

N「これは、ふたりの物語」

24 今回のストーリーを点描で

N「成功と挫折。出会いと別れ。変わっていく何か。そうして大人になっていくふたりの本当の物語。しかし断っておくが『友情物語』ではないし、サクセスストーリーでもない。そして、ほとんどの人において全く参考にはならない」

若林と山里、呆然としている。

N「だが、情熱はある」

タイトル『だが、情熱はある』

25 病院・廊下〜病室前

若林、やって来て病室の前で立ち止まる。
扉に【若林鈴代】の文字。

26　同・病室

若林が入っていく。
若林「ばあちゃん、来たよ」
鈴代がベッドにいて。
鈴代「……うん、ありがとうね」
若林「……」
鈴代「あんたは、髪切らないの？」
若林「え？」
鈴代「春日くんは髪きっちりしてるのにボサボサで」
若林「きっちりって」
鈴代「七三分けにしてみたら？」
若林「え？　俺が？　やだよ」
鈴代「案外イケるかも」
若林「イケないよ」
2人で笑って。
若林N「祖母が亡くなった」

27　喫茶店（日替わり）

若林、パソコンを打っている。
若林N「20代の真ん中あたりの数年間、実家で祖母とふたり暮らしをしていた。僕がいい年こいて売れないお笑い芸人をやっていることに関しては何も言わなかった」

×　×　×

第5話リフレイン。（セリフはオン使いながら。）
若林N「『両親に心配をかけるな』的なことも一切言わなかった。一度だけネタ番組を見ていた時『こういうのには出ないの？』と聞かれ、いたたまれない気持ちになったことがあるが、それぐらいだ」

×　×　×

鈴代の病室。
壁には若林の写真がいくつも貼ってある。
若林N「お見舞いに行った時、壁に自分が出演した番組の切り抜きや写真がたくさん貼ってあった。ただその中に堂本光一さんの写真が間違って交じっていた。嬉しかった」

×　×　×

若林「……」
若林N「ばあちゃん、ありがとう」
若林、パソコンを閉じて立ち上がる。

28　テレビ局・会議室（日替わり）

島と若林、山里、打ち合わせをしている。
島「テレビになっても内容は同じ。ふたりのダメな部分

山里「震えますね。ライブじゃなくてテレビを吐き出しまくっていいから」
若林「……」
山里「我々ふたり集まった時の負のオーラ半端じゃないですからね、若林くん、ね」
若林「まあ誰にも見られてないと思ってやりましょう」
島「すごいこと言ってる」

29　テレビ画面・たりないふたり（日替わり）

テロップ【2012年】
N「3ヶ月の期間限定で深夜に放送が開始」

30　音楽スタジオ（日替わり）

『たりないふたり』が流れている。
釘付けになっている杉内、田雲。
N「自分の弱さや醜さをさらけ出し、漫才にしていく若林と山里。まだ無名のヒップホップユニット、クリー・ピーナッツのL田雲とDJ杉内に深く刺さる」
田雲「……え、待って？　……やばない？」
杉内「やばいよ、めちゃくちゃ食らってるよ」
田雲「え、待って？　……やばない？」
杉内「俺はいいけどラップやってるLがその語彙力ヤバくない？」
田雲「え、待って？　……やばない？」
杉内「ズルいって。俺もツッコミせずにボーッとしてたいよ」
田雲「俺らなんで悩んでたっけ、ってくらい」
杉内「な」
田雲「そんくらいの衝撃、漫才で……」
杉内「なんかほらよく言う、地球とか宇宙規模で見たら今抱えてる悩みなんて小さく感じるみたいな……そんくらいのな」
田雲「え、どういう意味？」
杉内「なんでわかんねえんだよ合ってるだろ」
田雲「え、待って？　……やばない？」

31　中野サンプラザ・前（日替わり）

N「その年の夏、単独ライブを行う」
田雲と杉内がいて。手には『たりないふたり』のライブのチラシ。
杉内「聖地巡礼……聖地巡礼……聖地巡礼でなんか韻踏める？」
田雲「精肉店ウェイ」
杉内「それイケてんの？」
田雲「イケてんねん」
杉内「ここでふたりがライブしてんもんな」
田雲「中野サンプラザでけえな〜背中遠いぞ」

杉内「な」
田雲「俺ら中野サンプラザなんて埋められることあんのかな？」
杉内「いや〜どうだろ。やりたいけどね〜」
N「8年後にその夢は叶うのだが、それはまだ先の話」

32 ボクシングジム（日替わり）

しずちゃん、ハードなトレーニングを終えて。
高山がいて。

高山「しずちゃん仕事そろそろだけど」
静代「もうちょっとだけやっていいですか？」
高山「……」
静代「私、こんなに頑張ったの初めてかも」
N「しずちゃんも夢を追う」

33 囲み取材（日替わり）

N「この男は夢が叶う」
春日【所沢観光大使】のタスキをつけて、
春日「就任しました！　トゥース！」

34 クリー・ピーナッツのアパート（日替わり）

テロップ【2014年】

テレビには『もっとたりないふたり』。
田雲「では問題です」
杉内、ターンテーブルから効果音を鳴らす。
田雲「山里さんのネタ帳の表紙のタイトルは？」
杉内「はい！　南海キャンディーズ成功への軌跡」
田雲「正解！　では第2問」
杉内、ターンテーブルから効果音を鳴らす。
田雲「若林さんのネタ帳2007年11月の表紙は？」
杉内「はい！　春日を一人前の芸人にする計画のノート」
田雲「正解！」
杉内がターンテーブルを回す。
田雲、ぶつぶつとリリックを追う。
田雲「……ちょ、ちょ、調子どない……悩める多くのマイメン……今すぐ精肉店……いや精肉店あかん」
テレビの中の若林と山里。

35 病院・病室（日替わり）

テロップ【2015年】
N「そして2015年」
若林が入っていく。
徳義「おう、わりいな毎日」
N「若林の父、徳義は肺を悪くし入院していた」
若林、座ると徳義がギターを抱えている。
徳義「よし」

若林「え？」
　　徳義、小さくギターを弾く。
若林「ちょっとちょっと」
徳義「なんだよ、お前来たんだから」
若林「聴かせてくれなくていいよ。っていうかなんでギターが病院にあんのよ」
徳義「喫茶店とかでふたり組がしゃべってても気になんねえだろ？」
若林「え？　うん」
徳義「でも電話でワーワー言われると耳障りだろ」
若林「なんの話？」
徳義「俺がギターひとりで弾いてたらみんな気になんだよ。だけどお前とかいたら『あ、聴いてる人がいるんだ』って感じで気になんねえんだって」
若林「絶対そんなことないと思うけど」
　　徳義、小さくギターを弾こうとする。
徳義「ちょっとだけはじけば……うるさくねえし……」
若林「そんな弾き方しても気持ちよくないでしょ」
徳義「よくわかったな、全然よくねえよ」
　　徳義、ギターを置く。
徳義「だからよ、本でも読むかって思って」
　　カバーをつけた本が何冊かあって。
若林「何読んでんの」
徳義「ああ、お前のさ」
若林「え」
　　徳義、ブックカバーを外すと『火花』。
徳義「友達だよな、又吉。おもしれえわ」
若林「……又吉くんね友達っていうかまあ仕事の。っていうか俺の本読んでよ、出たんだから」
徳義「これな、母ちゃんが持ってきたわ」
　　徳義、棚から若林の本『社会人大学人見知り学部卒業見込』を手に取る。
若林「あ、え」
徳義「又吉の読み終わったらな」
若林「そんな賞取ってる本の後にやめてよ」
　　徳義、若林の本の裏表紙を見る。
徳義「世間離れした人間……。お前って、ひねくれ芸人とか言われてんだよな」
若林「あ、うん」
徳義「なんだよそれな。誰の血だろうな」
若林「……誰だろうね」
徳義「死んだばあさんかな？」
若林「……」
徳義「あ、これもあるぞ」
　　徳義が手に取ったのは山里の本で。
　　『天才になりたい』。

36　テレビ局・楽屋

　　山里、『天才になりたい』を読んでいる。

山里「天才になりたい……か……これ書いたのもう10年前じゃん」

しずちゃん、高山がやってきて。

高山「おはよ～」
山里「おはようございます」
静代「……」
高山「山ちゃんちょっといい？」
山里「はい」

高山、しずちゃんに目をやる。

静代「……」

高山、スケジュール帳を見たり仕事を始める。

山里「え？　なんですか？」
静代「……山ちゃん？」
山里「……なに？」
静代「……あんな？」
山里「うん」
静代「私な、ボクシングやってたやん」
山里「うん」
静代「それでな、めっちゃ頑張ってんけど、オリンピックには届かんくて。2回」
山里「うん」
静代「オリンピック出れるかも、ってたびに山ちゃん乗っかってきたのはめっちゃイヤやってんけど」
山里「……あ、そのクレーム？　それは高山クレーム受付センターに」
静代「ちゃうくて」
山里「……なによ」
静代「……ボクシング真剣にやって。山ちゃんはこんくらいの気持ちでお笑いやっててんな、ってやってわかってん」
山里「……」
静代「やってるつもりでおったから、怒られても意味わからんかったけど、できてへんかったなって」
山里「……」
静代「山ちゃんみたいに頑張りたいから、お笑い頑張りたいです」
山里「……頑張り……たい……俺みたいに」
静代「……やからM―1にもう1回出たくて」
山里「え？」
静代「……漫才やりたい」
山里「……」
高山「……って話でした」
山里「……」
高山「山ちゃん、どうする？」
山里「……僕は……覚悟が必要です」

37　ラジオ局・スタジオ～公園

山里、ラジオ生放送中。
高山はサブから見守っている。

山里「本日はねスペシャルゲストと言っていいんでしょうか。一番近くて一番遠い存在のこの方と電話がつながっております。もしもーし？」
静代の声「あ、どうも……」
山里「しずちゃんテンションが低いよ。しずちゃんです！」

×　×　×

公園のしずちゃん。

静代「こんばんは」
山里の声「しずちゃんさ、俺と最初にしゃべった時のこと覚えてる？」
静代「私が前のコンビの時やろ？」

×　×　×

山里としずちゃん、適時カットバック。

山里「そうなんですよ皆さん、私、しずちゃん別のコンビ組んでるのに引き抜いたんですよ」
静代「東京行くって決めてたのに『東京のテレビ、若手出すのやめてくらしいよ』って嘘つかれて」
山里「え〜ちょっと待ってよあれ嘘ってバレてたの？」
静代「ヤバイなって思った」
山里「でもね、ヤバイかもしんないけどさ」
静代「？」
山里「この子すごい子だ、この子と組んだら売れるって思ったんだよ」
静代「私も、山ちゃんのことすごい人やって思ってた」
山里「あら、しずちゃんお褒めの言葉いただいていいですか？」
静代「でもいつのまにかうっとうしくなって。あまりの性格の悪さに」
山里「悪口！　着地が悪口だったよ？」
静代「でもずっと面白い人やとは思ってる」
山里「……じゃ、そんなしずちゃんにお聞きしたいんですが」
静代「うん」
山里「南海キャンディーズとして２０１６年の目標はなんですか？」
静代「……M―1見てて、漫才ってかっこええなって思ったんですよ。漫才をやりたいと思います」
山里「M―1ね……こういうことをここで聞くのってダサいと思うんだけどさ」
静代「うん」
山里「M―1……出たい？」
静代「……うん、出たい」
山里「……出るか、M―1」

高山、ガッツポーズ。

N「山里、自らのラジオで7年ぶりにM―1グランプリに出場することを表明」

38　病院・病室（日替わり）

ベッドの徳義。

若林、来ている。麻衣もいる。

若林「面白かった？　火花」

徳義「あー面白かったな。まあでも1個苦言を呈するなら」

若林「呈さなくていいんだよ」

麻衣「で、正恭のやつ読んだの？」

徳義「あ、今これ読んでるわ」

徳義、『天才になりたい』を出す。

若林「なんで俺の読まねえんだよ……あ、じゃ行くわ」

徳義「おう稼いでこいよ」

麻衣「言い方」

若林、出ていく。

N「若林、病院に行ってから仕事に向かい」

×　×　×

ベッドの徳義。知枝もいる。

若林、やってきて。

若林「ただいま」

知枝「あらお疲れ様」

徳義「家みたいに言うんじゃねえよ」

若林「いいじゃん別に」

N「仕事終わりに病院に寄る日々が続く」

39　テレビ収録現場

N「その頃春日は」

春日、ビキニパンツで大型犬とじゃれている。

春日「春日ですよ～春日です。春日なんですよ私は」

N「春日の道をまっすぐ歩き続ける」

40　病院・病室（日替わり）

ベッドの徳義。知枝が横にいる。

徳義、ギターを抱えている。

徳義「いいじゃねえかよちょっとぐらい」

知枝「ダメだって」

若林、入ってきて。

若林「え、なにどうしたの」

知枝「お父さんがギターちょっとだけ聴けって」

若林「また言ってんじゃん」

徳義「怒られても代わりに怒られてくれたらいいだろうがよ」

若林「せめて一緒に怒られなよ」

徳義、わざとらしく咳をしてその動きでギターを弾く。

若林「うわ最悪」

知枝「そんな演技してまで弾きたい？　ねえうるさい」

若林と知枝、呆れているが……。

だんだんと徳義の咳がひどくなりギターも弾けない。

知枝「……ちょっと待って大丈夫？」

徳義、咳が止まらない。

若林「先生呼んでくる？」
知枝「うん……あ、ナースコール」
　知枝が押そうとしたナースコールを徳義、押さえて。
徳義「……こんなので呼んでたら……ナースコール押しっぱなしだろ」
知枝「でも」
　徳義、手をそのままにして。
徳義「大丈夫大丈夫……」
　知枝、徳義の手を握っている。
　若林、徳義の背中をさすって。
若林「……」
Ｎ「そんな生活の中で」

41　テレビ局・楽屋（日替わり）

　テロップ【２０１６年】
　若林と鈴木がいる。
鈴木「ねえこれ知ってる？」
　鈴木、バッグから『たりないふたり』のＣＤを出す。
Ｎ「ある音楽に出会う」
若林「たりないふたり……？」
　×　×　×
　若林、イヤホンを耳につけている。
　イントロが流れて……。
鈴木「これまんまだよね？」
　若林、大声で話し始める。
若林「いやあ、え〜！　これすごくない？」
鈴木「声でかいよ」
若林「これ俺らのことだったら嬉しいけどさあ、え〜こんなかっこいいとこに届く？」
鈴木「声でかいって」
若林「ヒップホップってたりないふたりから一番遠いとこじゃん」
鈴木「ちょっとイヤホン外してしゃべって」
若林「すげえ〜！」

42　病院・病室（日替わり）

　徳義、眠っている。その横に若林。
　徳義、目を覚まして。
徳義「……おう」
若林「あ、起きた？」
徳義「寝てたか。結局あれなんだよな、いつのまにか寝るのが一番気持ちいいけど寝た気しねえんだよな。寝よう！って思って寝たほうが睡眠に気合い入れられんだよな」
若林「すっごいしゃべるじゃん」
徳義「……」
若林「……」
徳義「なあテレビつけてくれよ」

若林「あ、うん」
　若林、テレビをつける。
　春日がビキニパンツで大型犬とじゃれている。
徳義「……」
若林「……」
徳義「……お前さ」
若林「え？」
徳義「お前に足りないのって、こういうことなんじゃねえの？」
若林「……」
　若林、テレビを消す。
徳義「なんだよ見てたのに」
若林「健康に悪いよ今のは」
徳義「だとしたらそんな相方いたらダメだろ」
若林「だからずっと体調悪いよ俺」
徳義「誰に言ってんだよ」
若林「確かに、間違えたよ」
徳義「あーーーー」
若林「なによ」
徳義「ソフトクリーム食いてえんだけど」
若林「……ソフトクリーム、買ってこようか？」
徳義「金あるか？」
若林「それくらいは。先生聞いてオッケーだったら買ってくるわ」
徳義「おう」
若林「あ、でも院長先生がダメって言うかも」
徳義「早く行ってくれよ」
×　×　×
　若林、徳義にソフトクリームを渡す。
　徳義、食べて。
徳義「うめえな」
若林「ソフトクリームでいいんだ」
徳義「ソフトクリーム『が』いいんだよ」
　徳義、食べ続ける。
徳義「『うまそう』よりも『うまい』なんだよ人生は」
若林「人生」
徳義「そう、人生」
若林「……」
　徳義、手が止まる。
徳義「……」
若林「……もう食えないの」
徳義「なんで」
若林「食べてないから」
徳義「ああ。休憩休憩。休憩してただけ」
若林「溶けるよ」
徳義「……」
若林「いいよ無理しなくて」
徳義「……」
　徳義、無理やり食べる。
若林「いやちょっと」

徳義「俺が買ってやったのに残した、って文句言われたらたまんねえからな」
若林「……親父、俺がお前ら食わせてやってんだぞってずっと言ってたしね」
徳義「そう!」
　徳義、ソフトクリームにかぶりつく。

43　テレビ局・楽屋(日替わり)

　若林と谷、話している。
　谷はトマトソースパスタを食べている。
谷「え~じゃあずっとそんな生活なんだ」
若林「はい。もう1年くらいかな……?」
谷「そっか。お父さん嬉しいでしょうね」
若林「谷さん、親父がね」
谷「うん」
若林「こないだ急にソフトクリーム食いたいって言うんです。いつまで持つかわかんないのに」
谷「うんうん」
若林「それおいしそうに食ってて……幸せが簡単に手に入る世界にいるんだな、って思ったんですよね。100円くらいですよ」
谷「それってどっち? ニュ~って出てくるソフトクリーム? 冷凍庫に売ってるソフトクリームの形したアイスクリーム?」
若林「ほんっとにどっちでもいいと思います」
谷「100円ってことは……」
若林「そこどっちでもよくてね? だから、なんだっけ。あ。あれもイヤこれもイヤそれはダサい恥ずかしいっていろんなことハスから見てるのもったいないのかなって思っちゃって」
谷「うん。そうだね」
若林「……」
谷「私だったら死ぬ前にお願いするなら……やっぱり……」
　若林、谷を見ると顔をキメている。
若林「ちょっとタニショーさん!」
谷「あんた見るの遅いのよ! 私ずっとこの顔だったんだから!」
若林「もう~」
谷「まあでも、四の五の言ってても幸せになったもん勝ちよ」

44　喫茶店(日替わり)

　若林と徳義、座っている。

徳義「外出許可ってなんだよ外出るだけだぞ」

若林「入院してるからね、もしなんかあったらね」

　徳義、書店の袋から本を出しながら。

徳義「いやあやっぱ自分の目で見て本を買うのが一番だな。人に買ってもらうのってピンポイントだからよ、余白がねえんだよな」
若林「そういうもんなんだ」
徳義「目当てのもん探すついでに他のもの見つけんのがいいんだよ」
若林「嬉しそうだね」
徳義「普通に外歩いてるお前にはわかんねえよ」
若林「……そっか。っていうか俺の本読んでくれたの？」
徳義「ああ、これ読んだらな」
若林「いつになんだよ」
徳義、本を読んでいる。
若林「久しぶり外出たしなんか食べる？」
徳義「ん、今はいいや」
若林「……そう」
徳義「お前は？　なんか食えよ」
若林「じゃパスタでも食おうかなあ」
徳義「パスタってお前」
若林「いいじゃん別に」
徳義「パスタって言えてんじゃねえかよ」
若林「……本、読んでない？」
徳義「うるせえな。嘘書いてんじゃねえかよ」
若林「気にしてたら損だなって思っただけ」
徳義「はあ〜そうですか」
若林「……」
徳義「野球は？　見てるか？」
若林「うん」
徳義「最後によ、阪神の試合見に行きたかったな」
若林「……」
徳義「きっと負けんだろうな。負けてほしいな逆にな。負けてる阪神見れたら勝ちなんだよ」
若林「行こうよ。行けばいいじゃん」
徳義「んー、まあな」
若林「親父さ」
徳義「んー？」
若林「今、幸せ？」
徳義「今って、今のこの一瞬か？　最近ってことか？」
若林「どっちでも」
徳義「まあ今は。死にたくねえって思うくらいは幸せかな」
若林「……」
徳義「正恭。感情を出すな。死ぬぞ」
若林「……」
徳義「泣くなよ。死ぬぞ」
若林「誰が言ってんだよ」

45　若林家・居間（日替わり）

喪服の若林、知枝、麻衣。
知枝「本当にどうやっても疲れるね、冠婚葬祭って」
麻衣「疲れたって言ってる」
若林「そりゃ疲れると思うんだけど……あの葬式って母ちゃんが考えたんだよね」

知枝「そうよお、なんか自分たちでプロデュースするみたいな。緊張した～」
麻衣「私最初見た時、わけわかんなかったもん」
若林「この話、いつかラジオで話すわ」
知枝「ちょっとやめてよ～」

46　喫茶店（日替わり）

机に向かってパソコンを打っている若林。
若林N「親父が他界した。会いたい人にもう会えないという絶対的な事実が、会うということの価値を急激に高めた。誰と会ったか、と誰と合ったか。もうほとんど人生は、合う人に会うってことでいいんじゃないかって思った。誰とでも合う自分じゃないから、合った人に会えるように頑張る。それが結論でいいんじゃないかなって思った」

47　喫茶店（日替わり）

若林、トマトソースのパスタを食べている。
N「その2週間後」
テーブルの上のスポーツ新聞が谷の死を報じている。
N「それは突然のことだった。谷勝太、急死」
若林、食べている。
N「仕事終わりに新宿の路上で倒れ、意識を失う。心肺停止状態から一時息を吹き返すが、翌日、息を引き取る」

×　×　×

若林、パソコンを打っている。
若林N「21歳の時、タニショーさんに初めて挨拶しに行った時のこと」

×　×　×

谷と若林の出会い。（セリフはオン使いながら）
若林N「タニショーさんは『谷勝太です。よろしくお願いします』と丁寧に頭を下げた。そして、僕の顔をじーっと見て『みんな死んじゃえって顔してるね』と言った。何かを見抜かれた気がして、この人には嘘は通用しないなと悟った」

×　×　×

若林、パソコンを打っている。
若林N「ある日タニショーさんがひどく落ち込んだ顔をしていた」

×　×　×

泣く谷。（セリフはオン使いながら）
若林N「僕は適当な言葉が見当たらず『タニショーさんならいい人見つかりますって』と返すと『あんたに男100人に振られた男の気持ちわかる!?』と言った。わかるわけがない」

×　×　×

若林、パソコンを打っている。

若林N「幸せになったもん勝ちよ?と言っていたタニショーさんは幸せだったのかな?」

×　×　×

谷、踊っている。(セリフはオン使いながら)

若林N「タニショーさんはよく『今、幸せ?』と聞いてきた」

×　×　×

若林、パソコンを打っている。

若林N「僕は今幸せなのだろうか?」

48　テレビ局・廊下(日替わり)

歩いている若林。山里とすれ違う。

山里「あ……タニショーさん、残念だったね」

若林「うん……ありがとう」

山里「じゃね」

49　同・楽屋

若林、連載雑誌を見ている。

【合う人に会う】の文字。

N「そして」

50　居酒屋(日替わり)

若林の前に緊張の杉内と田雲。

田雲「……どういう状況なのか……」

若林「ごめんね急に」

杉内「いやそんな……」

若林「……」

田雲「あの……すみませんでした!　勝手に若林さんと山里さんのこと曲にしてしまって」

杉内「すみませんでした!」

若林「あ、え、そんな感じ?」

田雲「どんな感じなんか……」

杉内「……」

若林「俺さ」

田雲・杉内「はい」

若林「嬉しくて。ありがとうね」

田雲・杉内「え」

若林「ヒップホップ俺大好きで。その世界に自分らを入れてもらえたことが嬉しくて」

田雲・杉内「……」

若林「だから会いたいなって思って」

田雲「……ありがとうございます……!」

杉内「ありがとうございます……!」

若林「たりないふたりってやってて、始めた時は『こんなの誰にも共感されないし誰に届くんだろう』って思ってて」

田雲「……大好きです……!」

杉内「……大好きです……!」
若林「まあまあ、そんなに」
緊張の田雲と杉内。
杉内「怒られるかもとか不安で。でも会えるのなら怒られてもいいか……と」
田雲「こいつ店の前で座り込んじゃって」
杉内「緊張してガクガクしちゃって」
若林「なんてかわいいんだよ、なんでも食べてよねえ」

51 テレビ局・廊下(日替わり)

若林と山里、立ち止まって会話している。
山里「ラジオでかけたんだよ、クリー・ピーナッツ」
若林「そうなんだってね」
山里「スタッフさんが見つけて。かっこいいよね」
若林「ふたりガッチガチでさ、しゃべっただけなのに次の日筋肉痛だったんだって」
山里「へえー」
若林「やっててよかったよな、マジで。届くんだわ」
山里「……そっか」
若林「?」
山里「……ちょっと頑張るわ、俺」
若林「?　うん」
山里、去っていく。

52 会議室(日替わり)

机に向かいネタ作りをしている山里。
N「M—1グランプリに挑む山里」
山里、立ち上がり歩き回る。
N「しかし7年ぶりの賞レース。恐怖からネタ作りは全く進まなかった」
山里、机に向かいノートを広げ書き込む。
【お互いが離れた時に付けた力を漫才に取り込む】
【山里:声の仕事、ラジオ、毒舌】
【しず:ボクシングやドラマの表現力】
山里「よし、これで作れる!……いや、どうやってだよ!」

53 劇場・舞台裏～ステージ～舞台裏(日替わり)

N「そして迎えた1回戦」
スタンバイする山里としずちゃん。
静代「もうすぐやなあ」
山里「え?　うん。……あれ、しずちゃんごめん」
静代「?」
山里「俺、舞台出る時いつ手上げてたっけ」
静代「……出る直前から上げてたよ」
山里「そっかそっか、ありがと」
静代「……」
N「山里、1回戦から緊張がマックスに達する」

山里「どうもー南海キャンディーズです！」

両手を上げて登場する山里としずちゃん。

静代「バーン！」

山里「ねえ、セクシーすぎてごめんなさいね？」

×　×　×

ネタ中の山里、目が泳いでいる。

×　×　×

舞台から降りて……。

山里、しずちゃんに頭を下げて。

山里「ごめん緊張しすぎた！」

静代「……ほんまやで」

しずちゃん、笑顔で去っていく。

山里「……」

54　テレビ局・会議室（日替わり）

山里、ノートを広げてネタ作り。

N「山里、仕事終わりにネタを作り」

55　同・廊下（日替わり）

芸人がたむろして話している。

それを隠れて見ている山里。

芸人「南海キャンディーズのネタ見たけど、なんでわざわざまたM—1出てきたかわからないんだよね。別に新しいこともしてないしヤバイよね〜」

山里「……」

N「怒りをガソリンにして」

56　同・会議室（日替わり）

山里、ノートを広げてネタ作り。

N「少しでも良いネタを作り」

57　ラジオ局・スタジオ

スタッフの前でネタをする山里としずちゃん。

緊張の高山。

N「ラジオのスタッフに見てもらい」

山里「もう！」

山里としずちゃん、頭を下げる。

スタッフ、拍手している。

スタッフA「面白かったですよ」

スタッフB「うん、新しい感じしました」

高山「ほんとですか？」

スタッフA「ほんと面白かったですよ」

高山「イエ〜イ！」

山里としずちゃん、笑顔。

N「納得のいく漫才を作り上げ、準決勝まで勝ち進む」

58　テレビ局・廊下（日替わり）

歩いている若林。山里とすれ違う。

若林「M―1頑張ってね」
山里「ん、ありがと」

59　同・楽屋（日替わり）

山里、うなだれている。

N「南海キャンディーズ。M―1グランプリ準決勝敗退」
山里を見ているしずちゃん。
N「スケジュールの都合で敗者復活戦には出場することができなかった」
静代「あかんかったな……」
山里「うん。ごめんね」
静代「私こそごめん」
山里「しずちゃんさ。俺のラジオ出てくれない？」
静代「え？」
山里「……やってみたいことがあって」

60　ラジオ局・スタジオ（日替わり）

サンパチマイクの前に山里としずちゃん。

山里「どうもー！　南海キャンディーズです！」
静代「バン！」
山里「いやーセクシーすぎてごめんなさいね」
N「山里、決勝で披露できなかった漫才を自分のラジオで披露」

×　×　×

山里「理想の最期はいろんな人たちに見守られて笑顔で死にたいよね」
静代「じゃあ練習しとこうか。私、見守る人々やるから」
山里「人々？　何役もできる？」
静代「フラガールで日本アカデミー賞新人賞」
山里「そうだったー！」
しずちゃん、変な動きを始める。
N「しずちゃんを活かし」

×　×　×

山里「このストレス、ラッセンのパズルやんなきゃダメだな」
山里「問題児のオールスター、レアル・マドリードじゃない」
山里「ただ今脳内会議で決まりました、全カットです！」
N「自分のツッコミも活かして」

×　×　×

しずちゃん、山里を殴って。
静代「ここから本格的に殴ります！」
しずちゃん、山里を殴り続ける。
山里「もうめちゃくちゃだよ、こんなんじゃ南海キャンディーズ面白いってならないよ」
静代「大丈夫や。来年のM―1でもっとおもろいネタやったらええやん」

山里「もう!」
　2人、一礼。
N「南海キャンディーズのM―1グランプリ2016は終わった」
　ブースの外から高山が拍手をしている。

61　ラジオ局・スタジオ（日替わり）

　若林と春日。
若林「今年の4月だね」
春日「4月」
若林「に亡くなって、親父」
春日「ほおほおほお」
若林「病院に行ってから現場行ったり、現場と現場の合間にお見舞いしたり、1年ちょいくらい続いてたのかな。だから、春日がテレビでボディビルパンツ一丁で、その上を犬が歩いていくっていうのを親父とふたりで病室で見たからね」
　春日、笑う。
若林「無言で親父と見て」
春日「笑ってくれよそこは。無言で見てた?」
若林「そんで4月ね。うちの親父の葬式が自分たちでプロデュースする葬式なのよ。決まってんじゃなくて」
春日「なるほど。へー」
若林「俺が葬式のことを考える時間がなくてさ。姉ちゃんも仕事してるし、母ちゃんがプロデュースするってなって。朝仕事終わって親父の葬式の会場行ったのよ」
春日「うん」
若林「普通葬式ってさ、棺桶、親父が入ってる棺桶があって、真ん中に遺影が置いてあるじゃん。それがど真ん中に親父のギターが置いてあって写真は右端とかに置いてあんの。いや母ちゃんこれ違うよ、写真真ん中、ギター端よ、って」
春日「ギターの葬式みたいだもんね」
若林「そうなのそうなの! ギターがど真ん中にあるから」
春日「ギターさんがお亡くなりになって」
若林「一番大事にしてたからって言うけどいや写真は真ん中よって」
春日「どうなってんのおたくのとこの母ちゃんはよ」
若林「お前な? そう言うけどお前もおかしいぞ?」
春日「なによ」
若林「俺の親父が亡くなったんだってお前に連絡したら、お前が返してきたの『残念なことでございやしたね』だからな」
春日「それは間違ってないじゃない」
若林「俺が言ってんのは『や』と『ま』の違いだよ。『ございやしたね』じゃなく『ございましたね』にしろよそんな時ぐらいよ」
　春日と若林、笑っている。

62　テレビ局・楽屋（日替わり）

テロップ【2018年】
山里、自分の本を読んでいる。
N「山里が以前出版した『天才になりたい』の内容を大幅に書き換え『天才はあきらめた』が出版された」
高山、紙袋に入ったたくさんの本を持ってきて。
高山「重た～。山ちゃんみんなに渡すように預かってきたよ」
山里「ありがとうございます」
高山「なに自分の本読んでニヤついてんのよ」
山里「いやすみません後ろのほうばっか読んじゃってます」
高山「ん？」
高山、本を1冊開く。
高山「ああ～。これは嬉しいよね～」
山里、本を読んでいる。
裏表紙に【解説・若林正恭】という文字。

63　喫茶店（日替わり）

パソコンに向かう若林。

『天才はあきらめた』を読んでいる山里と適時カットバック。

若林N「ぼくが初めて山里亮太を目撃したのは、2004年のM―1グランプリである」

64　第7話リフレイン（M―1グランプリ2004）

漫才をする山里、それを見る若林。
若林N「『皆さん、その怒りのこぶしは日本の政治にぶつけてください』漫才冒頭の、このワンフレーズの衝撃で僕は吹っ飛んだ」

65　喫茶店

パソコンに向かう若林。
若林N「本当に真面目に、標準語のツッコミの歴史は山里亮太以前・以後に分けられると思う」

66　第10話リフレイン（居酒屋）

島と若林、山里。
若林N「この席で1年先輩だと思っていた山里亮太が初めて同期だということを知った。愕然とした。こんな天才が同期にいるのかと」

67　ホール・外

山里のライブに向かう若林。

山里の単独ライブのポスターがある。

若林N「彼の単独トークライブに足を運んだ。彼は何も隠さないのである。日々の仕事や生活で負った傷を、彼は隠さずに見せる」

68 喫茶店

パソコンに向かう若林。

若林N「格好いいところだけじゃなく、耳を塞ぎたくなるような情けない話やみっともない姿も見せてくれる」

69 ホール・外

帰っていく若林。

若林N「そういう人間は信用される。ライブを見て本当に悔しかった」

若林、話しかけられる。

勤「あの〜若林さんですか？」
若林「あ、はい」
勤「山里亮太の家族です〜。父です」
周平「兄です」
瞳美「母です〜お世話になってます」
若林「え！　ええ!?　こちらこそですお世話になってます」
瞳美「すごいですね見に来ていただいて……ありがとうございます」
若林「すごかったですライブ」
瞳美「私もそう思っちゃいました、すごいねえって」
勤「ちょっと親バカですかねすみません」
周平「恥ずかしいよ若林さんの前で」
勤「実家が千葉ですのでよかったら今度遊びに来てください」
若林「え、いやそんなさすがに」
瞳美「いえいえ！　いつもすっごいお世話になってるので！」
周平「若林さん困ってるから」
若林「あ、いや」
勤「行くか」
瞳美「失礼しますね〜あ、若林さんもすごいです」
勤「亮太をよろしくお願いします」

去っていく勤、瞳美、周平。

若林「……なんであんないい家族からあの男が……？」
若林N「僕のような人間にも、満面の笑みで話しかけてくれる素敵な家族に愛されている赤メガネ」

70 喫茶店

パソコンを打つ若林。

若林N「彼が言われたら一番困る言葉であり、一番言われたい言葉を言おう」
若林「……」
若林N「山里亮太は天才である」

×　×　×

漫才している南海キャンディーズ

若林N「天才とは尽きない劣等感と尽きない愛のことなのだから」

×　×　×

若林N「そして得てして天才は自分が天才だと気づかない」

若林「……褒めすぎか？」

若林、パソコンを打つ。

若林N「ダメだ。たりないふたりの漫才がやりた過ぎる」

71　テレビ局・楽屋（日替わり）

本を読む山里。

山里「やりたいな、若ちゃんと漫才」

N「しかし」

72　新型コロナウイルスを伝えるニュース映像

テロップ【2020年】

ニュースの声「緊急事態宣言が発出されました。これにより全国の公共機関、学校……」

つづく

最終話

燃え上がるものありますか？

1　救急車

テロップ【2021年】
意識朦朧の若林。
心配そうな島。

若林N「救急車が鳴らしているサイレンの音を車内から聞いたのは初めてだった」

2　道

救急車がサイレンを鳴らして走っている。

若林N「俺という人間のために道を開けてくれている車が何台もあると思うといたたまれない気持ちになった」

3　喫茶店

若林、パソコンに向かっている。

若林N「目を瞑ると向こうの世界に行ってしまいそうなので意地でも瞼は閉じないようにしていた」

4　救急車

島「若林くん、わかる!?　若林くん！」
若林「目を瞑ったらあっちに行ってしまいそうなので頑張ります」
島「うん」

だが目を閉じそうになる若林。

島「目！　瞑っちゃってる！」
若林N「ライブが終わった直後に舞台袖で倒れた」

5　劇場・舞台

テロップ【3時間前】
舞台上にはセンターマイクが立っている。
客席ではマスクを着けたスタッフが配信の準備に追われている。
舞台上に島。

島「……」

6　若林家・居間

パソコンの画面に配信ライブの待機画面。
麻衣が画面を覗いて。

知枝「あと何分ってなってる?」
麻衣「20分かな」
知枝「微妙ー！　今からご飯は無理だし、ボーっとするにはちょっと長いし」
麻衣「だからご飯食べとけばよかったじゃーん」

7　山里家・居間

パソコンの配信待機画面。
慌てて食事をしている瞳美、勤、周平。
瞳美「あと何分！」
勤「あと……15分だって！」
周平「ハリーハリーハリー！」
瞳美「ちゃんとゆっくり見たいよー？」

8　劇場・スタッフ打ち合わせ室

杉内と田雲がいる。
モニターにはステージが映っている。
杉内・田雲「……」
島がやってくる。
杉内「おはようございます」
田雲「おはようございます」
島「ごめんね、あとからよろしくね」
島、出ていく。
杉内と田雲、モニターを見る。
杉内・田雲「……」

9　喫茶店

パソコンに向かう若林。
若林N『『たりないふたり』の解散ライブはコロナ禍の影響もあって無観客でネット配信のみとして開催された』

10　劇場・山里の控室

山里、部屋をうろつき回っている。
コツコツと足音が響いている。
山里「……」
若林N「そうなると漫才で山里亮太という天才とふたりだけで向き合い、ぶつかり合わざるを得ない」

11　同・若林の控室

若林N「俺はその状況を歓迎していたのかもしれない」
若林、テーピングしている。
若林「……」
コツコツ、と隣の山里の足音が聞こえる。
若林「山ちゃん、落ち着きなさすぎでしょ」

12　同・山里の控室

うろつき回っていた山里、立ち止まって。
山里「……聞こえてる？」
靴を脱いで、靴下を脱ぎ……裸足でまたうろつき回る。

13　同・若林の控室

テーピングした足を動かしながら。

若林「いい感じだわ」

14　同・山里の控室

若林の声がうっすら聞こえてくる。

若林の声「よし、これでなんでもできる」

山里「……何するつもりだよ……漫才だよ？」

×　×　×

若林「そうだよ。ただの漫才」

山里「……」

山里、ちょっと笑って。

×　×　×

N「これはふたりの物語」

15　今回のストーリーを点描で

N「惨めでも、無様でも、逃げ出したくても、泣きたくても、人生をサバイブし、漫才師として生きていくふたりの物語。しかし断っておくが『友情物語』ではないし、サクセスストーリーでもない。そして、ほとんどの人において全く参考にはならない」

若林と山里。

N「だが、情熱はある」

タイトル『だが、情熱はある』

16　クリー・ピーナッツのアパート

テロップ【2012年】

テレビを見ている杉内と田雲。

杉内・田雲「……」

N「ヒップホップユニット、クリー・ピーナッツ。この日、ふたりはあるテレビ番組と出会った」

テレビには『たりないふたり』の若林と山里。

N「それは、ふたりを救った」

×　×　×

肩を落として歩く杉内と田雲。

N「ライブがうまくいかず自信をなくし」

×　×　×

スマホを見る杉内。

杉内「あーーっ！」

N「SNSを見て周りと自分を比べて絶望し」

×　×　×

田雲、楽しそうに盛り上がっているライバルを見て。

田雲「くそっ！」

N「ライバルたちに嫉妬し」

×　×　×

路上を肩を落として歩く杉内と田雲。

マンション販売のビラを配っている人。

ふたりをチラッと見てビラは渡さず……。

N　「社会から突き放され」
　　お互い顔を見合わせて……作り笑顔。
N　「無理やり笑顔を作る。そんな日々の中」

×　×　×

　　テレビの中の若林と山里。
　　見ている杉内と田雲。
杉内　「なあ……」
田雲　「いや、うん。わかる。そやな」
杉内　「……俺らは俺らのままでいいんだな」
　　田雲、リリックを紡ぐ。
田雲　「社交性がたりない、たりない、お金がたりない、自信がたりない、栄養もたりない……」
　　テレビ画面に若林と山里。
N　「クリー・ピーナッツの心の支えとなったこの番組は、3ヶ月限定の深夜番組として放送された」

17　テレビ局・会議室

　　時計の針は夜の11時。
　　漫才を作っている若林と山里。
　　島と鈴木もいて。
　　ホワイトボードに書かれた企画案たち。
　　【社交性がたりない……飲み会から逃げる方法？断り方】
　　【テレビがたりない……バラエティが苦手！ワイプ嫌い】
　　【恋愛がたりない……妄想している理想の恋愛】
N　「自らの弱さ、ズルさ、妬み嫉み、惨めな気持ち、たりない部分、負の感情。それを12本の漫才にしてさらけ出す」
　　全員に眠気が襲う……。
　　山里、眠い……が……。
山里　「これどうですかね？」
　　みんなにネタ帳を見せて……。
若林　「あ……すごい設定面白いですね……だったら僕は……」
　　若林、眠い……が……ノートにアイデアを書き出す。
N　「それぞれの仕事終わりに集まり、翌朝まで漫才を作り」
　　時計の針は6時。外は明るくなっていて……。
島　「今日はここまでにしよっか」
若林　「じゃ俺もうロケバス出る時間なんでいってきます」
山里　「今日ロケどこ行くの」
若林　「今日は……ファミレスのメニュー全部食べ尽くしてきます」
鈴木　「つらそ」
若林　「……やってやるよ……食器も机もソファーも全部食ってやるよ」
島　「気をつけてね」

鈴木「いってらっしゃい」

　　若林、フラフラと歩いていく。

N「若林はそのままロケに行き」

山里「じゃ、僕は少し休ませていただきます」

島「うん、おやすみ」

18 同・仮眠室

　　眠る山里。

N「山里はテレビ局の仮眠室で少し眠り」

19 同・スタジオサブ

　　山里、マイクに向かう。

山里「おーはようございまーす！」

N「全力で朝の挨拶」

20 同・会議室（日替わり）

　　若林と山里。

　　向かいに島と鈴木がいる。

N「そしてまた深夜に集まる」

若林「……島さん」

島「ん？」

　　若林、ぐったりして口だけ動いている。

若林「正直に言います。しんどいです。でも今楽しいです。漫才考えるのが楽しいです」

島「私も楽しいよ。しんどいけど」

若林「……」

山里「……あ、寝てるね。夢の中でしゃべってたね」

島「山ちゃんもしんどい？　ごめんね？」

山里「若林くんは今ドーンって感じで、毎日違うことしてめちゃくちゃ大変だと思うので、それよりは、まあ」

鈴木「山里さんも十分大変ですよ」

山里「だけど、ずっとひとりでネタ作ってたのでやり合えるの楽しいですし。漫才やっぱりキツイけど面白いなって……だって」

島「？」

山里「……」

鈴木「あ、寝てますね。急に寝たな」

　　眠っている若林と山里。

21 クリー・ピーナッツのアパート（日替わり）

　　テロップ【２０１４年】

　　テレビの前でスタンバイしている杉内と田雲。

杉内「おい始まるって始まるって！」

田雲「ほんまに今日やんな？　時間合ってるやんな？」

杉内「間違えるわけねえだろ！」

田雲「怒りすぎやろ！」

杉内「怒ってねえよ、自分さらけ出してんだよ！」
田雲「さらけ出してんのかよ！」
杉内「あの2人がまだまだ曝け出してくれんだぞ！」
田雲「あかん、あかんて！　俺らも曝け出さなあかんて！」
杉内「えっと、えーっと……ターンテーブルやってる時、手持ちぶさたで機材やレコード触ってることあります！」
田雲「えーっと……マイク持つ角度と指の置き位置、どこがかっこええか鏡の前で試して見てました！」
杉内「あとは……あ、トラック作る時」
　田雲、テレビを見て。
田雲「おいお前もう始まってるやんけ！」
杉内「待ってくれよそれは嘘だろ！」
　2人、テレビにかぶりつく。
N「再び3ヶ月限定で『もっとたりないふたり』スタート」

22　ボクシングジム（日替わり）

N「一方、このふたり」
　しずちゃん、グローブをつけて瞑想。
　ゴングが鳴り、立ち上がる。
静代「よっしゃ！」
N「しずちゃん、自分を曝け出す」

23　むつみ荘・春日の部屋（日替わり）

N「春日は」
　春日、デジカムを手にして。
　テレビ番組用のお宅拝見ビデオを撮影している。
春日「トゥース！　オードリー春日です。春日が住むむつみ荘での過ごし方、ということでね……今私はボディビルの大会に向けて、日々トレーニングを積んでおります」
　春日、ボディビルポーズ。
N「春日、さらけ出す」

24　喫茶店（日替わり）

　パソコンに向かう若林。
N「若林も自分をさらけ出し」

25　クリー・ピーナッツのアパート

　杉内と田雲、若林の連載を読み込む。
　田雲、ひたすら感動している。
　杉内、ひたすら染みている。

26　ラジオ局・スタジオ（日替わり）

N 「山里も、さらけ出す」
山里、マイクに向かう。
山里 「番組とかで俺がアイドルとかにかっこいい告白とかやらされることあるじゃない？　観覧のお客さんが引く流れになるってのはわかってんだけど、どっかで思ってるのよね。何人かは『え、山里さんかっこいい』ってなんないかなって。で全力やるじゃない。襲いかかるよね１００％のヒィーが。パステルカラーの淡い期待抱いてた数秒前の自分ぶん殴りたくなったわ」

27 クリー・ピーナッツのアパート

ラジオに耳を傾ける杉内と田雲。
山里の声が流れている。
田雲 「かっけえなあ」
杉内 「俺が客席にいたら『かっこいいよ！』って言うのに」
田雲 「俺も言うわ『かっけえよ！』」
杉内 「かっこいいですよ！　もっとください！」
× × ×
N 「そして」
杉内と田雲。段ボール箱を前にしている。
杉内・田雲 「……」
ゆっくりとガムテープを剥がし……。
中に入っているCDを手に取る。
２人、泣いている。
N 「クリー・ピーナッツ。ふたりをリスペクトしすぎて、勝手に歌を作って勝手にCDをリリース」

28 テレビ局・楽屋（日替わり）

若林、鈴木から『たりないふたり』のCDを渡される。
N 「若林は、その事実に感激し」

29 居酒屋（日替わり）

若林、クリー・ピーナッツに会う。
N 「自分から連絡を取り、ふたりに会い、意気投合」

30 喫茶店（日替わり）

パソコンに向かう若林。
若林N 「ついにゴルフを始めてしまった」
足元にゴルフクラブ。
若林N 「ついに、と書いたのは若い頃ゴルフに興じるおっさんなどクソだと決めつけていたからだ。先輩に誘われてゴルフの打ちっぱなしに行った。クラブの握り方、ひじの角度、肩の回し方、目線、スタンス……教えてもらった通りに打ってみるとボールがまっすぐ飛んでいった。嬉しかった」
若林、ゴルフの素振りをしているおじさんが目に入る。

若林「……」

31　若林家・居間（日替わり）

正恭と知枝がいて。

知枝「え、なんて？　家庭教師？」
若林「うん」
知枝「なんか教えてんの？」
若林「違うよ、教えてもらってんの」
知枝「何を」
若林「社会？　いや、なんだ？　時代？」
知枝「『時代』なんて教科ないでしょ？　今あるの？」
若林「ないよ」
知枝「……えっと、家庭教師までつけることなの？」
若林「ね。まあ、聞いとけばよかっただけなんだけどね」
知枝「何を？」
若林「親父が生きてた時代がどんなふうだったか」
知枝「……なんで」
若林「みんなめちゃくちゃ働いて、タバコ吸って酒飲んで。あ、ゴルフして。何を求めてどこに向かってて……そういうの知ったら親父のことも、自分のこともわかる気がして」
知枝「あんたどこ向かってんの？」
若林「わかんない。あ、俺はそれを知りたいのかも」
知枝「……」
若林「っていうかさ、子供から聞けないからさ、親は自分から言ってくんないかな」
知枝「こんな時代生きてきたぞ～って？」
若林「うん」
知枝「言っても絶対聞かないでしょ」
若林「あと」
知枝「？」
若林「幸せだったか、どうか」
知枝「……」
若林「……」
知枝「幸せよ」
若林「……」
知枝「代わりに答えるけど。私もね」
若林「……」

32　ラジオ局・スタジオ

テロップ【2019年】
山里、笑っている。

山里「あるある！　そうなんですよ憧れんのよね『一口ちょうだい』『いいよ』にね。俺は、ひとりで行ってんのにパスタ2種類頼んで、かかってきてない電話耳に当ててさ『え、来れないの？　すぐ来るって言うから注文しちゃったよ、もう～』で2杯ペロリね。満腹感と引き換えに心はペコペコよ。いや～モテないね。我々は。では曲いきましょう」

× × ×

ラジオの本番が終了。

山里「……」

スタッフ「今日いつにも増してメールの反応よかったですよ、ボスの叫びに共感しかないって……」

山里「……え、ごめんなんでした？」

スタッフ「あ、いえ。疲れてます？」

山里「いやそういうわけじゃ……」

N「山里はある苦悩を抱えていた」

33　テレビ局・会議室（日替わり）

山里、スタッフが机を囲んでいる。

山里「すみませんスッキリの皆さんにはちゃんとお伝えしたかったんですが」

スタッフ「今日の放送では触れずにいくこともできますが……」

山里「いや、それはないですよ。しっかりいじってもらいます」

34　同・スタジオサブ

スタッフ数名と山里。

山里「おーはようございまーす！　すみませんね僕の親友がお騒がせしてるみたいで」

スタッフ、笑っている。

山里「今日のお昼にお知らせして、夜にふたりで会見する予定だったんですよ。仕事熱心な新聞さんにやられました！」

35　山里家・居間（日替わり）

山里、瞳美、勤、周平、食事をしている。
テーブルには山里の結婚会見を伝えるスポーツ紙。

N「山里、結婚」

勤「しずちゃんにちゃんとお礼言ったのかよ」

山里「言ったよ当たり前じゃん」

勤「なんてだよ」

山里「……ありがとう」

周平「シンプル～」

山里「コンビってのは阿吽の呼吸だから。その一言に『しずちゃんのおかげで結婚できました、フラガールのオファーもみ消してたらこんなことはありませんでした、ごめんなさい感謝してます』が込められてんのよ」

周平「そんなの伝わる？」

瞳美「すごいね、コンビって」

勤「だったらお前、なんで仲悪くなってたんだよ」
山里「それはほら、逆にさ、相手のことよく思ってないっていうのも言わなくても伝わっちゃうじゃない」
瞳美「……すごいね、コンビって」
勤・周平「……」
山里「……」
勤「にしてもさ、『何者かになりたいんです！　モテたいんです！』って恥ずかしげもなく叫んでた亮太がさ、本当に何者かになったしモテたってことだよな。たいしたもんだよ」
山里「……何者かに…俺、なれてる？」
勤「だってお前『僕にとっての何者は芸人なんです』って」
山里「……うん」
周平「それは芸人になっちゃえば売れなくても何者ってこと？」
山里「……え、ちょっと待って。あの時の俺さ、どうなったら何者になれた、って思えると思ってたんだろ」
勤「知らねえよお前が言ってたんだろ」
瞳美「みんな何者でもあるし、何者でもないってことか」
周平「どういうこと？　哲学？」
瞳美「ね、亮太」
山里「？」
瞳美「何かわかんない物を目指して頑張ってたの、すごいねえ」
山里「…」

36　焼肉屋とかの個室（日替わり）

山里、スマホを見ている。SNSの書き込み。
「山里もう勝ち組じゃん」「芸風変えるの不可避」
「すべっても家に帰ったら女優いるんだもんな」
「若林との陰キャ漫才どういう顔ですんの？」
山里「……」
高山としずちゃんがやってくる。
高山「あれ、ごめん待たせちゃった？」
山里「いえ早く着いちゃって」
静代「ええお店やん」
高山「ちょっと何よ山ちゃん、いつもこんなところでご飯食べてんの」
山里「……」

×　×　×

山里と高山、肉を焼いて食べている。
静代「うま～」
山里「俺は今まで通りのお笑いやっててていいんでしょうか」
高山「うんうん」
静代「うま～」
山里「贅沢な悩みだっていうのはわかってるんです」
高山「ね、結婚して、仕事あって。こんないいお店押さえられて」
山里「……だから……今のままでいいのかって思っちゃって」

静代「うま〜」
高山「いじられたり、自分を下げて低い目線からツッコミ入れて。下から笑いを取るのが必勝パターンだもんね」
山里「……言語化されると情けない話ですね」
高山「いや自慢の担当芸人よ」
山里「これからやっていけるか不安で。ずっとモヤモヤしてて……」
静代「山ちゃん」
山里「？」
静代「そんなん、もっとおもろなったらええだけの話やん」
山里「……」
高山「ほんとそう。で、別に芸風なんて変えなくていいし」
山里「え、でも」
静代「おもろくなったらええだけの話やん」
高山「結婚とか収入とかMC増えたとかっていう下世話なことでああだこうだってってペターって変なシール貼られちゃってるだけ。そんなのに山里亮太の芸は左右されちゃうの？」
山里「……」
静代「おもろくなったらええだけの話やん」
山里「しずちゃんそれしか言わないね。ロールプレイングゲームの村人じゃないんだから」
高山「キレキレじゃん」
山里「……前はもっといいの出たかもしれない」
高山「仕事しながら自分と相談してったらいいよ。実践あるのみ」
静代「打つべし打つべし」
高山「贅沢な悩みだろうけどさ、しょうがなくない？」
山里「はあ」
高山「若林くんもさ、似たような悩み抱えてると思うよ？」

37 居酒屋

クラス会が行われている。
春日「トゥース！」
春日の周りが盛り上がっている。
若林、離れたテーブルで飲んでいる。
クラスメイトA「家でテレビで見たりしてさ、自慢すんの。こいつらパパの友達なんだぞ〜って」
若林「自慢になんないでしょ」
クラスメイトB「なるに決まってんじゃん」
クラスメイトA「若林のほう、芸人やんない？って誘ってくれたんだよって。やっときゃよかったかなあ」
若林「……お前らが断ったせいで大変な相方と一緒にやってるよ」
若林、笑顔。
クラスメイトB「ゴルフとかさ、芸能人と一緒にやったりすんの？」
若林「まあ、たまに」

クラスメイトC「すげー。ゴルフってだけで金かかるのに、それ芸能人とやるってマジ夢の世界だわ」
若林「頑張ったんだよ」
クラスメイトC「あ、もちろんな、わかってるよ嬉しくてさ」
クラスメイトA「独身で、時間も自由で、旅行とかも行って?」
若林「まあ、うん、たまに」
クラスメイトA「な、な、お前ってさ、年収どんくらいなの?」
クラスメイトB「あー知りたい!」
若林「言わないでしょ」
クラスメイトA「いいじゃん、テレビでお前見たら、うわー頑張ってんな、って自分のことみたいに嬉しいんだから」
若林「……ありがとね」
クラスメイトA「で?　いくら?」
若林「……じゃあ言うけど」
クラスメイトA「言っちゃって言っちゃってえ」
　若林、クラスメイトAに耳打ち。
クラスメイトA「えっ……そんなにもらってんの?」
若林「……まあ」
クラスメイトA「ズルくない?」
若林「……え」
クラスメイトA「しゃべったりメシ食ってるだけで!?　ズルいわ〜」
若林「……」

38　街中・道

　若林、帰っている。
若林「……」
　すると黒いフードを被った男とすれ違う。
　若林と目が合う。
フードの男「……」
　若林、慌てて目を逸らす。
若林「……」
　若林、少し早歩きになる。
　横断歩道の信号が赤になり、立ち止まる若林。
　後ろに男の足音が微かに聞こえる。
若林「……」
　突然、後ろから衝撃音が響きわたる。
若林「!?」
　若林、振り返ると……。
　工事用のカラーコーンとコーンバーが散乱している。
　その横に男が立っていて若林を見ている。
フードの男「……」
　若林、慌てて前を向いて信号が変わるのを待つ。
　信号が変わり横断歩道を早足で渡る。

若林が振り返ると男は追ってこずに歩いていく。

若林「……」

若林、その背中を見ている。

若林N「もう少し目を合わせている時間が長かったら殴りかかってきていたのではないだろうかというような目をしていた」

若林、その背中を見ている。

若林N「誰でもいいから殴りたい。そう言っていた歩いていくフードの男。

若林N「男はまた怒りのやり場を探しているような歩き方でゆらゆらと歩いていた」

39　喫茶店（日替わり）

パソコンを打つ若林。

若林N「違う、違う。お前と俺は多分話が合うんだよ」

×　×　×

エクレアを壁に投げつけた若林。

×　×　×

若林N「きっと苦しくて、苦しくて、それは外の世界全体のせいのような気がしてるんだろ？　それででもし誰でもいいからってイラついてるんだとしたら君と僕は気が合うんだよ」

パソコンを打つ若林。

若林N「でも、俺は『君と一緒』なんて言うのはもう許されないのだろうね」

パソコンを打つ若林。

若林N「あーあ、せっかく話が合うのに」

40　ホール・外（日替わり）

お客さんが帰っていく。

『さよならたりないふたり』のポスター。

N「若林と山里、ある決意を胸に5年ぶりに舞台に立った」

41　ラジオ局・スタジオ

山里、話している。

高山、ブースの外で見つめる。

山里「終わったー！　緊張した。俺と若ちゃん、まあ時間が全然合わないのよ。で、『打ち合わせもせず本番を迎えちゃおう』ってことになってね。即興で漫才やることになったの。2時間！　5年ぶりに漫才するのに、ぶっつけで2時間やるのよ？　ドキドキで緊張がすごくて。っていうのもね……」

×　×　×

しずちゃん、ラジオを聴いている。

山里「結婚することで変わってしまうんじゃないか？って怖さ。『なんだかんだ言って家に女優がいるんだろ？』『そんな奴説得力ねえよ！』なんて言ってくる人もまあいるわけ」

×　×　×

島、ラジオを聴いている。

山里「じゃ俺どうすりゃいいんだってモヤモヤがあったの。でも今日の漫才でね、何か答えが見つかればいいなって思ってて」

×　×　×

若林、ラジオを聴いている。

山里「で、始まった漫才。もう怖かった。即興だから1分1秒気が抜けないじゃない。めちゃくちゃヒリヒリして。でもね楽しいのよ。若ちゃんに全力でつっこんでいくとさ、楽しいのよ。それでさ、モヤモヤが晴れていくわけ」

×　×　×

クリー・ピーナッツ、ラジオを聴いている。

山里「妬み嫉みだけじゃなくてもウケることができる、笑ってもらえるようにもっと自分頑張ろうって。もっと笑いが取れるような人間になれるように頑張ろうって、思ったの」

×　×　×

しずちゃん、ラジオを聴いている。

山里「なんか漫才ってそういうもんなんだなって。人間の中身というか人間味みたいなものをみんなに見てもらう、聞いてもらう場でもあるんだなって」

×　×　×

春日、ラジオを聴いている。

山里「本当に漫才楽しいと思って。こんなに楽しい気持ちになれる。もちろん南海キャンディーズも楽しいし、向こうもオードリーを楽しんでいるし」

×　×　×

山里「でもね俺と若ちゃんふたりで漫才やってると、頭がおかしくなっちゃうような高揚感ですごい幸せで」

42　劇場・廊下

山里の声「で、ライブ終わってね」

若林、山里、ライブ終わりの様子。

若林「楽しかった。舞台上で全部言えたし、全部聞けた」
山里「俺もそうだったわ。ありがとうね」
若林「いや、本当に全部。もうしゃべることないわ」
山里「じゃあこの後は久しぶりにグッと酒でも飲みながら……」
若林「え、だから全部舞台上でしゃべったんだってば」
山里「え？」
若林「帰るよ俺」

若林、帰っていく。

山里「……」

43　ラジオ局・スタジオ

山里「サラーっと帰ってったからね。そもそも、若ちゃん車で来てたからね？　打ち上げなんか行く気もなかったんだよ。でも、逆に全部舞台で出す気だったんだろうね。では1曲いきましょうクリー・ピーナッツで『たりないふたり』」

44　音楽スタジオ

ラジオを聴いている杉内と田雲。泣いている。

杉内「俺らも……頑張ろうな」
田雲「頑張ろ。まずは来年のツアーと武道館ぶちあげてこ」
杉内「……うん」
N「しかし」

45　新型コロナウイルスを伝えるニュース映像

テロップ【2020年】

ニュースの声「緊急事態宣言が発出されました。これにより全国の公共機関、学校……」

46　ホテルの一室

マスク姿の若林。
テーブルにはパソコンとゴープロ、収録手順のメモ。

若林「……」

マスクを外す。
若林、メモを見ながらパソコンを操作して。

×　×　×

若林のスマホに着信。

若林「あ、はい、うんいつでも大丈夫です」

若林、パソコンのほうを向き、

若林「よろしくお願いしまーす！　ね、ちょっとご時世的にこのような状況でお届けしておりますけど……え、みんなどこ？」

47　テレビ局・スタジオ

スタジオの一角に山里とスタッフ。

スタッフ「換気のことを考えて今日からこちらで行いますので」
山里「なるほどです、わかりました」

マスクにフェイスガードのスタッフたちに……。

山里「元気よくいくわ」

テーブルに置かれたマイクに向かう。

N「抗うことのできない流れの中で」

48　アトリエ

しずちゃん、絵を描いている。

静代「……」

N「しずちゃんは絵と向き合い」

49 誰もいない公園

マスク姿の春日。
誰もいないのを確認して、マスクをとる。
スマホで音楽を流しエアロビの練習を始める。

N「春日は変わらぬチャレンジを続ける」

50 テレビ局・楽屋

マスクを着けた若林。
アクリル板や仕切りのビニールで覆われていて。

若林「……」
スタッフAがノックをしドアを開ける。
スタッフA「あの〜若林さん」
若林「あ、はいお疲れ様です」
スタッフA「僕海外に知り合いがいて、マスク手に入るルートがあるので……若林さんにならお譲るので言ってくださいね」
若林「……ありがとうございます、僕大丈夫なんで」
スタッフA「あ、まあ何かあったら言ってくださいね」
ドアが閉じる。
若林「……」

51 同・廊下

マスクを着けた山里。
がらんとした廊下。

山里「……」

52 若林と山里

若林・山里「……漫才したいな」

53 劇場・舞台（日替わり）

テロップ【2021年】
舞台上にセンターマイクが立っている。
マスクを付けたスタッフたちが忙しく動き回る。

N「2021年5月。たりないふたり解散ライブが決定。無観客の配信ライブで行う」
舞台の上からその光景を見ている島。

島「……」

54 同・廊下

やってくる島。
ドアに「若林正恭様」の貼り紙。
マスクを外す島。

深呼吸をし、そしてマスクを着け中に入っていく。

55　同・若林の控室

島「失礼しまーす」

座っている若林正恭。

若林、会釈。

島「打ち合わせって別に打ち合わせすることも特にないんだけど。まあ最後だけどいつも通りです」

若林、会釈。

島「解散ライブだし、無観客の配信ライブだからいつも通りってわけにはいかないと思うけど」

若林、曖昧に頷く。

島「まあ大丈夫だよね」

若林、会釈。

島「正直ちょっと心配はしてたんだけどね」

若林、会釈。

島「若林くん？　どうした？　緊張してる？」

若林、困った顔で口元を手で押さえて。

若林「すいません島さん入ってきたからってすぐにマスク着けたらなんか感じ悪いかなって思って。しゃべらず乗り切りたかったんですけど無理でした」

島「ああ」

若林「もう時間ですよね」

島「うん」

若林「いつでもオッケーです」

島「うん。じゃ、山ちゃんに声かけてくる」

若林「はい」

56　同・廊下

ドアには「山里亮太様」の貼り紙。

島、マスクを外し、深呼吸をし、マスクを着け中へ。

57　同・山里の控室

島「失礼しまーす」

ウロウロ歩いている山里亮太。

山里「あ、時間ですか？」

島「うん。そろそろ」

山里「あ、はい……あのー、島さん」

島「ん？」

山里「この楽屋なんですけど」

島「そうだよ、山ちゃんが楽屋が向こうのほうが広いとかなんとかいつも文句言うから、今日は部屋を区切ったんだよ。ふたりとも一緒」

山里「ただ彼が奥で僕が手前なんだ、とは思いましたけどね。あとこれ本当に同じ広さですか？　ちょっと向こうのほうが広い気するんですけどちゃんと測りま

島　した？」
山里「ほんとかな、ちょっと測っていいですか？　メジャーあります？」
島「ねえー山ちゃん。紛らわしてるね」
山里「……どうなっちゃうんでしょうね、今日」
島「さあー、一体どうなるんだろうね」

58　同・舞台裏

若林、山里、島。

島「すごいよ、5万4千枚だって、チケット」
若林「5万4千人ってマジですか？」
島「ほんと。東京ドームで漫才やるようなもんだよびっくりするよね、ほんと」
山里「でもほとんど若ちゃんのファンでしょ？」
島「どっちとかじゃなくて」
山里「でも俺にはわかりますよ、グッズの売り上げとか若ちゃんのほうが絶対……」
島「そういうのは本番でお願いします」
山里「まあ、若ちゃんと最高の最後の時間過ごしてきますよ」
若林「俺も同じ事思ってた」
島「うん」
若林「俺、山ちゃんと底の底を見せ合いたいから」
島「うん」
山里「俺も同じこと思ってたよ」
島「うん」

59　同・舞台

舞台袖で出番を待っている2人。
上手に若林、下手に山里。
若林と山里、目が合う。
暗転する劇場。
場内に流れるカウント音。
そして音楽が鳴る。
銀杏BOYZ『BABY　BABY』。
照明が舞台を照らす。
その光の中に飛び出していく2人。

山里「どうもーたりないふたりです！　よろしくお願いします」
若林「よろしくお願いします」
山里「いやあすごい環境でやることになったねえ」
若林「山ちゃん、ほんとに12年間ありがとうございました」
山里「若ちゃん、前菜のテンションでメインディッシュ出すんじゃないよ」
若林「これから別々の道になるけどお互い頑張っていこうね」

山里「そういう置き場所、絶対後半だって！　感謝が早いよ！」
若林「みなさん、私このチームに出会えて、人生の宝物です。ありがとうございました！」
山里「皆さんお気付きの通りスマートスピーカーと同じトーンだよ。1ミクロンでも感情込めてこいよ」
見ている島。

60　同・楽屋

モニターで見ている杉内と田雲。
若林の声「今日は全部出し切るつもりですからね」
山里の声「12年間の集大成ですから」

61　同・舞台

若林「12年前ここから始まったじゃない。袖で若き山里と若林が見てるね」
山里「そっかあ」
若林「ふたりに言いたいよね。若林に言いたい。情報番組の食リポとかワイプ苦手って言ってるかもしれない。お前12年後も苦手だからな！」
山里「そうだぞ若林！」

62　若林家・居間

知枝、麻衣がスマホで見ている。笑っている。

63　劇場・舞台

若林「山ちゃん！　山ちゃん！　スッキリ！　スッキリ！」
山里「おーはようございまーす！」
若林「イタリア人！　イタリア人！」
山里「グラッチェ！　グラッチェ！」
若林「よさこい！　よさこい！」

64　山里家・居間

瞳美、勤、周平がパソコンで見ている。笑っている。

65　劇場・舞台

若林「でもさお互い結婚したけどさ、夫婦同士でまだ会ってないじゃない。ライブ終わったらやりたいよね」
山里「さすがに俺の夫婦と若ちゃんの夫婦会ったら絶対変な感じになるよ？」
若林「場所はやっぱり山ちゃんの家しかないね。俺夫婦で行くから。ピンポーンピンポーン」
山里「マイペースだな。はーい」
若林「足の踏み場もないねえ。この布団の上でご飯食べてんの？　お風呂場物置きじゃない。よかった軍手とツナギ着てきて」
山里「ゴミ屋敷ロケじゃないか！」
　高山、ステージを見ている。

66　テレビ局・楽屋

　しずちゃん、パソコンで見ている。
若林の声「あ、山ちゃんごめんね？　……靴を脱げよ！」
山里の声「海外から来たのかな？　発想が海外！」
静代「……おもろなってるやん」

67　カフェ

　春日、スマホで配信を見ている……のではなくゲームをしている。

68　劇場・舞台

若林「山里、俺は、今までの俺の世界から出ていく！」
山里「やめろ！」
若林「ここにいても、俺らがやりたいこと伝わるのかなあって、12年前に勇気を出して山ちゃんと初めてここでライブを始めて、それが思いのほか好評で、俺たちはこうやって戦っていくんだって、そういうことしか起きないじゃないか！」
山里「それでいいじゃねえかよ！」
　見ている島。
　楽屋に向かう。
若林「それに深く感銘を受けてくれたＤＪとラッパーが同じタイトルの曲を作って『これアリなのかな？』って一瞬ザワザワするけどその曲はヒットして、ゆくゆく武道館でライブをするようになって、その曲を聴いて俺が関係者で号泣する。そんな素晴らしい未来しか起きないじゃねえか！」

69　同・楽屋

山里の声「最高じゃねえかよ、あんな天才生み出すキッカケになったんだぞ。俺らすげえじゃねえかよ」
　杉内、田雲、泣いている。

70　同・舞台

　漫才をしている２人。
　クライマックスを迎えていく……やがて……。
山里・若林「あー。たりなくてよかった。……ありがとうございました」
　若林、山里一礼。
　銀杏ＢＯＹＺが流れる。
　客席の後ろから杉内と田雲がスタンバイ。

曲が変わり『たりないふたり』のイントロが流れる。
クリー・ピーナッツのプレイが始まる。
気が付く若林と山里。

若林「……」
山里「おお！」
田雲「12年間お疲れ様でした」
田雲、歌い始める。
言葉が詰まって歌えなくなる。
杉内、泣きながらＤＪプレイ。

若林「……」
山里「……」
『たりないふたり』が会場に響く。
プレイする杉内。歌う田雲。
そして終わりがやってくる……。

田雲「だけどもし機会があれば公園でこのまま朝まで。みたいな調子さそれが俺たちからのメッセージ。本当にすげえ背中見せてもらった。12年間お疲れ様でした」

若林「……」
山里「いやあすげえなあ」
山里、若林とクリー・ピーナッツ近づいていく。
ソーシャルディスタンスの間隔で４人いて。

杉内・田雲「……」
若林「ありがとう」
田雲「あの、ごっそり歌えてなくて」
若林「いや全部聴こえてきてた」

若林「頼んだよ……頼んだよ杉内。L田雲」
杉内、田雲、頷く。
山里「こんなすごいふたりがうちらの背中見てるって言ってくれるんだから、すごいよね」
若林「山ちゃんも、ありがと」
山里と若林、握手。
山里「いや、楽しかったね」

× × ×

N「そして若林は倒れた」
倒れている若林、少し笑いながら。
若林「頑張りすぎちゃいました」
若林、意識が朦朧としてきて。
山里「え、若ちゃん……まさか死なないよね？」
島と救急隊員が舞台上に走っていく。
島「若林くん！　大丈夫!?」
担架に乗せられ運ばれていく若林。
それを呆然と見守るしかない山里。

71　道

救急車がサイレンを鳴らして走っている。

72　劇場・山里の控室

山里「本当に死なないよね？　若ちゃん……死んだら伝説

になっちゃうじゃん」

73　病院・ＩＣＵ

ベッドで寝ている若林。

Ｎ「どれくらい眠っていたのだろう」

×　×　×

パソコンに向かう若林。

若林Ｎ「気がついたらベッドの上だった」

若林、意識が戻り目を開ける。

×　×　×

74　同・検査室

若林、検査を受けている。

Ｎ「検査の結果、過呼吸という診断結果がくだった」

75　同・病室

ベッドの若林。島が来て。

若林「あ、島さん」

島「大丈夫？」

若林「はい。ただの過呼吸だったみたいで。ご心配かけました」

島「先生から聞いた。よかった」

若林「昨日あまり眠れなかったのがよくなかったかもです……ずっと、オチ考えてて」

島「うん」

若林「あの」

76　喫茶店

パソコンに向かう若林。

若林Ｎ「俺は軽く息を吸って吐いた後、島さんに尋ねた」

77　病院・病室

若林「漫才……よかったですか？」

若林Ｎ「面白かったですか？　とは聞かなかった」

島「めちゃくちゃよかったよ」

若林、笑顔。

78　喫茶店

若林、パソコンから手を離し。

心臓を軽くさすって、伸び。

79　テレビ局・楽屋

山里と高山がいる。

山里「『倒れる若ちゃんのカリスマ性すごすぎない？』『俺サブキャラじゃない？』ってそっちに頭いっちゃって」

高山「で？」

山里「僕は倒れるほどやれてなかったのかなっていうか……本気の全力でやった若ちゃんに嫉妬してます」

高山「『若ちゃんは俺みたいにひとりでしゃべりまくるライブやってないから〜』じゃないの？」

山里「そうなんですけど」

高山「準備運動せずに全力でフルマラソン走っちゃって倒れちゃう若林くんもかっこいいし、ずっと準備運動してた山ちゃんもかっこいいし。どっちもかっこいいよ」

山里「……ありがとうございます」

高山、笑顔。

山里「……でも今の、若ちゃんを褒めるブロックのほうがだいぶ文字数多かったですけど」

高山「あーもう！」

しずちゃん、入ってきて、

静代「おはようございます」

高山「しずちゃんあんたの相方めんどくさいわ」

静代「そんなんずっとですよ」

山里「もう！」

80 同・会議室

春日、スタッフBと打ち合わせをしている。

スタッフB「本日若林さんが体調不良ということで」

春日「すみません迷惑かけまして」

スタッフB「いえそんな。ということで本日は春日さんに司会進行をお願いしたくて」

春日、水を飲む手が震えている。

スタッフB「あれ」

春日「……春日は緊張してませんがね、春日の手が緊張してるね」

スタッフB「……そりゃ若林さんいてほしいですよね」

春日「ま、いるんですけどね」

スタッフB「？」

春日「春日は若林さんの作品なので。春日は若林さんの一部なんです。トゥース！」

トゥースの指が震えている。

81 午前0時の森スタジオ

テロップ【2023年】

N「そして2年が経った」

若林、山里、水卜アナウンサーが座っている。

若林「帯の情報番組の話来た時はどういう気持ちだったの？」

山里「でもね、決めたのは若ちゃんとの出会いが大きくて」

若林「え」

山里「俺元々はボケやったけど、しずちゃんと出会ってツッコミになったじゃない。けどネタは俺が考えてて。俺はからっぽの人間だから『こういうのウケるんだろうな』でしか考えられないわけよ。お笑いの芯がないから」

若林「うんうん」

山里「で、若ちゃんとも漫才するようになってさ。めちゃくちゃ振り回されて、自分のお笑いを持ってる人間には勝てないなって落ち込んだんだけど。待てよ？全部に乗っかれるって俺の強みなんじゃないか？って思えるようになってさ」

若林「……」

山里「だから情報番組のMCとして全部に乗っかってやろうと思って。スタッフさんが一生懸命考えてきてくれたものを全力で紹介するって決めたんだよね」

N「山里は朝の情報番組のMCになる。そして」

×　×　×

スタッフ、水卜に手カンペを渡す。

水卜「？」

若林「番組からお知らせかな？」

水卜「……え？」

手カンペに「山里亮太・若林正恭の半生がドラマ化」。

N「ふたりの半生がドラマ化されることになる」

山里「……」

若林「……」

×　×　×

収録が終わり……立っている若林と山里。

スタッフ「ドラマでおふたりを演じる方々が今日来てくれています」

若林・山里「え！」

スタッフ「ではお願いします！」

入ってきたのは、髙橋海人と森本慎太郎。

髙橋「お疲れ様です」

山里「ええ!?」

森本「お疲れ様でーす」

若林「ちょっと待ってよ」

髙橋「若林正恭役の髙橋海人です」

若林「え？……まさかジャニーズさん来るとは思わないじゃない」

森本「山里さん役をやらせていただきます森本慎太郎です」

山里「いやあ、えー！」

若林「やっとリアリティ感じてきたわ、これはすごいわ」

笑い合う、4人。

82　ドラマ『だが、情熱はある』

N「そして、4月。ドラマがスタートする」

83　ラジオ局・スタジオ

若林と春日。

若林「ドラマもね『だが、情熱はある』が始まって」
春日「細かく、アメフトのユニフォームの背番号とかもさ」
若林「春日ヘルメット、エアーだったじゃん。俺リデルじゃん」
春日「そう！」
若林「春日役の戸塚くんが被ってるヘルメットがエアーだったの」
春日「あー若林さんのほうの髙橋くんは」
若林「リデルなの。……誰が情報漏らしてんだ？　お前か？」
N「若林は疑心暗鬼になり」

84　山里のスマホ画面

ドラマ実況が次々に書き込まれる。

N「山里は実況をしながら自分と向き合う」

85　生田スタジオ・前室

若林、紙袋を持って入っていく。

N「若林は自ら差し入れをしにスタジオを訪ねる」
若林「ナイスミドルじゃん！　ちょっと差し入れしに来て」
若林「こういうのって本人が持ってくるもんじゃないよね？」
若林「山ちゃんは来てないんだよね」

86　ラジオ局・スタジオ

山里、マイクに向かう。

山里「本日のゲストは、ドラマ『だが、情熱はある』で私を演じてくれている森本慎太郎くんです！」
森本「どーもー森本慎太郎です！」

×　×　×

山里「若ちゃんに負けたくないって慎太郎くんに相談していたドラマ現場への差し入れ……やっと決めました！」
森本「ちょっともう、いつ来てくれるんですか！」
N「山里は森本慎太郎をゲストに招く」

87　これからの出来事

これから起きる出来事で、クランクアップまでに撮影できそうなものがあれば、ここに。

88　東京ドーム・前

若林と春日、立っている。

N「オードリーはラジオイベントで東京ドーム満席を目指し」

89　Day Day.のスタジオ

山里、スタジオに入っていく。

山里「おはようございます！」

N「山里は、早起きを続ける」

90　テレビ画面

エンドロールが流れている。

N「そして3ヶ月にわたって放送されたドラマは終わる」

91　テレビ局・廊下

山里、歩いている。

反対側から歩いている若林。

ふたり、気がついて。

目であいさつして、それぞれ別々の方向に歩いていく。

N「これはふたりの物語。言っておいたように友情物語ではないし、今現在、2023年の段階ではふたりにとってサクセスストーリーでもない。そしてほとんどの人において全く参考にならない」

若林・山里「漫才したいなー」

歩いていた若林と山里、同じ場所に出てしまう。

若林・山里「……」

N「だが、情熱はある」

おわり

特別対談

「ただ、教訓がある」

特別対談

「ただ、教訓がある」

プロデューサー 河野英裕 × 脚本 今井太郎

若林正恭と山里亮太のエッセイ本から生まれた『だが、情熱はある』。企画を生んだ河野英裕プロデューサーと、本作の脚本を手掛けた構成作家の今井太郎氏に、脚本づくりのエピソードや作品に込めた思い、主演2人の神演技などについて聞いた。

——このドラマを作った経緯から教えてください。

河野 もともとお2人（若林&山里）のエッセイが大好きで、昔企画書に起こしていたんです。2023年4月クールのドラマの企画を考えている時に、自分のパソコンを漁ったらこの企画書が出てきて、今の時代にすごくいいと思ったんです。芸人の人生で、青春物語で、示唆に富んでいて。今、どの世代ももがき苦しんでいるので、この2人の人生を描くことで、共感・反感、良い・悪いも含めて、みんながいろんな思いを持って見てくれるんじゃないかなというシンプルな動機がありました。

——今井さんは、朝ドラマ『泳げ!ニシキゴイ』に続き、河野さんから脚本を依頼されました。

今井 去年の9月頃、河野さんから「来年の初夏くらいまで時間ありますか?」って聞かれて、ちょっと怖かったんですけどすぐに「やります」って返しました。ちょっと時間が経ってから「これでいきます」と届いた内容が、若林さんと山里さんのお話で。僕は主にお笑いを仕事にしているので、正直「うわ、これか……」と重みが凄かったです。周りの人たちが絶対に見るし。いろんな不安から10月、11月と体調を崩しまくって、異常な肩こりや逆流性食道炎に苦しみました……。

河野　各所の調整をして、正式にOKが出て、全12話でやることが決定しました。お恥ずかしい話ですが、僕は『たりないふたり』の存在を知らずに企画を立てていたんです。二人の人生の物語を作るつもりでいろいろ調べていくと、『たりないふたり』は絶対に描かないといけない部分だし、今井さんが逆流性食道炎になるのもわからないではない、ヤバいところに足を突っ込んでしまったなと。お笑いの世界ってこんなにコアで怖い場所なんだということを知りました。

今井　いやー、そうなんですよ（笑）。

河野　改めて、これは本当に真剣にやらないとマズいなと気を引き締めました。かつ若林さん山里さんも、エッジの利いた人たちだから、普通のパターン化されたドラマを作りたくないし作っても仕方がない。もともと2つのエッセイに惚れて企画したので、2人の人生を幼少期から描いていって、『たりないふたり』はその結果であり通過点とする。人生をただなぞるだけではドラマとして新しさがないので、毎話2人の人生に共通するテーマを決めました。第1話では、お笑い芸人になろうかな、という気持ちがそれぞれに出てくる部分が共通点です。若林さんが「俺は面白くないんだよ！」と叫び、山里さんが「僕は面白いんです」と言う。これは2人のエッセイや過去のインタビュー記事で語られていて、真逆のことを言っていて本当に面白かった。そのシーンをシーンバックで繋げるシークエンスが第1話のピークで、そこから逆算してストーリーを作る、という作業を毎話やっています。

――このドラマは、ナレーションが非常に重要な役目を果たしていますね。

河野 2人の人生を描かなければいけない、でも放送尺は決まっているので的確に省略して伝えるために、プラス、2人の面白いエピソードを徹底的になるべくたくさん詰め込むために、ナレーションが必要でした。ナレーションは台詞と同等にそのドラマの質を司るものですが、僕がやりたかったのは、2人の人生を客観視で眺めていくクールなナレーションです。とすると体言止めがいいし、主語の置き方もテイストを左右するから重要でした。「〇〇する山里」にするのか、「山里、〇〇する」にするのか。

今井 河野さんから「参考にしてください」と言われた作品を見て、ちょっとテイストがわかった記憶があります。『(500)日のサマー』と……。

河野 坂元裕二さんの『大豆田とわ子と三人の元夫』と『花束みたいな恋をした』ですね。どこかの段階で、今井さんが「サクセスストーリーではない」と書いてきてくれたんです。

今井 山里さんの『天才はあきらめた』の本の帯に「ブラックな成功術」って書いてあったんですよね。自己啓発本ではあるけど、皆さんの参考にはなりませんよ、というテイストにしたかったんです。それが好感触だったので調子に乗って「だが、情熱はある」とナレーションのシメのつもりで付け足したら、次の原稿のタイトルが『だが、情熱はある』で返ってきて「は?」となりました。

河野 村上春樹の『風の歌を聴け』に「小説でも文学でもなければ、芸術でもない。(中略)教訓なら少しあるかもしれない。」というフレーズがあるんです。今井さんに「村上春樹の『風の歌を聴け』のタッチですね」と褒めたら、まったくわかってくれなかったです(笑)。

今井 すみません(笑)。

――髙橋海人さんと森本慎太郎さんの〈台本を超えた神演技〉を選んでいただけますか？

今井　マッサージを受けている山里さんが、悪口を言い足りなくて「延長！」と言う時です。間といい言い方といい、僕がイメージしていた音階そのもので。めっちゃ面白かったです。

河野　森本さんはどんなに汚い言葉や台詞でも、あの人の体を通して言うと、ある種の品があるから嫌われないんですよね。それがやはり台本以上のものにしてくれた部分だなと思います。そして本当に面白い。彼のお芝居をリハーサルで見ていて何度大声で笑ったことか。あのコメディセンスは計り知れないです。髙橋さんはやはり、第2話で父親への不満を叫ぶところや、第5話で春日に自分の気持ちを吐露するところなど、自分の思いをバーッと喋ってしまうところは全て「あ～本当に上手だな」と思って見ています。髙橋海人という役者はどちらかというとネガティブな人だから、それを活かした目の輝きや表情で、台本に書かれている以上のものを表現してくれました。

今井　第5話の髙橋さんは本当に凄かったですね。

――主演の方以外でシンプルに好きなシーンはありますか？

今井　みなさんすごくて挙げるのがおこがましいですね……。気を抜くと「え、あのドラマに出てた人が僕が書いたセリフ言ってくれんの？」と思って緊張してしまうのでできるだけ何も考えずに書くようにしてました。「似てないのに似てる」っていう感想を見て、すごいなあと思ってました。

河野　このドラマに出演してもらった全員、本当に全員に対して思ってるのが、俳優ってすごいってことなんです。つくづく思いました。連続ドラマは役者さんのお芝居を見ながら先の台本を作っていけるので、こんなこともできる、あれもできる、じゃあこんなシーン作ってみよう、こんなセリフ言わせてみよう、と俳優陣が素晴らしいのでどんどん挑戦的な台本になっていった感じです。

――ほか、現場で話題になっていたシーンはありますか?

河野 元々、漫才のシーンは作るつもりなかったんです。髙橋さん森本さんにもそう伝えてました。俳優に漫才をやってもらうって、演じるのとは別のベクトルが働くし、絶対に面白くできない、無理と思っていたので。そこに負荷をかけるより地の芝居に全力で向かってほしかったから。でも戸塚さん、富田さん含め4人の芝居を見ているうちに、これは漫才できるかも、やるしかない!と思って。一番びっくりして話が違うよ、と思っているのは4人だと思います。なのでM―1や敗者復活戦はもちろん、どんどん台本にしていった漫才のシーンに役者はもちろん、スタッフも限られた予算と時間の中でどう映像にしていくか、必死に知恵を振り絞ってくれました。

今井 漫才シーンをそのままやるのがどのくらい予想外だったかというのはこのシナリオ本を見ていただけるとわかると思いますが、その回はカットしてるブロックがすごく多いです。

『だが、情熱はある』を貫く、藤井青銅さんの言葉
「人がね、本気で悔しかったり惨めだったりする話は面白いんだよ」

――河野さんが「これがこのドラマで描きたかったテーマ」とツイートしていました。「テーマとか恥ずかしくて言いたくないけど」ともありますが、改めて聞かせてください。

河野 僕が一番やりたかったのは、藤井青銅さんの言葉なんです。「人がね、本気で悔しかったり惨めだったりする話は面白いんだよ」という一文を若林さんのエッセイ本で読んだときに、このドラマを毎回貫くテーマはこれだと思いました。本気で惨めだったり恥ずかしかったりということは、本気でそれにぶつかっているということですよね。本気でぶつかっている姿や感情を毎回描けば、面白くなるはずだと思って、それをテーマにしています。今井さんには、このひと言を毎回裏のテーマにしてやっていきますよという話はずっとしていました。

――大切な言葉だから、第8話で藤井さん御本人に出演していただいたのでしょうか？

河野 そのシーンは100％やると決めていたので、その台詞も出てきます。じゃあその台詞が言えるのは誰だろうといくら考えても、本当に誰も浮かびませんでした。だったらもう本人にお願いしようと。当然面識もないし、お顔も見たこともなかったんですけど。いやー、本当にカッコよかったです。奇跡のキャスティングだったと自負しています。

――キャスティングといえば、一部の登場人物の性別が変更されていますね。

河野 登場人物を配置しながらキャスティングも同時に考えていたら、男性ばかりになってしまったんです。あまりにも男臭い話になりそうで、いくら実話とはいえ今の時代にあまりにもそぐわないし、作っていても面白くないし、見るほうも気持ち悪いんじゃないかなと。そこで、女性に変えられる人物は変えました。それによって物語性が膨らむ予感もしました。

今井 逆に書きやすかったです。南海キャンディーズは途中で女性のマネージャーに変わって、僕はその方を知っているので、その人のイメージを高山さんに足すことができました。

――山里さん、若林さんのそれぞれの恋愛描写を作った狙いは？

河野 仕事への情熱だけが人生ではないので、青春ドラマとして彼らの心の中を覗くために恋愛を描きたいと思ってました。具体的に事実を描くというより、エッセイに書かれていることや資料をもとに「物語」として作っていきました。

今井 「このドラマにおける恋愛シーン」というものを自分なりに考えて書いてみて「いいの書けた！」と思って送ったら、「気持ち悪いですね笑」と河野さんから返信が来るということが何度かありました。恥ずかしかったです。ボツになっていてシナリオ本にも載らないからよかったです。

――今井さんが書きながら、手応えを感じた部分を教えてください。

今井 第5話で、若林さんがお父さんの車の中で話すシーンは、書きながら、なんかよかったです。若林さんが子供の頃、心臓に穴が開いていて。お父さんが、やぶ医者の言いつけを守って、「悪化するから感情を出すな」って若林さんに言ってきたけど、「大人になってから言ってやったほうがよかったのかもな」って言うところ。実際大人になると、嬉しいこともあるけれどつらいこともあって。いろんな感情が邪魔だなって思うことがあるよなって、お父さんの台詞を書いたんです。完全に勝手に書いたので、河野さんに消されるかなと思ったら、そのまま残ってました。

河野 エッセイにあの出来事はまったくないんだけど、あそこはすごくよかったです。

今井 ありがとうございます。今回、河野さんが全然褒めてくれなくて。

河野 僕がすごい悪人みたいじゃないですか（笑）。

今井 あと脚本は僕まだ全然ですが、河野さんから「まややの歌詞を書いてください」と言われて「二人相撲ララバイ」を割とペロッと書けた時に「自分すごいかも」とは思いました。

単なる〈芸人もの〉〈芸能人もの〉にしたくなかった 全員の力で設計図を超えたストーリーに

――クリー・ピーナッツの軸を入れた理由も教えてください。

河野 もともと、単なる〈芸人もの〉〈芸能人もの〉にしたくなかったんです。自分の行為や言葉が誰かにちゃんと届いているし、どんな仕事であれ、大なり小なり誰かの支えになっているということを表現したかった。そこはオリジナルで作ろうと思っていたんですけど、調べていったら、Ｃｒｅｅｐｙ Ｎｕｔｓという『たりないふたり』に動かされた大きな存在があったので、クリー・ピーナッツというキャラクターを配置しました。

――4本足の鳥とひっくり返った亀のイラストを、このドラマのアイコンにした理由は？

河野 クレジットにも入れている、木内みどりさんの『私にも絵が描けた！コーチはＴｗｉｔｔｅｒ』という本が大好きなんです。木内さんが、お孫さんに「鳥を描いて」と言われて描いたら4本足で、鳥は2本足だと指摘され、60歳にして自分がものをちゃんと見ていなかったことに気付いたそうです。すごくいい話ですし、何かをちゃんと見るという姿勢は、若林さんのエッセイにも通じるものがあったので、今井さんに「これ、ドラマに入れますよ」と言ったら、「哲学性があるような感じがしていいですね」と言われました。

今井 言いましたね（笑）。河野さんから山里さんのアイテムを考えてと言われて、亀にしました。山里さんの見た目が亀っぽいのと、『たりないふたり』で下から関節を決めにいく、とよく言っていたのでそこにもかけられるかなと思いました。下からだけど強い、みたいな。

――ドラマのファンに、このシナリオブックをどのように楽しんでほしいですか？

今井 小ネタをちょこちょこ入れているんです。オンエアでは結構カットされているので、探してもらえたら嬉しいです。

河野 どのことを言ってます？

今井 第1話だったら、溜川君が「小沢さ、東大受けるらしいよ」と言うと、山里さんが「俺、東大生なんてこれから話すことないんだろうなあ」と言う台詞を書いたんです。でも山里さんは今『東大王』のMCをやってるっていう。「山ちゃん！　未来に『東大王』のMCになって東大生と話してるよ！」って、気付く人が気付いたらいいなと思って。

河野 誰も気付いていないと思います（笑）。僕も今初めて気付きました。

今井 あと、これはオンエアされたんですけど、5話で、島さんが「自分がプロデューサーになった97年は、芸人がチームで番組を持つ時代～」と言うと、高山さんが「めちゃめちゃそうでしたね」と言うんです。これは『めちゃ×2イケてるッ！』（96年放送開始）にかけました。

河野　それも誰もわかっていないと思う（笑）。僕は「今井さん、これ意味がわからない。絶対誰にも伝わりません」ってよく言うんですよ。今井さんのそういう部分だなきっと。今井さんには何かがたりないんですよ。

今井　（苦笑）

河野　真面目な話、シナリオ本を出版していただくことが本当に嬉しいです。このドラマの台本は、平均よりもかなりページ数が多いんです。現場に行くたびに、監督や記録さんから「長いです」と言われましたが、スルーしました（笑）。「（詰め込んだ）エピソードを落とす気はない。とにかく全部撮って。それをさらにツメツメで編集。そうすることで生まれるリズム感とテンポ感がこのドラマの魅力になるから」と。実際に、第1話では編集で10分以上落としました。申し訳ないですけど、そういうものを作りたかったんです。監督やスタッフの皆さんが本当に台本以上の素晴らしい作品にしてくれたと思っています。なので、シナリオ本にはオンエアにのっていない部分がたくさん描かれています。そこを見比べて楽しんでいただけると本当にありがたいなと思います。

——この取材時で第9話までオンエア済みです。お2人（若林&山里）の物語はどのように着地するのでしょうか。

河野　第9話で、オードリーと南海キャンディーズのお話は一区切り終えています。残りの3話で若林さんと山里さんが出会って、ベタな言い方をすると大人になっていく。2人にとって『たりないふたり』がどういう存在なのかを、最終回で描かなければいけないけれど、そこがすごく難しくて。今、今井さんの目が（睡眠不足で?）腫れています。

今井　普段はもうちょっと見た目がいいんですけど。今は顔が腫れていてすみません（笑）。

——（笑）。最後に、お2人がこのドラマを経て得た教訓や学びを教えてください。

河野 僕はもうこの歳なので、いつまでこういうことができるかわかりません。だからとにかく全部出し切ろうと勝手に思って、まずは台本を作って、キャスティングも音楽も全部、僕の好きな全てを詰め込みました。今井さんが書いた台本の時点でものすごく面白いと思うんですけど、俳優たちが嘘みたいに恐ろしいパワーで演じて、さらに面白くしてくれています。台本は設計図であって、それを具現化するスタッフ、体を通して表現する役者の力の大きさを改めて感じました。

今井 ちょっとヨイショっぽくなるんですけど、僕、一番好きなドラマが『すいか』で。『泳げ！ニシキゴイ』の話を受けてから、河野さんが『すいか』を作ったことを知ったんです。この世界、尊敬できない人がたまにいるんですけど、河野さんには絶対的な信頼があるので、河野さんの言うことを聞いておけば間違いないと思えたんです。尊敬する人と仕事をするってやっぱり大事ですよね。

河野 すごい角度の話ですね（笑）。この質問はそういうことじゃないと思うけど。

今井 え？　合ってますよね？

河野 （笑）。

河野英裕（かわの・ひでひろ）
プロデューサー。主な担当作は『メタモルフォーゼの縁側』『青くて痛くて脆い』など多数
今井太郎（いまい・たろう）
構成作家。主な担当作は『チャンスの時間』『バナナサンド』など多数

【TV STAFF】

脚本　今井太郎
音楽　T字路s

劇中イラスト　安齋 肇
タイトルデザイン　佐藤亜沙美
演出　狩山俊輔　伊藤彰記　長沼 誠
チーフプロデューサー　松本京子
プロデューサー　河野英裕　長田 宙　阿利 極
協力プロデューサー　金澤麻樹

撮影　野村昌平　古谷信親
撮影助手　番出修人　佐野聖汰　藤倉鈴香
DIT　堀口昌幸
照明　木幡和弘
照明助手　中江純平　田中亜矢　岩田桃花
録音　関口浩平
録音助手　岩岡勝徳　近藤綾音
編集　木村悦子　田端華子
カラリスト　来栖和成
ライン編集　古俣裕之　山下武昭
MA　山田良平

サウンドデザイン　石井和之
音響効果　佐藤恵太
タイトルバック/VFX　木村康次郎
技術統括　木村博靖
ロケ技術　澁谷誠一
照明デスク　名取孝昌
ポスプロデスク　佐藤博亮

美術　辻本智大
美術デザイン　松木修人
美術進行　西 実咲　前田謙吾
装飾　寺原ゴイチ　村山和彦　東海林 晃
　　　華房 修　斎藤美紀　荒木 冀
装置　石川 悟
スタイリスト　三好マリコ　富丸晏菜
衣裳　富永愛実　藤本咲輝　小林瑞希
ヘアメイク　豊島明美　関 早矢香
持道具　工藤雄三
特殊効果　星野 伸
電飾　東 浩輝
建具・ガラス　小久保直洋
造園　谷口和誠
生花　笠松信之
劇中料理　赤堀博美

美術工房　井上衣里子
携帯画面制作　本田貴雄
美術車輌　道垣内伸也
スタジオ管理　雪野絵美
宣伝ディレクター　下山貴子
SNS　島田智巳

スケジュール　岡田 学
演出補　安部孝明　中條凜央　大室麻穂
　古橋吉光　渡部瑠菜　杉原成美
制作担当　犬飼須我志
制作主任　安波公平　村上真二　宮本亮太
　高橋誠喜
制作進行　清水伶菜　秦 嘉和
記録　黒木ひふみ　吉丸美香　石川愛子
アクションコーディネーター　青木哲也
看護指導　松島由貴子
方言指導　古賀勇希　高槻ことみ
台本印刷　山本麟太郎
プロデュース補　東 美咲　赤木建彦　林 優生子
スチール　石井真人
メイキング　渡辺ひろみ
プロット協力　相良真美　山田泰葉
デスク　木全彩乃　上林 彩

制作管理　笠原恭子
エキストラ　倉本 健　鈴木隆典　志村雪乃
　中山佳子
車輌　田沼康弘　高橋弘和　雨宮和成
編成　平松 悟
宣伝　笠原陽介
宣伝デザイン　長瀬一義
映像PR　中田直樹
DVD/Blu-ray　上原大也　谷本奈津美
音楽協力　穐山仁美　鈴木優花
営業推進　大西雄生　岩下英恵
制作推進　山下光恵
考査　大島典子　小串理江
著作権契約　畠山直人
権利情報デスク　池田美紀　東原由実
ICTビジネス局　仁科直之　岩鼻 優
ホームページ　倉又広行　岩田理沙
データ放送　稲福祥子
コンテンツビジネス　首藤由紀子　早乙女あすか
海外事業部　神﨑萌絵　鈴木夢生

【BOOK STAFF】

出版プロデューサー（日本テレビ）　将口真明　首藤由紀子　加宮貴博　飯田和弘　齋藤里子
企画協力　日本テレビ放送網株式会社
編集　続木順平（KADOKAWA）
対談取材　須永貴子
ブックデザイン　西垂水敦・内田裕乃（krran）
DTP　ニシエ芸
校閲　鷗来堂

だが、情熱《じょうねつ》はある　シナリオブック

2023年7月12日　初版発行

脚　本　　今井太郎《いまいたろう》

発行者　　山下 直久
発　行　　株式会社 KADOKAWA
〒102-8177 東京都千代田区富士見2-13-3
電話0570-002-301（ナビダイヤル）

印刷所　　大日本印刷株式会社
製本所　　大日本印刷株式会社

●お問い合わせ https://www.kadokawa.co.jp/（「お問い合わせ」へお進みください）
※内容によっては、お答えできない場合があります。
※サポートは日本国内のみとさせていただきます。※ Japanese text only

定価はカバーに表示してあります。

ISBN978-4-04-606419-6 C0093

JASRAC 出 2304500-301
NexTone　PB000053967号